漫娱图书
SINCE BOOKS

AYING IN STARS

Straying in Stars

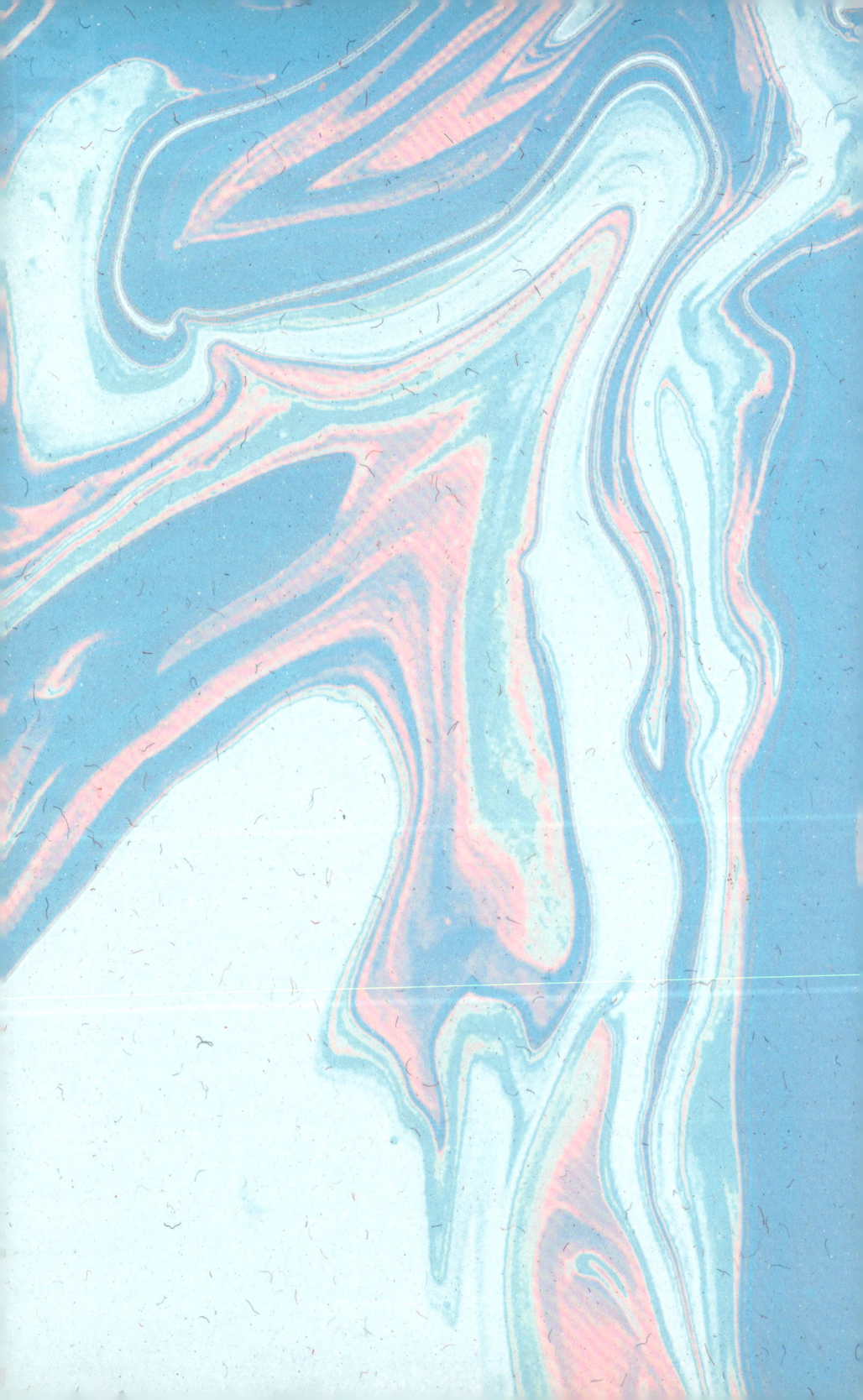

飞行士

Fei xing sh

静安路1号·著

长江出版社
CHANGJIANGPRESS

漫娱图书

"那你心情不好的话，会做什么？"

"弹吉他。"

"心情好的时候你不想弹吗？"

"也许吧，我也不知道。但我这个人好像总是不太高兴。"

Straying

番 外

CATALOGUE

CATALOGUE

目 录

我能看见你，变成一条美丽的鱼，

你游来游去，

在我眼睛里；

你飞来飞去，

在浩瀚宇宙里。

List

1. 给妈妈寄糕点。
2. 晚上七点直播。
3. 回复邮件。
4. 买新的白衬衫。
5. 去医院。

＊偷看的人会变成猪！
　　　　　除了时烨老师。

List

6. 下次记得叫时烨老师起床。
7. 下次要做个好梦。

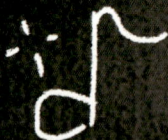

04:20

00:23

第一章

重逢

◄ 01 ►

"周一上午 10 点气象台发布,预计未来 24 小时内我市最高气温将到达 35℃以上,请注意防暑降温。"这是时烨把手机开机后看到的第一条推送消息。

第二条推送消息马上弹出来,写的是:"内地著名摇滚乐队'飞行士'前主唱沈醉于 6 月 4 日被发现死于家中,有知情人士爆料沈醉长年饮酒过量,精神压力极大,传闻是受到队长时烨的压迫……"

时烨看了一半就把手机往边上一甩,冲澡去了。

擦着头发出来的时候手机就一直响,时烨先是不想接,去喝了杯水,手机铃声响很久才停下,但只隔几秒就再次响起。

房间里很安静,默认的单调铃声加上震动时的"嗡嗡嗡",听得人心情十分不好。他甩了甩头,头还是很晕……宿醉难受得很,加上这天气也让人很烦躁。

夏天是时烨最讨厌的季节,他一到夏天就变得非常易怒暴躁。接起电话的时候他的语气有些不耐烦:"一个接一个地打,嫌天还不够热,赶着来点我这炮仗?"

"我哪儿敢啊,"牛小俊小心翼翼地说,"我就是提醒您待会儿别忘了来公司。"

时烨揉着太阳穴，烦躁道："我不想出去，热。"他浑身难受，酒未醒，脑子晕乎乎的。

"那不成，可别给我开玩笑，一定要来，都说好了。"牛小俊急了，"现在情况虽然糟糕，可总会迎来新的转机啊，我们还是要向前看……"

时烨："哦，我信了。"

"……"牛小俊叹气，"行了，快过来吧，相信我，是好事儿！"

挂了电话时烨心道，好事儿是不会有的，他都快烂了，从里到外。

下午三点，时烨穿着人字拖懒懒散散地到了公司，看上去挺邋遢的，他没什么心情好好收拾自己。

17 楼到了。他走出电梯，慢悠悠地穿过长廊。

这条长廊也算是公司的门面了，左右两面墙，摆满了海顿唱片公司这些年来旗下乐队、歌手取得的荣誉。有奖杯，有专辑封面特辑，有音乐节合影，有演唱会的留念……团体的、个人的全都有，满满当当铺满两面墙。

而其中出现频率最多的是一个叫作"飞行士"的乐队，那几个单独摆放的奖杯属于同一个人时烨。

时烨算是天赋型的乐手，年纪很小时就在地下乐队里很有名气了。创作弹唱长相样样拔尖，没成年时就有很多经纪公司想签他培养，不过，他后来自己组了一个乐队。

飞行士刚成立那年，音乐市场不景气，尤其是乐队演出，真的可以说"凉到没边"了。从前那些红极一时的乐队基本都放下音乐梦想去找别的活计了。

但令人瞠目结舌的是飞行士居然在那一年横空出世，第一张同名专辑《飞行士》一炮而红，声名大噪。只用了几周时间这张专辑就稳坐销量排行榜第一名，直接逆转流行趋势，也让原本名不见经传的海顿独立唱片公司声名鹊起。

飞行士曾连续三年经票选获最受欢迎乐团奖，获得的其他大大小小的奖项更是数都数不清，办过全国最大的一次乐团巡演，发的几张专辑都有很好的销量。

在形势一片大好的第五年，时烨因过度劳累导致声带受损，乐队工作一度陷入停滞中。他休养了近半年时间才重新露面。那之后，新主唱沈醉加入了飞行士。

自时烨声带受损不再唱歌后，这个乐队的命运就逐渐曲折起来。乐队个人化的趋向越来越明显，沈醉加入后乐队成员间常常意见不合，似乎什么事都能拿出来吵个天翻地覆。

在沈醉加入乐队的第二年，飞行士停止了乐队活动。时烨去了国外休养，肖想和钟正留在国内各自发展，沈醉则是开始向艺人方向转型。

沈醉一直不缺负面新闻，网传他的背景十分不简单，是某某娱乐公司董事长的独子，说他能加入飞行士也有一些特殊原因。

这是一个备受争议的摇滚乐队主唱。他死在一个炎热的夏季，喝了大量的酒之后，在自己的公寓里死去。

时烨背着琴停在一扇门前，微微叹了口气才推开门进去。

坐在门口的牛小俊看见他这身打扮，眉头挑了下，但老板在场也不好说什么。

时烨脸上的表情依旧是不咸不淡的。他把琴取下来，往会议桌上一搁。

高策抱着手臂，看了看桌上的琴，又看回时烨，眉皱着，用眼神问他："几个意思？"

但时烨好像没有和高策对视的打算。他坐下后就开始放空自己，撑着头在椅子上坐得东倒西歪。高策看他这副打扮，样子还这么憔悴，心里霎时一酸，但过了会儿，酸就变成了怒气。

高策皱着眉："你能不能好好穿衣服？"

"没有心情。"

沉默了几秒。忍不住的高策开始兴师问罪："请问你昨天为什么要在网上跟张术吵架？"

时烨撑着头："我看他不爽就骂他几句，有问题吗？"

高策冷笑："这种节骨眼还去吵吵，你也真是不嫌事大。"

时烨回看他道："你应该怪他偏要找骂，发那种文章来说乐队和沈醉。"

高策叹了口气："墙倒众人推，沈醉的死因不体面，对于嘲讽谩骂我们都应该有心理准备，你怎么还亲自上场跟人家吵吵啊？骂沈醉的人那么多，难不成你还要一个个反驳？"

时烨面无表情："看到就管，我讨厌别人乱说话时提乐队的名字。"

"这个风口浪尖是你能随便发脾气的时候吗？"高策语气很无力，"能不能想想咱们的处境，给我省点心！"

他们认识太多年，关系不像老板和艺人，倒更像患难与共的兄弟，两人说话一向单刀直入。

"可以，我来就是给你省心的。"时烨站起来，对着高策的方向把琴一推，"这琴是当年乐队成立的时候你送的，我现在还你。"

"什么意思？"

"我不玩了。"

"别开这种玩笑！"

"我像是在跟你开玩笑？"时烨只觉得昨晚喝的酒还没醒，这会儿还在头痛，只想赶紧说完回去睡觉，"散了就散了吧，反正这几年乐队也名存实亡的，散不散没什么区别。"

他几乎每晚都睡不好。昨晚就因为睡不着喝了太多酒，起来顶着高温出了门，又一点东西没吃，这会儿是真的有点头昏脑涨，外加恶心想吐。

这种状态已经持续小半个月了，要不是因为沈醉的事情时烨也不会回国。原本他一直在国外休养，前段时间状况还不错，都打算跟着国外的一个乐队去外地七站巡演了，现在就因为这个破事回来，还搞得自己一肚子火。

"不是，"高策站起来压了压手，让时烨坐下，"你先听我说——"

"说什么？"时烨皱了皱眉，"难道现在飞行士这个乐队还有价值吗？散了，立刻就散了，我不玩了行吗？"

"不不不，先听我说。"高策很不耐烦地挥了挥手，"我知道沈醉这事让你很难受……"

"我不难受，相反我恨他。"时烨立刻打断，"并且我不理解他。"

"行行行，不说З沈醉了，说点别的高兴的事。"高策赶紧换了话题，"本来上周就该跟你说，但想着万无一失了再告诉你，所以等那边确定了我才让你过来见见人。以后就别想着以前的事了，我们……我们再试一次。"

时烨皱眉："见什么人？再试一次什么？"

"公司一直在物色新主唱，沈醉提出单飞的时候我们就开始打算了不是吗？"

"得了吧。"时烨拒绝道，"我真懒得玩了，求你放我走。"

高策没答话，倒是问了旁边的牛小俊："人还在？"

"在。"牛小俊自动站起来带路，招呼时烨，"走吧时爷。"

时烨一头雾水地被牛小俊和高策拉拉扯扯地弄进了排练室，但因为身上没劲儿并且不太乐意，他索性一直低着头，谁都不理。

把时烨架进来后高策才在他耳边解释了句："总之你先看看。"

牛小俊也在旁边附和："我不敢肯定这个节骨眼上找个新人是不是对的，但我能确定，你会喜欢这个主唱。"

时烨眼皮都不想抬。他累，胃里恶心，只觉得头晕目眩。

"沈醉刚走，这样做没想过会有什么后果？还嫌外边骂得不够难听？"

"那又怎么样？反正现在也已经是最糟糕的情况了。"高策说，"他沈醉本来就在计划单飞，全世界都知道，我们找新人这件事有什么问题吗？"

牛小俊也点头："乐队需要一个新人。"

他们讲得很轻松，和以前一样，可是时烨自己过不去这关。

"乐队或许需要，但我不需要了，我不想再继续。"时烨按着他的胃，"我不想弹琴了，我不想玩了，我也求求你们放过我，成吗？"

"时烨。"高策叹了口气，"十年前，我们定下乐队的名字叫飞行士时，你抱着吉他跟我说，你会是这个乐队的心脏。五年前，你声带受伤，我以为你会受很大的打击，但你出院第一天就来我家说新专辑的计划，给我听你写的小样。我们遇到过那么多困难都熬过来了……你难道现在要放弃吗？"

时烨摇摇头："我现在很难被你们鼓舞，不必劝了。"

"我知道，也理解你的心情。"高策说，"找新人的目的不是为了硌硬你，我只是……只是想告诉你，我相信只要你还在乐队里，那一切都可以重来。"

牛小俊也坚持劝着："对，我们先看看人吧。"

不想看，一点都不想抬头看。时烨现在什么都懒得去想，他只想回去蒙头睡一觉，要是睡不着就戴上耳机听几首硬摇滚，放到最大声，再喝几罐啤酒。什么新主唱，什么飞行士，什么摇滚梦，什么音乐梦，都给他滚。

等牛小俊把时烨拉到椅子上坐好的那一刹那，音乐声突然响了起来。旋律时烨很熟悉，他听出来是 *The Scientist*。

本来时烨一直捂着脸，等听了两句以后，他才诧异地在自己的掌心中微微动了动眼睑。

"Come up to meet you."

"Tell you l'm sorry."

好听。声音碎碎的，带着一点点沙粒感，音色又很活泼，是很适合唱摇滚的声线，也让时烨有一种若有若无的似曾相识感。

他犹疑地抬起了头。

那张脸在视线里清晰的瞬间，时烨以为自己在做梦，毕竟这人不该出现在这个地方，也不该再和时烨的人生有任何交集。

排练室里有他眼熟的两个伙伴，鼓手肖想和贝斯手钟正……这两人怎么给别人伴奏去了？

视线里还有另一个刺目的存在——那人穿一件合身的白衬衫，一边弹琴一边唱着，闭着眼，看上去十分专注。

时烨那一刻心里想的是，是他。

……成熟了些，健朗了些。

长大了。

高策蹲了下来，在时烨耳边说："知道'Galileo-S'吗？那个在网上有很多粉丝的键盘手，他很有名的，还翻唱过很多你的歌。看看，他的长相很适合舞台。"

牛小俊在旁边继续推荐："本名听起来像艺名，叫盛夏。他在网上很火的，好多圈里的键盘手都喜欢转他的视频。而且他为人很低调，从没露过脸，你看看，形象是不是特别好！"

时烨已经听不清耳边高策和牛小俊的喋喋不休了。因为他视线里的那个男人突然睁开了眼，先是看了看前方，寻找了一下人影，下一秒，那有些散漫的目光就直直地撞进了时烨的眼中。

四目相对，两人都怔了下。

那一眼里时烨说不清自己是喜是悲，但他知道自己被那目光扯进了一段……发生在盛夏、当事人叫盛夏、故事基调也很盛夏的记忆里。

盛夏一开始慌了下，甚至都错过了唱下一个小节，但他恢复得很快，马上就回到了镇定自若的状态中，并且目光不避不让地迎上来，和时烨对视着。

这边宿醉的时烨倒是没这么淡定。他完全呆住了，只觉得盛夏那张又熟悉又陌生的脸在视线里一会儿大一会儿小，听到的声音也乱糟糟的。

好多声音。除了面前盛夏的歌声，还有沈醉的嘶喊、歌迷的谩骂、尖叫声、争吵声……一些音乐声……吉他声、贝斯声、键盘声、鼓声……那些声音和画面一点点地在时烨脑袋中组合在一起，又碎开。

最后是那天——盛夏的生日，他站在古城街头，笑盈盈地叫自己："时烨老师。"

然后盛夏的脸也碎开了。

时烨脸色惨白，他在那堆乱糟糟的声音和画面里觉得天旋地转……下一秒，他当着所有人的面张开嘴，吐了一地。

歌声没停，那个叫作盛夏的人还算敬业，即使看到了时烨有这样的反应，依旧眼角微红地唱完了最后那句——

"I'm going back to the start."

（我还是用尽全力想，回到过去。）

◄ 02 ►

后来回想，时烨只觉得那天自己实在是太过跌份儿了。

首先那天他穿的什么？白衬衫配运动裤，还穿了双拖鞋。另外他的脸也是个"亮点"，因为在家连续喝了小半个月的酒，那憔悴面容实在是有点难以言喻，怎么看怎么有碍观瞻，活像个几百年没出过门的宅男。可他居然就顶着那样的形象和盛夏来了个久别重逢，话没说上，先吐了一地。

时烨闭眼叹了口气。

"也没必要刚见面就吐吧？"高策看着病床上脸色煞白的时烨，感慨个不停，"我想过一万种见面后你甩脸色的方式，万万没想到你会吐……有这么不满意？"

"滚。"时烨虽然虚弱，但发火时依旧中气十足，"你高策这辈子喝大没吐过？"

"我可没冲头一次见的人吐。"高策一脸无语，"吐了就晕，吓死人！"

时烨皱着眉打着圈揉太阳穴，没接话。

"今天以后至少两个月，你一滴酒都不能喝了。"高策开始交代，"养养你的身体，别再糟蹋了，之前好心给你放假治病休息，敢情你都躲在家喝酒是吧？"

时烨脸上看不出情绪。他没接高策的话，反而突兀地提起："别瞎找人来接乐队的盘。"

"你觉得盛夏不合适？"高策有些意外，"我还以为你会喜欢他的。"

"不合适。"时烨面无表情，"现在这个节骨眼，你一下子找个新主唱来，什么意思？"

高策顿了下："虽然这么说不太厚道，但这是很久以前就开始计划的事情，在沈醉出现之前就开始了。你也知道我们跟沈醉的关系是比较特殊的，他又一直计划单飞……好好好，不提沈醉了，我的意思是，盛夏他真的很适合乐队。"

时烨面无表情地问："哪儿适合了？"

高策拿出了平板，点开第一个文件："这是盛夏迄为止的所有作品。看这个，这里面是他翻唱过的歌，大多是飞行士的作品。"

点进去后，满满整个屏幕都是后缀为"cover 飞行士"的音频，再往下看，还有很多时烨早期的作品。

高策退出来，又点开第二个文件，他随意点开一个："这里面是他的原创作品，你先听，听完我们再讨论。"

有什么好听的，盛夏的每首歌他都听过。时烨心不在焉，闭眼听了一首歌的前奏就知道那首歌的名字叫《回声》。

这首歌的编曲和混音都十分特别，歌曲开头似乎是采样了什么东西的回声，之后是一段很清晰的人声吟唱。到了中段，钢琴的 riff（连复段）推了进来，吉他、鼓、贝斯慢慢融入，开始烘托，整首歌的节奏开始澎湃……那段钢琴 riff 非常精彩，抒情又松弛，之后变了一个大小调——这段有种高级的冷质感。

"好听吧？"高策问他。

时烨继续心不在焉地点头。

"还有什么感觉？"

时烨低头装模作样地看自己的手指："像我写的？"

高策笑了笑："是啊！他的风格和你的很像。如果是你先拿来给我听，说是你写的，我大概完全不会怀疑。这首歌被一个国外的乐队买走了，好可惜，我特别喜欢。"

时烨把那首歌暂停了。

"还想听吗？"

时烨摇头。听什么听，他全听过还听。

"他之前跟林华一起做过东西。"高策说，"牛吧？"

林华是性格脾气都十分古怪的一位音乐制作人，担任过许多唱片公司的音乐总监，是业内很有分量的前辈。

"哦。"时烨淡淡敷衍道，"牛。"

"你真的没听说过他？他很喜欢翻唱你的歌，有空去看看吧。"高策卖力安利着，"他去年和林华一起做的那张专辑拿了最佳编曲奖，就那张《世界中心》，这你总听过吧？他网上的 ID 叫 Galileo-S，真没听过？"

听过又怎样，没听过又怎样。

"我的医生让我少上网，不要乱看东西。"时烨摇头，"我一般上网都是去骂乱说话的人的。"

"……医生说得对，你最好别上网。"高策叹了口气，"也是，你这几年基本在国外，不知道也正常。"

静了静，高策笑了笑："其实以前盛夏就给公司寄过作品，说希望有机会可以跟你们合作，但你一直在休养，也没什么契机让你们认识，网上还有人猜这是你的小号，因为风格像，声音也有点像。"

时烨开始有点不耐烦："是他主动来试主唱的？"

"是啊，我们都觉得很合适。"高策跃跃欲试，"我想签他。"

"你不打算问问我的意愿？"

"我现在不是在问吗，你觉得怎么样？"

时烨顿了下，别别扭扭地答了句："不要。"

"是不要这个盛夏还是不要主唱？"

"……都不要。"

"原因呢？"

"没有原因。"

"你觉得他声音不好听？"

"没有。"

"觉得他形象不好？"

"不是。"

"那是为什么不满意？"高策瞥他一眼，"给你交个底，这次情况特殊，公司肯定是要插手的。就算不是盛夏，以后也会是别人。"

这句话瞬间点燃了时烨心里的愤懑。

"很好，公司做主……行。"时烨点头，"那你来飞行士弹吉他吧，我滚。"说完他胃就抽了下，只能弯下腰按住腹部。

"有话好好说，别发火……躺下！躺下！"高策无奈，"哎呀，你怎么对盛夏反应这么大？"

时烨摇头："反正我不希望被你们安排。"

"这怎么是安排了？这是商量啊。"高策一脸诧异，"你为什么不喜欢他？"

时烨摇头："我只是讨厌你塞人给我。"

"这怎么是塞人给你了，有商有量的事你说得这么难听。钟正和肖想都很喜欢他，而且……"

"反正我不要！"时烨开始怒吼，"你给我听好了，我不要那个盛夏，你别给我的乐队安排任何人！"

他话音落下，高策已经瞪圆了眼睛，刚想说什么，就听到门那边传来的一个声音——

"那个……"牛小俊尴尬地捏着门把手，"时爷，我们……来看看你。"

时烨气得胸口起起伏伏，等听到牛小俊的声音他才扭过头去看门口，然后时烨就看到了牛小俊身后一脸蒙的钟正和肖想，还有肖想身边面无表情、正看着自己的盛夏。

这一眼看得时烨一滞。

盛夏眼睛近视，以前看人的时候总是微微眯眼，眉头也皱着。时烨其实都不确定这人能不能看清自己，但他自己不知道如何面对盛夏。

他只能避开眼。

时烨刚刚的怒吼声足够让门外的人听见，这下场面就有些尴尬了。

周围静了那么片刻，还是牛小俊先受不了这种难堪的气氛，眼神示意肖想先把盛夏带离这个是非之地，嘴里已经开始打圆场道："天气也太热了，看你这火气也跟着这么大……"

牛小俊话才说一半，盛夏突然抬步径直走到时烨跟前，把手里的保温桶往旁边小桌上轻轻一放。

没人说话了。

时烨只能看到余光里盛夏的一小片衣角。他固执地不肯去看身边的男人，就盯着自己的手看。

那个熟悉又陌生的声音说："时烨老师，我来看看你。"

声线真好听，声音和唱歌的时候不同，更温和一些。

盛夏说话时总是慢慢的、漫不经心的，音调里仿佛还带着点水汽。时烨那时候很喜欢听盛夏说普通话，总觉得那种发音很特别。

时烨依旧没搭理他。但除了他也没谁知道，他心跳变重了，变快了，胃也开始痛，那种恶心的眩晕感又来了。

盛夏见时烨不理他，犹豫了下，又说了句："买了点粥，想吃就吃点，你好好休息。"

说完他还等了一下，见时烨还是不搭理他，怔了下，像是觉得没必要再留下，才对着自己身边一头雾水的高策礼貌地点了点头，直接转身走了，还帮他们关上了门。

等盛夏走了，高策和身边的牛小俊一群人互相看了看，都觉得刚刚那一幕很奇怪，很不正常。

钟正抱着手，有些疑惑："时烨，你跟他认识？"

时烨的姿势有点僵硬，他不想说认识，但也不屑撒谎，索性沉默装哑巴。

高策一脸莫名其妙："他刚刚还梗着脖子跟我说不要盛夏，怎么会认识？"

肖想也觉得不可能："他这几年一直往国外跑，怎么会认识国内的歌手？"

钟正扭过头，用笃定的语气对肖想道："可是他刚刚都没敢看那个盛夏，我觉得他好奇怪，好反常。"

肖想不知道联想到什么，瞬间睁大眼道："时烨？"

队友之间有一种旁人很难理解的默契，看到肖想和钟正的目光，时烨就知道他们猜到了。

无话可说的时烨选择质问："你俩怎么跟他一起来的？现在就不是要主唱的好时机，你们怎么还跟他搅和上了？"

"谁搅和了啊，我们是碰上的。"钟正喷了一声，"我们来的时候他在门口站着发呆，跟门神似的，也不知道站了多久。"

肖想点头："看他挺担心的，我们才说带他进来看看你。"

高策催促着问了句："你跟他真的认识吗？"

时烨犹豫了下，想了半天才道："不要问我，不想说。"

这话让所有人都沉默了会儿。

钟正看他这反应，知道自己猜得八九不离十了，恍然道："你俩不会闹过矛盾吧？"

众人的脸色瞬间变得十分精彩。

时烨闭了闭眼："我累了，我要睡觉。"

他拒不招供，众人盘问他半天无果，坐了会儿只能走人，放他休息。

等人都走了，时烨坐起来，看着窗外的日光，发了半天呆。

想了会儿心里还是堵得慌，想溜出去抽烟，但又有些行动不便，时烨只能起身艰难地拖了把椅子到窗边坐着抽，直到门被敲响。

三声，敲得慢，也敲得很轻。

时烨下意识说了句："请进。"

他以为是医生，已经做好了被教育的心理准备，但走进来的是盛夏。

看得出来对方的步伐很犹豫，尤其是看见时烨的指尖还夹着烟的时候。他走近了几步，但没有靠得太近，只走到能看清时烨脸的距离就停住了。

他们看着彼此，都愣了会儿。

时烨强迫自己偏开头，不去看他。做完那个动作后时烨才发觉自己有些狼狈，他居然有点恐慌，心也微微缩起来。

精神极度紧张的时候他很容易手抖。医生告诉过他，他的手部震颤主要是心理原因，很焦虑或很紧张的时候都有可能会手抖。

所以现在是紧张吗？

他的手开始抖了，指尖的烟也跟着微微晃动，时烨看着自己的手，在心里深深叹了一口气。

"回来干什么。"他说，"走吧。"

"我……"盛夏皱着眉，每个字都说得很慢，"我也不知道，但走到医院门口，就又走回来了，想再看看你。"

"现在看完了，走吧。"

沉默了一会儿，时烨闭着眼都知道盛夏在看自己。

过了会儿，盛夏似乎注意到了时烨的手。他呆了呆，居然走上前来，弯腰，有些突兀地用手去接住了时烨指尖飘落的烟灰。

他看着手心里的烟灰，低声道："你手怎么了？"

无法控制自己的行为是种什么样的体验？可以来看时烨现在的感受。

失控会带来暴躁、烦闷、恐慌，可没办法，就算在心里大声地吼不要抖！不要抖不要抖！停！不能让他看到！没用的，手还是越来越抖，像什么在慢慢崩塌。

那支抽了一半的烟甚至开始自由落体运动，下坠到了盛夏摊开的手掌里。

时烨怔了下。

面前盛夏也呆愣着，像是完全没感觉到有一团东西在烧自己的手心，最后还是时烨反应过来，一掌把那个烟头拍落。

"时烨老师……"

时烨闭了闭眼，背过身去，低声道："出去。"

说完他重新抽出一支烟，但手却抖得点不着烟。试了好几次，还是没有成功，火机直接掉到地上。

这大概就是颓然无力的写照。时烨觉得自己的面子里子都丢光了，甚至有种冲动，想从这窗户跳下去。

盛夏先捡起了那个火机，紧紧攥在手里，似乎不打算还给时烨，还来了句："烟……掐了吧，你嗓子有点哑。"

时烨还在努力让自己平静一些，他说："你出去。"

盛夏低着头："我只是来看看你。"

"我说让你走。"时烨闭了闭眼，"出去，我想一个人待着。"

说完时烨又取了一支烟出来。盛夏看他手抖得厉害，慌慌张张地来抢时烨的烟，只不过几次都被避开了。

"你出去。"那瞬间时烨很低落，他很不想让盛夏看到自己这样，"滚出去，你听不到？"

盛夏完全充耳不闻，他好像陷入了某种情绪里，看着时烨的身影。

"你一直在国外休养，是……在治手吗？"

时烨低头看了看自己的无名指，和上面的休止符文身。背对的姿势很好，好像可以让此刻的自己体面一些。

他起身想出门，但起得太猛，一瞬间居然有些头晕，身子摇晃了几下。盛夏动作比他快，从背后接住了他。

时烨觉得自己的胃好疼，头好晕，浑身难受。

时烨发现手抖开始蔓延，这会儿居然连心跳和呼吸也都是抖的。

"干什么？"

"怕你摔倒。"

"放开。"

等了几秒，依旧没反应。

时烨语气无奈："你到底要干什么？"

"对不起。"盛夏声音很低。

也不清楚是在对不起什么。

是盛夏重复了很多遍，还是自己出现了幻觉？对不起对不起对不起，时烨最讨厌的一句话，这句话一直在脑子里面转，好吵，好吵。

接着时烨晃过神来了，原因是盛夏哭了。

但那一刻时烨想的是，这人刚刚手心被烟头烫到了，疼不疼啊？肯定很疼，不然怎么会哭成这样，听声音好伤心，像是被谁伤害了一样。可不对吧，明明我才是被伤害的那一个好吗？

他觉得这一幕太滑稽了，于是狠下心挣开对方的手，大步走了出去。

▸◂ 03 ▸◂

时烨出院回家那天下了雨，天气凉爽了很多，他的情绪也稳定了些。天热的时候他总是处于"易燃"状态，那感觉很不好受。

牛小俊奉命来接他回家。路上时烨一直不说话，就盯着车窗上的雨滴发呆，眉一直微微皱着。牛小俊打量他好几眼，但怎么都看不出来这人是高兴还是不高兴。他在别人面前好像总是不高兴的样子。

"那个……"牛小俊努力挤出那种轻描淡写的口吻，"我们今晚想一起吃个饭，这沈醉那事儿闹的……咱们也很久没一起吃饭了。钟正和肖想打算叫上盛夏，你来吗？"

他本以为时烨会直接无视自己装听不见，结果下一秒就听到时烨说了句："你组织吃就行，我看情况去。"

态度比预想中好太多，牛小俊很震惊："啊？"

时烨眉头挑起来："啊什么？"

"没没没！"牛小俊观察完时烨的脸色，又小心翼翼问了句，"你……好像不太抵触了，我有点惊讶。"

时烨语气平淡："反正现在都这样了，我无所谓。"

车停了一下，他们被困在一个红灯前。

大概是窗外的雨和天边阴沉的云都会影响心情，牛小俊一下子也难过起来。他一向是个抗压能力还不错的人，也算乐观，可最近这一连串的事情确实让他很难受。

"别这么说。"

"我还要怎么说？"时烨扯了下嘴角，"这不是事实吗？"

牛小俊勉强道："我相信天无绝人之路，只要你还能坚持，我们就一定能走下去。"

绿灯亮了。

可时烨听完后却没什么反应。他捣鼓了下车上的音响，开始放歌。第一首跳出来的就是飞行士第三张专辑里的那首主打曲目《呼吸云》。时烨皱了下眉，直接切到了下一首。

下一首，再下一首，第三首依旧是飞行士的歌。时烨失去耐心，索性连上自己的手机，点开之前整理的歌单开始随机播放。

一个摇滚乐队的歌。时烨听着歌，突然笑了笑："我状态本来也不好，可能下一个想不开的就是我吧。"

"瞎说什么！"牛小俊皱眉，"你……医生怎么说，最近很不舒服吗？"

"回国以后我就没医生了。"时烨看着自己的手指，"但药我有吃，偶尔吃吧，头很疼的时候吃一点，感觉没什么用。"

"那你不早点跟我说？"牛小俊沉下脸，"我们再去找一个国内的医生，你要坚持去，不要三天打鱼两天晒网的。"

时烨点头："好，我会好好配合治疗。"

牛小俊想了想，还是问了句："你现在感觉需要休息吗？我可以去协商一下再给你放个假的。"

可时烨现在的问题是休息都无法解决的。

"现在休息只会更难受，得做点什么，克服这关。"

牛小俊还有点惊讶："你的意思是……要回来工作了？"

时烨点头："回都回来了，难不成还待在家里孵蛋？"

牛小俊沉默了会儿才说："你不要勉强自己。"

"没勉强，再不做事脑子要锈掉了，医生也建议我适度工作。"时烨说，"我自己会看着办的，你别担心。"

牛小俊沉默了会儿，又问他："对了，我有荣幸知道你跟那个键盘手的故事吗？"

时烨一开始还没反应过来："哪个键盘手？"

"盛夏啊。"

时烨偏开脸："没有故事。"

鬼才相信。

牛小俊继续追问："有过节还是有猫腻？"毕竟看上去是很奇怪的关系。

"只是认识。"时烨说，"银河漫游旅行演唱会那年。"

说就说吧，反正也没什么大不了的。

"啊？"牛小俊回忆了下，"那应该是……四年前吧？沈醉刚开始吃药那年，开演唱会之前你跑出去的那年！"

"嗯。"时烨把烟点上，"那会儿我不是老跟沈醉闹不愉快吗，巡演前我跑出去旅游,在外地爬山的时候,谢红姐给我打了个电话让我去救个场。"

"谢红姐!对啊!谢红姐跑白城开酒吧去了。"牛小俊一惊一乍的,突然又想起了什么,"对,盛夏是白城的人啊,你们那会儿就认识了?"

"是。"

"……"牛小俊计算了下盛夏当年多大,默了下,"想不到啊想不到,你这背地里居然有这么多故事啊?我真是小看你了!"

他更惊讶的是居然有人能搞定时烨。

他们又遇到了一个红灯。

时烨皱眉:"我俩真没怎么样。"

"没什么你们见面能那样?放屁吧你。"

时烨偏开头。

牛小俊笑了笑:"你这几天精神蛮好的,好像是被刺激回魂了啊。"

时烨拧着眉问了个不相干的问题:"公司会签他吗?"

牛小俊点头:"就算你瞧不上,策哥应该也会签下来重点捧……唉,策哥的意思是说,先让他给你们做几天乐助(乐队助理),你们带带他,你看怎么样?"

时烨没答这话,他开始了漫长的放空。放空了会儿就不免想到往事,时烨感觉自己又开始头痛了,转过去看了看窗外。

这一看不得了,透过车窗,时烨就看到了一个眼熟的人影。

外面的雨其实也不算大,但不打伞还是会被淋湿。视线里的那个人穿连帽的灰卫衣,背双肩包,戴着耳机低头发呆,正等着过马路。他没打伞,只把衣服帽子拉上来戴着,表情依旧是淡淡的,像是感受不到周遭的人潮和落在身上的雨一样,只是抱着胳膊低头听歌,眉还微微皱着。

是不是看错了?时烨甚至怀疑自己又出现幻觉了。他闭了闭眼,再睁开眼看,那人还在。

不可能,不可能这么巧……时烨又否定了自己一次。他换了个坐姿,这次把车窗全都摇了下来,仔仔细细地往那边看。

牛小俊奇怪:"下着雨呢,开窗户干什么?"

时烨没理他,还是看着那个方向。

他就站在那里,明明只有一个人,却像是站出了一个属于自己的世界,把别人清清楚楚地隔在外面。

过了会儿，人行道绿灯亮了，别人都在往前走，就只剩他一个人低头站在那里。

时烨盯着盛夏看，看到自己手指都无意识地慢慢合拢，看到人行道上的绿灯变成了红灯，他依旧傻愣地在那儿杵着。

牛小俊发动车子穿过十字路口，很快就把那个身影甩在后面。时烨没有回头看，他强迫自己忘掉这件事。但还是没撑过两个路口，等牛小俊打算拐弯时，他恍恍惚惚地说了句："停车。"

说出口后他自己也吓了一跳。

牛小俊一愣："啊？"

"停车。"时烨回避着自己的焦躁，"给我一把伞。"

牛小俊满脸疑惑地找地方停了车，又递伞给他，问："去哪儿？"

时烨摇头："你先走，我去个地方。"

"去哪儿啊，等我停好车一起去……欸，时烨！等一下——"

牛小俊还在说话，时烨就已经急匆匆关上了车门，往后大步跑了几步。

雨天湿冷的空气扑过来，吹得他头脑清醒了刹那，于是时烨开始犹豫，开始迟疑。但心里那个声音实在是吵得太大声了，一直叫嚣着让他赶紧……赶紧跑过去，立刻，现在。

刹那间脑海里涌现出了很多很多回忆，眼前好像出现了很多画面，又急又乱地跳出来——那年18岁的盛夏，倾盆大雨，古城，水果罐头，有蓝色穹顶的教堂……

时烨尽量不让自己走得那么快、那么急切，但他控制不住，脚步越来越快，越走越像是在逃命。

很快时烨就穿过了这条街，穿过雨天茫茫的人潮、各色的伞，奔袭到了之前的那个街口。

……我在干什么？疯了吗？

他甚至忘记了打伞，还是走到那个红绿灯下时才恍然发现的。此刻他的头发已经被完全淋湿了，雨珠滴在脸上，顺着脸颊滑出几道水迹，像眼泪。

时烨抬头，茫然地举目四望，却发现，他已经找不到盛夏了。

第二章

乐队助理

Summer
Solstice

◄ 01 ►

盛夏到家的时候雨刚好停。

一路淋雨回来其实没什么感觉，直到他进了电梯才开始觉得冷。他到家后赶紧去洗了个热水澡，出来擦头发的时候看到手机里有好几个未接来电和未读消息。点开看了看，是他大学时的好朋友周灿发来的。

盛夏打了过去，周灿很开心地跟他分享他找到一份好工作的喜讯。盛夏听完也很高兴，两人约好了下次一起庆祝的时间，并且把地点约到了他们大学旁那家很实惠的涮羊肉老店。

开开心心聊了一会儿，周灿开始关心起了盛夏的工作情况。

"你还没签公司啊？之前搞直播的也来找你，唱片公司也来找你，换我早就去了。"周灿说话带笑，"还是你打算做自由音乐人？"

盛夏给自己倒了杯牛奶："已经有眉目了，我最近在和一个公司接触。"

"哟，开窍了？"周灿语气惊喜，"苟富贵，别忘了哥以前怎么关照你的！哪个公司？"

"海顿。"盛夏一口把牛奶喝完，"就那个……飞行士，我可能有机会给他们当助理！"

"海顿？"周灿声音瞬间拔高，"飞行士？沈醉不是前段时间出事了吗，你去蹚什么浑水？"

"我喜欢这个乐队你不知道？"

"我知道，可是你做助理……"周灿夸张道，"大哥，杀鸡别用牛刀啊，你确定你要做助理？！"

盛夏笃定道："嗯，我愿意给他们做助理。"

周灿是真的非常震惊。

"以前迷迷糊糊的没关系，这种事千万不能犯傻，你想清楚了吗？"

沉默了会儿。

"周灿。"盛夏拿着杯子看着窗外，突然来了一句，"你觉不觉得雨好像也有情绪。有的雨是生气的，下得很急很快；有的雨很温柔，绵绵地下；还有的雨里有很多怨气，连绵不绝，断断续续，不大不小，但就是一直下不停；还有的雨是高兴的，下的时候人心情也会觉得很好。"

"……打住。"周灿无奈道，"不管这个雨高不高兴，反正我周灿现在很不高兴，你给我说清楚怎么回事！"

盛夏不想听他啰唆，赶紧说道："到点做事了，下次聊。"

盛夏念大一的时候，周灿恰巧录了几段他没露脸的弹唱视频发到了网上，没想到被几个大 V 转发了，有模有样地进行了一番专业性的评价，那便是"Galileo-S"这个 ID 在网络上崭露头角的开端。

后来他写的一段旋律在某个短视频平台上一夜爆火，被很多人拿去当拍视频时的配乐……他自己没什么感觉，不过那个 ID 倒是在网上越来越有名。

很多直播平台、音乐公司甚至选秀节目都向盛夏抛过橄榄枝，但他似乎对那些机会总兴致缺缺，只对创作有十二分的热情，只要一有机会就出去接制作的活儿干。从一开始的磕磕绊绊到现在，也算是做出了点成绩来。

走到工作台前，盛夏开启电脑后把设备调试好，打开直播间开始直播。他自顾自地试了下琴的手感弹了会儿，没唱，也没说话。

盛夏一贯没有什么多余的开场白，开了直播就做自己的事情，要么弹琴唱歌要么弹幕答疑，粉丝也都习惯了。

等弹完了一段，盛夏想了一下，才说："今天适合唱飞行士乐队的那首《雨墙》，我之前改编过，大家可以听听怎么样。"

他才说完，弹幕立刻刷了起来：

"又来了，飞行士的专场又来了。"

"唉，S是不是不看新闻的啊，飞行士的时烨和沈醉现在都快被人骂上天了，他还天天唱他们的歌，也不怕掉粉。"

"一个问题：飞行士还有他S没有翻唱过的歌吗？"

……

一般唱歌的时候，盛夏不怎么看弹幕，他在脑中回忆了一下自己改过的版本，就开始弹唱起来。

他的风格比较简单，素来都是自弹自唱，没那么花哨的东西。网上有乐评人评价过他的声音：先天音色条件其实不能算极品，但实在太有气质，很高级。

气质这词挺微妙的。

到目前为止，盛夏在产出的作品里全都一副"我就是随便唱唱的，你们也随便听听"的样子，不仅不露脸，还很少互动，直播和视频的风格也散发着浓浓的随意感……但奇怪的是，喜欢看他这样的人还挺多。或许多了一层神秘，总会让人有探究欲和好奇心。

盛夏唱完那首《雨墙》后，自顾自地说了一句："还可以吗？我觉得还不错。"

似乎也不是想得到谁的回答，但他最后习惯性地加了一句："大家不要和原版比较，飞行士不能和任何人比较。"

于是弹幕变成了：

"又来了，又来了，又开始例行'飞行士吹'了。"

"我就是想比较，dbq（对不起）。"

"有人非要引战是吗？能不能安静听歌？"

……

盛夏依旧没看弹幕一眼，他翻了翻手机，开始寻找下一首要唱的歌。

一般他会直播两个小时左右，只是今天唱到第四首的时候盛夏发现自己身上有点发热，嗓子也开始有点痒。一开始他还忍着，到后面没忍住就咳了两声。

等咳到被迫暂停，盛夏叹了口气。

今天出门回来的时候下了雨。他最讨厌雨天，又没带伞，心情更加不好，回来的时候恍恍惚惚，就听着飞行士那张《神礼》的专辑。因为听歌太入迷，还错过一个绿灯……

今天的雨是不开心的雨，被不开心的雨淋了的盛夏也觉得很不开心。

房间里很安静，甚至可以说是寂静的。平常要弹琴，所以他租的房子隔音非常好，窗户关上连外面的雨声都听不到。此刻没了声响，像是置身于一个无声的密室里一般。盛夏突然就很想跟别人产生一点联系，不然下一秒空气里密集的阴郁好像就会压过来，扼住他。

"状态不好，聊会儿天吧。"盛夏轻轻吐出一口气，"跟大家分享下我的不开心，虽然我很不开心，但希望大家开心。

"今天是周二，我的周二本来应该是橙色的，但今天下雨了，走路的时候不小心踏到积水里面……我很郁闷，所以我的今天是灰色的。"

弹幕里一片——

"哦，开始了，又开始了！前方预警，S要开始他的色彩生活学了！"

"刚进来的求科普下什么是色彩生活学。"

"科普上线：S觉得每周的每一天都是有颜色的，周一到周日分别是红橙黄绿青蓝紫，每天都有对应的颜色，他会在对应的那天穿对应颜色的袜子！"

"例如今天是周二，就是橙色，S今天必穿橙色袜子！"

"色彩生活学厉害！"

……

盛夏忽略掉那些他无法回答也没必要回答的弹幕，直到看到了一条"是淋了雨不舒服吗？为什么出门不带伞，明明昨天晚上就开始下雨，出门都不看看天气？"

很长，还有点正经，可能是买了会员什么的，字体大到有点夸张，还是鲜红色的，在一片弹幕里尤其醒目。这恰好方便了近视但讨厌戴眼镜的盛夏，他一眼就看到了。

盛夏想了下，托着下巴支在桌上，回复说："我出门的时候还没下雨，以为不会下。感冒吃点药睡一觉就好了，不严重。"

后来的弹幕就开始让盛夏觉得无聊了。一堆打趣他的，表白的，还有极少数阴阳怪气的。一般盛夏看这种弹幕都过眼不过心，并且眯着眼睛看久了眼睛也不舒服，干脆就不看了。

聊天没有唱歌有意思。

他看了下时间，离直播结束还有很久，估计今天要熬一熬了。

"下首唱 Season in the Sun，希望明天别下雨。"盛夏像是笑了一下，"我开始了。"

唱到一半，盛夏感觉嗓子越来越难受，很痒，而且越来越哑。

皱着眉唱到"I was the apple of the shiny sun"的时候，他突然就剧烈地咳了起来，并且咳了很久。盛夏只能先停下来去喝杯水，然后才坐回来对着麦说："抱歉，重新来。"

盛夏忍着不适起了前奏，开始重新唱，但只唱了两句他放在电脑边的手机就响了，无奈被打断。他只能对着麦说了句抱歉，按掉电话准备继续唱。

然而拒接后那边很快就再次打了过来——同一个号码，陌生来电，没有姓名。

这一天的一切都很不顺利，盛夏彻底没了心情，只能先接起电话问："哪位？"

"我。"

时烨盯着电脑里那个呆住的身影。看不到盛夏的脸，只能看到盛夏脖子以下被白色居家服包裹着的上身。他搭在琴键上的手指很好看，瘦长，骨节的形状非常漂亮，现在正下意识地摸着琴键。

"你是，"盛夏好半天才找回自己的声音，"时……"

时烨不想在那么多人在线的直播间里听到自己的名字，直接打断道："我是时烨。"

盛夏静了下，也意识到还在直播："那个，有事找我吗？"

"我们乐队要聚餐，你来不来？"

"……"盛夏震惊了几秒，"我可以去吗？"

"高策说让我们跟你吃个饭，你有空就来。"

"我有空。"盛夏赶紧应声，"我很闲。"

"那挂了电话我发你地址，我们三点半见。"

"但是我……"盛夏迟疑了一下，"而且现在才两点半？我们吃午饭还是晚饭？"

时烨心道，你管是午饭还是晚饭。

"你到底来不来？"

"来，我马上收拾。"

挂了电话后，时烨看到盛夏把手机捏在手里看了会儿。

弹幕有人在问"怎么了""有什么事要出门"，还问"是不是要放我们鸽子""明明一个月都只有一两次还要鸽了，实在是太不厚道"。

盛夏再次开口的声音听上去很开心，他对着麦说："这周会补一个视频给大家，先下了，拜拜！"

"真有意思啊！"

牛小俊看着对面坐着抽烟的时烨，表情戏谑："早上跟你说出来吃饭的时候回我一个'看情况'，下午您就先我一步组织饭局了？"

钟正点头："我提议说去吃粤菜，他还非要来我的火锅店。"

胃出血患者出院第一天就约大家吃火锅，听起来多少有点不靠谱。

肖想大笑："这就是人狂路子野，胃出血怎么了？火锅照样吃，来，给他搞个特辣锅底！"

钟正无语极了："时烨，你真是我的亲兄弟，才出院就来店里宰我。"

时烨淡定道："我就想吃火锅，不行？"

"行行行。"钟正叹了口气，"单独弄个清汤锅给你成了吧，你自己吃一个锅，烫点蔬菜什么的。"

打趣归打趣，他们心里都明白时烨的意思。毕竟能叫到这个地方吃饭的那就是朋友，也就是说他不会再像之前那样抵触盛夏。

时烨看了眼时间，盛夏还没到。等得无聊，时烨索性问钟正："店里有琴没，拿出来玩玩。"

钟正笑了下，起身去拿家伙了。

他们在店里聚餐的时候火锅店一般都会休业，这会儿店里就只有他们几个人，前台只有一个因为下雨不想骑电动车回家的服务员，正在打游戏。

钟正把家伙都拿过来，吉他递给时烨："上次玩了下，感觉弦不太准。"接着又把店里收银大妈哄自己孙子用的小拨浪鼓递给肖想，"喏，您玩这个。"

钟正自己就用放在店里的旧贝斯。

时烨拨弦试完音，说："……这吉他能用？"

肖想摇着拨浪鼓，都懒得吐槽了。

"店里有就不错了，还挑三拣四的！"钟正瞥他一眼，"你这手现在不能弹便宜的琴，弹了会受伤是吧？"

时烨耸了耸肩，调好弦，思考了会儿："弹《极星》吧。"

钟正和肖想看了看彼此，都摸不着头脑。

"怎么唱这首？"肖想睁大眼，"你今天怎么了？"

钟正也很奇怪："你不是说不会再唱《极星》和《银河里》吗？"

"现在又不是演出。"时烨一脸理所当然，"而且我也不唱，我只是弹吉他。"

两个队友面面相觑，但时烨已经开始拨弦了。钟正和肖想看到他的动作后相视一笑，调整了下自己的状态，开始跟上时烨的节奏。

由于基本没在舞台上表演过这首歌，钟正和肖想都对旋律很生疏，钟正一边练习一边感叹："很难想象时烨居然还会写这么柔情似水的歌……"

时烨四年前出过一张 EP（迷你专辑）《夏至时》，里面一共两首歌，是组合曲，一首叫《银河里》，一首叫《极星》。这张 EP 并没有以乐队的名义发行，而是时烨组建乐队以来唯一的一张个人唱片。

这两首歌不仅被提名过很多奖项，传唱度也很高。可奇怪的是时烨很不喜欢提起这两首歌，演出时也从不考虑，像是这两首歌不存在一样。

牛小俊默默拿出手机拍视频。

这首歌在外边翻唱的都能唱红，可自己的乐队却从来不弹不唱，好不容易有一次表演必须记录。

牛小俊最喜欢看时烨弹抒情歌，比如此刻——他拨弦的样子非常温柔，微微皱着眉，专注又性感。

边上的肖想轻轻哼唱起歌词来——

"If I lose myself in a world of doubt,"

（如果我在这个疑窦重重的世界里，失去我自己，）

"and I wonder what's mine."

（我想知道什么属于我。）

……

"But when you kiss me the star sighs."

（但当你吻我，星星也会叹息。）

"It's a supernatural delight."

（这是一种难以言喻的快乐。）

肖想用筷子敲着碗打节奏，闭着眼哼唱：

"You're the mastermind of this summer murder."

（你是这场夏日谋杀案的主谋。）

肖想唱出这一句的时候，时烨突然就想到了那年的盛夏。

他对夏天的鲜活记忆似乎都停留在了四年前的白城，从那年以后，时烨就开始讨厌夏天。

肖想唱到"summer"的时候，他们这桌正对面的玻璃门那儿出现了

个人影。时烨和钟正手上的动作没停，仍往下弹着，但目光都被玻璃门外的那个身影吸引去了。

盛夏拿着伞，微微低头皱眉看面前的玻璃门，十分不确定地推拉半天，似乎不知道是该往里推还是往外拉。

他试了很久才把门推开，进门的时候还没注意台阶，差点滑倒。随着盛夏几乎滑倒的动作，时烨的身子也僵了下……然后分神的他就按错了一个和弦。

时烨在心里叹了口气，索性不弹了，停下来抱着吉他。

盛夏的这一系列动作看得肖想目瞪口呆，感慨了一句："他怎么……唱歌的时候还挺有范儿，这一做别的事儿，看上去就不太聪明的样子……"

牛小俊啐了一句："人家这叫真实。"

肖想笑了笑："他站那儿干吗呢，是看不见咱们还是不好意思过来？"

时烨看着那个站在原地发愣半天犹豫着没挪步的盛夏，无奈地叹了口气。盛夏铁定是看不清他们，也不知道该往哪个方向走——他不仅近视，方向感也很差。

他只能对边上的牛小俊说："你把他带过来，应该是没看见咱们。"

"看不见？！"肖想当即就惊了，"近视吗？那这也……太严重了吧，我们离他不到十米，这么大个店就两桌人，这也看不到？"

钟正率先出声对着盛夏那边招了招手："嘿，这边！"

盛夏听到声音，眯着眼睛往他们那边看了眼，又看了看左边，然后……他就义无反顾地朝着左边那桌正在打牌的工作人员，大踏步走了过去。

一桌子人看着离他们越来越远的盛夏，简直无语。

肖想："视力差，听力也不行……"

钟正："他是不是平时听歌太久，耳朵不行了？"

牛小俊："以后咱们喊他大声点，人家近视，也听不见。"

时烨无奈，只能放下琴起身朝那个背影走过去。快要靠近的时候盛夏才回过头，他微微眯着眼，确认是时烨。一开始他很是感动，发现时烨微微皱着眉，就赶紧低下了头。

两人都没说话。

时烨见他看到自己了，就转身带着人往饭桌那边去，盛夏就跟在他身后慢慢地走。

一直保持着这个诡异气氛走到了饭桌边，盛夏在留给自己的位置上坐下。时烨坐在拼在一起的另一张桌旁，单独吃一个锅，和盛夏就隔着一把靠着的吉他。

他们都见过，没怎么客套。牛小俊一边给盛夏烫餐具一边招呼他："来来来，随便吃，把老板吃垮都没问题，以后有事儿没事儿就来这个店吃，五折五折。"

钟正笑骂了一声，说："谢谢你给我揽生意。"

肖想乐呵呵地给盛夏递饮料："时爷胃还没好，今儿不喝酒，你就喝牛奶哦。"

盛夏伸手去接，说了声谢谢。他其实挺紧张的，总有种自己是来考试的感觉。

"我以前看过你的视频。"肖想也不知道是不是客套，"你很会编曲啊，特别有想法。"

盛夏有点不好意思："没有没有……"

肖想点点头，又问："话说，你是不是很喜欢时烨写的歌啊？我发现你翻唱飞行士的那些歌，基本都挑他写的唱！"

盛夏再回答的时候有点支支吾吾："我……呃，那个，确实是挺喜欢……"

然后时烨突然淡淡地插了句："肖想，你的脑花要煮烂了，快点捞。"

盛夏看肖想忙着捞脑花去了，刚好他也不知道怎么回答，便低头喝了口牛奶。

牛小俊搭了句话："你近视吗？"

盛夏点头。

"很严重？怎么在门口都看不到我们？"

盛夏："一只五百多一只四百多，不算很严重吧。我是不喜欢戴眼镜，隐形戴着也不舒服。"

"不戴眼镜也太不方便了吧？"

"还好，我出门的时候会带上一副框架眼镜，有需要的时候就戴上看。"

牛小俊疑惑："不喜欢戴眼镜？"

盛夏继续点头："不喜欢，也不习惯。"

时烨突然想起，这小孩之前对自己说的版本似乎是："也没什么是我必须要看清的。我已习惯了看一个模糊的世界，如果戴上眼镜长时间去看很清晰的世界，我反而会觉得有点害怕，没什么安全感。"

他们边吃边聊，接着牛小俊便发现盛夏完全没动筷子，凑近他问了句：

"怎么不吃？"

盛夏看着面前那红彤彤的锅底，一脸为难。他本来就不太会吃辣，今天嗓子又难受，估计是扁桃体发炎了，这一顿要是吃下去肯定……可是不吃他们会不会觉得自己很不合群？

纠结半天，盛夏还是对牛小俊说了实话："我不太饿，而且今天嗓子不太舒服……没什么胃口，对不起，我有点扫兴了。"

"哦，这样啊，没事儿，怪我们也没问你爱吃什么。钟正啊，盛夏不能吃火锅，厨房还有什么清淡的没？"

被叫到的钟正想了想，随后直接拿烟指了指边上一个人独享清汤锅的时烨："要吃病号餐就直接跟时烨吃一个锅呗，厨房没别的了。"

盛夏："……"

牛小俊："可以吧？主要也没别的了。"

他肯定不敢有意见并且很愿意啊，但怕时烨……

牛小俊问时烨："行吗？盛夏跟你吃一个锅。"

时烨淡定地烫着蔬菜："随便。"

牛小俊点头，让盛夏直接坐过去："去吧，就当陪他吃。"

肖想也跟着催他："对，快坐过去，我们要抽烟呢。我记得你不抽，免得呛到你。"

被安排得明明白白。盛夏就这么被目送着换到了时烨那桌。

怕时烨不乐意跟自己一起吃，盛夏半天没敢动筷子，尴尬地拿着牛奶喝。

时烨身上那种生人勿近的气场实在是太锋利了，更何况自己跟他……盛夏本能地觉得，时烨应该不想搭理自己。

等僵硬地坐了半天，时烨在对面问了他一句："手长来干吗的？"

"……啊？"

"等着我给你夹？"时烨皱着眉，"吃啊。"

盛夏脸都红了："好……好的。"

他们相对而坐，客客气气地开始吃东西，对比边上那吃得热火朝天的三人，他们这边十分沉默安静，两人也不看对方，自己吃自己的。

因为觉得尴尬，其间盛夏一直在努力想话题，但总觉得自己说什么时烨都不会理他。他琢磨半天，把目光放到了旁边的吉他上，突然有了灵感。

盛夏装模作样地咳了咳："那个……时烨老师，那是你的吉他吗？真好看，是定制的吧？"

这么多人在，时烨应该不会无视他直接不给他面子吧。

时烨瞥了他一眼，说："不是我的，钟正的。"

"哦哦，钟正哥的。"

又沉默了几秒。

盛夏努力安慰自己：没事的没事的，至少回答你了，挺好的，是个好的开始。

"那……你们来吃饭也带乐器，是才排练完吗？"

"小正店里有，等你的时候玩了下而已。"

时烨话刚说完，就有音乐声响了起来。

盛夏抬头看过去，钟正已经站了起来。他喝过酒技痒，抓起乐器就开始 solo（独奏），表情松弛又享受。

飞行士是个很平衡的乐队，时烨、钟正和肖想三人都是各自领域里非常有名的乐手。曾经有歌迷开玩笑说这个乐队似乎不需要主唱，因为器乐实在太出彩了，还夸张地说这么好的伴奏，拉只鹦鹉来随便哼哼都好听。

钟正是个多才多艺的贝斯手，会画画会做饭，尤其是画画，水平很不错，据说当年差点就去画漫画了，没想到阴差阳错被时烨拉来当了贝斯手……乐队的标志就是他设计的。

肖想也有自己的副业，除了做鼓手外，她还是个服装设计师，审美非常前卫，乐队的服装都是她一手包办的。

这段 solo 很"燃"，盛夏听得很入神，等结束后很卖钟正面子地用力鼓掌。

钟正手搭着贝斯，远远地朝盛夏笑了笑："光鼓掌没用啊，你要不要来一段？"

盛夏一怔："我？"

"没关系啊，我和时烨给你伴奏，你唱歌吧。"钟正跃跃欲试，"刚刚我们还一起练了下《极星》，你在的话正好有人能唱，我特别想听听效果。"

其实钟正是想让盛夏好好表现下，让时烨清醒的时候听他唱一次，也算是用心良苦了。

盛夏睁大眼："《极星》？"

"是啊，特别难得，时烨很少乐意弹这首歌的。"钟正笑眯眯的，"可以吧？来！"

　　盛夏面露难色……怎么刚好赶上自己嗓子不舒服的时候啊？

　　时烨却突然插了句话："别唱了，我吃饭呢。"

　　"唉，你这人好奇怪！"钟正立马开始控诉，"吃饭前是你要我拿乐器来玩一玩的，把我的瘾勾上来了现在又不来。"

　　时烨淡定道："我手疼。"

　　钟正："你又来！每次排练你不喜欢的歌就手疼，还有没有天理了！"

　　肖想叹着气问："时烨，这首歌到底什么时候才能重见天日？"

　　"对啊，四年前的歌，到现在我都没在台上弹过！"

　　时烨淡淡回了句："因为这首歌不完全是我的，我不是说过了吗，还有一个作曲人，版权问题。"

　　"他不让你唱吗？找他啊，大不了咱们协商一下。问你是谁又不说，我看就是借口。"钟正一脸痛心，"问了几年都不告诉我们是谁写的，到底谁这么见不得人啊！"

　　时烨："说了我不找他，只能等他来找我。"

　　肖想一脸吐血的表情："别演了，写了不想唱就直说，还编那么多故事来骗我们。你自己想想你编过多少个版本了？！"

　　时烨："这次的版本是真的。"

　　"你上次还骗我们说这首歌跟你八字不合，弹了会做噩梦……"

　　时烨："真的会做噩梦。"

　　扯了半天，时烨一直在转移话题，众人深感无趣，也就不再聊这件事。

　　这时钟正发现盛夏一直低着头不吭声，想着给人家找点话题，就递了句话过去："盛夏，你什么时候来北市的啊？"

　　被点名的盛夏抬头答："四年前来的，来这边上学。"

　　"那你是……才大学毕业？"

　　"嗯。"

　　"真是年轻。"

　　钟正说着话，手依旧有一搭没一搭地拨动琴弦，是刚刚那首《极星》的贝斯根音。

　　盛夏听着那段旋律，手指在桌下微微动着，在心里和钟正合奏了一次。

　　过了会儿，他没忍住问了一句："那个……时烨老师现在嗓子怎么样了？我看新闻说好像有恢复一些。"

　　"好是好了些，但比不上健康的歌手，可以勉强唱，但是我们从不强人所难！"肖想抢答了这个问题，"而且我们仨都不太喜欢唱歌，更愿意享受自己的乐器，唱歌就交给更有表现力的人，术业有专攻嘛！"

钟正点头："对，所以我们希望能找到一个跟乐队合拍的伙伴，来替我们分担唱歌的痛苦。"

时烨这时候才发了话："不要诱导聊天内容。"

钟正看时烨不想摊开聊这个事情，只能先闭嘴作罢了。他举杯跟盛夏碰了碰，含蓄地说："我们排练的时候你也来帮忙吧，听说你什么乐器都会一点，唱歌又好，如果你愿意的话。"

盛夏赶紧点头："当然愿意，我做什么都可以，只要你们需要。"

他说完悄悄瞄了对面一眼，想看看那人脸色，结果发现时烨居然也在看自己。盛夏吓得背都僵了，很不自在地低下头。

良久时烨才慢悠悠道："别迟到，以后。"

盛夏一愣："啊？"

"我们约了三点半，你到的时候是三点四十八分，迟到了。以后别这样，我讨厌等人。"

"啊！对不起对不起，我今天是……"

"不爱听理由，下次别再迟到就行。"

时烨重新低下头吃东西，没再看他。

盛夏诚恳点头："嗯，我记住了。"

大家说说笑笑地又吃起了火锅。

中间有很多次盛夏都想给时烨解释一下自己为什么会迟到，可对方压根不看他，每次他刚开口时烨就去找边上的人说话，来回几次傻子也懂是什么意思了——不想理你。

于是趁着钟正和时烨说话的空当，盛夏从双肩包里摸出了他随身会带的本子和笔，迅速地写了几行字，把纸撕下来，趁大家不注意的时候，把那张纸条往时烨的方向推了过去。

时烨愣了愣。

盛夏以前就有随身带本子写写画画的习惯，他日常生活里大多时候都沉浸在自己的世界里，在本子上涂鸦、写曲，画一些别人看不懂的符号。当时时烨还以为这就是年轻人青春期犯"中二病"，没想到现在还这样。

盛夏把那张纸条推过去的时候就做好了被无视的心理准备，他鼓起勇气去直视时烨，想看看对方的反应，决定如果时烨装没看到再拿回来。

一秒，两秒，三秒。

时烨的余光在那张纸条上停留了一会儿，似乎在考虑着什么。

就在盛夏越来越紧张、越来越没信心的时候，时烨轻轻拿起了那张纸条，他动作很快，脸上也没什么表情。盛夏这才松了一口气。

没有人注意到他们的动作，另外三个人正挤在一起看搞笑视频。

那是盛夏第一次和飞行士的所有人吃饭，他们从下午四点一直吃到晚上八点。

之后，时烨和盛夏没再说一句话，最后离开火锅店的时候也没有。盛夏本以为时烨会跟自己道别，但那个眉眼总是很冷漠的男人就只是对着他们招招手，然后转身离开。

……

时烨回到家后洗了个澡，把身上的火锅味都洗没了才翻了翻衣服，找到那个小纸团。

他端详了纸团很久，这才慢慢地、一点点把那张纸条打开——

"我今天真的出门很早，但是路上堵车了，而且找地方也花了很久。对不起，以后尽量不迟到，请不要生气。

"你今天是蓝色的。

"——S."

◄ 03 ►

因为沈醉的事情闹得挺大，在经过一段时间热度冷却后，公司还是决定让时烨单独上一档访谈节目，期盼能从侧面消除一下那些流言的负面影响。

牛小俊盯着对面发呆的人看："想什么呢，紧张？"

时烨回过神来，扯了扯衬衫领口："没，就是在想今年的夏天怎么回事儿，下了雨又开始高温预警。"

牛小俊没接这话，开始嘱咐："待会儿千万别乱说话，也别有情绪，徐静的访谈还是有点分量的，反正……你懂我意思。"

"我一向实话实说。"时烨无所谓地耸肩，又摆手示意化妆师别给他涂东西，重新塞上耳机开始听歌了。

听着听着，余光看到休息室的门开了。

走进来的人时烨倒是眼熟。盛夏穿着一身简单干净的衬衫和牛仔裤，脚踝处露出一点绿色的袜子，似乎眼神不太好，正眯着眼睛找人。

他刚进休息室，身后的肖想和钟正也进来了。肖想冲着时烨那边吹了声口哨就没再看过来，开始拉着面前的盛夏和钟正聊天扯淡。

这时候工作人员过来喊了时烨一声："时烨老师，您准备好了吗？镜头是出门就有，可以开始的话我们就走吧。"

牛小俊接过时烨的东西，微不可闻地叹了口气："去吧，记着我跟你交代的，哪些是能说的，哪些是不能说的……"

时烨点头，站起来，朝着出口走过去，直接推开了门，留下乐队的其他人和牛小俊站在外面。过了会儿牛小俊有点事，就顺手把时烨的东西塞进了一旁的盛夏手里，说："我去那边见个人，你拿一下，别搞丢了，时烨这耳机特别贵。"

盛夏十分适应自己打杂的身份，忙点头："嗯嗯，东西都给我吧，我来拿。"

于是牛小俊快乐地把自己的包也递给了盛夏。

其实乐队之前有过乐助，但不太管他们的日常事务，主要负责对接工作。原因是时烨太难搞了，他没来由地讨厌助理，女助理讨厌，男助理也讨厌，牛小俊分身干杂事干了大半年，怨念颇深。这会儿来个劳动力分担痛苦，他简直恨不得把什么事都丢给对方做。

盛夏看了看自己手上的东西——时烨的耳机、手机，还有一个钱包。耳机确实非常贵，手机好像配不上这么贵的耳机吧……他小心翼翼地捧着这几样东西，然后敏感地发现，耳机里好像还有声音，歌还在放着。

他疑惑地拿起一只耳机塞进耳朵里确认，可一听到耳机里的声音人就傻了……居然是几年前他写过的一首原创歌曲——《沙》。

盛夏的表情顿时变得十分精彩。

即使这副耳机的音质特别好，似乎还给几年前青涩又幼稚的曲风增了特色，可这依旧是一首他自己不满意的作品。时烨怎么会听这首歌？！

盛夏捧着时烨的手机，脸一下子红了，陷入了深深的羞耻中，久久回不了神。

徐静的这档节目是个创新式直播访谈节目，节目邀请的都是各行各业颇有争议的一些领军人物。她本人是业内很有分量的媒体人，喜欢引导嘉宾发表具有个人色彩的大胆言论，节目有深度、有档次，这也是公司同意时烨接受采访的原因之一。

对着时烨的摄影机有四个。他跟着边上工作人员的指引，走进了采访用的演播室。徐静就坐在里面，留着很利落的短发，穿一身黑。

见他过来，徐静站起来跟时烨握了个手，寒暄几句后就切入访谈了。

"你很久没有出新作品了。"她说，"是一直在休息吗？"

时烨点头："算是。"

访谈的位置在落地窗前，楼层高，视野很好，时烨心不在焉地指了指窗外的某个方向，说："从你这儿居然能看到我住的地方……还能看到我家对面的那家饭店。"

徐静笑了："这让我想起你早年写了不少跟北市有关的歌。你对这个城市应该很有感情吧？"

时烨点头："那肯定有，毕竟在这儿长大的。"

"那还有哪个城市你是很有好感的吗？"

时烨想了想，答："平江，还有……白城吧，很久之前我有想过在那里养老。"

"白城？"

"嗯。"时烨摇摇头，"但现在不喜欢了。"

徐静不再追问。她观察着时烨："你今天给我的感觉很平和。"顿了下，"总觉得你……比以前沉稳了很多。"

"那大概是你的错觉。"时烨说，"我脾气是真不好，经常很不冷静。"

徐静笑了笑："你面对自己的音乐时也会有很不冷静的状态吗？"

"差不多，我总是处于一种容易失控的状态。"时烨说，"可能就是以前一直在用那股劲儿，但用力用猛了，现在就没劲儿了。"

徐静："感觉你的歌和你本人反差很大，也有点矛盾。"

时烨："人都是很矛盾的。"

"而且我总觉得你没有传闻里说的那么难以接近。"徐静笑了笑，"我今天甚至觉得你非常温和。"

时烨失笑："我一般只对没眼色的人发火。"

徐静点头，小心地问："其实我们收集了一些网友的问题来问你，但问题都比较尖锐，如果你介意的话可以……"

时烨打断她："直接问吧。"

"嗯。"徐静吐了口气，"有个网友问，您为什么每次讲话都给人一种很……"她犹豫了下,"'端着'的感觉。"

时烨看她为难,了然地笑了下:"没事儿,你可以读原话,我不在意的。"

徐静看着时烨的脸色,慢慢道:"原话是问你为什么那么'装'。"

在镜头里这大概是有些尴尬的瞬间——徐静拿着稿子看向时烨,而时烨低头看自己的手,尖锐难听的问询丢出来,砸出一片难挨的沉默。

"是因为我比较内向。"

时烨低着头,说得很慢:"我应该是个比较容易悲观的人吧,有很长一段时间我都不知道怎么去处理自己和公众的关系,但我也曾试图让别人来了解我,想交流和得到回馈,虽然都失败了。那些所谓的装……你可以理解为我是在自我保护,每个人都用某种方式保护自己,不是吗?"

徐静点点头,又问:"那些评价会伤害到你吗?"

时烨说:"有时会。"

"你都是怎么去消化的?"

时烨换了个坐姿,皱着眉,看上去像是在思考。"我不怎么消化。"他说,"我一般都选择逃避。"

"那如果下一次还遇到这种困扰怎么办?"

"就……"时烨面色无奈,"再受一次伤啊,还能怎么办。"

"这么被动?"

时烨深吸一口气,点头:"其实在很多方面,我都很被动。"

"那你怎么看大众说的,你以前写的歌最好听,最近似乎江郎才尽?"

"这样说有点片面吧。"时烨说,"人在每个阶段的状态都不同,想表达的东西也不同,但这是他们的想法,我不评价。"

徐静笑了:"那你觉得你有成长吗?"

时烨揉了揉太阳穴:"好像没有。"他说,"我现在处于自我封闭中。说实话……我是成长得很慢的人,面对现实也挺软弱的,所以……我才会躲进音乐里搞点创作。"

"你的音乐感动过很多人。"

"或许吧,谢谢。"

之后他们之间静了静,不知道是为什么。很久后徐静才继续问:"你怎么评价自己过去的那些作品?"

"评价?"时烨想了想,"我不喜欢评价自己和别人。"

徐静点头。

"七八年前是你创作的巅峰期，很多人靠翻唱你的作品都能走红。不知道你有没有听过一个叫 Galileo-S 的歌手。他从两年前就一直在翻唱你们的歌，还是个键盘手，在网上很有名。"

时烨反应却很平淡："哦，是吗？没听过。"

整个采访基本围绕着时烨的生平在聊，最后聊着聊着，才跳到了那个不太愉快的话题。

"不然聊聊最近的舆论吧。"徐静语气依旧是随意的，"我想大家应该都很好奇你的现状。外面都说是你在乐队搞内部独裁才造成现在的局面，还有关于过世的主唱沈醉的流言，你认为那些真真假假的说法，对你来说是误解吗？"

时烨其实很心不在焉，他不是习惯对别人袒露内心的人，面对这种场合无法真正游刃有余，他不擅长这种直接的表达和自我暴露。

语速慢了些，时烨说："沈醉……他对飞行士而言是一个遗憾，从个人的情感角度来说，我很难过。对于沈醉的事情，我有责任，乐队也有责任，所以今天，我也向所有对我们有所期待的人说一声对不起，很抱歉辜负了大家的期待。"

说完，时烨站起来，对着摄像头鞠了一个躬。旁边乐队的几个人都侧过了脸，没去看时烨的动作。

等时烨坐下以后，访谈的气氛明显比方才闷了很多，徐静连坐姿都变了。

"沈醉从四年前加入乐队以来，一直有很多争议。"徐静斟酌着用词，语气有些惋惜，"你现在回想的话，会后悔在四年前让沈醉加入乐队吗？"

她的话已经说得很委婉了。事实上，飞行士在沈醉加入后口碑一落千丈，时烨的状态也大打折扣。

听完这个问题，时烨却没有露出懊悔、难过的神情，他甚至还笑了笑。

"不会，我很少会后悔已经发生的事。"他说，"关于批评我们都接受，但我相信沈醉对我们而言是有意义的，无论外界如何评价他，我永远感激那段他和我们相处的时光，也会永远怀念他。"

◄ 04 ►

访谈持续了很久，看时烨有些疲倦，徐静站起来叫了声暂停。她跟时烨沟通了下，说剩下的时间想跟时烨一起看个视频，是她们团队剪的，算是送给时烨的小礼物。之后的访谈会随意一些，他们可以一边看一边聊，还说想请乐队的其他成员一起来看。

时烨接过徐静递过来的黑咖啡，他们说说笑笑地往隔壁的放映室走去，路过盛夏身边的时候时烨眼皮都没抬一下，直接无视了盛夏递过来的水，自顾自地往前走。

被无视了盛夏也没见有情绪，自己把水打开喝了口。

牛小俊还怕他伤心，安慰了句："他今天有点不高兴，可能是因为没吃早饭心情不好吧，不用介意。"

盛夏皱起眉想了想，没头没脑地给牛小俊来了句："没吃早饭就直接喝黑咖啡？都第二杯了，他的胃不是不好吗？"

牛小俊一愣："啊……"

盛夏皱着眉道："小俊哥，你去跟时烨老师说说吧，别让他喝了。"

牛小俊："我给他买了早餐的，他自己说不想吃。没事儿，他也不是很爱吃早饭。"

"但他的胃本来就不好啊！"盛夏的语气带了些抱怨，"怎么都应该让他吃一点。"

牛小俊心想，那个大爷的倔脾气谁敢逼他吃东西啊。

他还在自我反省到底该不该逼一个不爱吃早餐的人吃早餐时，身边的盛夏已经急急忙忙大步赶上了时烨。不讲道理地把人拦下后，他直接伸手去拿时烨手里的咖啡："哥，别喝那个，你的胃……"

时烨的手让了让，低声问："干什么？"

盛夏指了指他的杯子，小声道："不要喝了。"

时烨瞥了他一眼，没搭理。盛夏皱了下眉，上手就想直接把他的杯子拿过来，两人一来二去地推拉着，杯子里的咖啡洒了出来，把时烨的衣角弄脏了。

时烨低声呵斥了一句："松手！"

盛夏手忙脚乱地拿纸巾给时烨擦衣服，连声道歉："对不起，但你别喝那个了，小俊哥说你没吃早饭，别空腹喝咖啡。"

时烨满脸写着不耐烦："要你管？"语气跟赌气似的。

盛夏充耳不闻，又说了句："你现在肚子饿吗？我包里有三明治。"

时烨闭了闭眼，深呼吸顺了顺气，心平气和后他才好受了点，把咖啡往盛夏手里一塞，又顺手抽走了他手里的水，闷闷道："我不饿。"

喝水就喝水吧，喝个水又没什么，时烨安慰自己。他心里憋着气，闷闷地拧开喝了一口，然后时烨才后知后觉地发现这好像是别人喝过的水……

于是时烨更生气了。他面无表情地把瓶盖拧上去，塞回盛夏手里，在周围人的注视中走进了放映室。

房间里只放了四张椅子，肖想和钟正说说笑笑地走进来挨着时烨坐下了，盛夏被留在了房间外，跟牛小俊站在一起。

"那我们开始了？"

时烨点头。

视频的开头是一个坐满人的体育馆，画面是黑白色调的。时烨认出来了，这是多年前飞行士举办第一次全国巡演的第一站。

徐静在旁边轻声道："这好像是你们第一次办这么大规模的演出吧？"

时烨点头："嗯，第一场万人演唱会。"

肖想呼了口气："我第一次见那么多人，上台前紧张得不行。"

投影屏里传出欢呼声，时烨抱着吉他上场，那一年飞行士的演唱会在屏幕里开始了。

有时烨的旁白响起，他说：

"某个梦里，我好像去过那个离我们很遥远的世界。那个世界很神秘……还储存着一种奇异的引力，当我悲伤时，那股力量会从身体里冲出来，把我扯向茫茫的、无尽的、瑰丽的太空中。

"你有没有看到那个人？那个人长了一双很丑的翅膀。他在宇宙里孤单地飞行着，他努力在周边纷杂的电波里找寻，找寻和他处在一个频率的人。

"他是飞行士。

"也是听到我们的，你。"

画面跳跃，做出了那种时光穿梭的效果……光影中闪过的是一次又一次的演唱会、一站又一站的巡演，每一场都星光璀璨。

接着画面又变了，时烨立刻认出来了，这一幕是山城的那场 Live。

那天下雨了。其实那会儿已经唱完了，安排好的曲目唱完后沈醉先下场喝水休息，肖想和钟正也在谢场后开始收拾设备。

但时烨没走，他站在原地闭着眼，像是在听什么。

画面被做成黑白色调，尽管人声嘈杂，但看上去依旧很压抑。很多观众看时烨没走便也没有退场，穿着雨衣站在台下看他。

然后时烨开始弹《银河里》。

场下先是安静了几秒，等反应过来后一下子全炸了。

《极星》和《银河里》这两首歌自发行后，飞行士从没公开演唱过，画面里的这一场 Live，是时烨唯一一次在公开场合演奏《银河里》，虽然……他只起了个头。

画面里的时烨开口，靠近话筒唱出了第一句歌词——

"……我睡在风中，望你眼睛，我看到银河里。"

声音很低，甚至可以说是嘶哑的。只一句，时烨就僵住了，他连吉他都忘了弹，像是失去了知觉一般，就那样愣在台上一言不发。但台下的观众已经接住了歌词，齐刷刷地大合唱起来，连伴奏都不需要，场面颇为壮观。

放映室里静悄悄的，黑暗似乎会放大人的感官，大家都沉默着，被画面里那个时烨的情绪感染了，空气里一片低沉。

那是那一年的年尾，站在雨里的时烨 26 岁。

徐静知道这气氛不合适说话，但该走的词还是要走，硬着头皮开口问："其实大家一直挺好奇的，写完《夏至时》后你就再也没有主动提及过，演出时也会避开《极星》和《银河里》这两首歌，是有什么特别的原因吗？"

徐静心想，时烨一定不会回答这个问题。

结果下一秒时烨就答了句："原因吗？因为会难过。"

"难过？"

"嗯，因为是和一个很特别的朋友一起创作的两首歌。"

场内所有人都愣了一下。

徐静顿了顿，连忙问："特别的朋友？"

"嗯，朋友。"时烨说，"后来不拿出来唱是因为……比较复杂的原因吧。我其实不太想提，但大家似乎都很好奇这个问题，我一直很纳闷为什么。"

徐静觉得能问到这里已经十分满足了，赶紧接话道："没关系，那我们接下来……"

时烨看着大屏幕，面无表情地继续道："说就说吧，也没什么。遇到那个人的时候我的人生正好开始走下坡路，身体出了很多问题，嗓子废了，还头痛失眠，神经衰弱。我一个人逃出去旅行了，然后……"

徐静呆了呆，随即连忙追问："然后？"

"然后……然后就遇到了一个人。认识他，被他伤害，又离开了那个

地方。"时烨道，"虽然大家觉得这两首歌好听，可对我而言这是伤口。因为不想揭开伤口所以不提，这个理由你们能理解吗？"

徐静："当然，这是创作者的自由。"她识趣地不再多问。

大屏幕里还在唱着："——让我在无尽的银河里，把你抱紧。"

盛夏没有把那场采访看完，他听完时烨说这段话就离开了。牛小俊看他失魂落魄地走掉，总觉得他离开时挺狼狈的，像是不想面对什么一样。

牛小俊自言自语了一句："难道那个朋友是他？"

Universe

第三章

终止线

◄ 01 ►

生活似乎回到了正轨上。之前只要乐队成员有空，他们每周都会聚到排练室练练琴、讨论下灵感什么的。

但在沈醉出事以后他们就没怎么排练过。所以当时烨把盛夏拉进乐队群里并且通知排练时间后，钟正和肖想都悄悄松了口气，说明沈醉的事情在时烨心里大概算是过去了一部分。

盛夏跟乐队试过几次以后，大家都开始对排练这件事积极了起来。虽然时烨每次都在旁边僵着脸不讲话，但钟正和肖想都看得出来，他不讲话就是没话说，挑不出错来。

时烨这天提前了点到排练室，才走进门就看到钟正和肖想两人坐架子鼓旁边刷视频，便走过去听他们闲聊了会儿。

肖想甩着鼓棒试探着问时烨："咱们真的会要新主唱吗？老娘居然要给第三个主唱打鼓了，想想真是神奇。"

钟正接茬："感觉策哥他们挺喜欢盛夏的，就算不考虑我们乐队，以后可能也会把他签下来。"

肖想点头："说起来，钟正你发现没，盛夏唱歌时的吐字发音有点，怎么说……总觉得他跟时烨有点像，但又不完全像。"

"嗯，网上早就有人说他像柔情版的时烨了。"钟正道，"我挺喜欢他的声音。"

肖想看向时烨："皇上，咱们收不收他？"

时烨摇头："不收。"

肖想瞥他一眼："不收那干吗让人家来跟我们排练。"

"老板发话了，让他跟着我们学习。"时烨耸肩，"缺的器乐他补上，干助理的活儿，有什么问题吗？"

钟正和肖想对视一眼，了然地笑笑，不再聊这个话题。

干坐着无聊，他们直接拿乐器练了下手，然而等时间差不多了，盛夏却一直没到。

看来那人又要迟到了。时烨皱着眉去摸包里的手机，一点开就看到盛夏给他打了四五个电话，还发了一堆短信，中心思想就是说自己估计要迟到、他错了、对不起之类的。

刚刚排练太吵，也没人听到手机响。时烨把吉他搁一边，直接打了个电话过去。

盛夏接得倒是很快，声音听上去也有点着急："时烨老师，我可能还要等一下才到，我这里有点意外情况。"

"什么意外？你在路上了吗？"

"意外就是……有点复杂。"盛夏顿了下，"我在打车了。"

"还在打车？你才出来？"

"不是，我很早就出来了，是遇到了一点意外，然后我现在又找不到打的车……"

时烨发现，只要跟盛夏联系在一起，他叹气的频率就特别高。

他拿着电话，看肖想笑着把之前喝剩的啤酒倒在鼓上，开始砰砰砰用力地打。酒液带着鼓点一下下地撞出属于夏天的声音，也把时烨原本平和的心情撞得一干二净。

太吵了，还热。盛夏那边传过来的声音也乱七八糟的，不知道人在哪里。

因为长时间没人说话，盛夏在那头不确定地叫了声："时烨老师？"

"你在哪儿？"

"商业街，我已经在找出口了，但是我有点不确定司机说的那个北边是不是这里……"

哦，找不到北了。南方人好像都不习惯说东南西北，盛夏又是个近视眼，方向感还差。

"找不到打的车？"

"嗯，找了十多分钟了，正在努力找。"盛夏的声音挺着急的，"这个商场太大了，我问了人，说这里就是北边啊，但是我又找不到他们说的那个……"

找不到的，他这么傻能找到什么。

时烨认命地叹了口气，翻出车钥匙："算了，我来接你，给我描述你能看到的所有东西……不，你还是直接走进商场里等我，发个定位。"

时烨顺着定位找到商场里面。盛夏提着个纸袋子，站在一个店门边上，戴着耳机，正在看橱窗里面的一家子吃冰淇淋。

他深呼吸了一下，走过去一把扯下盛夏的耳机，没忍住地开口训人："大家都在等你排练，你在商场干什么！"

盛夏被时烨的动作吓了一跳，缓了下才镇定下来道："你让我进来等你的啊。"

"我是在问你为什么会迟到？！"时烨皱着眉，"除了找不到北，你还有什么情况？"

"我……我如果说我遇到了一个和妈妈走散的小姑娘，花了点时间带她去找保安，广播寻人后等她妈妈来接，你信吗？"

时烨冷笑："编，继续编。"

盛夏看了看他的脸色，神情十分沮丧："真的，我当时也很着急想赶紧走，可是又不放心她……我给你打电话是想解释的。"

"给我打电话没接怎么不给钟正他们打？"

"都打了，他们没理我，只有你回我电话了。"盛夏解释得很着急，"对不起啊，时烨老师，是我不对，我们赶紧过去吧。"

如果换个人时烨可能就算了，可是不知道为什么，面对盛夏，他就是特别憋不住火。

"我上次说了，我不喜欢等人。"时烨冷着脸，"你的意外事件挺多啊，帮小孩找妈妈都编出来了。"

"我没骗你。"盛夏抬起头看他一眼，又低下头，"是真的，当时婷婷一直在哭，我也很着急。"

"婷婷？"

"就是那个跟妈妈走散的小姑娘，她叫高雨婷。"

"……"

时烨捂着额头平复了会儿，挤出比较和缓的语气："请问这个点你来商场干什么？"

盛夏拎起手里的袋子："给你买衣服。上次我把你的衬衫弄脏了，想还你一件新的。我是打算买好再直接去排练室给你的，没想到……"

盛夏尤其白，皮肤也很好，时烨被他那白得扎眼的手腕晃得眼睛疼，发现自己又想叹气了。

时烨闭了闭眼，直接打断他："盛夏。"

"啊？"

"聊聊。"

时烨一边给钟正发消息说今天的排练取消，一边往边上站了站，打算解决这件让他心烦意乱的事。

"你过来。"

等走到没人的安全通道口，时烨靠着墙，抱着手，眉头紧皱地盯着面前的人。

盛夏站得规规矩矩的，这架势乍一看跟挨训没什么两样。商场里热闹得很，他们两个这边却很安静，等真正面对面了，谁都没先开口。

盛夏憋了半天，才小心而拘谨地说："我不是故意迟到的，对不起。上次也是堵车……我大概运气很差吧，每次跟你见面总是这样，总有意外发生。"

运气，意外。

时烨微微低头去看盛夏的眼睛，一言不发。

这么严肃……那无论如何先认错吧。盛夏自我鼓舞了一下，诚恳地说了句："对不起，迟到是我不对，害你等我了。"

时烨心想：幸好你迟到了，不然我有什么理由赶你走呢。

"今天以前我以为我能跟你和平相处，也能一起工作，可现在发现不可能了，我无法用平常心看待你。"时烨语气冷淡，"你明白我的意思吗？去跟高策说吧，以后别考虑跟海顿有关的工作了，你认识林华，应该不缺活儿干。"

盛夏显然是被这话吓到了，脸色瞬间变白："你别赶我走。"他声音抖着，"我……我来北市就是来找你的。"

时烨冷笑："找我，来看我笑话？"

盛夏皱了皱眉："怎么可能……"

"那就是看上我的这个没落乐队了。"

"你怎么这样说自己的乐队……"

"那你什么意思？"

"反正不是你说的那种意思。"

"你到底想干什么？"

盛夏也急了："我还能干什么！我难道会害你吗？"

时烨摇头："你的出现就是在伤害我，不是吗？"

他说话的时候，盛夏眼睛渐渐红了。不是瞬间变红，是很慢地开始变红，耳朵也是，他的生活节奏比常人要缓慢一些，情绪也是，总有些慢半拍。

时烨在盛夏酝酿情绪的间隙里只觉得疲惫，心里也是五味杂陈，连好好沟通都很难做到。他觉得自己一定要心狠一点，就直接从钱包里掏出一张卡递过去："那张 EP 里的歌……你知道我说的哪一张。关于那两首歌的所有收入都在里面，拿去吧。"

盛夏十分抗拒地摇头："那本来就是我送你的礼物。"

"拿去。"时烨坚持，"拿走，我们两清。"

盛夏把手背了起来，侧开了脸，拒绝接受那张卡。

时烨渐渐失去耐心："让你拿着！"他没控制住音量，此刻表情也十分不耐烦。说实话，时烨发火的时候看上去还是挺可怕的。

盛夏心里害怕，但还是顶着压力回了句："我不要钱，你拿回去，你不欠我的。"

时烨动作一顿："那你还想干什么？"

"……我后悔了。"

"后悔什么？"

"就以前的事，我后悔了。"

现在后悔？真有意思。

时烨几乎是瞬间被刺激到："你后悔我就该接着？我拒绝的话你要怎样，嗯？去爆料？说飞行士的时烨四年前……"

他的语速越来越快，盛夏被说得满脸通红，没忍住大声打断道："我不会那样伤害你！我……"

"那你有什么目的？"时烨厉声打断他，"你要什么，你到底要干什么？"

"我还能做什么！"盛夏冲他喊，"我想弥补！"

"做不到了。"时烨冷着脸，"我不会再上当了。"

也不知道是不是自己这话说得太伤人，接下来盛夏就涨红了脸，像是想说什么又说不出口，憋了半天眼眶越来越红。

没等他开口，盛夏已经哭了，时烨看得倒吸一口凉气。

盛夏哽咽着道："对不起，是我的错。是我不知道天高地厚，我也没想过要你原谅我，我只是……"

说完眼泪就越掉越多，时烨看得头皮发麻，手足无措，简直想扭头跑掉。

这样子怎么看都像是自己在这角落把人给欺负哭了，可是他也没干什么啊，也就是说话大声了一点，这就哭了？

时烨看着盛夏通红的眼眶，一种巨大的无力感顿时涌了上来。

"别哭了。"他烦躁地偏开头，"好好说话你哭什么哭。"

盛夏捂住眼睛："但是我现在笑不出来，对不起。"

时烨："……"

自省一分钟后，他稍微平复了自己一团乱麻的心情，开始小小声地跟盛夏打商量："别哭了，我不说了。"

这个音量，这个语气，时烨觉得已经算是安慰了。但盛夏看上去并没有被安慰到，他的眼睛还是很红，没说话，只是一直摇头，掉眼泪，看上去十分伤心。

实在束手无策，急得走投无路的时烨看了看周围，突然有了主意，指着旁边的店问："想不想吃冰淇淋？"

◄ 02 ►

时烨觉得他还是高估自己了。

一开始他告诉自己可以的，他可以把盛夏当作一个无关紧要的人，把盛夏当作可以合作的同行，甚至还可以慢慢试着把盛夏当作普通朋友看待……不过这几天发生的种种都开始让时烨明白，那不可能。

等红灯的间隙里他看了一眼在旁边默默吃甜筒的人，又疲惫地收回目光。

盛夏啃了半天才把那个巧克力甜筒吃干净。他没问时烨要带自己去哪里，似乎也并不在意。吃完冰淇淋他就开始放空自己，偶尔侧头看时烨几眼，看完又继续发呆。到后来盛夏看时烨没打算跟自己说话，就从自己包里掏了个本子出来，放在腿上开始写写画画。

时烨心不在焉，车开着开着就开回了自己住的地方。这里是家里的老房子，父母出国以后就空了出来，剩时烨一人住在这儿。

等到了家门边时烨才发现把车开回了家，而自己忘了问盛夏要去哪里。奇怪的是盛夏好像也丝毫不在意自己要带他去哪里。

怎么就把车开回家了，还带着他。时烨对自己的心不在焉十分无力。

"今天不排练了，你要去哪儿随意，我没心思送你了，你自己回去吧。"

他说完就下了车，等盛夏也出来以后就把车锁了，扭头便走。

盛夏看着时烨的背影，像是还在反应和思考，但也只有几秒，就抬步跟了上去。

胡同外的小卖部门口有几个在树荫下吃冰棒跳皮筋的小屁孩，有大爷看见他们远远地喊一句"小时"，时烨心情不佳，应得也有些敷衍。

天气太热了，热得人心烦意乱。被盛夏的阳光笼罩时他总会有一种晕眩感，只要是到了夏天，时烨总觉得自己不太清醒，整天晕晕的，像喝醉，像溺水……

空气中夏天的味道是暴躁的，也是碎掉的，是会让时烨头晕目眩的。而这一切焦躁的来源都是身后那个叫盛夏的人。

他分神去听身后人的脚步声，觉得自己估计是造了什么孽。

终于忍无可忍地停了下来。

"跟着我干吗？"

盛夏也停在他身后。他不敢靠太近，两人之间隔着一个安全的距离。

盛夏看着自己的影子，说："不知道要去哪儿。"

"不要跟着我。"时烨说，"回家去。"

"我不打扰你，我……我就在附近转一转。"

"你怎么知道你不会打扰到我？"

盛夏低着头："对不起。"

时烨摇头："回去吧。"

沉默了会儿。

"我真的很想做飞行士的主唱。"盛夏说，"你可以认真考虑我吗？"

实在不知该怎么回答，时烨选择直接把盛夏丢在身后，大步往家走，头都没回。

因为心烦，回家以后的时烨一刻不停地去房间里找吉他——他心烦的时候必须摸摸它，弹几下才能平静下来。

一开始他出现手抖症状时大家都很担心会影响到他弹吉他，可奇怪的是，演奏的时候时烨从没有手抖过，他甚至觉得吉他还能治一治这毛病。

他抱着吉他，凭着记忆开始弹 *Sultans Of Swing*，来来回回弹了几遍，总觉得还是有些焦躁。

想抽烟，喉咙很痒。时烨站起来去翻烟盒——烟全被牛小俊收走了。

烦。

时烨重新坐回去闭着眼弹吉他，脑子里出现的居然全是盛夏满脸是泪的样子，越想越烦。再想下去估计就要投降了。

他烦躁地把吉他放回去，突然觉得非常疲倦，想睡觉。昨晚失眠就睡了几个小时，现在是真累了。

手机响了一声，时烨看了看消息，牛小俊又在群里组织聚餐了，说他心情好，打算大出血请大家吃好吃的。时烨翻了翻群消息，只回了句"我不舒服，不去了，你们吃"。

发完消息后他躺下打算补觉，结果半天都睡不着，只能起来去翻药吃。医生说这药一般情况下吃一片，但时烨现在的情况需要两片。

吃过药头脑开始昏沉，伴随着疲惫感，他被药效拽进了睡眠里。梦里又是乱七八糟的，不过今天有关盛夏的片段比较多。

有两年前自己在国外第一次听到盛夏单曲的那一天，有自己用匿名邮箱帮忙把盛夏的作品整理好寄给林华的那一天，有笨拙地研究怎么用直播软件给盛夏打赏的画面……所有的他都记得，每一幕都历历在目。

默默支持过，祝福过，但从未主动靠近过。

睡醒的时候感觉头疼得要炸开，时烨抓起手机看了眼时间，发现自己居然只睡了两个多小时！原本他想直接睡到晚上的。

头晕又没胃口吃东西，时烨思考了许久，走进家里的录音室，随便抽出一张 CD 放进唱片机里，吉他音出现的同时，他也抱着吉他开始弹，和耳朵里的声音合奏起来。

这样玩了快半个小时才心情好了点。桌上的手机亮了一下，时烨听着歌拿起来看，发现是盛夏的消息。

SX：时烨老师，我给你送了点晚饭过来，放在门口了，你弹完琴出来拿一下。

他倒是丝毫不怕尴尬。时烨表情一僵，把耳机扯下来，犹豫了片刻，回过去："你在我家门口？"

盛夏是秒回他的。

SX：嗯，我不打扰你练琴了，你等下出来拿晚饭就可以，记得吃饭。

时烨把怀里的吉他放好，走出去开门。

盛夏显然是没想到时烨会出来，他原本只是打算来送个饭就走的。面前的时烨皱着眉看他，头发有点乱，脸色也不太好看，像是刚睡醒。

"那个……小俊哥说你一个人在家会忘记吃饭。"盛夏解释道，"他说会给你点餐，但我们不是在聚餐吗，我吃完了就想着顺路给你送一点。"

时烨盯着他额头上的汗水，思考了几秒："你跑过来的吗？"

"啊？"盛夏一愣，"不是，骑自行车过来的，我们吃饭的地方就在附近。"

"骑车……外面多少度你不知道吗？"

"没事的，我不怕热。"盛夏笑了笑，"那你记得吃饭吧时烨哥，我就先走了。"

说着盛夏把手里的袋子递过去，时烨看了看他，想拒绝，但不知道怎么开口。他这会儿头晕晕的，应该是药效还没完全过去，思考的速度也慢了很多。

我要把这个大麻烦给解决了，时烨看着他，这么想着。

"你进来喝口水。"时烨把袋子接过来，"休息一下再走。"

盛夏愣在原地："啊？"

"啊什么啊！"时烨不耐道，"让你进来就进来。"

盛夏连忙应了。他跟着时烨走进客厅，不敢乱走，只敢大概看一看。

一走进来就能看出这是一个音乐人的家——客厅里有一架钢琴，整面墙的书和唱片，左边的房间半掩着，盛夏随意瞟了一眼，里面全是吉他。

时烨去冰箱给他拿了瓶水："休息一下再走，外面挺热的。"

盛夏接过来，一边喝水，一边偷偷去看那架有些陈旧的立式钢琴。他本就是从小学钢琴的，看到好看的琴总是会下意识眼馋。这架旧钢琴非常漂亮，旧旧的桃木色，有一种老钢琴特有的气质。

时烨注意到了他的目光，解释了句："家里人留下的。"

"很漂亮，感觉爱护得也很好。"

时烨点头："这钢琴是我妈的陪嫁。"

盛夏莫名觉得此刻的时烨有点好说话，居然都会跟他闲聊了。有问题，绝对有问题。

即使感觉气氛很诡异，但盛夏还是决定把对话延续下去。

"你妈妈肯定是个很温柔的人。"盛夏说，"跟这架钢琴一样。"

"应该算温柔吧，但我有时候觉得温柔的人伤害别人的时候才最残忍。"时烨说，"我14岁的时候父母离婚，我爸去了国外。16岁的时候我妈改嫁，之后再也没有回过这个家，也没再管过我一天。"

他似乎话里有话，而且这种话题，盛夏完全不知道该怎么接。

明明还没开始说什么，盛夏却突然感觉这气氛很不对劲，像是有什么事要发生。他本能地开始抵触和抗拒，把水放下，站起来道："我该走了。"

"不急。"时烨说，"我们聊聊。"

一定不会跟他聊什么愉快的事情，盛夏心想。

果不其然，下一秒时烨就从钱包里再次掏出那张眼熟的卡，放到桌上，又推到盛夏面前。"这钱你拿走。"时烨说，"我们谁都别欠谁。"

盛夏摇头："我不会要的，那本来就是我们一起写的歌。"

时烨沉默了，他盯着面前的打包袋发了会儿呆。

这时盛夏站起来，走到他边上，帮他把饭盒拿了出来，打开饭盒的盖子，小心地挪到他跟前："你先吃点东西。"

一盒咖喱饭，一盒白灼虾。重点是，那盒虾是剥好的，整整齐齐码着，看上去十分刺眼。好像有类似开心的情绪冒了个头出来，但很快又被诸多复杂的感觉按了回去。

时烨把目光偏开，道："别做这些多余的事，卡拿上，你走吧。"

盛夏摇头："我说了不会要的。"

"那你还想要什么？"他说，"我真的不明白你为什么要来找我。"

盛夏看着时烨面前的饭盒，突然问了句："你喜欢吃的东西，只会吃一次吗？"

"什么意思？"

"小俊哥说你很喜欢吃那家店的虾，每次去都会买。想来你可能比较恋旧。"盛夏直视着他，"那对以前的朋友呢？"

时烨避开他的目光："吃的东西和人……不能相提并论。"

又沉默了一会儿。

时烨面有倦容，黑眼圈很重，脸颊也瘦了很多，看上去挺憔悴的。

盛夏看得有点心疼："你这几年一直在休养，到底是哪里不舒服？"

时烨低头开始吃东西，答得含糊："反正就是有病，你可以理解为我是神经病。"

盛夏皱了下眉："手是不是也出问题了，有影响到弹吉他吗？"

时烨点头："脑子和身体都有病，你得躲远点，别总在我跟前晃悠。"

"那我也有病，我不怕你，你别赶我走。"盛夏盯着他，"这次我说什么都不会走了。"

❙ 03 ▶

时烨愣了两秒。

接着他发现在盛夏直白的目光里，自己似乎是被动的那一个。

之前吃的药药效是不是还在？为什么有点头疼？焦躁感再次涌现出来，时烨把筷子往桌上一摔。

"盛夏！"他语气不耐，"当初你让我走的时候说的那些话都忘了？别骗我也别骗自己，你只是崇拜我，崇拜飞行士的吉他手。如果你真拿我当朋友，当初就不会赶我走！"

盛夏低着头："当初让你走……我只是不想让你放弃弹吉他，放弃乐队，也放弃自己。"

放弃弹吉他，放弃乐队，放弃自己……时烨不知道被哪些字眼刺激到，突然站起来，有些焦躁地绕着钢琴走了几圈，用手撑着头，一副很疲惫的样子。

盛夏被他这样子吓到了，连忙站起来问："你……"

"别过来！"时烨喝止他。

"要吃药吗？"盛夏急得赶紧跑过来扶他，"去哪里拿药？家里有吗？还是我打电话给小俊哥？要叫医生吗？"

时烨一把甩开他，靠着那架钢琴深呼吸。

盛夏哪里听他的，上前扶住时烨的肩膀，凑近问道："需要吃药吗？药放在哪里？我去拿。"

"别碰我。"时烨固执道。

"嗯。"盛夏看上去毫不在意，"所以你的药放哪儿了？我去给你拿。"

或许是发现自己没有再被推开，盛夏已经试探着扶住了时烨的肩膀。

时烨最后抵抗了一次："卡在桌上……你拿上走人，手放开。"

"你不舒服就不要发火了。"盛夏叹了口气，"好吗？不要发脾气，等你吃完饭吃过药我就走。"

时烨彻底放弃跟他交流了，摇摇头："你爱走不走，算了。"他趴到钢琴上等待头疼缓解，然后就听到门响了一下。

OK，终于走了。

可头还是越来越疼，他觉得自己好像能听到皮肤下血液流动的声音，焦躁感开始变质，催促着身体做点什么，他很想抓着头皮尖叫，想拿起什么撕碎……有很多声音在他脑子里盘旋，太吵了。

有那么几分钟时烨的意识模糊得开始眩晕，他浑身无力，恶心得想吐，无法控制自己的身体。

他打开琴盖，手指放到琴键上，把脑子里那段越来越响的旋律弹了出来——是断断续续的，因为脑子里的声音忽近忽远，猛地一下炸响会吵到耳朵，可有时候又什么都听不到，需要很仔细才能捕捉到。他艰难地把音符拼凑起来，很痛苦地继续弹下去。

不知道过去了多久，他抬起头，长长地舒了一口气。大脑里的声音没了，家里静静的，只有自己呼吸的声音。

可没喘几口气，余光又看到边上似乎站了个人，时烨回头一看，发现盛夏居然还站在那儿！

他先是吓了一跳，随后才大声问："你怎么还在这里？！"

这音量吓得盛夏身子一抖："我本来就没走，我只是出去打电话找小俊哥，问你的药都放在哪儿。"

"你别管我！"时烨瞪他一眼，"我说了别管我！别在我面前出现，你听不懂吗？！"

似乎感受不到他的怒火一般，盛夏歪头想了想，没头没脑地来了句："刚刚你弹的那段有点问题。"

时烨一怔："问题？"

我要跟你吵架，你跟我说弹得有问题？时烨都要气笑了。

"好听是好听，就是太急了。"盛夏说，"你大概脑子太快了，节奏好乱。"

"所以呢？"

"我记下来了。"盛夏有些小心地询问他，"真的很好听，如果梳理一下就更好了。你要不要听听我的想法？"

他一脸跃跃欲试地示意了下时烨面前的钢琴，见时烨没有拒绝，就走过来把琴盖打开，皱着眉回忆了一下，接着很流畅地弹出了时烨刚刚弹过的旋律，一个音都没错。

盛夏在这方面的记忆力一向不错，时烨知道，他音感非常好。

弹完一遍，他们都沉默了，盛夏的手顿了顿，开始弹第二遍。

盛夏一边弹一边解释："时烨老师，下行的和声结构我觉得太套路了，不然这样吧，这部分大三和弦小三和弦不停，变一下……"

时烨推走他的手："听我这个。"

盛夏皱着眉听完，突然眼前一亮："那你再听我这个……"

等这样来回争执了一会儿，时烨突然就迷惑了起来。怎么回事，明明刚才还在吵吵，怎么就突然写上歌了？

盛夏还站在他边上，弯着腰试弹。

对，这样改舒服了很多，变一个大小调，和声重复，循环，不停循环……这一段推进得很舒服，很澎湃，像什么呢？时烨微微仰头思索，觉得这段旋律像一场海啸。

这一幕真是似曾相识。

四年前，在盛夏家的阁楼上，他们在钢琴前一起写完了一首歌，那时盛夏也是这样站在自己的旁边，他微微弯着腰按琴键，穿白衣服，闭着眼听音。

那年的夏天热得出奇，风也带着热气，吹得人糊涂。

那一刻时烨的大脑里又有了很多很多声音——这一段吉他和弦怎么写、贝斯线垫在哪儿、鼓点在哪儿进……他全都想好了，甚至好像有一串串的歌词跳出来打扰，轰然把人淹没。

"海啸"，时烨想着，"我要叫这首歌《海啸》。"

他突然伸手握住了盛夏的手腕，钢琴声一下子断掉，空气蓦然安静了下来。

"别弹了。"

盛夏一怔："怎么了？"

怎么了？我也不知道怎么了，时烨想。

只知道听你弹琴的时候有一种感觉，像整个世界突然灿烂了一样。

"别来这样招我，"时烨语气无奈，"可以吗？"

盛夏微微偏了偏头，眯着眼睛看他，用那种又慢又认真的语速道："你变成了蓝色，深蓝色。"

时烨闭上眼，没有说话。

"你以前说，遇见同频的人时，你会变成蓝色。"盛夏轻轻问他，"现在也是吗？"

时烨没有回答这个问题。他站起来，伸出手掐住了盛夏的胳膊。手上用力，想控制住对方，让他别动、让自己看清楚，可这人为什么不怕？为什么不躲？

　　太不真实了，因为头疼，时烨总觉得眼前的盛夏是假象。

　　"你到底走不走？"

　　盛夏摇摇头。

　　时烨深吸一口气，闭上了眼。

◀ 04 ▶

　　那一刻大脑里似乎有警报拉响，头尖锐地疼起来。

　　时烨恍恍惚惚的，居然有错觉，看着他，感觉一切似乎都还停留在四年前的那个夏天。

　　盛夏呆呆地看着他，不自觉开始走神了。

　　他非常紧张，有点喘不过气，只能闭上眼去感受——苦的味道，有点哑的声线，还有一些别的、更细微、更虚无缥缈的东西，是时烨的情绪和颜色。

　　一开始是红色，后来是暗红，接着是金色，现在是蓝色。

　　走完神后盛夏把视线挪回来，时烨已经放开了他。

　　像是征求意见般，盛夏小声地说了一句："那个……我可以说两句话吗？"

　　"……"时烨拧着眉看他，"说。"

　　"嗯，好的，谢谢。"盛夏凑到他身旁，"我就是想跟你说，刚刚的你是金色的，很刺眼也很烫，烫得我眼睛都有点疼。之前你还变成过生气的红色，还有非常生气的深红色，现在你是很温柔的宝蓝色……"

　　"我是变色龙对吧，五颜六色地给你变色。"

　　"不是变色龙，你更像五颜六色的糖果罐子。"

　　盛夏说话的时候一贯天真，眼睛圆溜溜地看着你，很是纯真的模样。就连现在，即使刚被人捏疼了，也还是目光纯净地望着自己。

　　这种幼稚的对话让时烨十分无奈，他敲了下盛夏的脑袋："你脑子里一天到晚在想些什么？"

　　盛夏的脖子上挂着一条奇怪的东西，像是一条项链，被什么东西一圈圈地缠着。时烨看到了，便问："你脖子上戴的什么？"

　　盛夏犹豫了一下，从领口里掏出那条项链，断断续续地说："是你以前在白城换下来的弦，我拿去缠成项链了，中间是你用过的拨片。"

确实是一个黑色的拨片，已经很旧了。时烨盯着那个拨片，实实在在地愣了好半天。

突然，盛夏看不见时烨的情绪了，那些黑色红色深蓝色，全都消失不见了，这次他看到的是彩色的一团，乱糟糟地裹在一起，还在发光。

他在脑袋里的那团彩色慢慢散去的间隙里似乎听到了什么声音，等意识缓缓回来，盛夏才看清了面前时烨的脸、眼、黑发，还有额角那块小小的疤。

时烨看着他，眼睛里似乎有一点眷恋，但更多的是冷淡。

不知为何，盛夏感觉这时候的时烨有些脆弱，给人的感觉游离不定，像是神识已经离开了这里，去了一个不知名的地方。

时烨心不在焉地问："我现在是什么颜色？"

盛夏轻声答："蓝色。"

"你不要乱说，明明是别的颜色偏要说是蓝色。"

"真的是。"

"你这个应该是一种病吧？生气有颜色，喜欢有颜色，开心难过都有颜色，正常人不会这样的。"

"应该是吧。所以我说你有病没关系，我也有病。"

时烨沉默了。

他侧过头看了看盛夏，对方浅浅地呼吸着，正在研究自己右手无名指上的文身，侧脸看上去很温柔。睫毛很长，合眼的时候看，总觉得眼睛上落了蝴蝶。

像幻觉。

他会消失吗？幻觉都会消失的。

只一瞬间，时烨突然陷入了一种奇怪的悲哀里。

他们坐在沙发上休息，相处得客客气气的。

可时烨开始发呆，沉默，撑着头揉自己的太阳穴，盛夏跟他说话也没反应，他看上去很痛苦，也十分反常。

盛夏问："你怎么了？"

时烨只说："不知道，就是有点难受。"他顿了一下，又说，"想喝酒，想睡觉。"

酒是不能让他喝的，盛夏只能起身找药。氟西汀、碳酸锂，刚刚跟牛小俊打电话的时候他说时烨要吃这些。

等找出来，盛夏就看到时烨已经走到了柜子前，正翻出一瓶酒来，吓得他立马冲过去抢，拿在手里不让时烨碰。

时烨皱着眉问他："你干什么？给我。"

"别喝了。"盛夏说，"你把药先吃了。"

时烨一言不发，开始凝视他。

盛夏把手心里的药递过去："求你了。"

时烨皱着眉思考了两秒，嫌弃地拿起那两片药丢进嘴里。这人吃药也怪，别人是就着水吞下去，他是嚼着吃的，看着都苦。

时烨说："吵。"

可是客厅里什么声音都没有。

盛夏把酒瓶子打开，灌了几大口酒——太辣了，他呛得开始流眼泪，一边哭一边又大口地给自己灌酒，心道还不如醉死在他家里算了。

时烨静静地看着他的动作，并没有阻止，只是表情奇怪地问："有这么好喝？"

盛夏摇头："只是想把自己喝醉。"

时烨看起来似乎很痛苦，他的情绪很混乱，垂着眼睛，目光空洞，看上去很难过。过了一会儿时烨问："你看到的我，真的是蓝色吗？"还问，"你凭什么觉得我会原谅你？"

过了一会儿，他又喘着粗气说："喝完你就离开，别来找我了。"

他喜怒无常，像是分裂出了很多个自己在跟盛夏对话，语气混乱又茫然，仔细听，似乎还有一些委屈。

盛夏醉得迷迷糊糊的，浑身难受，也记不清自己答了什么。

后来天和意识都黑了。

盛夏忘记了后面发生的所有事，也什么都看不清了，但一直很热，身体像是被架在火炉上烤一样，浑身难受。

在那团黑乎乎的意识里，盛夏像是来到了另一个世界。原本周围是寂静无声的，慢慢地不知从哪里传来了几声叮叮咚咚的钢琴声……盛夏分辨了一下前奏，听出来这首歌是《宇宙》，时烨的成名曲——

"别提醒我，那个名字，"

"我会忘记，你的样子。"

"别打扰我，让我静止，"

"反正我的心，是一颗钻石。"

……

歌声在盛夏的脑袋里慢慢变得很遥远。

那是年轻的时烨的声音，也是盛夏最喜欢的声音，这首歌曾经真的让盛夏有一种看到宇宙的感觉，也是他整个青春的声音。

歌声越来越远，意识也越来越远，狠狠地拽着茫然无措的盛夏，把他从时烨的声音中，一下子狠狠地拽回了……

四年前。

第四章

那年盛夏

◄ 01 ►

"盛夏！"

被叫到的人吓了一跳，落在纸上的笔尖脱离了它原本的轨迹，在空白的纸上画出了长长的一道笔迹。

盛夏看着面前画到一半的图，叹了口气，朝着楼下探头，问："红姐，怎么了？不是都准备好了吗？"

谢红穿了条很是浮夸的花裙子，正打量着面前的舞台，也不回头看盛夏，就拿着烟指着面前那个不算大的舞台："姐姐想让你看看这布置得怎么样，我看着总觉得太简单了。"

盛夏探个头往下看，慢悠悠地答了句："红姐，我觉得可以的，简单点就很好，别担心了。"

"主要是脏螳螂的主唱有点那啥……"谢红顿了下，"去过几个音乐节后就开始飘了，我还得防着他对我挑三拣四。"

前台王洁是本地人，正吃着零食看剧，闻言抬头搭了句话："不会的，红姐你别担心了。"

酒吧里打杂的李荣这时抱着两箱啤酒穿过谢红旁边，冲着二楼喊了一句："小盛夏，来帮着卸货！"

盛夏答应了一声，把本子和笔收好，又戴上耳机把音量调好，才往一楼走。

谢红皱眉："说了别让盛夏干重活，他妈妈知道了又要来说我。"

李荣搬东西正搬得满头大汗，闻言翻了个白眼："红姐，半大小子可是力气最大的时候，他又不是抬不动！"

谢红就只能看着这小孩跟在李荣屁股后面，老老实实地帮着把啤酒搬进酒吧里。

她知道盛夏听歌的时候音量会开很大，也听不到别人说话，谢红叹了口气："他每天这样听歌，真的不会聋掉吗？"

收银的王洁笑了下："我还真问过他这个问题，盛夏说不听歌的时候，他觉得这个世界十分吵闹。"

无奈地耸了耸肩，谢红顺手拿起空调遥控把温度往下调："今年夏天怎么这么热……我说王洁，你们本地人是不是都不喜欢骑自行车啊？约盛夏跟我去环海骑车，那小孩都不去。"

"除了你们这些外地来的，谁没事儿环海骑自行车啊！"王洁一脸好笑。

"可别当着我面说我是外地人啊，显得你们白城人多排外似的……"谢红瞥她一眼，"我多喜欢你们白城，没看我聊天软件名叫啥吗？风花雪月一点红，我以后可是要在这里养老的。"

王洁连声说是是是，她看谢红心情不错，便顺着话问下去："红姐啊，我一直很好奇，你说你各种繁华大都市都闯过了，怎么就想到来白城了？到底什么原因啊？"

她来这家叫作"迷"的 live house（小型现场演出的场所）只有一个多月，晓得这个大城市来的谢红姐是个厉害人物，人脉广，钱多，和很多乐队以及独立音乐人都有往来，但谢红对于自己的过去却从不提起，所以王洁一直很好奇，这么个漂亮的单身女人怎么就扎根白城了。

谢红一开始在古城开了家酒吧，营业一年收了点本钱回来，之后又重新装修购入设备，居然搞了个像模像样的 live house 出来。

一开始来演出的也只有白城本地和周边地区的一些小乐队，谢红忙里忙外地折腾宣传了半年多，"迷"逐渐在本地有了点名气，这次便请了个最近挺火的民谣乐队"脏螳螂"来做专场。

"没什么原因，就喜欢你们这儿呗。"谢红笑了下，"喜欢这种事没那么复杂。"

王洁点点头，又道："红姐，脏螳螂来了以后还有什么安排啊？不然请飞行士吧！"

"你也太会做梦了吧！"谢红啐了一句，"我拿命给你请飞行士啊，他们现在开的那叫演唱会，音乐节都不怎么去了。"

"哈哈，我知道没可能。"王洁笑了笑，"我就是幻想一下。"

谢红闻言对王洁眨了下眼睛："小王洁，我说我认识时烨你信吗？"

王洁一晒，当即摇头："不信。"

"不信拉倒。"谢红玩着自己的指甲，"我现在还看不上他呢，找了个不着调的人来当主唱，自己作死……就是可惜了乐队。"

"我也觉得好可惜啊，我还是喜欢时烨那嗓子。"

她们说着，盛夏正好搬着箱啤酒路过。

谢红叹着气摇头："反正我是觉得飞行士开始走下坡路了，时烨嗓子废了，又找了个烂泥扶不上墙的沈醉来当主唱，要我看，飞行士这回是真不行了。"

盛夏听到那个名字，脚步突然顿住，等思考了两秒，他慢悠悠地转过了身。

"红姐。"

谢红被背后盛夏的声音吓一跳，转身拍了拍胸口："乖乖，你吓死姐姐了，怎么了？"

"耳机没电了。"盛夏靠近谢红一些，方便她动作，"红姐帮我取下来。"

谢红把耳机取下来帮他收好，惯常说教道："你开得太大声了，这么听不仅费耳机也费耳朵。"

盛夏没接这话，而是慢吞吞地答："红姐，时烨老师没废，他就算不能唱了，还能弹吉他。"

谢红听完扑哧一声笑出来："老天！你是选择性听我说话呢？一听见时烨就回过神了，刚让你不要搬东西你就听不见？"

盛夏的脸上没什么表情："只是耳机没电了，刚好听到你说话。"说完他低下头，没再说什么，搬着啤酒去后区了。

不一会儿店门外响起了喇叭声，谢红看了看表，知道是今晚的主角到了。

等谢红兴冲冲地把今晚的主角接进来，脸上的笑还没挂上几分钟，打头进来的脏螳螂主唱高远就告知了她一个十分不幸的消息。

"这事实在是突然，主要阿宽这病也突然。"高远一脸抱歉，"昨天我们在市区的时候还好好的……"

　　谢红遇事往往是事越大越冷静。听完原委后，她没有手足无措也没兴师问罪，还在高远一口一个抱歉的时候给乐队的几个人散了烟。

　　等高远说完她甚至开了个玩笑："你们这吉他手是不是跟白城八字不合啊，才到这儿一天就急性阑尾。"

　　高远依旧一脸抱歉："现在也没办法了，这明晚就要演出，临时找个吉他手来也不好找。红姐，你看要不咱们……"

　　谢红在他说话的间隙里一直刷着手机，没看面前的高远一眼。等谢红一支烟抽完，才皱着眉头道："我给你找人替。"

　　高远怔了下："红姐，这一天不到的时间，你就是找个再怎么牛的也……况且咱们这演出怎么说都是收了票钱的，要是砸了，那我们乐队也不好交代啊。"

　　旁边的贝斯手也附和："时间太赶了，这也是我们第一次来白城露面，演出效果对乐队来说很重要，我们不能坏了自己的名声。"

　　谢红看上去还是云淡风轻的样子："没事儿，这事我解决。"她低头飞速地戳着手机，说话间已经拨了一个电话出去。

　　她起身出门打电话前最后丢下一句："我混那么多年可从来没让自己手上的巡演出过什么岔子，信我，我给你们找个腕儿来。你们好好休息，等着就行。"

　　一脚踏进门外的烈日中时，谢红耳边的手机听筒里也传出了一个低沉的男声——"红姐？"

　　她先是低头看了看自己的花裙摆，随即又抬头，去看面前熙熙攘攘的古城街道。

　　"逃跑的大明星，我看牛小俊朋友圈说你正在我这儿一带逃审是吧，现在人在哪儿呢？"谢红笑着，"要不要考虑来白城看看你红姐啊？"

　　她转过身，只见盛夏坐在门边上，倚着仿古的木门，戴着他另一副黑色的头戴式耳机，正在看旁边几个小孩子吹泡泡，脚边睡着店里那只十分肥胖的橘猫。

　　在古城这下午有些令人昏沉的日光下，一人一猫看上去都很慵懒。

　　盛夏注意到谢红的视线后回望过去，指了下自己的耳机示意自己在听歌，大概听不到她说话。

　　谢红冲他点点头，又对着电话那边说："好啦时烨，这次你一定要帮帮我。"说完她就走到盛夏跟前，揉了揉少年柔软的黑发。

"对，我这儿有个演出，吉他手急性阑尾，没法上台。

"这毕竟是第一次正式的……对，时间改来改去也不合适。

"你就当跟以前一样，过来串个场，也当是来旅个游。"

盛夏听不到谢红说什么，被谢红揉脑袋也习惯了，他没动，昏昏沉沉地闭着眼打瞌睡。他此刻听不到店斜对面那家手鼓店正在大声外放的热门民谣，听不到小贩卖梅子汁的吆喝声，也听不到游客的吵吵嚷嚷。

他平时听歌音量就开很大，所以此刻只能听到一个人的声音。这个声音陪伴了他很多年，已经变成了他生活的一部分。

在他耳边唱歌的那个人是时烨，他在唱——

"你踌躇不定，你忧郁无常，"

"或许那方式正在将自由葬埋。"

"Honey，你不必这样，"

"我会带你离开，带你去看看夏日的光。"

"带上你爱的酒，和一把射穿恐惧的枪。"

"就算世界危险，就算置身黑暗，"

"你睁眼看看我，世界就清澈明亮。"

……

谢红打完电话后收了手机，她再低头看门边坐着的少年人时，才发现，盛夏已经听着歌，靠着门，睡着了。

◄ 02 ►

这天下午，盛夏照例背上包出门，和刚出门回来的赵婕打了个照面。

赵婕帮盛夏理了理领子，嘱咐道："出门早点回来啊，不要买垃圾食品吃，前几天就口腔溃疡了……"

"妈。"盛夏打断她，指了指另一侧几个探头探脑的人说，"快去看看，前台姐姐好像去上厕所了，人家可能要来住。"

等赵婕急急地朝着那几个背着登山包的人走去，盛夏才抱着他的包往"迷"的方向走。

到店了盛夏才发现每个人都很忙。王洁和李荣在忙着布置，谢红在台前和几个他不认识的人讨论演出细节。

他在边上听了一下排练，只觉得这乐队的调子自己不太喜欢，大下午的听得人想睡觉。

忙碌的间隙里，谢红看到他，走过来叫了他一声："盛夏——"

盛夏本来一个人缩在边上戴着耳机画画，谢红跟他说话的时候他正好在画宇宙大爆炸——虽然除了他自己也没人能看出来他在画什么。

看到谢红走过来他就自动摘了耳机，问："红姐，怎么了？"

谢红有些好笑地指着他的左边脸颊道："吃什么上火啦，长这么大一个痘！"

"没吃什么，可能天气太热了。"盛夏有些不好意思地侧了下头，"很明显吗？"

"你白痘就挺明显。"谢红像是觉得很稀奇，还凑近去看盛夏那颗稀奇的痘痘，"别躲啊，小年轻长个青春痘不是很正常吗！这几天多喝点水就好了。晚上你上台之前我让小王洁给你遮一遮，没事儿的。"

"他们做专场我也要热场吗？"盛夏有些疑惑，"不好吧。"

其实他不太喜欢给谢红热场子，因为为了店里的营业需要，他需要唱一些自己不太喜欢的歌。

盛夏愿意时常来谢红这家 live house 有很大一部分原因是能让他上台，而且谢红乐得拿盛夏那张脸蛋招揽客人。没有演出的时候他可以自弹自唱自己喜欢的歌，或许没几个像样的观众，但他喜欢唱歌，唱自己喜欢的歌。

谢红笑了下："你就和以前一样唱那几首老歌呗。你相信我，今晚你肯定特别开心，你会见到……"她话没说完，前面又有几个人大声喊谢红过去看看音响，她最后揉了下盛夏的头发，又急急地跑过去了。

摘下耳机以后盛夏开始觉得很吵，台前排练的声音、工作人员大声的吆喝声、众人纷杂的说笑声……盛夏昨晚窝在被子里听歌看电影熬得有点晚，没睡好，此刻只觉得头晕目眩。

他叹了口气，知道自己待在这里也没什么意义，就拿着自己的包出了门。迎着烈日跟身边的游客擦肩而过，绕开正在合照的一家子，慢悠悠地穿过风情街，在阳光下走得摇摇晃晃。

最后盛夏停在了古城的门口，找了个地方蹲下。他旁边是几个在阴凉处摆摊卖水果的本地阿姨，正用方言大声聊着最近生意如何如何。

盛夏蹲着发了会儿呆，看身边的那些游客。

他是读高中以后才跟着赵婕搬到古城来的。因为学校就在古城里面，为了方便他读书，赵婕早早就盘下了古城里的一家民宿，等到他上高中以后就带着他搬了过来。

认识谢红也是机缘巧合，那会儿他上高一，谢红才在这地方落脚，刚好盘下了他妈妈赵婕的一个朋友的酒吧。两方当时就在盛夏家民宿里的小院子谈合同。

那一天他刚好在阁楼上弹琴唱歌，结果弹到一半，赵婕在楼下喊了他一声，他探头出去问："怎么了，妈，我太吵了吗？"

当时因为近视而模糊的视线中，盛夏能看到一个不熟悉的女人站在赵婕旁边，传来的声音听上去像是在笑："小帅哥，你唱歌好好听啊！姐姐过段时间要在隔壁街上开一家酒吧，有空过来玩！"

盛夏瞒着赵婕去了"迷"一次，两次，三次，十次……渐渐地和谢红熟了，只要有假期或者周末没课，有空就往"迷"跑。

一晃都过去这么久了，他也毕业了。很多人和事似乎都有变化，唯独这个旅游城市，无论春夏秋冬都有那么多游客。

盛夏倒是已经习惯了每天看到这么多不同的面孔，听到各种陌生的口音。这个古城每天来来往往那么多人，某个人今天和他擦肩而过，明天大概就会在他的记忆中面目模糊。

他看着眼前的蓝天，准备把耳机掏出来听一下歌。结果下一秒，他就被不远处的一个人吸引了目光。

那个人很高，手上提着一个黑色的旅行包，还背着琴，看上去像是吉他。他戴着黑色的口罩和帽子，看上去风尘仆仆的，一开始站在城门口犹豫了片刻，目光四下搜寻了会儿，最后才朝着盛夏走了过来。

盛夏看着那人朝自己直直地走过来——他看不清那个人的脸，压低的帽檐也让人看不清他的眼睛，更何况是近视严重的盛夏。但盛夏无端就觉得这个人很特别，天气那么热，这个人却穿了一身黑，浑身还散发着一种十分冷峻的气质。

不像是来玩的。

他眼睁睁看着视线里的那个人靠近了自己，停在他面前站定，高大的身躯居高临下地把他笼罩在一片阴影中，遮住了洒在盛夏身上的阳光。

"请问，古城里一个叫'迷'的 live house 要怎么走？我导航了一下没有找到。"

非常标准的普通话，声音挺好听，低低的，很有磁性。用现在的话讲，这人是个"低音炮"。

盛夏觉得这声音和自己崇拜的某个人的声线很相似，但转念一想，那个人又怎么可能来这种小地方呢，人家现在应该在准备巡演，或者参加什么活动吧。

因为这人很高，盛夏还蹲着，只能很费劲地仰头去看这人的眼睛。虽然根本不认识，但盛夏莫名觉得被这人看着有些不好意思。他佯装托着脸，用手遮住了长了一颗痘痘的左边脸颊。

盛夏抬起手，慢吞吞地指了个方向："你直走下去，看到风情街再左转，看到一个卖手鼓的店后，再右拐就行。"

"谢谢。"

这句话落下以后那人就离开了。

盛夏等那人走远后望了会儿蓝天白云，懒洋洋地把自己的双肩包打开，心想那人大概是来看晚上的演出的。

这段小插曲很快就从脑子里一闪而过了，反正是一个再不会有什么交集的人。

盛夏把歌选好，盘着腿靠着背后的城墙，拿出笔和本子，一边听歌一边继续画之前没画完的宇宙大爆炸。

宇宙其实画不出来，太大了，但是"爆炸"在盛夏的心里可以用颜色、物质和情绪加以描述。比如深蓝色、红色、金色，比如散落的星云，比如漫天的火光和碎落的星辰，再比如愤怒和悲伤。

耳机里是宇宙，笔下的画面也是宇宙，而眼前则是熙熙攘攘的古城街道。面前的场景在他的视线里是虚化的，恍惚间盛夏仿佛看到：不远处那个水果摊簸箕里喷过水的葡萄在视线里炸开，葡萄旁边的杨梅和西瓜也炸开，迸出紫色和红色的果浆，黏稠甜腻，和脑袋里的宇宙大爆炸裹在一起，变成了夏日果实大爆炸。

盛夏把本子翻过一页，开始写："物质存在的形态……中子、质子、电子、果子。"

他在"果子"的旁边画了一串葡萄。

"爆炸之后不断膨胀，温度和密度下降，冷却……分子原子复合成气体，凝聚成星云。"

他在"星云"旁边画了一片云。

"演变过程大概是：星云→恒星、星系→宇宙。"

笔尖停在宇宙两个字旁边，盛夏顿了一下，开始在"宇宙"旁边画他脑海中的宇宙——

奇怪的是，此刻大脑中空空如也，只有一个人站在那里。

那个人很高，背着琴，戴口罩，提着一个包……

等盛夏下意识地勾出那个人的轮廓后，他吓了一跳，不明白怎么就在这么重要的"宇宙"旁边画了一个只见了一面的陌生人。

他皱着眉，用橡皮擦掉了那个勾勒出来的轮廓，但等擦干净后，盛夏又不知道该用什么来代表宇宙了。

盛夏听歌的时候习惯把音量开得很大声，让耳朵里只充斥音乐，对他而言，那个人的声音响起后，另一个世界的大门就随之打开。

他随着那个低沉的声音进入一个瑰丽美妙的虚幻世界，眼前所有的事物都失去了原本的形状——阳光变成了碎碎的星光，太阳变成了月亮，簸箕里面的水果变成了恒星，路过的行人变成了卫星，他们踏过的足迹变成了一道道深深浅浅的轨迹。

这一切都有暗沉沉的美好色调。这个世界被时烨唱出来，流到盛夏的耳朵里。

盛夏抬头，这次，他的眼前没有宇宙大爆炸，只有碧空如洗，白云朵朵，烈日当空。

只有满眼的夏天。

◀ *03* ▶

这是"迷"第一次正式售票演出，慕名而来的或是来旅游尝鲜看表演的观众，层层叠叠地把整个 live house 堵得水泄不通。

盛夏在后台安静地抱着吉他，旁边脏螳螂的几个人正围着一个戴帽子口罩的人说着什么，神色很是恭敬小心。他没戴眼镜，也看不清别人，就自己待着，没去凑热闹。他窝在角落里面听一会儿要唱的歌，和弦都还算简单，应该也不会忘词，但还是得多听几遍。

没人会注意一个热场的小歌手。他就窝在烟雾缭绕的准备区发呆，琢磨着待会儿回了家要不要吃个宵夜。

到了时间，谢红挤进来找到他，说可以上台了。

盛夏摘下耳机站起来，抱着吉他走了出去。坐到话筒前的时候，台下有拿着啤酒的姑娘对着他吹了声口哨。

盛夏不喜欢戴眼镜，尤其是表演的时候，所以他看不清观众的脸，也看不清台下那些各异的表情。这对他而言挺不错的，反正无论听他唱歌的是十个人、二十个人、一百人还是一千人，都一样。反正在视线里都是模糊不清的，一片暗淡……

开唱前他也没介绍自己，手指一扫弦，靠近话筒就开唱——歌声响起后 live house 慢慢安静了下来。

曲调是温柔而慵懒的，歌词意境很舒服，唱的时候盛夏浑身都很放松，感受着歌词里的隽永和静谧。

舞台边上谢红正含笑拿手机录着台上的盛夏，这时她身边一个黑衣黑帽的男人微微低头，在她耳边说："你的驻唱歌手吗？声音不错。"

那人把自己捂得严严实实的，整张脸只能看到一双眼睛，谢红只能对着他眨眼："长得也不错啊，我觉得他很有明星相。"

那男人笑了下："看上去好小。"

谢红笑眯眯的："待会儿带你认识下，那是我干弟弟，挺有天赋的。"

"吉他弹得一般。"

"确实一般，人家是学钢琴的好吧！而且他什么乐器都会一点，节奏也很稳。"谢红解释，"他是白城这边挺有名的一个歌手呢，就是年纪小了点，不怎么出来唱。"

那个男人没有再答话，他只是站在谢红身边，沉默地看着台上抱着吉他唱歌的人。

盛夏唱完后，微微低头对着话筒说了句谢谢，然后抱着吉他就往下面走，没再看下面的人潮一眼，沉默地朝着台下走去。

谢红身边的男人没忍住说了句："还挺有个性。"

"他其实是害羞，而且他近视，在台上什么都看不清，看上去就有点'面瘫'。"她笑了下，"另外，他是你们乐队的粉丝，非常崇拜你。"

那男人笑了笑："真的假的？"

"真的啊，你的'死忠粉'。人家本来是学古典钢琴的好吧，听摇滚都是因为你。"谢红朝他挤眼睛，"我发现你们乐队啊，肖想都没你吸男粉吸得多啊，唯一的女友粉都只能靠钟小正来努力了。"

那男人耸了耸肩："哦。"

盛夏唱完以后自动退到了舞台的另一边，走到控制投影和灯光的李荣边上坐下。

这时候"脏螳螂"乐队已经上场开始介绍，还跟观众互动聊天。

他今天没戴眼镜，包里倒是有一副框架，但懒得摸出来戴。台上那个主唱和观众拖拖拉拉地互动完了，才终于开始唱歌。

听完第一首的时候盛夏没什么感觉，都没看台上一眼，就倚着设备拿着手机在音乐声中看科幻小说。

听完第二首他也还是没什么感觉，后面第三首、四首也还是一样，直到他听到一段吉他的 solo。

那是下一首歌开始的间隙，在主唱和观众调笑的背景音里，吉他手拨出了一串音符——和缓且不突兀的间奏，听上去漫不经心，但也游刃有余。

那段旋律对盛夏而言是引起条件反射的刺激物，几乎是听到的刹那他就觉得头皮发麻。

如果他没听错的话，那段猝不及防出现的 solo，是飞行士第一张同名专辑《飞行士》里一首没有歌词、只有 42 秒的吉他独奏，名字叫《飞》。

那张专辑里有时烨的成名曲《宇宙》，还有很多世人耳熟能详的歌，比如《玻璃飞鸟》《星际列车》等，但很少有人会记住那首《飞》。

盛夏能那样清晰地记得这个旋律，是因为他太喜欢那张专辑了，他闭着眼睛都能弹出时烨写过的那些旋律。

台上那人其实只是短暂地拨了一小段，见好就收。很快主唱和观众互动完了，自我报幕介绍起了下一首歌，鼓点响起来，演出要继续了。

盛夏手忙脚乱地从自己的包里摸出眼镜来。等戴上眼镜，眼前的世界清晰明亮了，他看到了一个熟悉的身影……

一身黑，戴帽子口罩，是之前跟他问路的那个人。只不过他现在是在台上弹琴，给人伴奏。

盛夏直勾勾地盯着那个男人看。

歌一首首地过去，演出过半，那人似乎有点热，脱下帽子随意地甩到了台下的人群里。他站的位置靠后，在灯光打不到的地方，注意他的人不多。

随着观众群里的一阵阵欢呼，盛夏看着台上那人的侧脸，只觉得那瞬间，他从大脑到指尖都麻了。别人或许认不出，但盛夏对那张脸实在是太敏感了。

此刻，台上五颜六色的灯光很慢地来回晃动，偶尔一簇红光照到那男人脸上，下一刻又是暗蓝色的光……灯光闪烁间，那张脸那样模糊不清，盛夏其实仅仅只能看到一个大概的身影，一个今天下午出现在他"宇宙"涂鸦旁边的身影。

他看不清那个人的脸，只能看到那人的眼睛，和骨节修长的手指。那双手按在琴弦上，正在娴熟而灵活地弹奏。

那瞬间，盛夏居然有些嫉妒那把琴。能够被那样一双手弹奏，或许那把琴传出来的每个音符都是快乐的吧？

前提是，如果真的是他。

接着视线里那个男人低头踩了下效果器。

那个漫不经心的动作太好看了，盛夏被那个动作"杀"得迷迷糊糊的，然后心跳开始急促，变响，在颅内震荡，几乎盖过了 live house 里的音乐声。

谢红不知道什么时候摸了过来，立在盛夏身侧，把手搭到此刻一脸呆滞的他肩上。

谢红附耳对他说："猜猜，台上弹吉他那个人是谁。"她的声音带着笑和期待，像是送了个礼物给他，正在等对方说：我很喜欢。

他看着台上那个人，那个即使在小小的舞台上，也似乎在发光的人。

盛夏喃喃地自语："是我的梦想。"

是我的梦想。

他在心里重复了一遍——是我的梦想，时烨。

◂ 04 ▸

时烨觉得挺奇怪的，虽然他不算是一个非常随和的人，但对粉丝还是很平易近人的。

谢红看盛夏低着头玩自己手指的样子，也有些头痛，只能打着哈哈说："时烨我就不用介绍了吧哈哈哈，这个，盛夏，我干弟弟……"说完赶紧打了盛夏的手一下。

盛夏看上去还是一副很不在状态、神游天外的样子。

谢红简直要被他这扭扭捏捏的样子气死了，小声骂他："你哑巴了？！"

他们说话间这边人突然多了起来，谢红赶紧拉着时烨和盛夏去了个僻静的角落。

时烨的手机突然响了，他压了压帽檐去道边上接电话，趁这个空当，谢红恨铁不成钢地瞪了盛夏一眼："不是崇拜人家很多年嘛，怎么看到人都不知道叫一声的？"

盛夏满脑子都还是不可置信加茫然，这会儿都还没缓过来，闻言也不知道怎么答，就低头看自己的脚尖。他知道自己这个干姐姐在圈子里很吃得开，但怎么都没想到谢红居然会认识时烨。

"行了行了，你听我说啊。"谢红无奈完了，开始交代，"他这次出行是私人行程，本来是纯旅游的，我让他帮忙才过来了。他一下飞机就赶过来了，现在也没个落脚的地方，你家民宿还有房没？要不把他带到你家住去？房钱我明天转给你，先定一个星期的。"

盛夏瞬间石化，住……住他家民宿？！倒也不是不行。但随即他就想起一个很不乐观的事情。今天出门前他看到阿姨打扫房间，抱怨说最近很累云云。因为正值暑假，算是旅游旺季，过来玩的游客特别多，基本上每天都是满房……

这就很糟糕了。

谢红看盛夏犹疑不定的表情，试探问："你家不会满房了吧？"

盛夏这才回过神来："没满，还有房间！"这话是下意识从盛夏的嘴里蹦出来的，说的同时他已经在盘算，如果没空房的话，那是让时烨住自己的房间还是让时烨住他的小阁楼……

他有两个房间，一个是卧室，另一个是楼顶上的小阁楼，本来是赵婕用来堆放杂物的地方，后来盛夏跟赵婕说了下，就把自己的乐器、乐谱、书、漫画、CD等杂七杂八的东西都搬到了那里，没事儿的时候他基本都待在那儿。因为有时候待在屋里玩会忘记时间，赵婕索性在那儿也给他放了张床。

盛夏也不知道自己到底是想让时烨住空房还是自己的房间了，他现在有一种中大奖的眩晕感，只觉得一切都很不真实。

"那行，那你就把人带过去住，我待会儿把钱给你。"谢红还在交代，"我明天问问他怎么安排的，看看给他找个导游。"

"什么导游？"

盛夏被这声音吓了一跳，下意识微微往后挪了一步，又小心地侧了下脸。

时烨说："不要导游，我自己随便走走，你也别管我。"

谢红撇嘴："我给你找个私导，不会乱说话的那种，别担心。"

"真的不用。"时烨还是摇头，"明天我想好好休息下，自己走走，你就别管了。"

"唉，向导还是要找一个，你人生地不熟的，万一要是……"

盛夏听着他们说话，小心地插了句话："谢红姐，我最近挺闲的。"

谢红扭头看他，挑眉笑道："你闲怎么啦？你最近不是每天都很闲吗？"

盛夏感觉时烨似乎在看自己。

"就是……"他说话开始结巴，"我放假了很闲啊，而且我……我也是本地人，所以……"

谢红笑了下："也行啊。时烨，让他带着你去玩儿呗，白城他比我熟多了，什么小店老店犄角旮旯的地方……"

"玩的事情再说吧，我想先休息，你订酒店没？"

"定了，跟着盛夏走，你住他家的民宿。"谢红笑眯眯的，"去吧去吧，明天一起吃个饭。"

谢红把他们两人送到门口，说了声明天见就进店里去了，丝毫没有再跟时烨多说几句的意思，似乎十分放心把他和盛夏放到一起。

盛夏觉得自己大概是同手同脚地走出 live house 的。他太紧张了，这期间他压根没敢好好看时烨一眼。

他们现在靠得有多近？大概一米都不到吧，近得像是假的。

明明他们之前的距离像是有好多个光年。

明明这是从前只能隔着屏幕看到、隔着耳机听到的人。

时烨一回头就看到盛夏魂不守舍、呆呆地跟在自己身后，盯着他背上的琴看。他没忍住开口问了句："我们要往哪边走？"

"啊……哦这边，这边。"盛夏这才想起自己要带路，带着时烨往前面走。

等走了两步他又开始觉得浑身不自在，憋了半天才默默地从时烨的右方绕了个圈，换到了时烨的左边。

时烨没搞懂这小孩走个路怎么还要绕来绕去的，便问了句："右边怎么了？"

盛夏噎了下，他也不能说是因为自己左边的脸颊长了颗难看的痘痘，不想走在那边被人看到。

"我就是不习惯走人的右边。"盛夏只能随便找了个借口，随即目光又放到了时烨的行李上，"那个……时烨老师，你的琴重吗？不然我帮你提？

或者我帮你拿那个……"

时烨摇着头打断他："不用，我不喜欢别人碰我的吉他。"

盛夏就没敢再提，点头："嗯，好。"

晚上的古城也很热闹，人流丝毫不见减少。盛夏被挤得不断往时烨身边靠，两个人的距离越来越近，越近盛夏就越紧张，只觉得浑身都有点脱力，不听使唤。

时烨其实也看得出来盛夏有点不对劲，很不自然，很紧张，一副如临大敌的样子。反正时烨是完全想不通，难道自己把人家吓着了？

他思考了一下，才慢慢问道："你叫盛夏是吗？"

够和蔼的吧。

盛夏听到自己的名字被时烨叫出来，先是激动了下，张开口刚想回答，结果没注意呼吸一下子岔气了，只能捂住嘴开始猛烈地咳。

咳了半天盛夏才好不容易顺过气来，慢慢说了句："嗯，我叫盛夏。"

时烨点了点头，若有所思地说了句："你确实长得很夏天。"

"啊？"盛夏愣了下，"长得很夏天？"

这时候时烨也刚好低头看了他一眼。四目相对的瞬间，他看到盛夏的目光很明显地开始闪躲，并且微微朝边上挪了一点。

时烨皱了下眉，微微低头，问："我很可怕吗，你怕我？"

"没有。"盛夏开始胡言乱语，"我就是……有点不舒服。"

"哪里不舒服？"

"头有点晕，可能刚刚在 live house 里面太闷了。"

时烨哦了声："你以后习惯就好了，今天人还不算多的，人多的场子才闷。"

"嗯嗯。"盛夏点头，飞速看时烨一眼，"时烨老师……你戴着口罩闷吗？"

"闷啊，这么热的天。"时烨抱怨了句，"出来就要戴一天，很烦。"

"那……那不然不戴了？"盛夏说这话完全没过脑子，"我到现在都没看到过你的脸，一直戴着肯定很难受吧。"

时烨扭头看了他一眼，思考了两秒，接着就拉下一边口罩，扭头对盛夏礼貌地笑了下。

那张脸在眼前瞬间清晰无比，盛夏只觉得呼吸都顿住了。

时烨似乎被他傻在原地的样子取悦了，笑着问他："怎么了？"

盛夏挪开目光，这才感觉有点不妥："那个，时烨老师，这里人挺多的，会不会被认出来啊？"

"肯定会啊，不能在街上这么走。"时烨重新把口罩戴好，"我只是让你看一眼，确认一下。"

盛夏："……"

他们在古城里慢慢走着。夜晚的古城很热闹，时烨踏着青石板，感觉心情还算不错。

他本就是个话不多的人，加上旅途劳顿，此刻也就一言不发地打量着面前的古城，没多跟盛夏聊。盛夏就躁动多了，能走在偶像边上让他一直心跳加速，甚至有些呼吸困难。

那段路好漫长，好不容易才到家。

盛夏长舒一口气："时烨老师，我们到了。"

时烨跟着他进院子，抬头打量面前这个布置得十分干净整洁的民宿。这家民宿的名字居然就叫盛夏。

"你家里人直接用你的名字当店名啊？"

"嗯，当时我妈懒得想名字。"盛夏有点不好意思，"时烨老师，你喝水吗？我去前台给你拿。"

时烨说不用，又说："不用一直喊我老师。"

"还是叫老师比较好。"盛夏掏出包里的手电筒给时烨照着脚下有些昏暗的楼梯，"时烨老师，你小心磕到头，注意头上。"

盛夏惴惴不安地带着时烨来到自己的小阁楼上。

上楼前，他告诉时烨自己去前台拿钥匙，到了前台又装作很不经意地问了下前台姐姐还有没有空房。答案果然被他猜中，没有了。但是他又不想让时烨去别的地方住……

对于自己的偶像即将入住自己的房间，盛夏的心情是说不出来的复杂，一方面期待一方面也很担忧——时烨会不会觉得自己的房间很小？

他记得今天出来之前好像是收拾过的，应该不会太乱，但还是要换个床单。

盛夏心事重重地带着时烨上了三层，最后停在一个小木门前。门前还挂着一串风铃，风铃下面系着一个小香包，上面是赵婕绣的"夏"字。

因为身高的问题，时烨进门的时候还得微微低头，等盛夏带着他进了门打开灯，他看着面前的所谓民宿，陷入了深深的迷惑中。

真是……太民宿了。

这个民宿的房间里，居然有一台钢琴，仔细看了看，好家伙，时烨发现这钢琴一点都不便宜。靠窗放着个很宽的木质工作台，上面放着电脑，边上是两层的键盘架，还有杂七杂八的录音设备。

好吧，这些其实都不是重点，重点是墙上的海报。

墙上整整齐齐地贴着"飞行士"乐队从出道到现在的所有专辑海报，时烨看着海报上自己的脸，再次陷入了深深的迷惑中。

他转过头，就看到了正盯着墙上的海报、一脸不知所措的盛夏……

因为太过激动和紧张，盛夏在上楼前，把墙上的海报忘得一干二净。此刻他心里只剩下了：完了，全完了。

时烨把背着的吉他放下来，靠在钢琴旁边，笑得意味深长。

"你家这个房间，"时烨看着满脸通红的盛夏，"有点意思啊。"

◄ 05 ►

这也太尴尬了。

盛夏僵笑道："呃……这个房间阿姨好像忘记打扫了，有点乱。"

时烨心里失笑，哪家民宿的房间里会放这么贵的钢琴还有专业设备啊，又有哪家民宿的墙壁上会贴那么多摇滚乐队的专辑海报啊。

他心里有数，知道这大概是人家自己的房间。

"嗯。"时烨配合着盛夏演出，"工作不仔细，要扣你家阿姨工钱啊。"

"没事没事……时烨老师，我给你收拾一下。"

"嗯，没事，你慢慢收。"

两人心照不宣地给彼此台阶下，都没说破。

其实房间还算不错，宽敞，两侧有窗，顶上还有天窗，采光应该不错。整体布置简单干净，带一个小阳台，种着些花花草草。有卫生间，面前的床看上去也居家舒适，很有家的感觉。

虽然有别人的生活痕迹，但时烨并没有感觉到不舒服。或许是因为他今天真的很累，也可能是因为他挺喜欢这个布置奇特的小阁楼。

说话间时烨把行李都放下，去卫生间洗了个手，盛夏则是急急忙忙地跑到楼下把东西拿了上来。

进门后他发现时烨坐在钢琴前，正在看上面摊开的本子。见盛夏进来了，指了指面前的本子道："无聊就看了两眼，不好意思。"

"没关系。"盛夏连忙道，"这个房间的所有东西你都可以用，没关系的。"

"钢琴我也能用？"

"当然可以！"

时烨笑了笑，又低下头去看本子上写的旋律。他打开琴盖，用手指虚虚地在琴键上比画，无声地演练着曲子。

盛夏也没打扰时烨，就默默地在旁边铺床，顺便把那些看上去有些奇怪的东西都收到自己的包里，打算待会儿带走，顺便把新的毛巾和浴巾也放进卫生间。

时烨在看的是前几天盛夏午睡醒了以后写的歌。

盛夏其实很不安，他不知道时烨看到了会怎么想。他这会儿的心情很像小时候被老师叫到办公室的时候，老师会拿着他的卷子，而卷子上是一个未知的分数，他不知道那张卷子上面会是多少分。

但奇怪的是，时烨看完以后没有任何评价，他把本子放回原处，盖上了琴盖，问盛夏："你们家的民宿入住，都不需要登记身份证的吗？"

被提醒后盛夏才想起这件事："要的。"

"要就下去登记一下吧，"时烨站起来，"弄完我也休息了，今天很累。"

盛夏的心一沉，真是大事不好。

怎么登记？登记了也没有房间给时烨录入，要是被前台姐姐问起来，那他怎么说……

"我去录了给你送上来吧，不麻烦你跑一趟了。"盛夏努力挤出那种平常的口吻，"你也累了。"

时烨本来想拒绝的，毕竟把身份证交给一个只见过两面的人也不太合适，但话都到了嘴边，他的手机却突然响了。时烨摸出来看了下来电人，皱了下眉，知道这电话不接不行。

但旁边的盛夏还在等他回话，没办法时烨只能把身份证找出来递给盛夏，自己则拿着手机去小阳台那边接电话了。

盛夏捧着时烨的身份证心惊胆战地下了楼，在心中不断感叹自己运气还真不错，还挺顺利的。

但是局面由不得他高兴太久，眼下有更重要的事情要做。

首先他给谢红发了一条消息，说的是："红姐，时烨老师自己把未来一周的房钱付了，他说你不用担心了，也别多问了。"

谢红很快就回过来："知道了，你记得别让他去人很多的地方，稍微注意一点就行，有什么情况及时跟我说。"

接着盛夏又绕到隔壁卖土特产的店里，熟门熟路地走进去，在麻将桌上找到了正在搓牌的赵婕。

赵婕一边摸牌一边听盛夏在耳边跟自己说话，说谢红的朋友过来了，时间太晚订不到酒店，今晚想暂时让那人住在他的阁楼里，房钱已经给了。

对于能赚钱的事赵婕一向很好说话，但是还是照例交代："让那人别磕着碰着你的琴了，也别乱碰东西……哎等下，二筒。男的女的？"

"男的。"盛夏想了下，声音小了点，"是一个挺有名的吉他手，所以妈，到时候你不能看上去没听过人家的样子，很不礼貌的，你就说你听过他的歌，很喜欢人家。"

赵婕现在完全不关心什么有名的吉他手，只关心她为什么一直摸不到二筒。她皱着眉把五条打出去，打断盛夏："不管他是谁，你别总去跟奇怪的人混就行。先回去吧，待会儿我回去给你下蛋饺吃。"

盛夏没应，坐在赵婕身边看她自摸二筒杠上花满牌赢了一把，趁机说："今晚手气好，您就多打一会儿吧，我不吃夜宵了，我要回房间看电影。"

赵婕笑眯眯地说行，又从赢的钱里拿了两百出来，塞给盛夏当彩头，让他回去早点洗了睡，别玩手机玩太晚，要注意眼睛。

盛夏拿着两百块钱心满意足地离开，等回到自家民宿后，才好不容易松了口气。

好的，一切都很顺利，计划成功了一半，至少成功把偶像留在家里了。

上楼前，他在灯光下仔细地看了一遍时烨的身份证。那会儿的时烨头发还要短一些，目光很锋利，还微微皱着眉。

证件照都那么好看。

盛夏用食指点了点照片里时烨的眼睛，之后就小心收好，没再多看。

结果上了三楼，敲了半天的门里面都没反应。盛夏在自己的这间阁楼外思索了很久，他也不好贸然闯入，心想，难道是在洗漱？

等待的过程非常无聊，但心神不宁的他也没心情玩手机。盛夏一屁股坐到木地板上，靠着门开始发呆。里边人似乎在洗澡，隐约听得到水声，盛夏索性从书包口袋里掏出口琴吹了一段。

音乐对他而言就是踏实的，在平静温和的调子里，盛夏慢慢入神了。

时烨洗澡的时候就听到有人吹口琴的声音。一开始没在意，擦身子的时候水声停了他才发现，那声音离自己很近，好像是从门口传来的。

那感觉还挺奇异的，就像是有个人在用音乐敲你的门一样，很温柔，很小心。

接着时烨就听到盛夏开始吹他写过的歌，是多年前时烨写过的一首旋律，叫《飞》。

本来都已经洗完澡了，应该出来开门了，但听到那首歌后，时烨停在了房门口，他站着，静静听着。

吹得很流畅，蛮好听的。夜里安静，这声音给环境加了层滤镜，像一件温柔平和的外衣。可说不清是为什么，时烨不太想听完这首曲，他一把拉开了门。

背着门毫无防备的盛夏失去重心往后一栽。

他连忙站起来道歉："时烨老师，不好意思！"

时烨摇头说没事儿，又道："你还会吹口琴啊？"

"会一点，吹得不好。"盛夏拿着口琴，面上有点尴尬，"无聊就吹了下。"

时烨没评价什么，说了句："下次你可以直接敲门，不用不好意思。"

"啊，好。"

"登记好了吗？"

盛夏应声说是，把身份证递过去，没去看时烨裸着的上身。

"对了，我先定三天的房吧，钱我直接给你，别让谢红给。"说着时烨就转身去翻自己的钱包，"还有，谢红说让你带我去玩不是吗，如果你愿意的话，那咱们就定了？我确实需要个私导，费用的话你看多少合适，我直接给你。"

几番说谎，盛夏已经找到了点匹诺曹的感觉，这会儿谎话张口就来："谢红姐把钱都给我了，时烨老师，您不用给了。我这两天哪儿也不去，你有什么事随时叫我就好。"

时烨拿钱包的手一顿，表情有些无奈："谢红也真是……"但他也没有深究下去，只是掏出手机，给谢红发了句："那过几天就不麻烦你了。"

谢红那边还以为是时烨在让她别多管闲事，她也不是那种磨磨叽叽的人，就回了句："有需要随时找我。"

两个不爱废话的人，就这么被盛夏拙劣的谎言给蒙了过去。

关门前时烨想起了什么，折回屋里道："你来一下。"

盛夏一下子紧张起来，明明是自己的房间，这会儿走进去却很是忐忑。

时烨套好衣服转过身来，走到盛夏的工作台前，指着钢琴上的那个本子问："这是你的对吧？"

"……"盛夏有些紧张，"嗯，我的。那个，应该是之前来收拾的时候忘记拿走了吧哈哈，怎么会在这儿啊……"

"我看了两眼，写得挺好啊，就是有点粗糙，感觉不太会抓 hook（歌曲中最能吸引人的部分）。"时烨说，"是你写的？"

"嗯。"盛夏小心地点头，"瞎写的。"

那确实挺有天赋啊，时烨想了下。

"你的乐器老师有系统地教你乐理知识吗？"

"我上完初中就没再跟老师了，乐理的话……我算是懂吧，也不难。"盛夏答，"因为我妈妈不想让我学音乐，所以我只是课余的时候才玩一下。"

时烨很诧异，指着钢琴问："不想让你学音乐，还买这么贵的琴给你？"

不打算走这条路还这么舍得花钱，时烨觉得很少见。

"啊……"盛夏有点不好意思，"当时我也跟我妈说不要买这么贵的，但是她觉得这架钢琴最好看，就买了。"

时烨心想，这小孩的家里条件大概不错。

他看了盛夏写的东西，能看得出来这小孩有天赋，但应该是没人好好指点过，有些地方还需要人教一教。

"那这样。"时烨顿了下，"这几天你可以拿你写的东西跟我讨论，我们一起探讨，不会的这几天你也可以问我。"

"……"

盛夏这瞬间的感受是，心花怒放。

时烨看他呆住了，有点不解："怎么了？"

盛夏嘴唇抖了抖："真的……真的可以吗？"

时烨笑着点头："可以。你把本子拿走看看，我帮你改了几个旋律，可以参考下，是我按照自己的写法给你的一些建议，看看就好。"

盛夏捧着自己的本子走了，下楼的时候整个人都还恍恍惚惚的。他回到自己的房间里，呆呆地坐下，开始翻看时烨改动过的地方。他摸着纸上陌生的字迹，一边看一边笑，最后没忍住直接捂着嘴笑了起来。

网传时烨脾气巨臭，假的吧！他脾气明明好得像天使！

盛夏长舒一口气，抱着本子在床上打了好几个滚。

　　那一年，盛夏在他出生的白城遇到了自己喜欢的摇滚乐手。

　　刚遇到的时候他还不知道自己会跟那个人发生什么故事，只觉得自己好像离梦想中的那片宇宙更近了一步。

第五章

奇怪的地方， 奇怪的小孩

Take Me

◄ *01* ►

时烨从一年前就开始失眠了。

一开始状况没那么严重，只是睡不着，后来就开始幻听、耳鸣。睡觉之前他总觉得胸口闷痛，心跳得非常大声，和脑袋里那些乱七八糟的声音裹在一起，把安静的夜晚吵得像是演唱会现场。

他瞒着所有人去看了几次医生，开了一堆药吃，情况也没有好转多少。像是蝴蝶效应一样，从那一年开始，无论是身体还是工作，全都开始走下坡路。

离开北市的那天，时烨在排练室里跟沈醉大吵了一架，还差点打起来。出了公司他直接打车去了机场，在路上买了一张去黔城的机票，有些任性地开始了这趟说走就走的旅行。

他什么都没带，换洗衣服之类都是落地了才买的，身上最贵重的，只有那把大师定制的吉他。其实时烨也不知道自己怎么就把吉他背出了门，但是等反应过来的时候，人已经下飞机了。

他很久没有休过假，实在太累了。

但旅行的过程中他的睡眠情况也很不好，总是要躺在床上扛到三四点才能入睡。在来白城之前，他正好在爬山，谢红给他打电话的时候，他已经一整天没有睡觉了。

但是时烨入住这家叫"盛夏"的民宿的第一晚，居然睡得非常好，几乎是躺下沾了枕头就沉沉睡去。可能是真的太疲惫了。

不过他醒得也早。七点，睁眼的时候时烨有一瞬间的恍惚，因为这间阁楼两侧的窗户正有暖色的晨曦透进来，打在房间的乐器上，也落在窗下的绿植上，和他当时想的一样，这房间的采光真的非常好。

木地板，木门，带着点灰的天窗，晨曦，钢琴，绿植……刚醒来的时烨很轻松就被面前的这个房间取悦了。

或许是因为面前的画面很温馨，无端让时烨觉得很放松。

睡意昏沉，不想起来，所以他居然破天荒地闭眼睡了个回笼觉，这一睡又是几个小时过去了。

最后时烨是被钢琴的声音弄醒的。叮叮咚咚的，其实不算吵，但对时烨这种耳朵来说实在太有存在感，他索性坐起来，一边听一边醒神。结果听到一半声音断了，时烨半靠在床头，有一簇阳光刚好能晒到脸上，暖洋洋的，时烨一个不留神又睡过去了。

迷迷糊糊的似乎听到有人敲门了，但时烨没理，他现在很珍惜能睡着的每一刻，睡得这么舒服是真不想起来，而且门响了几下就没声儿了，索性他继续痛快地睡了过去。

这就让早早起床给时烨准备了早餐的盛夏有些不知所措。

七点，小阁楼那边没有动静，他只能在自己的房间里练会儿琴，练了一会儿就跑上楼趴门听动静，一来一回地跑了不知道多少趟。

八点，没动静。

九点，还是没有。

十点也没有……十一点………依旧没有动静。

十二点半的时候，时烨终于醒了。他洗漱完下楼，看到下楼必经的楼梯口那儿，盛夏正坐在小板凳上戴着耳机听歌，眼睛眯着，一副快要睡着的样子。等他走下去以后，盛夏还是半点反应都没有。

时烨看他这样子觉得颇有喜感，就没忍住走到盛夏边上，伸手轻轻拍了拍他。

盛夏顿了一会儿，慢悠悠地睁开眼，先抬起头，再微微眯起眼，迎着光去看站着的时烨。

看到时烨之后他还愣了一下，等大脑接收到信息以后才站起来，迷迷糊糊地说：“……时烨老师，你醒了啊。”

语调还是慢悠悠的。

“醒了。”时烨微微低头，皱着眉指了下盛夏的左脸颊，“你的脸怎么了？”

盛夏抬起手摸了下脸上的那个创可贴，笑得有点勉强：“昨天被我……抓伤了，就贴了下。”

昨晚洗澡的时候盛夏心神不宁，一腔激动最后全倾泻到了那颗讨厌的痘痘上，忍不住抓了几下就破了，还流了好多血。

盛夏是那种一有伤口就血流不止的体质，好半天才止了血，无奈之下贴了个创可贴。

时烨也就没往下问：“我有点饿了，你给我指家饭店吧，我去吃点东西。”

“我跟你一起去，我也没吃。”盛夏笑了下，“时烨老师想吃什么？”

“你也没吃？”时烨有点奇怪，毕竟这个时间早过了午饭的点。

盛夏很耿直地摇头：“没有，我想着你也要吃饭，让你一个人吃饭也不太好。不过如果你想一个人吃的话，我可以给你推荐好吃的店。”

时烨点头：“那你跟我一起吃吧。”

他看着盛夏缠耳机线的动作，感觉今天这小孩看上去比昨天稍微正常了一些，就是依旧很害羞，不太敢正眼看自己。

盛夏最后带时烨去了一家很不起眼的小店吃当地菜。点菜的时候时烨让他点，盛夏把菜单推了回去，点菜的阿姨看他们两个推来推去，有些好笑地问：“都不想点，就上招牌菜好不好？”

时烨和盛夏一起应声说“好”。

刚好外边有小推车吆喝着卖小吃，盛夏说了声就抓着包急急地走了出去，回来的时候手上拿着什么东西，像是吃的，刚坐下就递了过来。

“时烨老师你尝尝这个，玫瑰乳扇。”

时烨看着他手上那一团乳白色卷起来还散发着奇怪味道的小东西，扬了下眉：“甜的？”

“嗯，你试试？”盛夏看着他，“我觉得挺好吃的。”

时烨沉默了几秒。他不太喜欢甜食，很想拒绝，但盛夏满怀期待地看着他，便只好接了过来，尝了两口。

甜甜腻腻的，味道有点像奶酪，中间有玫瑰酱。

时烨觉得很难吃，但看盛夏一脸期待的样子，只能囫囵吞枣地全部咽了下去，说："还行。"

盛夏像是松了口气："你喜欢就好。"

"这家店我们也经常来吃的，做得最好的是这个鱼，还有就是应季的一些菌子……"盛夏说到一半没留神说了句本地方言出来，连忙又用普通话说了一次，"我是说一些蘑菇，像什么见手青之类的，这家店都做得很好吃。"

时烨看着面前的那锅鱼，尝了一口就没再吃，倒是有些好笑地转头去看盛夏："你们本地人讲话的语调还挺有意思，像是在唱歌。"

他不太喜欢吃鱼，吃了几口就放下了筷子。

"啊……"盛夏默了下，有点莫名的难为情，心想时烨是不是觉得自己普通话有口音啊，"还好吧。"

时烨转而去吃那盘见手青，觉得味道不错："你们白城还挺奇怪的，每个人说话好像都懒洋洋的，慢悠悠的。风吹得慢慢的，阳光慢慢的，说话慢慢的，走路也慢慢的，和北方差别挺大。"

盛夏想了下才答："我没有去过北方，没办法比较，但总觉得那边肯定很冷，风很大。"

时烨点头："确实很冷，风大的话……我倒是觉得你们白城的风也很大。"

"就是风很大，所以又叫风城。"盛夏笑了下。

"你今天安排我去哪里玩？"

盛夏看了时烨一眼，随即拿过边上的包，先是摸出一副眼镜戴上，然后又掏出一个本子："我昨晚做了一下功课，主要看时烨老师你是想看风景还是想吃东西。如果是看风景的话，我们大概要包个车，先去古镇那边，之后可以去苍山坐缆车，然后再去小岛。如果想吃的话，我们大概要往市区里面走，路线的话……"

时烨看着盛夏的嘴巴在自己面前一张一合。

的确是长得很好看的一张脸，五官明晰，白白净净。

说话的时候他还很认真地盯着手里的本子，戴上眼镜以后更秀气了一点，透过镜片能看到他的眼睛，还有很长的睫毛。

时烨看了眼盛夏本子上的字迹。字写得有点乱，一看就知道是写给自己看的。

"不用那么麻烦，我就想随便逛逛，景点倒不是很想去看，再说吧。"时烨指了指他的碗，"你先吃饭。"

盛夏哦了声，有些犹豫地开始继续吃碗里的饭。

虽然很不好意思狼吞虎咽，但不巧的是这些都是盛夏爱吃的菜。他等时烨等得早就饿了，此时吃了几口就忘了不好意思，开始专心地吃吃吃。

时烨看他吃东西的样子很香，看上去会让人很有食欲。他大概还没意识到自己把人家当"吃播"看了，看盛夏两眼，自己再吃几口，一不留神居然还吃了不少。

其实生病后他的胃口一直不怎么好。

"怎么会……"时烨看着自己的碗，奇怪地想着。

◄ 02 ►

吃了饭，时烨戴上帽子和口罩，跟盛夏说自己想去剪个头发。

盛夏应了，带着时烨去了古城里的理发店。

之前时烨就注意到了盛夏今天的打扮。他穿一双白球鞋，却穿了一双红色的袜子，虽然整体看上去还行，但他总忍不住去看露出来的红色袜子。

奇奇怪怪的，但那种奇奇怪怪又和盛夏的气质微妙地和谐了。

睡够了吃饱了心情就挺好。时烨插着兜看街边人卖的东西，见到自己没见过的会多看几眼，就是看来看去，发现盛夏好像一直在看自己。

他索性搭了句话："你几岁了？"

"成年了。"盛夏小声说。

好小。

时烨点头："在上高中吗？"

"毕业了，马上上大学。"

"你是学钢琴的艺术生？"

盛夏摇头："不是，弹琴只是我的课余爱好。"

沉默着走了两步，时烨又问："你什么时候开始学琴的？"

语气平常，但盛夏却好紧张，总觉得跟考试似的。

"小学。"

"自己写歌是什么时候？"

"就……大概是初中。"

挺早啊，时烨来兴趣了。

"自学的？"

盛夏点头："嗯，都是乱写的。不过我也没想那么多，单纯想记录一些自己喜欢的东西，写得不好。"

明明是平坦的路，但总要分神去留意身边的时烨，走着走着盛夏突然左脚绊到右脚跟跄了下，要不是时烨拉了他一把，估计他人都要栽进古城街道两边的水渠里。

与此同时，盛夏兜里揣着的东西从口袋里掉了出来，时烨眼疾手快用另一只手接住了。

时烨晃了晃手里的东西，挑了下眉道："品味挺独特啊。"

"……"盛夏十分窘迫，"呃，我只是比较喜欢这个味道。"

"你如果喜欢唱歌，就一定要好好保护嗓子。"时烨道，"好的不学，学人家装什么酷。"

盛夏慌忙地想解释："我只是偶尔才会……"

时烨点头，在空中把那个盒子抛了几个回合："没收了。以后长不高怎么办？"

说着时烨还伸手比画了下盛夏的头顶，都没到自己肩膀。

盛夏看了他两眼，点头道："嗯嗯，没收，没收吧。"

还挺听话，时烨心里想。可能是对方的气质过于柔和，时烨觉得自己也分外随和，平时懒得说的废话说了一堆，不会做的多余事做了个遍，简直不像他自己了。

"你近视吗？"他抛着手里的东西，随口问，"老眯着眼看东西。"

"嗯，有一点，三四百度的样子。"

"那还不戴眼镜？"时烨挺奇怪，"不影响生活吗？"

"不太喜欢戴，平时我都不戴的。"盛夏一副自己挺有道理的模样，"又没有什么是我一定要看清楚的，而且我已习惯了看一个很模糊的世界，看得太清楚反而会觉得害怕。"

时烨默默点头，心想一个小屁孩，说话还一套一套的。

等到了理发店，给时烨剪头发的是个染着黄毛的男孩子，看上去也就二十出头。他戴着口罩剪头发，那理发师还关心了句："这么热的天还戴口罩？"

时烨点头："生病了。"

理发师笑着道："你还别说，看你这气质还有点像明星。"

时烨淡淡回了句："哦。"

那理发师乐呵呵的："要是真有明星来剪头发，我肯定要多收他点钱！"

"……"

剪完头发后，时烨站起来对着镜子清理碎头发，然后他就从镜子里看见，盛夏坐在理发店里可以转的高椅子上转圈玩。

这小屁孩不停用脚借力、用椅子帮助身体做顺时针运动，速度均匀地一圈一圈又一圈，看起来还挺魔性，反正时烨看得脑袋都嗡嗡的。

不晕吗？

实在是迷惑且搞笑，时烨和店里其他几个店员开始欣赏起他的精彩表演。

边上的风扇带来一阵风，把盛夏的 T 恤吹得鼓了起来。他仰着头闭着眼，双手紧紧抓着椅子，表情舒展着，看上去像是在准备要起飞。

时烨愣了几秒，突然觉得，盛夏这一刻很有夏天的感觉。

等转了不知道多少圈后，盛夏毫无预兆猛地停了下来，惯性使然，停下来后身体也不停左倾。

时烨赶紧走过去扶住他的肩膀，怕人一头扎到地上。

他伸出一根食指往盛夏眼前晃了晃："看看，这是几？"

盛夏还认真辨认了下，奈何现在视线里乱七八糟的，还有很多重影。

"3？ 不是……2！"

时烨笑着答："是 1。"

盛夏又看了几眼，皱着眉点头："哦，是 1。"

"晕吧？ 没事儿转圈儿干吗，闲的？"时烨数落他，"好玩儿？"

盛夏晕晕地答了他一句："我想知道自己能转多少圈。"

这人脑子里都装的什么，时烨失笑："那你转了多少圈？"

"一开始数着，后来数忘了……"

"转得太多会难受，严重还会吐的。"时烨告诫他，"下次别这样。"

"没关系，我经常一个人这样练，其实我挺喜欢晕晕的感觉。"

真是奇奇怪怪的小屁孩。

时烨拍拍他的肩："你的爱好都很独特。"

盛夏迷迷糊糊地用力点头，表情突然坚定又热血："我要努力转到100 圈！"

时烨："……"

这或许就是传说中的"中二"？

看盛夏还有点晕的样子，时烨就让他坐一会儿缓一缓，自己则掏出钱包准备付钱。结果盛夏没听他的话，还是走得摇摇晃晃地跟在他后边，像条小尾巴似的。

付钱的时候又有插曲。

尽管时烨不差钱，但前台收银报的数，实在离谱。这也不是什么很上档次的造型设计工作室，就古城里一小理发店，怎么随便剪个头都要大几百。

他面无表情地把钱递过去："怎么你们这里，理个头发比北市还贵？"

那有点年纪的收银员托着头懒洋洋地打呵欠，也没认出来时烨是谁，回了句："最近猪肉涨价了。"

时烨："理发涨价跟猪肉涨价有什么关系？"

收银员终于抬起头看了时烨一眼，用带着口音的普通话说："因为理发师要吃猪肉，所以理发店理发涨价，懂吗？"

"……"

▌ 03 ▐

剪完头发，谢红找来了。她把时烨拉到了 live house 里，话没说上两句，先给他倒了杯啤酒。

昨晚才办了演出，这会儿店里乱七八糟的，要下午才有人来打扫。

谢红还是穿得花里胡哨的，看见盛夏左脸颊上的那个创可贴，只笑了下，也没打趣他。

"我跟时烨说点事情，"谢红招呼盛夏，"你去厨房给自己弄点喝的，或者去前台听下歌，成不成？"

盛夏应了声，又看了时烨一眼，转身去前台里窝着。

时烨看着谢红熟练地点烟，在自己面前吞云吐雾，笑了下："你确实不简单啊，从南到北也能过得舒坦，在哪儿都吃得开。"

"哪里，做点小生意找点乐子罢了。"

"不回北市了吗？"

"不回了吧，这儿好，天气好，舒坦。"谢红磕了磕烟灰，"北市太冷了。"

"白城太远了，你也该找个近点的地方。"

"远远的才好，不然总想起那会儿。"谢红笑了下，"不说我了，今天也不提以前，说说你。打算待多久？"

"看心情。"

"难得来一趟，多玩几天嘛。"谢红撩了下头发，"我让朋友给你找了个星级导游，你联系下人家。我下午要去外地一趟，有个朋友要结婚，过几天也没空招待你，你跟着导游玩吧。"

"千万别，真的不用。"时烨摆手，"我就自己走走，真不用管我。"

"好好好。"谢红把烟捻了，又抽了一支出来，但没点，就夹在手里把玩，"按理来说你来帮我个忙我得好好招待你一下，但既然你想清净点，那你就自己走走看看。"

时烨点头："嗯，你千万别管我。"

"你这次来帮我，我心里记着，以后再还你这份情。或者你就跟着盛夏玩吧，需要什么给我打电话，我这儿也有朋友。"

"这话才生分了，我们谈什么还人情。"时烨说，"你去忙你的，我玩几天就走。"

"我把那导游的电话发给你，你联系下。"说着谢红就点开了手机。

时烨的目光又转到了前台正听着歌发呆的盛夏身上。

"不用，导游挺麻烦的，我自己看着办。"时烨直接拒绝了，"你去办你的事，不用操心我了。"

谢红没办法，只能收了手机说了句："你还是和以前一样，不爱麻烦人。"

"只是怕麻烦。"时烨说，"你看起来状态真不错，看来白城挺养人啊。"

"是啊，这儿节奏慢，压力也小。"谢红又问他，"你这个大明星是怎么回事，不是快开演唱会了吗，还有空跑出来旅游呢？"

时烨换了个坐姿。

"太累了。"他说，"就是想消失一段时间。"

谢红仔细看了看他，接着表情变了下，有些诧异地问："时烨，你怎么有白头发了？"

时烨被问得蒙了："我有吗？"

"有，你侧过头让我看看。"谢红站起来打量他的后脑，"真的有，帮你拔了？"

时烨想了想，摇头："有就有吧，不管它。"

谢红还是挺担心他的："那天就想问你了，怎么觉着你的精神不太好啊，是不是哪儿不舒服？"

时烨沉默了。

"我没事。"他的声音低了些,"就是好久没休息了。"

谢红皱着眉:"真没事?你好好跟我说。"

"没事。"

"时烨!"谢红的语气严肃了些,"跟我都不能说了吗?"

时烨还是摇头:"跟你说了也没用。"

谢红不语,她盯着时烨看了良久,最后道:"累就多休息一段时间吧。"

"好。"

等他们聊完,盛夏已经快在前台窝着睡着了。

谢红看着盛夏的后脑勺,小声对他说:"这小孩挺好玩的,我认的弟弟。你要是不介意,有空指点一下他,好歹一身的本事,别浪费了。"

时烨没接话,倒是伸出手拍了拍盛夏。

盛夏迷迷瞪瞪地抬起头,把耳机摘下来,睡眼惺忪地看向时烨。他脸上还有几道压出来的红印子,表情略显不爽,似乎被叫醒了有点不开心。

"下午我要出趟远门,搭你妈妈的车一起去趟外地,你妈跟你说了吗?"

"说了,还说大概要去三五天的样子。"盛夏揉了下眼睛,"红姐,你记得让我妈开车慢点。"

谢红点头,又指了指时烨:"那我把他交给你了啊。"

他们和谢红道别。出了门,时烨看盛夏一脸迷迷糊糊的样子,问:"你是不是在哪里都能睡着?"

"啊?"盛夏半眯着眼看他,"对啊,时烨老师,你怎么知道?有一年夏天,我高二的时候,上英语课就睡着了,老师让我站起来醒神,我的座位又靠着墙,实在太困了,结果靠着墙都睡着了……"

时烨一时觉得很羡慕:"能睡着也好,我现在觉得能吃能睡就是最开心的事。"

盛夏问:"为什么?"

时烨说:"因为我做不到。"

他们路过一家便利店,盛夏说等他一下,就自己跑了进去,没一会儿拿着两罐可乐跑回来,把其中一罐塞给时烨:"时烨老师,你喝一罐可乐吧,不要不开心。"

他失笑:"可乐还有这种功效?"

盛夏看着他,握住自己的右手放到时烨眼前:"可乐不够的话,那就再送时烨老师一个礼物，猜猜我手里有什么。"

时烨拉开可乐的拉环，喝了满满一口。又冰又刺激，头皮发麻的那种舒服。

"不知道，你要变魔术吗？"

盛夏一直笑着，他慢慢展开了手指——时烨看到他掌心有一个大大的笑脸。

不是魔术，只是一个画在手心里的笑容而已。

那一刻时烨挺感动的。

但随即他又觉得惋惜，因为那个画上去的笑脸有些斑驳了。天气热，盛夏手心也一直在出汗，刚刚还握过冰凉的可乐罐子，两道弯弯的、笑着的眼睛有黑渍晕开，像是在笑着哭。

时烨低下头："等一下，你别动，晕开了。"

他掏出纸巾仔细地擦掉晕开的地方。他擦得很认真，一开始表情还很严肃，到后来不知为什么，擦着擦着就缓缓地笑了起来，也不知道是在笑盛夏幼稚还是笑自己幼稚。

盛夏不敢动，就静静站着。

不知道过了多久，时烨才站直身子，说："好了，现在是干净的笑脸了。"

"哦。"

"谢谢你，因为这个笑脸，我好像开心了一点。"

盛夏半天才想起来把手收回来。他手里的可乐也在不停"出汗"，罐子冰得很，此刻一只手很冷，一只手又很热。

他有些不知所措。

时烨看上去倒是很自在，他几口把可乐喝完，又对盛夏说："对了，你帮我看看，我是不是有白头发了？"

"啊？"盛夏够过去看时烨的头发，"哪儿？"

时烨微微低头，示意他帮自己看。盛夏眯着眼睛看了看，说："嗯，是有几根。"

还真有。

时烨叹了口气："难看吗？"

"不会啊，怎么会难看！"盛夏赶紧摇头，"可能是少年白。"

"什么少年白，这是老了。"

盛夏很不赞同这个说法："你是国内最顶尖最年轻的吉他手，怎么会老啊！"

这"彩虹屁"很自然啊，时烨失笑。

"好吧，谢红说你是乐队的'骨灰级'粉丝，我现在有点相信了。"

"啊，也没有那么夸张吧，不过我真的很喜欢飞行士。"盛夏笑了笑，"对了时烨老师，我小时候还学过你甩话筒的那个动作，然后不小心把我家的花瓶给甩碎了，被我妈骂了好久。"

时烨笑着摇摇头："好的你不学。"

盛夏讲得很兴奋，拍了下手道："还有啊，我一直觉得飞行士是我的幸运乐队。"

"幸运乐队？"

"嗯，我觉得飞行士似乎一直在保佑我。"盛夏笑得很灿烂，"我记得很清楚……中考出分的那天，我待在房间里弹琴，但是一直弹错音，心浮气躁的，后来我又拿了一本武侠小说来看，也看不进去，好像做什么事都不行。没办法，我就插上耳机开始听歌，发呆。我还记得当时听的那首歌是《向日葵》，你唱到那句'在关于希望的回忆里，我脑海中全是你'……"

他讲得很专注，时烨听得也很专注。

盛夏深吸一口气，继续说："我听到那一句的时候我妈妈推门进来了，很开心地看着我。我突然有些紧张，摘下耳机，然后就听见我妈妈说，说我考上白城最好的高中了！就那一刻，你在我耳朵里唱歌，像是在祝福我。时烨老师，其实我的成绩真的不好，我一直觉得，能考上一中，一定是因为你的声音祝福了我！"

他的眼睛很亮。时烨居然有些不好意思看他，只能移开视线。

"分数是你自己考的，跟乐队没什么关系。"

"有关系。"盛夏说，"可能说出来你不相信，这种感觉只有我自己懂吧。时烨老师，我相信你写的歌一定陪伴了很多人，那感觉真的太神奇了！我也不知道怎么说，但我特别感谢你写了那些歌。我难过的时候会听，开心的时候会听，孤单的时候听……某些时候，我觉得你的声音特别伟大。"

时烨感觉自己心慌了起来，他不知道该怎么告诉盛夏，他已经不能再唱那些感动过很多人的歌了。

他生病了，心理上病了，生理上好像也病了，讲不清楚到底是哪里先出了问题，只是一切都开始不对劲了。

时烨看着盛夏清澈的眼睛，看见了自己的倒影，这是他25岁的面孔，憔悴，疲惫，不再那么不可一世，是无可奈何的 25 岁。

盛夏还看着他，时烨只能装作若无其事地偏开头，把可乐的罐子捏扁，丢进垃圾桶里。

他选择把盛夏说的话全都忘记，这样心里才能好受一些。

◄ 04 ►

走着走着，时烨突然看到路边竖着一个指示牌，就问了句："这儿有个学校？"

"对，是我的高中。"

景点里面有学校还是第一次见，时烨抬步就往那边走过去了。

"时烨老师，这学校也没什么看的，不然我们去前面的城楼看看？"

时烨没听，走到门口，还问能不能进去参观一下。

"我们学校不让外人进的，时烨老师，我们就去旁边转一转吧。"

时烨有些惋惜："我还挺好奇，这种建在景点里的学校是什么样的。"

"和普通的高中一样，没什么区别，就是上课的地方。"盛夏低着头，"学校里都一样，都是比来比去、考来考去，就……很无聊。"

时烨一转头，就看到盛夏又在低着头看自己的脚。

他顺着盛夏的目光望下去——白球鞋、红袜子，鞋面上还有一个怪模怪样的涂鸦，像是画上去的，看起来像是一艘飞船。

忍了好久时烨终于忍不住了，指着那双袜子问盛夏："你这袜子怎么一天一变、五颜六色的？"

盛夏看上去倒是很坦然，似乎被这样问过很多次了，但回答得依旧慢吞吞："因为每天都有颜色。"

时烨站在阳光里，逆着光看向盛夏的方向。看了好半天，他无端觉得阳光很刺眼，就走近了两步。

"每天，都有颜色？"跟这个反应有点慢半拍的人待久了，时烨觉得自己说话都变轻变慢了。

"嗯。"盛夏点头，"今天是周一，周一是红色，我要穿红色的袜子。"

时烨笑了下："意思是，你喜欢红色？"

"不是，是本来就是那样的，红色是既定的颜色。"盛夏说，"在我的世界里周一是红色。"

"周一是红色。"时烨挑眉，"你用颜色定义这个世界吗？"

盛夏笑着说："我觉得这是属于我自己的一种语言，你大概觉得我很奇怪吧。"

时烨摇头："不奇怪。就算真的奇怪，在这个世界上，奇怪的事情还少吗？"

盛夏赞同地点点头："是哦。"

"这学校真进不去？"时烨还在跃跃欲试，"我觉得你这个高中修得挺好看的，想进去看看。"

"大概率不行。"盛夏面色为难，"时烨老师，你很喜欢学校？"

"算是吧。"时烨说，"因为我大学就辍学了，现在其实挺后悔的。"

从盛夏的位置看，时烨站在光里，正仰着头看他的学校大门，神色很专注。

他很高，高得引人注目，网络上写他的身高是 189cm。盛夏觉得此时的时烨显得十分高大，似乎伸出手就能摸到天一样。

对盛夏来说，时烨就是遥不可及的一个人。可现在遥不可及的人就在眼前。

那一刻，盛夏觉得大脑里制造言语的功能失灵了，他组织不出来话语去表达此刻的感受，只觉得时烨真的很高，很高。

时烨是亮的，在视线里。

"你成绩怎么样？"时烨看着面前的校门，"之后要学音乐吗？"

盛夏闷闷答："我妈想让我学医，但我想学作曲。"

"也正常，你妈妈大概觉得学医更稳妥一些。"

盛夏没应他，心不在焉的。他看时烨打量学校的目光很惋惜，想了想，说了句："时烨老师，我还是带你去学校里面看看吧？"

时烨扭过头，挑眉："刚刚不是说不能进？"

"我想想办法！"

于是他带着时烨七拐八绕地走了好长一段路，找到了学校的一个小侧门，观察半天才偷偷摸摸地走了进去。

让时烨惊讶的是，这时候学校里居然还有人在上课。盛夏给他解释了下，说是新一届的高三在补课，这个高中是市里的重点高中，补课也比别的学校早。

他们没走几步，下课铃就响了。这下课铃听得时烨一怔，颇有种梦回青春期的错觉。

盛夏看到有穿着校服的学生从教室里出来走动，便跟时烨说了句："时烨老师，不然你戴上口罩吧？"

时烨立刻很听话地掏出口罩来戴上。盛夏带着他在学校里逛，也不去人多的地方，尽量降低存在感。

"你们学校还挺漂亮的。"

"嗯。"

走到操场边上，时烨看了眼篮球场，还有学生在打球。

他好奇地问："高三也有体育课？"

盛夏答："应该是体育生来训练的。"

时烨点点头，又问盛夏："你会打篮球吗？"

盛夏点头："会，但我不喜欢玩，因为老是被砸到脑袋。"

他们慢慢逛着。

值得一提的是这个学校委实漂亮，学校里外的建筑都很有当地的民族特色，从学校大门进来能看到照壁，房檐飞脚上似乎有什么吉祥物，看上去很"古城"。

盛夏跟时烨讲，从他以前的班级窗户望出去能看到巍峨的苍山。

时烨还挺羡慕能在这种地方读书的人，于是心不在焉的他问了句傻话："在这种地方念书是什么感觉？"

盛夏笑："会让人无心学习，所以我成绩不好。"

时烨也跟着他笑。

天气热，怕时烨觉得晒，盛夏一直把时烨往有树有花草的阴凉处带。但不知道为什么，时烨发现走过这条小径时，盛夏一直跟自己保持着一大段距离，走的路线也奇奇怪怪。

他问："你干吗离我这么远？"

盛夏笑着指了指地上，说："我不想踩到你的影子。"

"踩到又能怎么样？"

盛夏一本正经道："影子会疼。"

时烨一怔，随即才轻松地笑了笑，他觉得盛夏这些奇怪的说法还有点可爱。

等走到一簇长到成人腰部高的植物前时，盛夏停住了脚步。只见他左右看了看，接着飞速地摘了一片叶子下来。

时烨看他摘叶子的动作好笑："同学，你怎么乱摘花草树木？"

"我只是觉得你应该没见过这个。"盛夏拿着叶子对旁边的植物鞠了个躬，"对不起对不起，仅此一次。"

时烨再次被逗笑了，只觉得这小孩给人一种很纯净的感觉，像白城的天空一样。

接着他看到盛夏把手里那片叶子的梗掰断，流出的汁液看上去有些黏，盛夏把那汁液一搓，然后对着一吹——两个小泡泡就被吹了出来，飞到时烨脸上，也碎在了他的脸上。

很轻的触感，时烨呆住了。

盛夏又吹了几个，一边笑一边努力地往时烨脸上吹泡泡。

时烨愣在原地，不动不躲，被这一出搞得完全失去了反应。

时烨问："这是什么东西？"

盛夏笑着道："大麻子树浆，可以吹出来泡泡，我们小时候经常玩这个的，时烨老师没见过吧？"

是没见过。

"时烨老师，"盛夏一直在笑，"你怎么这个表情，你以前没吹过泡泡吗？"

时烨沉默了会儿，摇头："没有。"

"啊……"盛夏歪了下头，说话还是慢悠悠的，"那时烨老师，你要不要试试这个？很好玩的！"

时烨走神了。

良久后，他皱眉："别吹了。"

盛夏一怔，抬眼便看到时烨有些不耐的表情，心道时烨老师可能觉得这东西很幼稚？盛夏只能把手里的叶片捏成一团，没再动作。

气氛尴尬了一会儿。

或许是因为热，时烨觉得很烦躁。

他叹了口气，转头去看远处的苍山，看古城的楼角，看天边的云，看这里，看那里，好半天都不知道该对盛夏说点什么。

半晌，盛夏小心翼翼地问了句："时烨老师，怎么了？"

时烨扭头看他，不自在地说了句："……没什么，有点热。"

空气静得有些令人不安。

周围充满了朝气蓬勃的声音，打篮球的声音，笑闹的声音，古城的声音。远处还有蝉鸣，有很多夏日午后的声音。

然后下一秒打铃了。

这声音也好吵，在那瞬间，时烨是茫然又心慌的。他已经很多年没听过这种声音了，像是在催促你做什么一般。

时烨有过这种感觉——很难形容，但只能用"感觉"来定义。

时烨更喜欢跟自己的想象相处，想象可以没有瑕疵，会被大脑加工改造成完美，连遗憾都可以是完美的，只要给他一把琴，那一切都可以完美。

做音乐要求他保持敏感冲动，所以时常会有这样的时分，像此刻，像当下——只一个机缘就让他以为自己陷入了感觉。

◄ 0 5 ►

他们没待多久就出了学校。

走了会儿，时烨问他，如果不是跟自己出来，那这个点他在做什么。盛夏说自己会在家里睡觉。时烨说如果不能在家里呢，盛夏说，那他会一个人坐公交去市区那边买书。

时烨："好，那你带我去。"

于是他们坐公交去了市里。

时烨已经很久没有坐过公交车了，被盛夏带着上车前他还盲目自信，反正都过了那么久，坐公交应该不会再恶心了吧。

但他还是高估自己了。随着车摇摇晃晃地往前开，时烨觉得越来越头晕，越来越恶心，额头和后背都有冷汗冒出来，意识也像是被摇摇晃晃地带回了他十七八岁那年。

那会儿是时烨最叛逆的时候。有一次他整整一个月都没有回家，就睡在当时谢红开在北市的酒吧里，权当是替谢红看店，累了就睡在吧台前，醒了就弹吉他，唱歌，喝酒。

他妈妈跟着那一家子出国前找了过来，给时烨塞了一张卡，说以后生活费都会打到这里面。她把自己的钥匙也给了时烨，说以后可能不会回来了。

等她走了以后，时烨在酒吧里看着那把钥匙发了很久的呆，之后恍恍惚惚地出了门。

他不知道自己要去哪里，最后鬼使神差上了一辆公交车。他一开始是站着的，被推来推去，后来坐下了，但车上的人却越来越少。

其实时烨也不知道怎么就上了一辆公交车，还浑浑噩噩地坐了一路。

他记得，小时候他妈抱着他去挤公交，买菜逛市场，在车上等待的那段时间里时烨会一直问："妈，今天可以给我买罐头吃吗？"

那时候的公交车也摇摇晃晃，但摇晃的是期待。

小时候的时烨会在开心的时候吃水果罐头，等长大了，却只有在难过的时候才会想吃水果罐头。

他妈妈在离开的时候对他说了一句："不管怎么样，妈妈是爱你的。"

时烨一家子很少说这种爱来爱去的话，那种情况下说爱更是讽刺至极。虽然母亲的那张脸在时烨的眼中是温柔的，但她说爱，却是为了说再见。

那一天在终点站下车以后，时烨给高策打了个电话，说："你赌我一次，我会成名。"一个星期后，他写出了飞行士的成名曲——《宇宙》。

"时烨老师——"

回过神来，时烨看到盛夏犹豫地扯了下他的袖子。

"时烨老师，你不舒服吗？"

等盛夏在视线里慢慢清晰，看清对方脸上有些焦急的表情后，时烨居然有种劫后余生的感觉。

时烨还是觉得有些头晕和恶心。

"没有，我只是……"他难得顿了下，不知道说什么好。

盛夏想了下："时烨老师是晕车吗？其实我上初中的时候也晕车，什么车都晕，坐电梯也晕……但那时没办法，家里人也没时间送我上学，我只能自己搭公交，每天恶心几次，慢慢地习惯了就好了。"

习惯了就好了。

"对，习惯了就好了。"时烨重复他的话，"我只是很久没有坐公交车了，有点不习惯，没什么。"

盛夏听完想了下，从包里掏出了一包话梅，递给时烨："早上我妈妈给我的，时烨老师吃一点？吃了应该会舒服一些。"

时烨本来想拒绝，但头晕晕的。等反应过来时他已经把东西接了过来，就索性拆开吃了一颗。

盛夏忽然指着窗外说："时烨老师，你看这座桥，以前我家就住在这附近，每次回家要经过这里。我心情不好的时候会来这里压大桥，听歌。初中的时候我特别喜欢一位音乐家，有次走在桥上，听得好入神，差点被车撞了。"

时烨失笑："那你说，如果当时出了事，谋杀你的是那位音乐家还是撞你的车？"

盛夏笑着道："我想音乐家是主谋。"

他们坐的位置是最后一排。前座椅背上被人用涂改液、签字笔之类的东西画得乱七八糟，时烨心不在焉地看了几眼。

字迹有些斑驳，写了些什么"杨秀X，我爱你，一生一世"，还写了什么"至死不渝"，渝字还写错了。

会在这种地方轻易把爱写下来让别人看到，这些人的年纪大概很小？时烨想着，还挺羡慕这些人，毕竟这世上有些人的爱连写下来都不敢，承认也很困难。

时烨指着那个"至死不渝"说："你有没有做过这种事？乱涂乱画。"

盛夏笑着摇头："我不会，我从小就随身带本子，要写什么我都写在本子上的。"

时烨用手抚摸着那写得歪歪扭扭的"一生一世"，轻声道："我写歌词有个习惯，歌词里很少直接用爱这个字，总觉得那个字分量很重，用一次少一次。"

盛夏点头："我也发现了，我很喜欢时烨老师的歌词！而且我觉得其实还有很多办法来表达爱，也不一定要那么直白。"

时烨笑笑："表达得直白是怕别人听不懂。"

"总有人能听懂的。"

时烨静了下。

公交到站，停了一会儿，人们上车下车，又继续开向下一站。

其实他想问盛夏，那你听懂我了吗？

但时烨最后什么都没说，只是拿出了耳机，问盛夏："听歌吗？"

盛夏怔了下，才说："好。"

盛夏很小心地把那只耳机接过来，再把里面的音乐塞进自己的左耳里。

他小声自语了句："这首啊。"

"Take me when you feel I've gone."

（当你觉得我的灵魂已逝，带我走吧。）

"Take me if you think I'm sweet."

（如果你觉得我很甜美，带我走吧。）

"Though my life feels incomplete,"

（尽管我一蹶不振，）

"Take me when I wish to live."

（趁我对生命还有欲望，带我走吧。）

公交车上有很多陌生的人，有背着孩子的老人家，看衣服着装似乎是当地的少数民族，背孩子的方式时烨没见过，用一块绣着花的布料包住小孩的身子，再用一条长窄布兜住小孩的屁股，系在身前。

有人的脚边放着几个大的矿泉水瓶，盛夏之前跟他解释过，说有很多人会到古城那边打山泉水回去喝，一来一回就当作锻炼身体。

还有几对小年轻，手臂搅在一起，黏黏糊糊地跟对方咬耳朵。

这些未曾谋面的人不断上下车，经过，停留，再离开。车往前开，这条路是笔直的，同样是走一段，停一段，有开始，有终点。

时烨微微偏头去看身边的人。他以为盛夏大概是在发着呆听歌，结果看过去，才发现盛夏本来就在看自己。

他撞进了那双眼中，直白的、真挚的、干净的、明晃晃的。

歌还在放。

"Take me when I start to cry,"

（当我开始哭泣，带我走吧，）

"Take me, take me, don't ask why."

（别问为什么，带我走吧。）

这一刻多好，耳朵里面有音乐，窗外有阳光，脑袋里面有过去，眼前是目光脸庞都那么纯净的人。

时烨听到自己说："我有点羡慕你。"

时烨的声音不大，但盛夏却听得很清楚，他忘了耳机里面在唱什么。

"羡慕我？"

"嗯，羡慕你的生活，羡慕你年轻，羡慕你有好的睡眠。"

为了保证耳机不掉下去，盛夏一直保持着朝时烨那边靠拢的姿势，因此半边身子一直僵着，并且十分紧张，到后来他能感觉到自己半边身子都有些麻。

"我也羡慕你，时烨老师。"盛夏说得很慢，"你可能不相信，你是我的梦想。"

时烨怔了下。

他笑了笑："人好像总对自己的生活不满足，老是去羡慕别人。"

公交停了一下，下去了一对情侣，上来了一个拄着拐杖的老太太。

盛夏不敢去看时烨了。他就盯着那个老太太慢悠悠地上车，刷老年卡，嘀一声响。

时间好像停了，又飞速地绕过了好多光年。刹那过去，盛夏重新转头，那瞬间他看到时烨在自己眼里变成了灰蓝色——是忧伤哀怨的颜色，盛夏还闻到了沮丧和遗憾的味道。

苦的。

盛夏和那种苦味共情了，但他不知道时烨在难过什么。

盛夏摘掉了耳机，看着时烨说："时烨老师，我从 13 岁开始就很崇拜你，你大概没办法理解，但你就是我的梦想，也启蒙了我热爱的东西，我真的很羡慕你。以后如果你不开心，就想想这个世界上，有一个我在很远的地方羡慕你，可能会觉得好一点吧。"

时烨心想，是吗？

"你是我的梦想"，这句话听上去轻飘飘，多么普通的一句话啊。不需要后果，也不需要来由，人与人发生联系可以那么简单，但你却不知道你的梦想已经快要腐烂。

他们一无所知，依旧纯真，爱着那一年的那个自己，那个时烨都觉得陌生的自己。

车重新开了。

耳机里还在唱：

"Take me when I'm young and true."

（当我正年轻真挚，带我走吧。）

时烨微微收紧了手指，闭上了眼。

那一刻他很想吃水果罐头，前所未有地想。

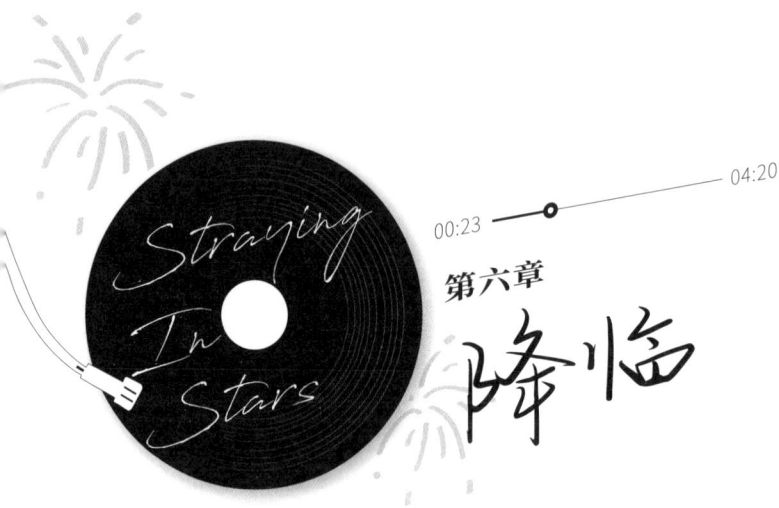

第六章

降临

◄ 01 ►

　　时烨去过的印象比较深的景点是小岛。

　　在海边骑车的时候，时烨嫌热就没戴帽子和口罩，盛夏神经大条，也没想过带什么防晒用品，两人就这么晒了一天太阳。

　　起初还觉得没什么，结果后来天色晚了些才发现皮肤都被晒得出了问题。时烨还好，也就是轻微有些干燥发红，盛夏就比较惨了，他皮肤白嫩，直接被晒得脱皮了，脸红彤彤的，看着挺可怜。

　　更糟糕的是回古城的路上下了暴雨，很大的雨，风也很大，时烨就没见过来得那么急的雨。盛夏跟他解释说："我们这里的天气就是这样的，早上看着万里无云，下午可能就下大雨。"

　　他顿了下，又道："但我也很久没有见过这么大的雨了……"

　　好不容易淋着雨上了最后一班回古城的班车，他们坐下来才发现，两人都淋得湿透了，被晒伤的脸和着雨水，看上去很狼狈，也很搞笑。

　　等车开起来，他们相互看了看对方的样子，都有些忍俊不禁。

　　盛夏一直记着时烨坐大巴和公交一类的车会不舒服，从自己潮湿的包里摸出早就准备好的蜜饯，递过去："时烨老师，你吃一点。"

　　时烨把那包东西接过来，拆开吃了一颗，发现跟前几天吃的口感不太一样，就问了句："话梅吗，味道怎么怪怪的？"

这几天吃的东西都怪怪的，和盛夏一样怪怪的。可即使怪，时烨却还是吃了，不管喜不喜欢。

"时烨老师，这个叫雕梅，是这里的特产，可以用来泡酒，泡出来的酒就叫雕梅酒，还挺有名的，你喜欢喝酒的话一定要试试看！"

车还在摇摇晃晃地往前开。明暗交接的时分，天色在变暗，雨很大，根本看不清远山和云，看不清树影和景。

窗外的路灯在时烨的瞳孔里明明暗暗。他对这个城市感到陌生，但又有一种奇异的亲切感，即使现在外面狂风骤雨，电闪雷鸣，时烨都觉得这个城市是温柔的。

车里的气氛也有些疲惫，没有人开口大声说话，这辆大巴似乎要开向世界尽头，而这个车厢里的人似乎也在静静等待末日来临。

想写歌，时烨心想。

这念头刚刚闪过去，旁边的盛夏就开始在自己的双肩包里摸，找了半天摸出来一个本子和一支笔，伏下身子开始在那个被雨水浸得半湿的本子上写着什么东西。

车里没有开灯，有点暗。

时烨知道盛夏这会儿大概是灵感溢出，所以没有出言打扰。他拿出手机看了下，确认手机还没被淋坏。来到这里以后，时烨开始觉得这些身外之物无所谓了，他甚至觉得手机在这一刻坏掉最好。

坏掉，他就能跟那个被放大的、虚拟的、不属于真实的电波世界彻底失去联系，他就能只属于白城，只属于此刻，只属于这个风雨交加的夜晚。

时烨打开了手机手电筒，拿远了些，给盛夏打着光，让他写。

盛夏写到一半，突然抬起头，对着身边的时烨道："时烨老师，我想到一个概念，讲山神的。苍山十九峰，我一直觉得山里一定有山神保佑，我们常说，一水绕苍山，苍山抱古城，我想写一首主题是拥有着山川湖海的神，而我们是被他庇佑的凡人……"

他的齿间含着一颗雕梅，说话有些含糊。

时烨不知道他是想讲给自己听，还是只是在自言自语。不过那不重要，时烨其实没心思去看盛夏在写什么，也听不太清他的表述，他此刻只觉得这样的夜晚，是这样一生里也大概不会有几次的夜晚。车程和旅程总有终点，可时烨知道这一刻会在回忆里变成永恒一类的东西，因为他居然有一种自己在和身边的人相依为命的错觉。

时烨觉得自己应该开口说点什么，有点声音最好，所以他问："你想好名字了吗？"

盛夏闻言怔了下。他笔下的动作停了，下意识抬头迎着照向自己的光，去看光芒处的时烨。看着时烨嚼东西的动作，他慢慢地说："我没有想好。"

"继续写，写完给我看看。"时烨单手把那个吃光的包装袋折起来，"我给你打光。"

车还在开。

别停下了吧，时烨想，可想完后他就被自己吓了一跳。

他皱了下眉，又神经质地摇了摇头。

车在电闪雷鸣里往前开，很快还是到了他们要到达的终点，他们下了车。

两个人都没伞，雨下得特别大，一道道的闪电和惊雷给这个安静的古城平添了一种别样的氛围。城门口很堵，很多人拿着伞，穿着雨衣在等车。还有抱着伞和透明雨衣的小贩在做生意，大声吆喝着"二十一套，二十一套，不要在这里淋雨感冒"。

盛夏询问时烨："雨太大了，我们买把伞吧时烨老师？"

"不买了，反正都淋湿了，就这样回去吧。"时烨笑了下，"好奇怪，可能是心情不一样，我总觉得你们白城的雨比北方的雨干净好多，我刚刚尝了口，是甜的。"

盛夏也跟着他笑："我就很喜欢下雨，我觉得雨是有情绪的，像今天的雨就是……是特别开心的暴雨。"

两个被淋成落汤鸡的人笑呵呵地往古城里走，周围的人奇怪地看他们几眼，又急匆匆地撑着伞跟他们擦肩而过。

时烨发现自己笑了，这是他来白城后第一次发自内心地觉得开心。

盛夏弯下身子把鞋脱了，随即就光着脚踩在古城的青石板上。

雨很大，砸在身上都有些疼。雨声响，他们靠得很近，但还是需要提高音量才能听到彼此说的话。

"时烨老师——"盛夏光着脚对着面前的男人大声说，"以前小的时候，下雨天放学回家我就会脱了鞋子走，我记得那时候的古城还没那么多人，市区里面好像也是，每次下雨我都觉得世界特别干净，踩着雨我就会特别高兴。"

时烨看着那双浸在雨里赤裸的脚，愣住了。

"时烨老师！"盛夏提高音量，"你也把鞋脱了吧！"

时烨完全没办法拒绝那个笑容。他把鞋袜都脱了拿在手里，和身边这个人一起，赤着脚往古城里走。

电闪雷鸣，狂风大作，雨淹没了整个城市。

如果是小雨还能淋着玩儿，可雨太大了，时烨还是把盛夏拉到了屋檐下："等雨小一点再走？"

盛夏说好。

大概是因为冷，时烨感觉盛夏似乎在发抖，有点担心。

他刚想问盛夏是不是很冷，面前这个被雨淋湿的古城一瞬间就黑了。

盛夏被吓了一跳："停电了吗？"

两侧开店的店主跑出来相互问询，大声交谈，他们听到有人说，北城门那边有雷击中了电力系统，不知道要抢修多久，雨太大了。

时烨用笃定的语气说："停电了。"

他们站在雨里，不由自主地停了下来，去看面前这个一片漆黑的世界。

你有见过城市在一瞬间失去光吗？

周围只有雨，只有很弱无法视物的光线，空气里浮动着一种难言的兴奋。世界黑了，你什么都看不见了，但就在那黑暗的路途里，似乎有别的什么被点亮了，点燃了。

◄ 02 ►

在盛夏对童年有限的记忆里，父亲的角色很模糊。他的家庭里没有男性，赵婕就是全部。

小时候，他爸爸在啤酒厂上班，在一次事故中被掉下来的器械砸中，当场死亡。那一年，盛夏9岁。

在盛夏的记忆里，盛卫军是个很温柔的男人，对妻子温柔，对自己温柔，对同事温柔，对野狗野猫也温柔。但盛夏对盛卫军的印象也就仅限于温柔了。他去世以后留下的东西很少，最有价值的是留给他们母子的一大笔赔偿金。

赵婕很聪明，拿到那笔钱的时候，白城的旅游业发展得还没有那么蓬勃，她找了门路，在古城那片买了门面，等过了几年市里开始大力发展旅游业后，赵婕的投资所得已经翻了几倍。那中间她也没闲着，跟着认识的人卖茶叶，卖特产，做出口，做零售，做批发……能赚钱的行当几乎都试了个遍。

盛夏是早产儿，身体不好，从小就大病小病不断，身体免疫力差，换季就很容易发烧感冒。小时候学说话都比平常人晚。因为不爱说话，而偶尔说的话同龄小孩儿又听不太懂，童年的盛夏基本没什么朋友，每天就待在家里玩他爸爸留下来的葫芦丝。

赵婕也是从那时候发现盛夏跟别的小孩不太一样的。他对音乐非常敏感，虽然不至于像大师那样三岁辨音六岁成曲，但刚学乐器那会儿，几乎所有教过他的老师都说盛夏很有天赋。他自己也爱玩，什么乐器都愿意上手试试。

上高中那会儿赵婕很忙，没时间陪他，大概是为了补偿，赵婕每次回家都会给盛夏带一件"礼物"。口琴、吉他、手风琴、钢琴……赵婕不懂乐器，但托人买的都是好东西，贵得吓人。一件件一样样，慢慢地把盛夏的房间摆得满满当当。

在音乐这块，盛卫军和赵婕都五音不全，一窍不通，但盛夏却很有天赋。他单薄的青春期里能供消遣的东西，就是那满屋子的乐器。也亏得赵婕生意做得顺，又乐意给他买好东西，所以才二十不到，盛夏已经摸了很多贵得吓人的好乐器。

但盛夏有些无法忍受赵婕的一点是，她太紧张自己了，紧张到连大学都不想让盛夏去太远的地方，从高一起就在他耳边念叨学医学医学医，学完去哪里实习，实习完再……

这种安排对盛夏来说十分窒息，但他没有反抗也没有提出过异议，总觉得让妈妈安心也可以，没关系的。

只不过，逆来顺受的想法在遇到时烨以后有了一点改变。

躺了会儿，心浮气躁的，盛夏翻身起来，去包里找到他的本子，翻到之前写的那一页谱子，上面有两个人的笔迹。

他入神地看了很久才把本子合上，去找退烧药吃。昨天淋了雨，起来之后他就发现自己发烧了。

但或许是因为时烨在，吃的退烧药效果也很好，盛夏觉得这一天的状态也不算太萎靡不振，再吃一天药应该能好。

走到窗户边，他懒洋洋地扭了下脖子，风吹着很舒服，于是换了个姿势，转身仰面倚在窗台上，头正好就面对着天空。但也没有什么风景好看，他看不清，索性闭上眼开始幻想自己可以像时烨一样在舞台上弹琴唱歌。

那感觉肯定很不错吧，像是某个世界的中心一样。

盛夏吹了会儿风，觉得困了，准备直起身子回床上睡觉，结果睁开眼睛以后，他的脑门被一个小东西砸中了。

像是个小纸团。砸得不痛，但他被吓了一跳。盛夏皱着眉，眯着眼去看上方楼顶的那个位置。

看不清。

盛夏还在思索楼上住的哪个客人这么没有素质，乱丢东西。

不对，楼顶不是他的……小阁楼吗？

盛夏心里打着鼓，飞快地冲回房间里找来眼镜戴上，探出头，往上面看。

清晰了。

时烨趴在窗台上，本来面无表情地看着楼下，等看到呆呆地看着自己的盛夏，才很浅地笑了一下。

应该是在跟我笑吧？盛夏心想。

那晚的天气很好。从盛夏的位置往上看，能看到时烨英俊的脸，还有沦为背景的漫天星空。

视线里的那张脸开口，对盛夏做了个口型，又勾了下手指，说的似乎是："上来。"

把门敲开以后，盛夏看到时烨在扣衬衫扣子。

瞟到时烨的腹肌时，他有些不自然地偏开脸。

余光里时烨对他点了点下巴，示意他进屋。走进去以后盛夏才发现时烨在屋里一个人喝酒，桌上有一瓶喝了一半的威士忌，是中午的时候他们去谢红店里买的那瓶。

这个时候，时烨其实已经有点微醺了。

睡不着的时候他习惯喝点酒，在头晕的时候努力睡着，只不过有时候越喝越困，而有时候越喝越清醒，分情况，像今天就属于越喝越清醒的状态。

他转着桌上的酒瓶，虽然看的是面前的盛夏，但脑袋里想的却是其他的东西。很多片段记忆——巡演的画面、旅程中陌生人的脸、沈醉醉酒的样子……乱糟糟的。

看盛夏的时候也不太清醒，时烨晕乎乎地指着他的脸问："你大晚上的戴什么口罩？"

盛夏有点难为情："……晒伤了，不好看。"

"现在谁看你？"

盛夏心道，就是因为现在只有偶像你看我才觉得丢人啊。

他不情不愿地把口罩摘了，保持着一个尴尬的僵笑，抬起手："时烨老师，你吃不吃苹果？"

时烨把苹果接过来，又说了句："你刚刚是在发呆吧？"

盛夏僵笑一声，企图蒙混过去："啊？哈哈哈没有吧……"

时烨轻笑一声："没有？"

盛夏心虚地看了他一眼，低下头。

这时候时烨正在端详手里的苹果，因为觉得一个人吃不太好，他思考了一下，双手用力捏着往外一掰，将一个苹果分成了两半。

盛夏笑着道："帅哦！"

时烨递了一半给盛夏，自己啃半边："我以为弹过几年琴的手都有劲儿，看你的手却不像。"

盛夏笑着答："那可不好说，时烨老师要不要跟我掰个手腕看看？"

时烨看了他那小细胳膊几眼，摇头："我不欺负小孩。"

他们沉默地吃完苹果。时烨抽了一支烟出来，擦亮火柴，点了一支。

盛夏愣了一下，因为时烨点烟的姿势很娴熟，动作也十分流畅好看。他还没晃过神来，时烨已经吐了一个漂亮的烟圈出来。

那一团烟圈组成的圆飘过来，等快要接近盛夏的时候，时烨才又吐出一口气，把那个圆吹散了。

味道扑过来。除了烟味，他似乎还闻到了其他若有若无的味道。

时烨看着手里那支烟，笑了笑。

"出道以后我为了保护嗓子基本没抽过烟，慢慢就戒了。后来声带出了点问题，也没怎么抽过，突然抽一支，还有点头晕。"他抬头，"以后你不准抽烟，听到没？"

盛夏重重点头："嗯嗯，我不会的。时烨老师，你以后也别抽了吧！"

时烨举了举手里的杯子："我现在本来就不怎么抽烟，我只喝酒。"

盛夏奇怪地问了句："因为不高兴才喝的吗？"

"你觉得只有不高兴才会喝酒？"时烨笑，"我只是喜欢喝醉的感觉，我喜欢喝酒。"

盛夏又问："那你心情不好的时候，会做什么？"

时烨说："弹吉他。"

盛夏："心情好的时候你不会想弹吗？"

"也许吧，我也不知道。"时烨说，"但我这个人好像总是不太高兴。"

盛夏其实是不太能理解的。他是个很容易满足也很容易快乐的人，很少去做自我困扰的事情。想了想，他老气横秋地为时烨叹了口气："成年人的世界，果然好不容易啊。"

"……"时烨不知怎么被戳到了笑点，"不是所有成年人都像我一样，我可能是比较奇怪的那个。"

"也是。"盛夏点头，"你是时烨嘛，肯定跟我们这些凡夫俗子不太一样。"

时烨没忍住低头笑了笑。

之后盛夏怕打扰到时烨休息，主动说自己先走了，但时烨挽留了他，说："陪我聊会儿天？"

聊什么呢。事实上，他们的世界完全南辕北辙，一个是已经成名的摇滚乐队吉他手，一个是刚刚毕业的高中生，听起来似乎不会有什么共同话题，完全不是一个世界的人。

可是时烨就是想和他聊。

他喝酒的时候，盛夏从床下拉出了一个小纸箱，里面装的好像是唱片。时烨眯着眼看过去，发现那一箱里面似乎全是飞行士的专辑。

他忍不住凑过去看，好家伙，确实是。最吓人的是盛夏还买全了所有的版本，一眼看去非常壮观。

他有收藏癖吗？时烨想着，是不是他所有的零花钱都拿来买专辑了。

接着盛夏盯着那个箱子沉默了会儿，扭头小声地问了时烨一句："时烨老师，你能不能给我签一下名？"

说着，盛夏又摸出了一支不知道从哪儿变出来的签字笔，慢慢推到了他跟前，又指了指那个小箱子。

"……"时烨倒吸一口凉气，"你是说，全部？"

盛夏蛮不好意思地道："也不用全部，签几张也可以……唉，你可以拒绝我的，只是我没抢到过你们的签名专辑，实在是太难抢了！每次开售的时候我永远都在上课，有时候没办法带手机，我还要逃课去网吧抢，而且网站总是很卡怎么都进不去，我又不想去收高价的，也收不全，出的人还特别少……"

时烨叹了口气："不要去高价买签名版，为什么一定要执着有签名的，签了名的专辑会更好听？"

"会啊，真的会！"盛夏表情激动，"就算你今天不签，我以后也会去买全签名版的，虽然我现在还没存够钱。"

……

懂了，懂了，签还不行吗。

时烨无奈地拿起那支签字笔："好好好，我给你签。"

盛夏立刻捧着心夸张道："时烨老师你放心吧，我不会拿去高价出售的，我会好好珍藏起来！"

时烨笑着摇摇头，拿起笔，从箱子里抽出一张来签。看到那张专辑的时候，他其实有点恍惚。

这张是他们的第一张同名专辑，《飞行士》。

手指顿了顿，时烨在右上角签下自己的名字。

之前乐队是三个人，现在是四个人，签名时他们有自己的位置，时烨永远都在右上角。这次只有自己的名字，他有点不习惯。

签完后时烨没忍住翻到背面看了看——Disc1,1.《宇宙》。他抚摸着那两个字，轻轻笑了笑，酒精让记忆回笼，也让他突然想讲讲这些专辑的故事。

"《宇宙》这首歌，是我 19 岁的时候写的。写完的那天晚上下着很大的雪，我跑着去钟正的宿舍找他，他当时还在洗澡，听见我说写了一首歌，就光着身子跑出来跟我讲话。然后我们去找在酒吧给人打杂的肖想，一起去排练。第二天我们又一起去找我现在的老板借钱，租了一个录音室。"

他把这张签好的专辑放回到箱子里，喝一口酒，又去拿下一张。

"《神礼》。"时烨一边签，一边说，"这张专辑是我在旅行的时候写的，我写了一大半，钟正和肖想补了另外一半。我去了什么地方来着……挺多地方的，去了好像两三个月吧，一个人开车去的。写《喧哗》的那天，我误入了一个无人区，其实挺恐怖的，会觉得自己仿佛被这个世界抛弃了，周围一点声音都没有。你知道什么是真正的'寂静'吗？我真的感受过……"

他签得很慢，讲得也很慢。

"《幻想》。"时烨又拿起了一张，"这张专辑的封面是钟正在火车上画的，我特别喜欢。这张专辑是冬天写的，那一次我们都被钟正传染了流感，经纪人让我们在家休息，但是在家里根本待不住啊，我们就大半夜跑去喝酒，看乌鸦。我们三个喝太多了，又哭又笑地在街上打闹，居然聊了一个通宵。现在想想也觉得真奇怪，怎么会有那么多话要说，居然能聊一个通宵！回去后我们就商量说要写一张专辑，写那一晚我们聊的所有……"

说着说着，时烨突然卡住了。他像是突然惊醒，不明白自己为什么要讲这些，还讲了那么多，明明是过去很久的事了。

那些记忆仿佛历历在目，他的表情看上去很复杂，像是怀念，又像是有些痛苦。

盛夏有些手足无措了起来，他不知道是不是让时烨签专辑才导致对方心情不好的。思考过后，他直接抢过了对方手里的专辑。

"我们不签了，时烨老师。"盛夏说，"够了，这些已经够了。"

时烨把专辑拿回来，摇头："答应你就要签完。"

他在专辑上小心地签下自己的名字，比以往任何一次都要谨慎认真。签一张喝一口酒，没一会儿就感觉身体热了起来。

原本他是坐在钢琴上写的，因为身高，他弯着腰总是不舒服，索性坐到木地板上写。

盛夏默默地把床边的凉席拿过来铺在地上："时烨老师，你坐在这上面吧。"

时烨乖乖站起来等他把凉席铺好，他们一起坐在上面，时烨拿着专辑慢慢签，盛夏就托着脑袋看他写字。

他觉得太安静了，就对盛夏说："你可以说话的。"

盛夏摇头："怕吵到你，我看着你就可以了。"

等一小箱专辑签完，时烨觉得自己像是走完了自己的小半生。他有些感慨，惊讶自己居然都写过那么多歌了。

在身体出问题以后他就没写过什么像样的东西，大概是因为心里总在抵触，也不想把写好的东西给一个不懂的人来唱。

另一边，得到一箱偶像签名专辑的盛夏看上去十分高兴。他抱着膝盖，开心地哼起了歌。

是时烨没听过的调子，甚至是没听过的语言，但意外的，十分空灵好听。

时烨问这是什么歌，盛夏笑着说这是他一个同学教他唱的民谣，其实他连意思都不懂，但觉得很好听，缠着人家学了很久才学会的，歌名好像叫——《思念》。

清亮，动人，直击人心，这些是时烨脑中瞬间冒出的词。盛夏真的很会唱歌，即使完全听不懂词都能将情感把握得这么到位。这是一种唱商，也是一种十分惊人的天赋。

时烨思考了一下，问："你能再唱一遍吗？"

盛夏看了看他，乖乖张口唱了。

旋律很简单的一首歌，甚至连歌词都听不懂，可盛夏的声音像是打开了一个奇怪的开关，时烨突然就很想……

想写歌。

就是此刻，有很多很多的灵感朝时烨扑过来，仿佛伸手就可以抓到。

时烨深吸一口气，站起来，问盛夏："可以用一下你的钢琴吗？"

盛夏连忙站起来："当然可以。"

他看时烨已经打开了琴盖，就连忙站起来去把门窗关上。这个房间隔音不错，窗户都有隔音效果。

刚把窗户关上，一串音符就跳进了耳朵里。盛夏怔了下，发现时烨弹的居然是他之前写在本子上的那段旋律。

但又不完全一样，和声有改变，有删减。

时烨弹得很慢，微微皱着眉，似乎在思考。

时间过去了多久，盛夏完全感觉不到，他下意识走到了时烨旁边，没有说话，想了想，在时烨停下来的时候，重新弹了一次时烨刚刚弹奏过的那段旋律。

时烨盯着他手指的动作："我觉得半音阶多一点会比较好。

"重弹一遍刚刚的，左手升一个调试试。"

他的话似乎在刺激盛夏的大脑，飞速地消化时烨的意思，盛夏用手下的音符给时烨反馈，用眼神问：这样对吗？

都对，时烨挑不出错来，无论自己说得多么含糊，盛夏似乎都能理解。

真讽刺啊，一个在旅途中偶然遇到的人都能理解自己的想法，可他们的主唱沈醉就是不能。

房间门窗紧闭，他们弹了没多久就热得满身是汗。

太热了，酒精让身体渐渐躁动起来，时烨闭眼听着旋律，感受到了久违的创作的乐趣。

盛夏脸激动得都有些红。他站在自己边上，压抑着情绪道："时烨老师，这首歌……这首歌叫《银河里》吧。"

时烨问："为什么？"

盛夏说：“因为我弹的时候觉得自己站在银河里。”

时烨说："好啊，就叫《银河里》吧。我从不教人写歌的，但你太聪明了，我教你很有成就感。"

盛夏说："我觉得这首歌是属于我们两个人的！"

时烨不作声了。

盛夏站在钢琴前发了会儿呆，又去找出纸笔趴到凉席上开始记录刚刚写的歌。时烨没事做，只能盯着盛夏看，看他写东西。

看着看着，时烨又灌了口酒，闭上眼。

因为发烧还吃过药，等兴奋的劲儿过去了，盛夏此刻越来越困倦疲惫。

"我有点困了，头晕晕的。"盛夏说，"时烨老师，再聊会儿我就回去睡了。"

时烨点头："嗯。"

他感觉盛夏像是喝醉了，脸红得不行。

"时烨老师，我听你第一首歌那会儿还在上初中。"盛夏声音含糊地说，"我记得很清楚，那天是周三早上的第二节课的课间休息，学校广播放了你的那首《宇宙》。听到的时候我刚好躲在器材室里面。就是在那天，我听你的歌，听得站不起来，像被什么附身了一样。"

时烨睁开了眼。

"是吗？"他听到自己说，"你喜欢宇宙？"

"喜欢啊，我觉得宇宙这个词听上去还挺像时烨老师的。"盛夏说，"我喜欢宇宙是因为它没有感情，冷冰冰的，按照自己的轨道运作，又浩大到什么都可以包容，有序又无序。宽广，浩瀚，深远，无情也孤单，听上去似乎很冰冷，似乎都是冷色调，没有温度。"

时烨接得很快："宇宙有温度的时候，是宇宙大爆炸。"

"啊……"盛夏说着醉话，"爆炸了，我们就死了。"

时烨深深呼吸，又缓缓吐气。

"对啊，死了。"

"星星也爆炸。"盛夏煞有介事地接话，"爆一颗星少一颗星。爆炸的瞬间，消失的瞬间，也是最灿烂的时候。"

时烨沉默下来。

大概是因为太安静了，盛夏觉得越来越迷糊，头也越来越晕。他想找点什么话题来让自己清醒一点，就强打精神问了句："时烨老师，你一开始是怎么想到要去组乐队的啊？"

时烨还真回忆了一下当初。想了想，他有些恍惚。

一开始……一开始好像是……

"一开始，是因为我逃课去了一个酒吧。

"我认识那个酒吧的老板，他现在是我的老板。然后他说，你要不要上台唱首歌？今天驻唱的歌手没有来。"

盛夏已经闭上了眼，他很想把这段话听完，但实在实在太困了。

"然后我就上台唱了。不算大的酒吧，很窄的舞台，但是有一束光只为我而亮。"时烨慢慢道，"那是我第一次上台弹琴，但丝毫不紧张，我看着台下人的目光，有种错觉，好像他们全都为我而来，那一刻我有种很妙不可言的感觉。

"我突然就明白了，是舞台和吉他选中了我，而我这一生或许只能做这件事，无法选择，无论要付出什么代价。"

过了会儿，他发现盛夏没什么反应，低头才发现，盛夏靠在自己的腿边，已经睡着了。

时烨伸出手轻轻戳了下他红红的脸，没醒。

还确实在哪儿都能睡着啊，真羡慕。

时烨一边喝剩下的酒，一边仔细观察起靠在自己边上睡觉的盛夏——他睡着的时候嘴角居然还微微含笑，不知道是不是做了什么美梦。

时烨又轻轻戳了戳他的脸，小声问："如果我不做吉他手了，你会不会很失望？"

当然不会有人回答他。

时烨声音小得像是在说给自己听。

"我在计划一件事，我想跑掉，让他们找不到我。

"我想消失，去一个没有人认识我的地方重新生活，不再弹吉他，不再写歌，做个很平凡的普通人。"

盛夏睡沉了，房间里暖色的光盖在他脸上，看上去显得很柔和。可奇怪的是眼前的画面越柔和，时烨就看得越烦躁，他甚至很想抓着盛夏的肩把他摇醒，让他看看自己，说些什么，或者……给自己一个拥抱。

时烨看着他，静静道："我生病了。我失眠，焦躁，幻听，脾气越来越差，写出来的作品也一塌糊涂，在教你写这首歌之前，我已经大半年写不出来东西了。"

他低头，有些疲惫地捂住了脸。

"我去爬了好多山，我还想着，找一座最漂亮的山，往下跳。"

时烨的声音微微发抖："我总觉得未来也不会再发生什么好事，我不知道自己怎么了，我也不知道为什么会这样，我就是觉得太累了，想休息。"

盛夏已经睡着了，他什么都听不到。

没有人想听这些的，你看，连自己的粉丝都不想听。

时烨定定地看了那张脸很久。

盛夏今晚或许会做个好梦，关于宇宙的，关于银河的。他的生活很幸福，他的未来还拥有很多很多可能性，他看上去很健康、很明朗，他似乎拥有自己想要的一切。

◄ 03 ►

时烨望向盛夏，他看到盛夏被晒伤的脸比之前红了很多。

因为晒伤，盛夏的脸看上去有些滑稽，但依旧是好看的，这一刻时烨愿意用美这样的字眼去形容这个属于盛夏的少年。他愿意用美去形容一些会让自己变得温柔的东西，美总是会让人温柔一些，无论是男人还是女人，雕塑画作，音乐还是艺术，让人觉得温柔的，就是美。

他把烟抽完，又去厕所洗手，想洗掉手上的烟味，时烨洗得很仔细，洗过三遍，又洗了一把脸。但还是不清醒，他索性放了点水，把脸直接埋进去，沉在凉水里。

洗完了，好像没有清醒太多，还是有烟味酒味，洗不干净。那种焦躁感缠着他，时烨觉得自己很烦，身体里有什么要爆炸要撕裂的那种烦。

很热。他心烦意乱地打开花洒，开始冲冷水澡……

时烨突然开始厌恶自己，厌恶现状，也厌恶要去面对这些的此刻。

出了浴室后时烨开始收拾自己的东西。很快就收拾完了，他的东西一向很少，最重的是吉他。

整个过程颇有些落荒而逃的意思。

时烨没有回头去看一眼，他把钥匙留在桌上，关上门走了。

下楼的时候天蒙蒙亮。这乱七八糟的一夜又短又漫长，似乎发生了可以让时烨写很多歌的故事，可故事的结局是他落荒而逃。

他踏着木楼梯下楼的时候撞到了头，很疼，但他第一时间想到的居然是盛夏对自己说过的话："时烨老师，小心头上。"

在门口，时烨遇到了盛夏的妈妈，赵婕。

赵婕面前是一辆还不错的车。看到这个中年女人的第一眼，时烨就知道这肯定是盛夏的妈，眉眼很相似，只是面前的女人无论是穿着打扮还是神态都透着一股精明味儿，跟盛夏的气质实在是相差甚远。

赵婕正在卸后备箱的几箱特产，看到大早上背着琴出来的时烨，眉飞快地皱了下。她打量时烨的速度很快，眼睛一转，就从容地说了开场白："退房吗？"

时烨不知道回答什么，只点了点头。他本来想直接走，但看赵婕一个人搬东西费力，索性上前一步，两三下就把东西都卸了下来搬进屋里。

赵婕连声说谢，又问："我看着你有点眼熟，你是不是什么歌手啊？你长得有点像我儿子喜欢的一个什么乐队……"

时烨摇头，打断说不是，他头还有点疼，提步打算离开。

"唉小伙子，等等……"赵婕叫住时烨，在自己的包里翻了下，最后居然翻出一包雕梅出来。

"刚闻到你身上有酒味。"赵婕笑着，"喝了酒早上起来都有点不舒服，这个是我们白城的特产，我之前带着路上吃的，你拿去吧。谢谢你帮我搬东西啊。"

时烨愣了下，才低头看了看那包熟悉的雕梅。

恍恍惚惚走出来的这段路，对时烨而言很是漫长。黎明时分的古城冷冷清清，街上只能看到几个打扫卫生的阿姨。

醉酒后走在渐渐天明的大街上不是一种好的体验，这让时烨想起了他穷困潦倒的那几年。不仅仅是没钱的那种穷，而且是无处而去，孑然一身，无依无靠的那种穷。

物质匮乏，精神也匮乏，什么都匮乏，什么都没有。一个人压大桥压马路是常有的事，可以从黄昏走到黎明，再从黎明走到黄昏。那时候他身上还有一种什么都不怕的孤勇，正是因为一无所有，所以什么都敢试试，不怕上台，不怕灯光，不怕嘲笑不怕失败，什么都不怕。

走到靠近城门口的一段路，他看到一个很是落魄的男人蹲坐在地上吃苹果。那男人胡子拉碴，留着及肩的头发，整个人看上去脏兮兮的，脚边有吉他和琴盒，琴盒像是拿来装钱用的。

他突然觉得有些累了，索性坐到那男人旁边，把吉他卸下来丢在脚边。

那男人看时烨还戴着口罩，吃着苹果含糊地打了个招呼："嘿。"

时烨笑了下。他把盛夏妈妈给自己的那包雕梅递过去，说："还有苹果没？跟你换。"

那男人说："我为什么要跟你换？"

时烨笑了笑："你可以不跟我换，我也不想吃苹果，只是想跟人说说话。"

"为什么想说话？"

"因为烦。"

那男人皱起眉："遇到什么难事儿了？"

时烨托着脑袋，懒懒道："是挺难的。"

"没关系，别灰心，别丧气。"那男人说，"只要活着，总能熬过去。"

被一个看起来比自己还落魄的人安慰，是种很奇妙的体会。时烨偏头看了眼对方，这人看上去虽然脏兮兮的，穿着打扮也十分不讲究，可神态却很是平和满足，给人一种安定之感。

大概是身上有些相似的气质，反正都是玩吉他的，即使是陌生人，说起话来时烨也觉得自在很多。

那人从口袋里又掏了个苹果出来递给时烨："送你了。想来这儿卖唱还是怎么？你换个地儿。听你口音也是外地人，我给你指条明路，你去洋人街那段。"

时烨把苹果接过来，但没吃，说："谢谢，但我不卖唱。"

"不卖唱那你大早上背个琴干吗？"那男人笑着调侃，"背把琴觉得自己特帅？"

"是啊，特傻是吧。"时烨觉得好笑，也就跟着他笑，"卖唱好玩吗？"

"玩？卖唱也不是那么容易的，这可是事业！指不定多少嚣张得不行的歌手还没我们卖唱的有东西。"那男人挺健谈的，"要抢地盘，跟同行竞争，还要有眼光，选好地方，还要会跟城管磨叽，心理素质也要好，脸皮得厚！"

时烨听这人叨叨了会儿，问了句："你卖唱多久了？"

"五年。"那男人说，"我今年35了，前几年在山城，还去过南市，去年来的白城。其他地方的生意没白城好做，就留这儿了。你哪儿来的？"

"我北市的。"时烨拒绝了那人递来的烟，"那你没想着稳定点，成个家什么的？就这么一直漂泊着？"

那男人像是听到了什么极为可笑的事："你说什么？"

时烨被那人的神态搞得一愣："我说，你没想过定下来，买个房，娶个老婆，有个家什么的？"

说完他才意识到自己好像真的挺俗的。虽然这种俗没什么错，却是理所当然的世俗。

那男人咬着烟，在烟雾缭绕里看向时烨："都说是流浪歌手了，有了家，还算个什么的流浪歌手。"

时烨怔了下，才恍惚地答："但人总要有个家。"

"没有也没什么大不了吧，反正我自由惯了，人在哪儿，哪儿就是家，吉他就是我老婆。"那男人笑眯眯地抽着烟，"人家沈老爷子说过：这世界上美的东西都没有家，流星、萤火、落花，都没家。你见过人养凤凰啊？一颗流星自有它的去处。流浪歌手就该流浪，也有自己该去的地方，不一定要有一个家。"

时烨怔然地听完，才强笑着道："你还挺有文化。"

"那可不。"那男人把烟头捻了，"我年轻那会儿是个诗人。"

那男人跟时烨说完话，把边上的小毯子一卷，又睡回笼觉去了。

天快亮了。

时烨把口罩摘了下来，随便擦了擦那个苹果，开始啃，啃的间隙里他掏出手机看了看消息。手机前几天进了水，修过以后反应变慢了些，才点开就跳出来一大堆消息。牛小俊给他发了很多条的消息，还有沈醉的、高策的，熟的，不熟的。

没有一条是他想看到的东西。

然后他点开了通讯录，找到了一个没有存名字、但早就能背下来的号码。大概是怕自己迟疑，时烨直接拨了过去。

响铃一共是八声，等待的每一秒时烨都觉得心跳在变速，但听到他爸的声音从电话那头传过来以后，时烨立刻挂掉了电话。

把那个吃不完的苹果丢到脚边，埋下头抱住了自己。

有些话不仅仅是对别人说不出口，就连背地里跟自己说也只会觉得羞耻。

跟他说什么？

说我睡不着，我天天吃药，我天天喝酒，我过得不好？

说我好像长大了，但还是会害怕现实，说我总是想逃避一切。

还是问问你，有些病是不是会遗传？

是不是因为你？因为你我才会变成这样？

我一直否认，一直回避的那件事终于应验，是因为你吗？

或者你来教教我该怎么办。

你来告诉我什么是对的，什么是错的。告诉我，我该过怎样的生活，我该爱谁，该怎么成为一个得体的大人？

想得头疼。时烨知道不能再想下去了，拿出手机随便乱翻起来，最后还是点开了牛小俊发给自己的消息。

"时烨，你老实告诉你知道不知道沈醉的事？"

"时烨，回我消息。"

"沈醉前天去录节目的时候出了点问题，外面已经有风声了，我们必须有所准备。"

"这个情况你之前是不是知道？知道为什么不跟公司通气？我不信你不知情。"

"回我消息。"

看到一半时烨就想把手机砸了。

其实一开始的时候，他也曾对沈醉有过不切实际的期待，可现实狠狠甩了他一个耳光。同意公司让沈醉加入乐队的后果，就是他们总是因为意见不合争吵，还有钟正和肖想心里落下对自己的埋怨，以及飞行士越来越差的风评，和越来越垃圾的专辑作品。

这一切都无法挽回了，从自己同意让沈醉加入乐队后就无法挽回了。更重要的是他不能埋怨沈醉，如果是个男人就不该把错误推卸干净，毕竟他自己也有责任，对吧？

他抖着手给牛小俊回了一条语音："那你想要我怎么做，我就算知道又能怎么样？"

发完后思绪就变得混乱起来。

时烨突然很想找个人来说说这一切，给对方讲讲自己这一塌糊涂的生活。可他翻了翻手机里的联系人后悲哀地发现，好像没人可以聊聊这一切。

打电话给钟正和肖想吗？告诉他们开过的玩笑变成了真的，自己真的变了。他们会怎么说呢，应该会沉默，然后故作镇定地说变了就变了呗。

不然打电话给牛小俊？说自己生病了，情绪变得很不好，偶尔会幻听，总是睡不着……他会给自己放假吗？大概不会。

还是打电话给高策吵一架？就说"都怪你，是你说沈醉会让飞行士有更多的资金支持,给公司更好的发展平台",说"就是你踩着乐队想往上爬,现在把我踩得彻底站不起来了,满意了吗?"。

还能打给谁,好像没有谁了。

也就是那一刻,时烨猛然发现自己居然没有一个可以说心里话的朋友。他过去这些年的精力全都献给了舞台和乐队,他几乎没有属于自己的生活,所有的空闲时间都属于飞行士,属于公司,属于歌迷……

找谁呢?还能找谁?不然把这些都告诉旁边的那个流浪歌手,他会信吗?

谁会信,谁会愿意听?谁能告诉他该怎么办?该怎么继续?

时烨突然间有些崩溃,他死死地抓着自己的头发,只觉得身体里铺天盖地的压力似乎在一瞬间倾塌了。

那一刻时烨没办法去面对身体里的那些负面情绪,他知道自己需要一个出口——他大喘着气,几乎是下意识打开了琴包,拿出了吉他。摸到琴弦后时烨才有种实感,他是安全的。

没什么是真的,是永恒的,是不变的,是不会离开的。陪着他的只有吉他,只有那些和弦,只有音符和舞台,只有孤单的谱,和没人听懂的飞行士。

他开始按和弦,几乎是循着本能拨出来的音符,等弹出来以后时烨才发现,自己在弹那首《宇宙》。那首歌写在他人生最茫然的一个年岁,他被父母留在了北市,一无所有,没有钱,没有明天,没有理想,没有未来,没有爱,什么都没有。

情绪被带到了指尖,他感觉到自己越弹力气越大,好像要把这些年的郁气都化到了手中,然后他开始唱。

他需要出口。

写这首歌的时候多畅快,多一气呵成,他只写了一晚上。那一年多好啊,虽然他看上去很惨,可对未来有那么多期待,总觉得天大的事也不过如此,几瓶酒就能解决,所有的痛苦都可能成为创作的养分,不值一提。当年他写的歌词都是什么"反正我的心,是一颗钻石",仿佛要跟全天下标榜自己很坚强似的。

什么时候开始无法消化那些痛苦了,时烨不清楚,或许是吞下太多压力,身体终于超重了,他现在总觉得身体随时都会爆炸。他现在再也写不出这样的歌了,永远都写不出来了。

声音怎么这么哑。

他很久没唱歌了，嗓子很哑，听上去像是带着些冰碴。

边上的男人被吵醒了，但没抬头。那人听了会儿，笑着啐了句："你什么破嗓子还学人唱飞行士？太难听了，弦都不准，我说，该换弦了！"

时烨用的那把吉他其实已经很旧了。他不常用这把吉他，那是当时乐队成立的时候，高策送他的，是高策当年用过的家伙。弦已经老化了，是该换了，时烨一直把这把吉他当成古董留着，很少使用。

时烨没理对方，他唱着，开始无声地哭。

为什么不能哭？他现在就是想哭。无论在别人眼里那个时烨有多冷漠有多坚强，无论是 5 岁的时烨还是 15 岁的时烨，是 25 岁的时烨还是 45 岁的时烨，无论他是谁，他现在就是想哭。

控制不住。

人真是奇怪，他爸妈走的时候他没哭，他吃不起饭的时候他没哭，他被骂得狗血淋头的时候也没哭，但就在这么一个天色渐渐明亮的古城街头，他居然控制不住泪水。

头很疼，脑海里又出现了很多声音，经纪人的、老板的、队友的、歌迷的……他们在脑子里不停喊自己的名字——时烨，时烨，时烨。

"时烨，你今天的演出状态为什么这么差？"

"时烨，记住被媒体拍的时候不要眨眼睛。"

"时烨，你写的这首歌为什么这么烂，这是你写的吗？"

……

"儿子，爸爸妈妈永远爱你。"

"我们会永远爱你。"

……

爱？

没有爱，都是假的。哪有什么爱意深沉，都烧死了，什么明天，什么成名在望，什么粉丝行程工作家人，都滚，都是假的，都留不住，全都是假的！全都只会让自己痛苦！全都没什么意义！

时烨没有唱完那首歌，他的嗓子彻底哑了。喉咙里有撕裂感，像是有把刀子从里面划开，顺着喉管一刀破开，又浇上油，点上火，彻底烧着了。咽一咽，好像还有点血腥味。

他愣了很久才怔然地低头看，发现这把吉他老化的弦被他弹断了。他浑身大汗淋漓，眼眶发红，累得像是走过了一整个世纪。

手指也磨破了，没控制好力道，可怎么刚刚弹的时候却一点都没觉得痛？有血迹渗出来，那红色一滴滴地砸在琴面上，像在讽刺他说——时烨，你真可怜。

边上躺着的男人最后老神在在地评价了一句："我说，你以后别唱歌了，真的难听。"

时烨低下头，疲惫地捂住了脸。

◄ 0 4 ▶

"吃饭发什么呆？"赵婕往盛夏碗里夹了块牛肉，"你看看你放个假把自己玩成什么样了，跑去海边骑车也不知道涂点防晒霜？晒伤了就算了，骑个车还能把自己骑发烧了。"

盛夏把牛肉扒拉到一边，说话心不在焉的："说了不严重啊，吃点药就好了。"

"赶紧吃，吃了待会儿我带你去医院看看脸，你看晒成什么样了。"赵婕皱着眉，"下午你也别出去了，我带你去一个叔叔家吃饭。"

"我下午跟……同学约了。"盛夏垂着头，"改天去吧，我和同学约练琴，说好了的。"

"你哪个同学？"

"你不认识。"

"你哪个同学我不认识？"

盛夏不吭声了，他现在满脑子都是时烨去哪儿了，直接无视了赵婕的不满，问道："妈，你早上回来的时候看到一个背着琴、长得很高的男人没有？"

赵婕定定地看了盛夏两眼，半天才说了一句："吃饭！"

盛夏叹了口气："哦。"

吃完饭，他把碗放下，本来打算直接溜走，结果看到旁边的果盘里有石榴，最上面两个已经裂开了，里面的石榴籽个个血红，像宝石一样漂亮。

他挑了个大的拿在手里，才对赵婕说："我去找同学了。"

赵婕忍了半天才忍住没发火，她觉得自己也需要好好冷静一下，只能盯着盛夏吃了点退烧药，嘱咐让他早点回来。

盛夏就拿着个石榴在古城里找时烨找了一天。他找谢红问了时烨的电话，但打不通。古城里的几家民宿他都知道，就一家家地找过去。

从早上在小阁楼睡醒到现在他都有些发蒙，不知道时烨去了哪儿，也不知道自己要去哪里找人。

中午的日光昏昏沉沉，吃了药后他特别想睡觉，只找了两三家民宿盛夏就累了。他找了个阴凉的地方盘腿坐下，从包里掏出他的本子。

那天本子被雨淋湿了，纸都皱巴巴的，字都快看不清了。翻到他在车上写的那一页，是一首没有完成的歌。

他想入神了，脑中跳跃着出现了旋律和音符，手跟着所想开始记录。盛夏越写越快，越写越烦躁。

他发了会儿呆，实在是没有灵感，便把本子收起来，决定在古城里随便走走，看能不能遇到时烨。

现在算是旅游旺季，古城里熙熙攘攘，到处都是游客。走过几条街，盛夏发现街角新开了一家卖明信片的小店，装修得挺有格调，此刻已人满为患。

因为人多，盛夏也就没进去凑热闹。透明玻璃窗上贴着一些句子作为装饰，他凑近一些看，离自己最近的那句话是："是我自己挤到你的眼前，一头栽进我的命运，就像跌进一个深渊。"

他看完，往左，拐进新民路，一边走，一边想那句话的意思。等再抬起头的时候，他发现自己已经走到了古城里的教堂。

盛夏看着门口的十字架，突然就惆怅了起来。

昨天还说好带时烨来看看这个老教堂的，结果今天他就找不到人了。

这个教堂修得挺漂亮的，是一个融合了当地建筑风格的教堂，飞檐、斗拱、浮雕都很有当地特色。

盛夏抬步走了进去，里面有几个拍照的游客，他径直去了礼拜堂，想在里面坐着休息会儿再离开。

推开门，礼拜堂里空空荡荡，只有右侧最后一排坐了一个人。

墙壁是很温暖的蓝色，虽然没有彩色玻璃窗，但穹顶的浮雕十分好看，尤其阳光从高窗里透进来的此刻——穹顶的星星壁画在发亮，衬着浅蓝色的墙壁，犹如在午后看了一场星光。

盛夏轻轻吐出一口气，抬步朝那个人走过去——他一身黑衣服，边上靠着一把吉他。

盛夏在他边上坐下。

时烨扭头看了他一会儿，有些无奈地笑了下："这也能找到我？"

盛夏点头："随便找了找就找到你了，大概我运气好吧。"

运气，随便。

时烨把手里那本经书放回去，慢慢道："这里安静又凉快，适合发呆，我很喜欢。"

盛夏想了想，还是没忍住问："怎么不等我起床一起来？我没找到你，还以为你走了。"

为什么？

因为原本打算看完这个教堂就直接去机场走人，不再见你的。

时烨静静看向他："昨晚你睡得好吗？"

盛夏愣了下。

"还可以，就是起床以后有点头疼。"他的表情变得很不自然，"跟你聊着聊着就睡过去了，不好意思啊。"

他们开始沉默。

干坐着很不安，盛夏在包里翻了翻，最后翻出来一个石榴，好像是出门的时候顺手捎出来的。反正也没事做，他就顺着裂口把石榴破开，在时烨边上专心致志地剥起了石榴。时烨也没事做，索性靠在边上看盛夏剥石榴，顺便思考怎么告别，毕竟票都买好了。

"以前我都没发现这个教堂这么漂亮。"盛夏的声音轻轻的，"这几天总觉得我也重新认识了一次白城。"

时烨没应声。他盯着盛夏正在努力剥的石榴看，仔细看，有个念头突然跳出来：想写一首歌，就叫《石榴》。

然后下一秒，盛夏就举起一把剥好的石榴："时烨老师，吃石榴……啊，突然想到，用石榴作主题写歌应该很有意思。"

递过来的石榴籽鲜红欲滴，躺在洁白的掌心里，看上去十分漂亮，像一颗颗宝石。

时烨接过那把石榴，麻木地丢进嘴里，胡乱地开始嚼。

盛夏又低头开始剥石榴，心不在焉地跟时烨说话。

"我妈妈认识这个教堂的神父，他们以前做活动的时候，我来给他们弹钢琴伴奏过。"盛夏说，"时烨老师，你进来的时候有没有仔细看这个教堂？从正面看，很多人都说这栋建筑像巨龙的头。"

时烨摇头："我倒是觉得这个教堂设计得像一艘船，尤其从侧面看。"

盛夏很惊讶："真的啊，你好厉害！之前那个老神父也是这样跟我说的，教堂的外形修得像一艘船，是对应经书里的挪亚方舟。"

时烨嚼着石榴，慢慢道："这样啊。"

"对啊，有意思吧！"盛夏笑，"我挺喜欢这里的，有时候不上课也会跑过来，在礼拜堂里坐着发呆，想些乱七八糟的。"

吃完一把石榴，盛夏又递了一把过来。时烨也懒得跟他客气，安安静静在边上被投食，嘴里嚼着东西看墙上的壁画，头顶的阳光，蓝色的墙壁……

"从这个教堂出去，边上巷子里面有一家手工玫瑰酸奶，挺好喝的。"他说，"时烨老师，等下我们去买吧？"

时烨沉默两秒，缓缓点头。

"嗯。"

时烨一边应，一边掏出手机打算把机票退掉，然后他就发现自己的手机欠费了，让盛夏把手机借自己交个话费，待会儿转给他。

盛夏又剥好了一手石榴，他两只手都有东西，就让时烨自己去兜里拿，又说开锁密码是六个"1"。

时烨把手机解锁，发现页面还停在浏览器上，面前的搜索内容上写着"怎样长高"。

盛夏还在努力地剥石榴，等发现时烨奇怪地瞅着自己，他才看向自己的手机。看到那个页面后盛夏手一抖，表情变得很是尴尬。

时烨一本正经地说："怎样长高我不知道，但抽烟真的会长不高。"

盛夏："可上面说身高的最终影响因素是遗传。"

时烨觉得自己好像突然放松了，他佯装生气："你不信我？"

"……"盛夏便开始转移话题，把手里的东西递过去，"来，吃石榴。"

时烨接过来，觉得心情似乎更好了一些，他选择暂时忘掉自己给自己找的那些不痛快。

充完话费以后，时烨把早上买的机票退了。他本来买了晚上回北市的机票，但现在，也不知道怎么就被留了下来。

可能是因为美丽的教堂和那把石榴吧。

一起走出教堂后，他们去旁边的巷子里买了玫瑰酸奶喝，接着走到人民路逛了逛，时烨让盛夏带自己去乐器行。盛夏也没问他找乐器行干什么，点点头就开始带路。

两人并肩在街上走着，时烨咬着酸奶吸管，突然问："你有没有那种，很想去做的事情？"

"啊，为什么突然说这个？"盛夏有点奇怪，"很想做的事情？"

时烨点头："比较好奇你们这个年纪的人会有什么愿望。"

盛夏笑了下，轻松地说："我现在的愿望是时烨老师不要走了，就留在我们白城算了。"

时烨的身子顿了下。

盛夏感觉自己似乎说了很强人所难的话，连忙改口："我开玩笑的。其实我没什么愿望，真要说的话，大概就是……想看海豚！"

时烨觉得很奇怪："海豚？你们白城没有海洋馆吗？可以去海洋馆看。"

"不是那种，我想看大海里的海豚。海洋馆里的海豚我觉得它们好可怜啊，要表演给人看，还要被关起来。"

时烨点头："好吧。但为什么想看海豚？觉得它们可爱？"

"不是，是有个故事。我小时候，还不知道我们这里的海不是海，只是一个湖，那时候我看了一个动画片，里面有海豚。然后我就问我妈怎么我们这里没有海豚，我妈说以后会有的，就骗小孩子的话嘛……那时候我真的信了，每天都缠着我妈带我去海边，想看看海里有没有长出海豚来。长大了才知道，不可能的，哈哈，我小时候好傻啊！"

盛夏笑了笑："而且我一直很喜欢海面上有海豚跳起来的那种画面。之前看地理杂志时看过一种海豚，叫宽吻海豚，名字特别好听对不对？我觉得很适合做一首歌的名字。哇，反正无论如何都想看一次。"

确实。时烨想着，宽吻，好听的名字。

"欸，时烨老师，我们到了乐器行。"

到了琴行，等时烨打开琴包后盛夏才发现，那把吉他居然断了根弦。他问时烨怎么断了啊，时烨也只是淡淡说了句，弦老了。

换弦的时候老板一直在夸琴真不错，就是好像没怎么用。

沉默了半天，时烨才答一句："嗯，很少用了。"

老板问为什么。

时烨不说话了，他答不上来。

时烨不知道该怎么处理这把有很多回忆的吉他，就像他不知道该怎么处理他的那些过去和当下的生活一样。他有很多事情都没时间做，没时间想，没时间考虑。

出来之前他曾背着这把琴去找高策，想把琴还回去，可到最后好像还是舍不得。

老板把琴弦拆下来的时候时烨无端就有些胸闷难受，仿佛拆的不是琴弦，而是他的肋骨。

实在看不下去，时烨索性说出门打个电话避开了，就留着盛夏在店里看着。

盛夏就吃着石榴看老板换弦，腿在凳子上一晃一晃的。

那老板把旧琴弦拆下来后随手放在工作台上，盛夏盯着那几根弦看了半天。那把琴已经有了新的琴弦，看上去精神得很，他一个不怎么弹吉他的人看着都很舒服。

旧的琴弦被丢在一边，弦旧得有了锈，放在角落里，看上去孤零零的。思考过后，他把琴弦折了折，拿出本子，夹到了自己的笔记本里。

等那把吉他换好弦后时烨才回来，手里拎着瓶冰可乐，他顺手打开可乐递给盛夏，接着就去前台付钱了。

盛夏拿着那瓶可乐想了想，心说只买了一罐，难道是买给自己喝的？也太好了吧！他开心地喝了一大口，只觉得时烨真是个大方的好人，居然还给自己粉丝福利。

付完钱的时烨背着琴走过来，拿过他手里的可乐，神态自若地喝了一口。

In the
Galaxy

第七章
我的同谋

◄ 01 ►

时烨搬到了另一家民宿住。

环境一般，店主是个中年大叔，大概没听过飞行士的歌，也不认识时烨是谁，反正录身份证的时候表情很正常，只交代了一句："早餐服务只到九点。"

说实话，这里还真没盛夏的小阁楼住得舒服，但好在这里跟盛夏家隔得不远，步行只需要五分钟。

时烨不确定自己什么时候才能回北市。只觉得好像随时都想买票离开，可每到最后，他就会默默地打消这个念头。问自己为什么，也说不出个所以然来。

那一天起床又是中午了，他去吃了碗面，吃完看见谢红的消息，就顶着大太阳去找她。

中午酒吧也不营业，谢红就站在门口抽烟，一副刚睡醒的样子，见他来了，懒洋洋问一句："怎么还没走啊？"

时烨笑："盼着我走？"

"没，就觉得奇怪。"谢红打着哈欠，"明星吉他手这么闲的，旅个游一两个月？"

　　时烨觉得站着累，索性坐到了酒吧的门槛上，顺手去摸谢红店里那只很胖的橘猫。

　　谢红看他不应，只能又问了句："你到底几号回北市？我看牛小俊天天发朋友圈找你，都快急疯了。"

　　"让他急呗。"时烨摸着猫的脑袋，换了个话题，"白城的生意好做吗？"

　　"干什么都不容易，要钱，要花心思，要动脑筋。"谢红掸了掸烟灰，"怎么，想投资什么吗？"

　　时烨手指了个方向："下边那条街，我看上一个要转手的店面，想买下来。"

　　"哟！"谢红有点惊讶，"你是最不喜欢做生意的人，怎么都动起这心思了？"

　　"想看看自己除了弹吉他，还能不能做别的事。"

　　谢红皱了皱眉："也行啊，但你就算看上那店面了，打算开来做什么呢？"

　　"没想好。"时烨说，"咖啡店或者音像店？小时候存钱买专辑的时候，我就很想有一家自己的音像店，里面要摆满我喜欢的专辑，还有很漂亮的CD机。"

　　"可以是可以，想做就做呗。"谢红点头，"但你开店的话……人又不在这儿，还得找个管店的，有点麻烦。"

　　一直被时烨"撸"的那只橘猫似乎烦了，站起来抖了抖身子，懒洋洋地走进店里。时烨把手收回来，看着头顶的蓝天白云道："那如果我不走了呢？就留在这儿，像你一样。"

　　谢红瞥他一眼："开什么玩笑，你可别买了店让我给你管啊，我没那工夫。"

　　"我认真的，我想留下来。你可以不要乐队跑到世外桃源躲着，为什么我就不行？"

　　"拜托，你现在是明星乐手好吗，混出头了还说这种话？"谢红皱着眉看他，"难不成还想解散啊？"

　　"实不相瞒，确实有这个想法。"时烨说，"我曾经也以为自己能拉沈醉一把，但事实证明，我错了。"

　　谢红脸色一变，刚要说什么，时烨已经站起来，插着兜走进烈日里，摆摆手道："先走了。"

　　谢红只能皱着眉目送他离开，愣在原地琢磨了半天也不知道他那些话是真是假。

毕竟如果这是真话，那……

另一边，时烨步履轻松地去人民路找盛夏会合。他们约好了今天一起去逛很有当地特色的集市。

到了地方，时烨看到盛夏站在一棵树下，戴着一顶蓝色的帽子，正在听歌。等发现自己的身影后招了招手，很开心地喊了他一声："时烨老师！"

白城的艺术集市蛮有特色，里面基本都是来自五湖四海的年轻人，摆摊的，画画的，做手工的，跳舞的，唱歌的……整条街都充斥着文艺气息。

他们遇到了一支乐队在表演。虽然这乐队……吉他手弹得一般，但时烨还是和盛夏一起听完了那首歌。

在时烨眼里，这是质量很低的现场，成员一看就没什么凝聚力，像是被凑在一起的，技巧也很青涩。可他就是听完了，至于为什么，大概因为他们唱的是飞行士的歌吧。《幻想》里的主打歌——《缠绕》。

可惜的是这群人没把这首歌唱好。

盛夏在他边上说了句："我居然有点羡慕他们，谁能想到时烨本人来看他们的表演了！"

时烨低头回答："没必要羡慕，我也听过你唱歌。"

"可你没听过我唱你的歌！"

"那你上去唱。"

"人家的乐队，我上去不好。"

确实不合适。

人太多了，一直被挤，他们选择离开这个粗糙的音乐现场，踏着鼓点走出人堆。

马上就是这首歌的高潮了，有人吹了声口哨，也是那一刻，时烨听到身边的盛夏开始跟着哼唱——

"快乐缠绕追随，心动难辨真伪。"

"我想这一切无所谓，也不在乎明天是否完美。"

"只要你对我这一刻纯粹。"

那天热得出奇，盛夏的吐息也带着热气。怎么随便哼哼都好听？他的声音真的很适合唱飞行士的歌，散漫又自由。

时烨突然想起来，钟正以前说过，说自己唱不好这首歌，唱不出那种自由感和爱的感觉，太冷硬了。以前的时烨对这话很不服气，可听过盛夏随便哼哼这几句，他突然明白了钟正说的那种"自由和爱的感觉"是什么。

盛夏只哼了几句，但那声音却好像缠绕了时烨一整天。

下午回到古城吃了饭，他们开始漫无目的地逛，一直走，一直走，聊天的话题没有断过。

太奇怪了，时烨从没有过这种感觉，他平时根本不爱跟人瞎扯淡，现在居然能跟盛夏不知疲倦地从白天聊到晚上。

算了，原因不重要。反正时烨觉得很放松，他喜欢听盛夏说话，说什么都可以。

直到天黑了，时间很晚，整个古城里只有洋人街的酒吧还很热闹时他们也没有道别，继续在古城里慢慢走着，漫无边际地说着话。

这时候夜场开始了。他们经过一家很安静的酒吧，里面有年轻的驻场歌手在唱民谣，外面有露天的桌椅，灯光昏黄，没有几个客人。

歌词缠缠绵绵的——"我恨我不能交给爱人的生命，我恨我不能带来幸福的旋律。"

盛夏突然顿住了脚步，他静静听了会儿，然后说："我听红姐讲，这家的啤酒好喝，是从国外运来的机器酿的。"

时烨总感觉盛夏只是借着说话的由头想把这首歌听完。

他脚步也停下，问："你喝过？"

盛夏摇头。

时烨就说："那我们一人点一杯喝。不对，还是算了，你喝可乐。"

老板是个外国人，普通话说得很好。他抽着万宝路，递烟给时烨，但没有递给盛夏。

他们买酒的时候老板盯着时烨看几眼，随便看盛夏几眼，倒酒的时候又一直看时烨，把酒递过来的时候还问时烨是哪里人。

时烨没有回答。

那老板又问要不要一起喝一杯，可那笑容却让盛夏觉得有些奇怪。

时烨摇头拒绝，把现金递了过去，说不用找了。

最后时烨拿着装满酒的杯子，盛夏沮丧地拿着一瓶可乐出了酒吧。

两人就在门口靠边的桌上喝。

时烨说："讲讲你自己吧。"

盛夏不解："什么我自己？"

"就是你自己。"天很热，时烨出了很多汗，"你讲过好多，讲你小时候养猫，讲你同桌的女生上课的时候总是看漫画、偷吃零食，她和技校的男生谈恋爱被家长知道。讲你搬过家，邻居似乎都是外族人。讲你以前的家门口有一棵果树，叫绣球果……你讲了那么多，但是你没有跟我讲你自己。"

"我？我没什么好说的。"盛夏有点不解，"而且，一个人可以用几句话就说清楚吗？"

"我的意思是，我想了解你。"时烨突然想抽烟了，"你跟我说了很多似乎跟你有关，但都不属于你的事情。"

"怎么会？那些……其实也是我吧，是我的一部分。好像跟我没有关系，但是我围绕这些，我的生活就是这样琐碎又无聊的，跟你不一样。"盛夏想得有点远了，"我就经历这些。了解一个人还需要什么？我不太清楚。"

沉默了一下，时烨点了点头，像是认可。

"我也不知道。"时烨转着杯子，"大概是了解你喜欢吃什么，讨厌吃什么，看什么电影，听什么歌，看什么书，有什么爱好。算了，真老土，你就当我是在没话找话。"

盛夏笑着说："但是我喜欢听你说话。"

时烨跟着他笑，指了下杯子："这个酒真的好喝。奇怪，我在你们这里喝的酒，好像都有麦香味。"

"鲜啤是好喝很多。我爸爸以前就在啤酒厂上班，那时候我还好小，每次我从厂里回来，身上都很香，是酒香味。"盛夏的目光变得有些悠远，不知道在透过时烨看什么。

他换了个话题："时烨老师，你是想问我什么吗？"

想问什么？时烨也不知道。他没有理由去了解盛夏，没有理由不回北市，也没有理由留下。

时烨问他："如果你给自己写一本自传，记录迄今为止的你，你要写哪些？"

盛夏沉默了。他发呆很久，时烨便看着他发呆，等。

盛夏沉默了很久，最后他说："酒没了，我再去买一杯，这次我请你喝。"

时烨接过酒，盛夏开始说他的自传。

"自传的第一句话是：这是一个奇怪的人。"盛夏笑了笑，"我能称呼我自己为'他'吗？好像那样更客观一点，我也不会觉得不好意思。"

时烨点头。

"怎么描述他？从性格开始吗？"盛夏歪着头，"他没什么脾气，是这样说的吧？脾气，他好像是个没什么脾气，也活得很随便的人吧……一个比较温和的人，但很多人都说他整天想些奇奇怪怪的东西。"

盛夏喝了一口酒，又慢慢道："但其实在自己的世界里，他过得很开心。每天面对的世界总觉得有点不安全，他就用想象给自己建造了一个空间，他特别喜欢幻想，把幻想写下来，记录下来，已经写了很多本了，那是他很珍贵的宝物。哦！他还有一个最好的朋友，他的键盘，那是和他相处得最好的一个朋友了，名字叫伽利略。"

时烨没忍住笑了笑，觉得盛夏给键盘取名这件事有点可爱。

"他好像不了解他自己。"盛夏低下头，"我想不出更多了。"

"很多人都不了解自己。"时烨的语气像在叹气，"可能一辈子也不了解。"

巷口街角处突然闹了起来，推着车卖石屏豆腐的商贩和客人吵了起来，有城管开着车靠近了。

他们看了一会儿这场闹剧，杯子又都空了一大半。

盛夏开始捏自己的手指，摸上面的茧。

"所以总体来说，他是个挺无聊的人吧。"

时烨眉头挑了下："我猜下面会有一个但是。"

"故事都是这样嘛！老师上课也会说，但是后面就是重点，要考的。"盛夏眼睛像是亮了下，他有点不好意思，"然后，他人生里的但是来了。他突然开始有了热爱的东西，他开始喜欢一个乐队，就是突然发生的。"

"这也太突然了。"

"很多东西都是突然的。"盛夏思考着，"也可能是事后觉得突然？当时发生的时候是缓慢的，只是记忆变了，那一刻变得比较重要，用'突然'似乎可以强调很重要。"

时烨点头："你继续。"

"他觉得特别纯粹的东西，就是那个乐队的歌。里面有一些东西——很原始的，用语言很难去形容的东西。像是火，是一直烧的东西……他觉得歌里传达了一种很蓬勃的感觉，很阴暗的蓬勃。"

盛夏皱着眉措辞，说得很慢，时烨却听得发愣。

"他觉得写那些歌的人像是在用那些歌，发出求助讯息，但不是在说你来救我，而是说，你快来听懂我，来做我的同类、同谋！"盛夏觉得自己的比喻有些好笑，就笑了下，随即又严肃下来，"他觉得自己听懂了那个乐队，但当时只是一种感觉，他没办法描述。"

时烨说："你尽量描述，我尽量理解。"

"嗯。"盛夏点头，"他喜欢的那个人的歌，很多人说'丧里丧气'的，听了致郁，可奇怪的是，他却觉得那人的很多首歌里都是充满温暖的，是想要给人力量的。为什么只有他听出来了？那种感觉其实也不是纯粹的温暖，而是中间有冰碴、有大雪的那种热，又冷又热，又冷又明亮……唉，我在说什么啊，你能听懂吗？"

时烨觉得自己突然被撕开了，突然，真的是突然。

"你……"时烨嗓子发苦，之前喝的酒在喉咙里变苦了，他不知道该说什么。

"你继续。"

"嗯。"盛夏说，"听那个人唱歌，他会觉得世界只剩下了他和那个唱歌的人，而世界上也只有他们，那个世界的秩序也是他们的。就算他见不到那个人，不认识，没说过话，他也觉得很快乐。这是不是叫共鸣？也许吧。"

"你会有这种感觉吗？"他顿了顿，"我没办法形容共鸣，但那是一种很奇怪的感觉。"

时烨已经呆住了。

盛夏点头："像是被什么击中了一般。唉，表达得不好。总之那是一种很奇怪的感觉，形容不出来。但那个人看着他的时候，他能看到灰黑色……他能看到别人的情绪，你明白吗？情绪的颜色，比如，崇拜的那个人，此刻在他眼里，是深蓝色。你如果也能看到那种蓝就好了，像天空、大海和宇宙。"

时烨勉强地笑了笑："蓝色？"

"嗯，蓝色。"盛夏笃定道，"他听那个人的歌时，也会看到那种蓝色。"

时烨愣愣地看着他。

没有醉，喝这点酒怎么会醉。但眼前像是出现了幻象，他知道自己被什么吞噬了，他还眼睁睁地看着那东西扭曲着尖叫，说时烨时烨，你完蛋了，你感动了，你心跳变快、变重、变得不是你的了，你再不停下来的话，大概就要任人摆布了。

时烨捏了一把自己掌心的汗，最后才说："这不是你的自传，你的自传里有太多听歌的感受了。"

盛夏满不在意，他笑得很好看，说："所以我说了解好像没有意义。我说的明明都是我自己，那个乐队、那些歌曲是我的一部分。那个乐队、那个人都很重要，是结构里的一部分……唉，所以我说为什么要互相了解，这很难理解吧。"

他说得乱糟糟。

时烨点头，他突然笑了，说："是很难，我好像没完全理解。"

"不了解也没关系。"盛夏把酒喝完，"理解很难，人也是。"

时烨附和："对，没关系。"

有这样一种错觉，好像这一切都是顺其自然，理所应当，如法则和真理一样无法否认。

怎么否认？时烨忽而如释重负地吐了口气。

他看了看表，十二点刚过，仿佛老天也在促成这一刻的恰好。酒吧里流浪歌手的《情人》早就唱完了，歌手估计下班了，里面在放一首很柔和的音乐。

杯子里还有一点酒，时烨举起自己的杯子，碰了碰盛夏的。清脆的一声响，是梦碎的声音吗？

风是热的，在抱他，吻他的脸。

时烨在很热的风里对盛夏说："时间到了。"

他们的杯子碰在一起。

盛夏没反应过来："什么时间？"

"夏至。"时烨笑着，但语气郑重得像在宣誓，"生日快乐，我的同谋。"

❙◄ 02 ►❙

失控的不良反应体现在时烨身上，最明显的症状是彻夜失眠。他睡不着，吃了药也睡不着，觉得脑袋里面很多声音在吵，在尖叫……

实在是很难受，他只能坐起来，无所事事地在房间里踱步。等走到满身大汗的时候才停下来，拿出纸笔写下一串歌词。写一句，画掉一句，想一想，再写，反复修改。

他很久没有写过词了，也很少写完完全全的与情感有关的歌，乐队里大多跟情感有关的歌词都是钟正和肖想解决的，时烨很少参与，下笔的时候总觉得这里不对，那里也不对，怎么都怪怪的。

这是第一次，他想试着写一写那首《银河里》。

天蒙蒙亮了。写得很累，累到意识模糊，他趴在床边睡着了。最后是被饿醒的，他坐起来看了看时间，已经下午五点多了。

一觉睡到傍晚的感觉其实不太好，会有种虚度光阴的感觉。时烨在床上坐着醒了醒神，伸手从地上捡起一张谱，眯着眼看了会儿，看完一遍才想起去拿手机看消息。

自从工作越来越忙后时烨就开始讨厌用手机，别人都是一整天抱着手机不撒手，他是恨不得不用这破玩意，最好谁也别想找到他。现在会想看一看消息，也只是为了联系盛夏和谢红而已。

他买了张白城的电话卡，卡里也只有盛夏和谢红两个人的联系方式。

打开手机，果不其然盛夏给他发了好几条短信。盛夏不会有什么事就打电话来，都是事先发短信，时烨莫名觉得这样很有礼貌。

第一条："时烨老师，你醒了吗？"

第二条："中饭吃过了吗，要不要一起吃啊？"

第三条："晚饭要来我家里吃吗？我妈妈做了很多菜，我想请你来吃蛋糕（笑脸）。"

时烨想了下，直接打了个电话过去，响了三声就接通了，那边挺热闹的。下一秒，盛夏的声音就传了过来："喂！"

上扬的语气。

"我才睡醒，昨晚失眠了，凌晨才睡。"时烨不自觉笑了笑，"你在哪里？有点吵。"

"啊，在家里吃饭。"盛夏说，"我妈妈叫了很多亲戚朋友来帮我过生日，还有我的几个同学。时烨老师，你也来吃蛋糕吧！"

"人多我怎么去，你们吃吧。"时烨拒绝道，"我估计着你们快吃完了再去找你，给你一个生日礼物。"

"啊，好！"盛夏笑着道，"那我就在家等你来！"

挂了电话，时烨在地上那堆散落的纸里挑了挑，找了半天才找出一张最满意的来，仔细叠好放进口袋里，出门觅食。

时烨在楼下的一家小店，点了一个套餐，不好吃，盐放多了。时烨麻木地重复进食的动作，在心里猜想盛夏今天会吃什么……人很多，大概会吃很多菜吧。他很久没吃过家里做的饭了，想知道是什么味道。

饭后时烨慢悠悠地走去盛夏家的民宿。在路上收到谢红的短信，只有一句话："关于你说想解散的事情，我们聊一聊吧。"

一看完时烨就把手机塞进兜里，走进午后的阳光里。

左转，直行八百米，再拐进一个小巷子，时烨找到了那家叫"盛夏"的民宿。木门半掩着，他拿出手机给盛夏打电话。

响到三声的时候面前的门响了，盛夏拿着手机探出个头来，笑着看向他："时烨老师，你来啦！"

时烨一边挂电话一边对他笑，点头："嗯。"

"那你等我一下，我去拿包。"

里面有个女人的声音传了出来："儿子，谁啊？"

盛夏顿了下，朝身后答："我朋友！"

"那让人家进来坐啊！"

盛夏和时烨都犹豫了下，还在踌躇，里面的赵婕又催了句："都快进来，别在门口站着！"

想了想，盛夏还是小心问了时烨的意思："时烨老师，要来我家坐一会儿吗？现在只有我妈妈，家里没别人，不用担心会认出你。"

时烨思索片刻，点头："可以，如果不打扰的话。"

进门后，赵婕抬头和时烨对视了一眼。赵婕偏开目光，问盛夏："你朋友吗？欸，吃过饭了吗？"后边这话是问的时烨。

时烨先答："吃过了。"

赵婕又道："再吃点吧？我刚刚光顾着照顾客人了，也没吃饱，厨房里还有我留的菜，一起吃点？"

盛夏看了看时烨，也邀请道："时烨老师，你吃饭了吗？要不再吃点吧，我妈妈做饭很好吃的。"

"我吃过了。"

"没事儿，再吃点！"

说话间赵婕已经去厨房拿碗筷了，这架势还怎么拒绝。

吃饭的时候赵婕对他客客气气的，一直招呼时烨多吃菜，但全程没多少走心的交流。她甚至没有问时烨的身份，也不知是早就知道，还是并不好奇。

时烨跟她对视的时候总觉得很不自在。盛夏的这个妈一看就是个精明人，说话做事都得体又圆滑，无论心里想着什么面上也会把你照顾得妥妥帖帖。时烨觉得，跟这种人打交道很累。

身边的盛夏正低着头跟他妈妈说话，样子看上去很乖。他们聊高考，聊成绩，聊隔壁家的谁谁谁出国了，在名牌大学读书，拿很多的奖学金。聊离时烨的生活很远的事，聊时烨无法插话的事。

过了会儿，赵婕说："亲戚也走了，我们查下高考分数吧。"

盛夏看上去有点不乐意，扭捏了半天才吞吞吐吐道："我不想在过生日的这天听到坏消息。"

赵婕劝了一句："说不定过生日这天会有好运气呢？我看就该今天查。"

迫于无奈，盛夏只能郁闷地去楼上拿自己的准考证，再掏出手机慢吞吞地点开查分网址，慢吞吞地输信息，慢吞吞地点击查询。

论：在偶像面前查高考分数是一种怎样的体验？答：很想找个地洞钻进去。

赵婕和时烨在边上探头探脑地看手机界面，但卡了半天都进不去。

盛夏还有些庆幸，举起手机给赵婕看："看吧，进不去。今天网站肯定很挤的，明天再说。"

赵婕不信邪，把手机拿过来自己试了试，结果还是一样，网站进不去。

他们都准备放弃了，时烨这才接过那个手机说："我来试试？"

"……"盛夏急得去扯时烨衣服，"真的不必了，时烨老师……"

时烨小声安抚他说："幸运乐队的吉他手，说不定能给你查个好分数。"

盛夏一怔，手缩了回去。

时烨退出网站后重新输入了一次信息，再次点击查询。赵婕和盛夏就看着他的动作。

奇了怪了，明明跟自己没什么关系的事，时烨反而被看得有点紧张。页面卡了一会儿，屏幕一直是空白的。那几秒里时烨的大脑也是空白的，三个人安安静静地、屏气凝神地盯着时烨手里的手机，气氛莫名就紧张起来了。

盛夏勉强说了句："不查了吧，刷不出来的。"

结果下一秒就跳出了成绩的页面。

将近600的分数，时烨也不清楚这算考得好还是不好，但看身边的赵婕和盛夏一脸惊喜的样子，应该是考得不错。

赵婕激动得一把抱住盛夏："我还以为你一本线都过不了呢！"

而时烨却对着理科综合那一栏的分数，陷入了深深的迷惑中。他指着手机问："你居然是理科生？！"

盛夏："不像吗？"

时烨皱着眉，又指着手机道："语文怎么才 79？"只有语文考了两位数。如果语文及格的话肯定能过 600。

"……我不太喜欢写作文。"

时烨非常迷惑地问："语文不是很简单吗？"

盛夏叹了口气："我写作文经常词不达意，阅读理解也理解不了作者的意思，反正对我来说就是很困难。"

另一边赵婕明显开心上头，激动了会儿就开始拉着盛夏给老家的亲戚打电话，告知这个喜讯。时烨这时候就显得有些多余了。

对自己而言很格格不入的一幕，于是他站起来，拿起手机假装去外面打电话。

没事可做，他索性切换了一下北市的那张卡。等切好后消息一直闪，大量的短信和未接来电跳出来，手机卡了很久。

在等消息跳完的间隙里，时烨远远看了盛夏和赵婕一眼。赵婕搂着盛夏的肩膀，盛夏一脸难为情地讲着电话，也不知道在说什么，真好奇。

他开始翻看那些未读消息，没一会儿就觉得无聊了，想着把卡切回来的时候，来电铃声就响了。

是牛小俊打来的，他们的经纪人。

找不到他应该很着急吧，毕竟就要开演唱会了，他人还不知去向，牛小俊大概一天要给他打几百通电话才罢休。

此刻的时烨心不在焉，犹豫片刻，他还是按了接听键。

那边的牛小俊大概也没想到这通电话能打通，沉默了下才在电话里试探着喊了声："时烨？"

"嗯。"他淡淡答，"什么事？"

"什么事？找你什么事你没数吗？！"

时烨颇有耐心地听他在电话那边控诉。等发泄了会儿牛小俊才开始跟他打商量："你散心也差不多行了吧？这边一团乱，该回了。"

时烨想了想，还是问了："沈醉这几天怎么样？"

"我不敢说怎么样，现在谁敢惹他！"牛小俊叹气，"这个问题等你回来处理，策哥说的。我们都没办法，沈醉这个人只有你能管。"

他无所不能吗？为什么他们觉得自己可以搞定任何事？

时烨皱了皱眉，刚要说什么，抬头看见小院里坐在编织藤椅上的盛夏拿着一个石榴慢慢地剥着，看起来蛮自在，腿还轻轻晃着。

时烨转过身，看到了晚霞。

白城好像什么都美，让他印象最深的是云。晴朗的时候抬头看，总觉得那些大片的云朵离你很近。还有就是黄昏的云，是流光溢彩的美。他有一天甚至真的看到了所谓的"五彩祥云"，当时盛夏在他身边开心得要命，很激动地拉着他说大概是因为他来了白城才有的。

今天的晚霞是玫瑰色，夹着淡金，形散，像羽毛。

两人又交流了几句沈醉的事儿，时烨越说越烦，到后面索性不接话了，听牛小俊扯了半天。

"你人到底在哪儿呢？心情好点没？能回了不？"

时烨只答："再说。"

牛小俊很快失去耐心开始催他："下周一回来，成不成？"

时烨看着天边的霞光，打断了在电话里絮絮叨叨的人："我有个想法。"

牛小俊不明所以："什么？"

"我想休息。"

"你现在不是在休息吗？"

"我是说，我想休息很长时间。"

牛小俊无奈道："巡演结束了你想怎么休息怎么休息！"

时烨："我不想回去了，我喜欢上了这里的生活、这里的人们，打算留在这里了。"

"……"牛小俊无语了片刻，"你想休息也想点靠谱的借口！"

时烨严肃道："你觉得我做不出来？"

电话那边安静了片刻，随即才传来牛小俊声嘶力竭的怒吼："时——烨——"

时烨把电话拉离耳朵，余光里看见盛夏拿着石榴朝自己走来，他毫不犹豫地挂掉了电话，切断了与那个世界的联系。

他转身去看盛夏，等碰到自己的目光后，盛夏笑了笑，递过来一把石榴，说："时烨老师，我刚刚剥的。"

他接了过来，觉得一把吃完很浪费，毕竟人家剥了那么久。纠结了会儿，时烨选择慢条斯理地一粒一粒拿起来吃，小心翼翼的。

他们一同站在晚霞里吃光了一个石榴。也记不清说了些什么，他只记得石榴很甜，晚霞的颜色也很甜。

快天黑时，赵婕说要出去打牌。等她出了门，盛夏小声问时烨，要不要和自己喝一杯"成年酒"。

"去外面喝吗？"时烨问他。

"我早早就准备好了，我房间有，今晚我请你喝酒！"盛夏说，"感谢你帮我查了个好成绩。"

那是时烨第一次进盛夏住的房间。

看到这个房间以后时烨才明白为什么要腾出一个空房间来装东西，因为盛夏的乐器真的比他想象的还要多，堆得到处都是。盛夏说这是他平时睡觉和写作业的地方，放松的时候他才去小阁楼。

最特别的是盛夏的床。木质的，床头有一架琴，是拆装上去的钢琴。

时烨看到的时候就笑了："学佛莱迪？"

盛夏点头。

"觉得好玩？"时烨走上前试了几个音，准的，"听说当时佛莱迪因为很穷，一直租公寓住。他和玛丽就睡在床板上，房间小，旁边就靠着钢琴。"

"我就是有时候躺着，想摸一摸琴而已。"

盛夏的床边还有一台唱片机，里面有一张黑胶，唱片机旁边还有一个模样好看的收音机，抽屉里还有几盘磁带。大概生活条件真不错，听歌的家伙都那么全，没一件便宜货。

时烨把唱片机打开，放的是某个摇滚乐队的歌。

想换一张碟听，时烨便问能不能看看他有什么唱片，盛夏一边应声，抬手要帮他拿。

盛夏拿起了一张唱片朝他晃了晃，是那天他们一起听的 *Take Me* 的专辑唱片。

他把 CD 放进去，开始播放。时烨看着盛夏认真听歌的侧影，不由自主地在心里跟着哼唱——

"Take me when I'm young and true……"

（趁我正年轻真挚，带我走吧……）

盛夏的房间很好闻。

喝完了一瓶，盛夏在自己的衣柜里面找半天，又找出来一瓶，他说是一个漂亮的女孩子送他的，那个女孩儿家里就卖酒。盛夏跟他说起那个女孩，说她叫俸敏，是他的初中同学，他们同桌过，他和那个女孩儿是很好的朋友。俸敏没有上高中，她去了卫校，放假的时候会来找他玩，每次来的时候都会给盛夏带礼物。

"其实我觉得我喜欢俸敏，不过是不会在一起的那种喜欢。好奇怪的感觉，我说不清楚。"

时烨听俸敏的故事时一直没有讲话，低头喝酒。

快点喝醉，喝醉就好了，时烨想。摇摇晃晃，真真假假，兴奋异常，世界可以在视野里摇摇欲坠，再喝一点，大概会全然倾塌。

盛夏把身体往上面挪，腰碰到了什么，是他的黑框眼镜。他索性把眼镜戴上，又闭上眼，平躺，把手前伸，摸到琴键，起初只是随意地按了几个音符，但弹着弹着就起了兴致，他笑着说："时烨老师，我会盲弹，你听听看！"

前奏太熟悉了，时烨听出来是那首《宇宙》，他唱到烦的歌。

盛夏闭着眼，闭眼反手弹着琴。盲弹始终要慢一些，他动作很谨慎，但目前为止一个音都没错。

这首歌……当年是一气呵成写完的，后来一个字都没有改，时烨没力气再回头改，也没勇气改。早年唱的时候他总是冷着脸，很不耐烦，其实也只是因为生气——这是在贩卖悲伤对吗？我写我自己，你们却说这首歌是什么深海里的声音，这歌唱的是愤怒，你们听不懂啊，谁听得懂，你们谁明白我？

后来麻木了。演出多了，一次次地弹，一次次地唱，仿佛变成了自动程序，只要音乐响起，程序就启动了。他慢慢没有情感，真的没有，歌迷最喜欢他没有情感，哪来那么多情感？

这世界上最不缺悲欢离合爱恨情仇，你难过，你感情充沛，你算老几？你有手有脚吃穿不愁，你难过什么？

不应该难过，不应该矫情，他们都是这样说的。

时烨坐了起来，他想打断盛夏，让他停止，不要弹了，别唱了，只要不是这首歌就可以，别的都可以。不要揭开那个伤口，那个伤口已经快好了，为什么要揭开它？为什么？

不该这样唱的，这首歌唱的是愤怒，不应该唱得这么温柔。这首歌写在他一无所有的年纪，他毫无缘由地愤恨一切……不应该唱得这么温柔，不应该的。

灯光打下来，钢琴声真好听。盛夏就躺在那里，盲弹着那首《宇宙》，手指灵活地左右滑，往下按。

他声音的气质更柔和、更温暖，把这首歌唱出了另一种味道。不再是愤怒了，更像是安抚。

当他对很多事情感到厌倦的时候都会想到这首《宇宙》，那是他的伤口，他用自己最痛恨的一段经历写出来的歌，最后居然变成了他的成名曲，真可笑。为什么写歌呢？时烨喝醉时常想这个问题，那些真正直击内心的歌他根本不想让任何人听到，他不敢，他不敢听。

时烨没有打断这首《宇宙》，他听得浑身战栗，眼眶都微微发红了。

"反正我的心，是一颗钻石……"好装模作样的词，怎么从盛夏嘴里唱出来是这种感觉。

像是猝不及防被丢进一个奇怪的氛围里，他在盛夏的脸上看到了宇宙，还看到了宇宙的中心。

如果这个人是飞行士的主唱会怎么样？时烨开始不切实际地幻想着，他无法控制自己这样想。时烨很清楚自己正在被盛夏的声音吸引，那是一种很纯粹的吸引。

有很响的声音在大脑里嘶鸣，胸腔里左边的心脏也开始随之颤动，有什么砰一声开始往下落。最后是一串悠长的滑音。

终于结束了，这首歌。时烨微微偏过头去揉太阳穴，有点头晕，不知道是不是喝了酒的缘故。

盛夏凑过来，不好意思地问："时烨老师，你觉得我唱得还可以吗？"他第一次这样主动地问。

时烨点头称赞："你的声音很好听，健康又轻盈，气息也很稳，不输专业歌手。"

重点在于他的声音动人又澄澈，非常有感染力，很真诚。那是时烨甚至沈醉都缺少的一种属于天赋方面的能力，和技巧无关，那是后天训练和努力都无法得到的东西。

　　时烨见过太多专业歌手，会唱歌的人很多，但天赋型的唱将万里挑一，十分少见，盛夏就是那种有天赋的人。

　　他如果出道，一定会红。

　　"真的吗！"盛夏笑了笑，"虽然很多人这样说过，但被你这样肯定，我突然非常自信，感觉自己是巨星！"

　　"你一定要有自信。"时烨认真道，"你相信我，如果坚持，你会变成很厉害的音乐人。"

　　盛夏皱了皱眉，叹了口气："音乐只可能是我的兴趣爱好吧，我妈妈想让我学医的。"

　　……这时候应该安慰吗？怎么安慰比较好？

　　思考过后，时烨赶紧翻了翻自己的口袋，掏出一张纸递过去："不要难过，看看送你的生日礼物。"

　　盛夏受宠若惊地摆手："不用的时烨老师！我觉得……我觉得能遇到你，认识你，和你说话已经是很不可思议的事了。你今天还帮我查了一个很好的分数，给了我好运，这一切已经是上天的礼物了，我很满足，真的不需要你送我其他的东西。"

　　时烨坚持递给他："不是什么贵重的东西，你打开看看再说吧。"

　　盛夏犹豫了半天才小心地接过那张纸。他慢慢把纸张展平看了看，时烨仔细观察着他表情，他看到盛夏微微笑了笑。

　　真神奇，整张脸都明亮了起来一样，应该是很高兴吧。

　　他拿着那张歌词坐到床头，想了想，开始弹奏这首《银河里》。

　　盛夏进入状态太快了，时烨都没想到他会直接张嘴唱出来。

　　"我睡在风中，望你眼睛，我看见银河里。"

　　冷不丁听到别人亲口唱自己写的歌，那字字句句，差点给时烨闹了个大红脸。他写的时候没怎么觉得，可怎么……

　　时烨很不自在地抓了抓头发。

　　好像写得太简单直接了，不含蓄，没有铺陈，俗气，真俗气。

　　应该写得很烂吧，时烨想着。他第一次对自己的能力产生了质疑。

　　可是盛夏唱得真好听，声线立体又清亮。

　　这只是试唱的第一遍，可他却唱得那么认真，处理过的气声包裹着他的中低声区，像是用声音造出了一种录音室的后期感。太好听了，浑然天成的声音。这样的声音是不可能被埋没的。

唱完后盛夏难掩激动地拿起那张纸说："太合适了！"

时烨晃过神来："……什么？"

"我说歌词，太合适了！时烨老师，这是你送我的歌词吗？"

这还不贵重吗？这是全天下最珍贵的东西！

时烨犹豫着点了点头："就是老感觉写得有点问题，如果你愿意再等一等的话，等我之后再找机会重写看看，应该可以更好。"

盛夏凑近他，有些难以置信地问："真的是送给我的吗？时烨，飞行士的时烨，送给我的？"

他的脸一下子拉近，时烨一惊，盯着他不断开合的嘴，半晌才点点头："对，我送给你的。"

"天啊！"盛夏猛地把那张纸抱在怀里，"我会好好珍惜的！时烨老师，谢谢谢谢谢谢！我真的，何德何能啊！"

时烨犹豫着问："你不觉得写得有点问题吗？"

盛夏凑近道："问题？什么问题？"

太近了。时烨把脑袋后仰："有点俗。"

"不会啊！"盛夏一脸真诚道，"怎么说呢，虽然我不太会写词，但我觉得这首歌的词很温柔，感情也很饱满……到底是怎么写出来的啊！我写的词真的一塌糊涂，看都不能看。"

时烨突然笑了笑："要我教你写歌词吗？"

"如果可以当然想！"

"好吧。"时烨说，"但我的办法比较笨，你就参考一下吧。"

盛夏用力点头，看表情恨不得立刻去拿边上的本子来记笔记了。时烨托着下巴说："我觉得最需要注意的是，想到什么写什么，写自己的感受，写真实。"

盛夏觉得这像一句废话，但也只是偏着头感叹道："原来如此！"

时烨欲言又止，说："你以后写词的时候也可以试试，想着令自己感动的人和事，大概也会写一堆自己看了会觉得不好意思的歌词吧。比如我写的时候就是想着……"

盛夏等了半天时烨也没说话，没忍住追问："想着什么？"

时烨犹豫了会儿，最后说的是："没想什么。"

盛夏感觉今天的时烨还挺奇怪的，这些话说得有点多余，也有点奇怪。但他沉浸在收到礼物的喜悦中，脑子一下子也转不过来，并没察觉什么。

　　暗自开心了会儿，盛夏很感恩地说："时烨老师，我本来给你留了一块蛋糕，但是我妈妈没注意就把那块蛋糕拿去给邻居了，可我还是很想请你吃一块蛋糕，我们现在出去买好不好？"

　　"你有这份心我就很开心了。"时烨摇头，"不用再买新的，我不爱吃蛋糕。"

　　"那你有什么想吃的吗？我给你买！"

　　给我买……时烨被问得一愣。

　　盛夏又凑近了一些道："有吗？想吃的东西。"

　　想吃的东西，倒是有。

　　他想了想："想吃水果罐头。"

　　"啊？"盛夏睁大眼，"水果罐头？"

　　"嗯，水果罐头。"时烨点头，"可以吗？"

　　盛夏看了看他，点头。

　　他们一起出门，下楼，穿过一条街去找商店。

　　找了第一家，只卖铁罐子装的那种罐头，时烨摇头，说不要这种，要透明的玻璃罐装的。好吧，只好去另一家。

　　他们在古城微凉的风里并肩走，和很多人擦肩而过，走着走着，穿一双人字拖的盛夏，走出一种懒洋洋的声音。

　　最后他们走到了盛夏的中学门口，那儿有一个小卖部。走进去后，他们找到了透明玻璃罐子装的那种罐头。

　　盛夏看了价格，问时烨要哪一种。时烨指了指橘子和荔枝的，说他小时候爱吃这两种，讨厌梨和黄桃的。盛夏点头，打算买两个。接着他便发现一个罐头要二十八块，但他兜里只有五十块。

　　纠结了一会儿，他问时烨能不能在这里等他，自己回去拿钱。时烨却已经拿了一罐橘子的，说："只要一个就够了。"

　　盛夏"噢"了一声就付钱，等小卖部的爷爷慢悠悠给自己找零。拿回零钱，转过身便看见时烨打开了罐头，拿着店里爷爷给的塑料小勺，挑出一块橘子放在他嘴边。

　　"很甜。"时烨说，"你吃一块。"

　　盛夏小心地吃掉那块橘子。

　　时烨不作声地转过去，往来时的路走。盛夏跟在他后边，头有点晕晕的——他酒量不好，刚刚喝的梅子酒后劲大，现在好像上头了。

时烨走在前头说："我小时候，总觉得水果罐头是很了不起的东西。我们那边……就北方，小孩子一生病就嚷嚷着要吃，家里过年也是，倒出来当盘菜放着，稀奇得很。"

盛夏嗯了一声，表示自己在认真听。

"我还小的时候我妈特别惯我，别人家小孩一两个星期吃一罐，我天天都吃，只要我说想吃她就给买，我爸还总说她溺爱我。"时烨边吃边道，"然后……然后有一天她突然就不爱给我买了，再然后，她离开了，和我爸一样，没回来过。是不是很奇怪？我从前很不理解，爱为什么可以突然停止。"

盛夏："嗯。"

"我以前还一度觉得水果罐头是这个世界上最好吃的东西，结果现在都只是难过的时候才想吃。"

盛夏："嗯。"

"从那以后我就很少吃这个东西。"时烨说，"我对自己说，不要那么软弱，不要可怜兮兮地自己买来怀念过去，太蠢了。"

时烨发现跟着的脚步声没了，转头过来看盛夏。

其实那一刻盛夏的呼吸有点困难。他看看时烨，又看看那个水果罐头，表情懵懂又茫然，仿佛不知自己身在何处。

时烨问他："怎么了？"

盛夏呆立片刻，才慢慢道："我……你……那个……"

对视几秒后，时烨先偏开了目光。

盛夏没动，还是看着时烨，一动不动，像是要站到天荒地老。

周围很闹，洋人街那边的酒吧开始表演了。街上行人很多，有高大的白人提着酒瓶子路过他们，有穿着情侣衫的年轻男女路过他们，还有提着篮子卖花、花环的商贩路过他们。

他们有些突兀地站在路中间，相对站着，没人开口说话。

时烨也没再催他，低头专心致志地吃那个罐头。

太甜了，甜得发腻，这玩意儿对嗓子也不好。怪了，小时候爱吃的东西长大了再吃，总吃不出从前的味道。

卖花的小姑娘沿路叫卖，走到盛夏边上，问："买花吗，哥哥？"

"不买，没钱。"

小姑娘又走到时烨边上问了一次："买花吗，大哥哥？"

时烨笑了笑，拿起一个花环，付了钱，小姑娘今晚好不容易开张，很兴奋，一直笑着道谢。等她离开，时烨看了看手里的花环，往前走一步套到盛夏脑袋上，说："生日应该有花。"

盛夏涨红了脸，严谨道："这是花环。"

时烨不想跟他争，只说："你戴还挺好看。"

"可是戴这个好傻。"盛夏伸手想把那个花环取下来。

时烨把他的手拍下来，说："戴着吧，好看。"

盛夏这才慢慢放下手。

时烨吃着他的水果罐头，慢慢道："你那个无论如何都想完成的愿望是去看海豚，是吗？"

盛夏木木地点头。

"我去查了下哪里的海可以看到海豚，顺便也了解了一下海豚，还有你喜欢的那种宽吻海豚。"时烨静静说，"你喜欢海豚，那你了解它们吗？搜索的结果告诉我，海豚很聪明，智力相当于一个四五岁的孩子。

"我查了几个能看到海豚的海域，可以一起去，作为交换，你之后随我去唱歌。"

时烨直直望向他："你愿意吗？"

留下来？

◄ 01 ►

盛夏摸出手机看了看时间，凌晨一点四分。

他睡不着，坐起来叹了两口气，感觉不能这样下去，想躺下继续努力睡觉。可十分钟后他抓着头发又重新坐起来，烦躁地捶了一下床。

知道肯定是睡不着了，他便下意识拿耳机出来想听歌，但等点进那个熟悉的歌单里后，他又默默摘下了耳机。

就这么辗转反侧了一晚上，醒一会儿睡一会儿，很不踏实。

第二天赵婕来叫他起床，已经到了午饭时间。

吃饭的时候他也恹恹的没什么精神，赵婕数落了他几句不要老是熬夜玩手机，接着又聊起了盛夏高考志愿的事。

"要我看啊，宁做鸡头不做凤尾，你就在白城上学。"赵婕道，"你这成绩，要我看也别考虑别的学校了，就在本地上，反正这里的医学院也不差，你上完学实习什么的也方便。"

她讲得滔滔不绝，每句话听起来都很有道理。有时候盛夏觉得，自己没什么主见的原因，可以归咎于有赵婕这个很爱替自己做决定的妈妈。

他心里烦躁，听得更烦躁，不知怎么就回了句："我班主任觉得我这个分数可以上北市的音乐学院，我艺考的专业课成绩不错。"

他艺考这个事情让班主任吹了挺久的，学校里的老师都很支持盛夏去学音乐，觉得他是块料。全天下大概只有赵婕觉得学弹琴唱歌那些事是学着玩的。

果不其然赵婕皱起了眉："当时让你去艺考，是你说学习压力太大我才让你去的。你之前对成绩不上心我不说你，是因为不想给你压力，反正你只要学医我就什么都不管。"

盛夏小声道："可我真的不喜欢。"

赵婕重重把碗一顿，提高了音量："你爸以前说了，希望你学医，这事没商量。"

那个在记忆里面目模糊的男人留下的这句话，成了赵婕的执念。

盛夏轻轻叹了口气，不再多加争辩，赶紧几口把饭吃完打算溜去谢红的 live house。

出发前他收到了时烨的一条短信："想不想去风车山玩？"

十分正常的一条短信，但一想起昨天，再想起他妈……

久久他才回过去："有点不舒服，改天吧，时烨老师。"

他现在实在是不敢见时烨。

之后没再有短信过来，盛夏垂头丧气地进了"迷"的大门。

中午 live house 不做生意，也不怎么接待客人，但时不时会有一些乐手和歌手在这儿喝酒聊天，这些人大多是谢红的朋友，盛夏也都认识。

他看见谢红和隔壁那个民谣清吧里的驻场歌手在一个桌上聊着天，一群老烟枪，抽出来的烟雾缭绕着跟仙境一样。盛夏没过去，自己搬了个椅子去前台跟王洁窝着。

王洁一边看电视剧一边嗑瓜子，好奇地问他："怎么了啊？无精打采的。"

盛夏苦着脸打了个哈欠："困，没睡好。"

听配乐盛夏就知道，王洁看的电视剧似乎演到了一个小高潮，女主角哀哀地说了句："你是天上的星星，我们根本不是一路人。"

此时听起来很扎心的一句话。

盛夏的瞌睡一下子全没了，他揉了揉头发，一脸烦躁。王洁的心思还在电视剧上，抽空关心了句："有什么烦心事啊，跟姐讲讲。"

盛夏摇了摇头，不是很想说。之后沉默地跟王洁看了大半集电视剧，看到女主角因为自卑心理搬离了好友的房子，两人的感情出现了裂痕……

这剧情看得人有点郁闷。

看完那集电视剧,盛夏垂头丧气地回了家。

无所事事又心烦意乱,他最后上楼打开了电脑,犹犹豫豫地查阅了一些东西。看完后他的精神世界受到了很大冲击,恍惚地发了一整天呆。

到了晚上,谢红打电话让他帮忙暖个场,盛夏直接拒绝了,把自己关在房间里思考人生。

等过了十二点,盛夏听着飞行士的歌开始打瞌睡,迷迷糊糊要睡着的时候歌声被电话铃声打断,他拿起手机看了一眼,是时烨打来的。

心一下子揪成一个点。

盛夏很想接,但因为心底的几分胆怯,他迟迟做不了决定。

单调的铃声一分一秒过去,那声音听着让人揪心,居然有种生命在流逝的感觉。来不及多想了,盛夏急急地滑下接通键,闭着眼小声道:"喂?"

沉默了几秒。

电话那边的时烨笑了笑:"居然接了。我还在想,你可能要躲我好几天。"

"……不会。"盛夏咳了咳,"有事吗?"

"有事才能打给你?"

盛夏的声音很小:"不是,没事也可以打。"

"那你要出来吗?我请你喝酒。"

盛夏顿时紧张了,结结巴巴道:"我……我妈妈在下面,然后十二点了所以……"

他扯东扯西地找了一堆借口,时烨认真听完,叹着气说:"好吧,我总是忘记你还小,有家人管着。这么算一算,我大你7岁,我好老啊。"

"你不老啊……"盛夏小声反驳,"而且我也不想自己那么小。"

时烨失笑:"18岁不好吗?多好啊,我羡慕你才18岁。"

"你……"盛夏转移了话题,"你什么时候回去?"

"回什么?"

"乐队要开演唱会了不是吗?"盛夏说,"你们的银河漫游旅行演唱会。"

结果时烨不答反问:"那天问你的事情,你怎么想?"

"……"

他问得十分直接,还毫无征兆。话题突然就转到这上面来,杀得盛夏猝不及防,吓得手机都快拿不稳了。

他支支吾吾,心中纠结万分,半天才答了句:"你还没有回答我的问题,你什么时候回去啊？"

时烨开着玩笑逗他："可是你都还没答应我。"

盛夏揪着自己头发，求饶般地喊了他一声："时烨老师！"

"开玩笑的。"时烨换了个语气，"那你多考虑一段时间吧，久一点也好。"

盛夏小声道："我是想慎重一点。"

"你要慎重什么？"

"很多啊，毕竟你是时烨。"

"嗯，我是时烨，所以呢？"

盛夏沉默了会儿才说："我有点害怕。"

"怕什么？"

"很多。"

"你打个比方。"

"我们……我们认识才不到一个月。"

时烨依旧只是问他："所以呢？"语气带着他独有的一种锋芒，隔着电话都能感觉到。

所以呢？怎么回答，盛夏也很茫然。

他开始沉默。

一种巨大的不确定感把盛夏包围。喜忧参半，他突然觉得很无力。无力他和时烨相识不久，无力自己是个平凡的人，而飞行士和时烨已经十分有名……这些事实都很容易令人沮丧。

等了会儿，听筒里只剩下彼此的呼吸声。

静了静，时烨慢慢道："你觉得我是在开玩笑，所以不值得信任吗？"

盛夏小声辩驳："不是，是因为你是时烨，我觉得很不真实。"

时烨突然想起了什么，正色道："要跟你说明一点，我没有把你当成粉丝看待，我以前也没怎么跟粉丝接触过，你别多想。"他顿了下，"我其实不怎么爱跟粉丝说话。"

盛夏深吸一口气："你没把我当粉丝看待过？"

"说来奇怪，真的没有，我不会跟粉丝说那么多话。"时烨说，"跟你一起吃饭，看你笑，听你说话，听你唱歌，我挺开心的，像是很好的朋友。"

盛夏觉得自己快晕过去了，他结结巴巴道："太晚了，我……我要睡了，你也……早点休息。"

时烨没忍住笑他："说话结巴，以后唱歌可不能结巴。"

盛夏深呼吸，努力挤出比较镇定的口吻慢慢说："那我先睡了，时烨老师。"

"嗯，晚安。"

明明该赶紧睡觉的盛夏因为那句晚安又失眠到很晚。他也说不清楚自己是开心还是担忧，大概难以置信还是占了大多数，总觉得晕乎乎的，一切都很不真实。

之后几天时烨跑到隔壁的一个小镇爬山去了。盛夏挺想见他的，但被赵婕带去了乡下看外婆，还要在乡下住个两三天。

那天过完生日后盛夏就没再见过时烨。就这样盛夏成功变成了网瘾少年，每天都要看手机八百次，生怕时烨给他发消息自己晚看了几秒钟。但时烨安安静静，从不打扰，可以说给够了盛夏"考虑的时间"。

于是今天晚上就变成了盛夏最期待的时间，因为十一点左右时烨会给他打一个电话。

乡下的老房子隔音糟糕，他住的二楼信号也很差，为了接电话时不要出现听不清的情况，等妈妈和外公外婆睡下，盛夏就穿着睡衣跑到外边的麦田边等时烨的电话。

夏天蚊虫多，没多久他就被叮了一脚的包，但也还是耐心等着。

时烨打来的时候已经是半个小时后了。盛夏清了清嗓子，调整好状态才接起来。

"喂？"

先听到的是打喷嚏的声音，一连三下。

盛夏皱起眉，赶紧问："怎么打喷嚏，生病了吗？"

过了会儿时烨才闷闷说了句："我没想到这边山上的温度这么低，衣服没带够，有点感冒。"

"酒店里面有感冒药吗？"

时烨听盛夏说完才笑着道："我吃过药了，没关系的。"

盛夏还是忍不住担心："你住在山顶吗？山上应该会冷的。"

"嗯，住寺庙旁。"时烨说，"我开了空调，很暖和，没事的。"

盛夏又细细问了他几句，问着问着又开始有点不好意思，怕时烨笑他，只好转移话题："……山上好玩吗？"

"还可以，我挺喜欢爬山的。"时烨说，"不过今天有歌迷认出我了，戴着口罩和帽子都认出来了。一对情侣，没要签名没要合照，特别有礼貌，就只是简单打了个招呼，真希望全天下的粉丝都这样。"

盛夏失笑："当时在红姐的 live house，你只是 solo 了一段我还不是认出你了。"

"那当时我跟你问路你怎么没认出我？"

"我只觉得像你的声音，但感觉不可能是你才……"讲着讲着，又开始不好意思了。

"老家好玩吗？"

"还行吧，就白天陪外公外婆干干活。"盛夏说，"我还挺喜欢这边的，我家附近有麦田，我现在面前就是，给你听一下风吹麦浪——"

说完盛夏把手机放进风里，等了几秒才拿回来问时烨："听到了吗？"

其实只听到了微弱的风声，但时烨还是笑着说："听到了。"

"绿色的麦田和金黄的麦田都很漂亮，以后我带你来玩吧。"

"嗯，好。"时烨应着，"你带我去。"

盛夏捏着手指犹豫了会儿，开始没话找话："山上有什么玩的？"

"没什么玩的。"时烨说，"烧了香，绕了塔，求了签而已。"

"哦。"盛夏问，"我还没去过，下次去看看。"

一阵风过，黑夜里的麦浪缓缓荡漾着，听着时烨浅浅的呼吸声，盛夏突然觉得平静了很多。

"时烨老师，我又看到蓝色了。"

"蓝色？"

他轻声道："那天，你在人民路说那些话的那天，我看到你变成了蓝色。现在，我虽然看不到你，但听你的声音，在我的感觉和想象里，你也是蓝色的。"

电话那头的时烨听完这话，放下了刚准备点的那支烟。

蓝色？

他思考了一会儿，才慢慢道："大概遇见同频的人时，我会变成你眼中的蓝色。"

◁ 02 ▷

天气越来越热了。

可能这是盛夏的错觉吧,他其实不怎么怕热,但总觉得今年的夏天比从前热了好多。

时烨很尊重他,从不过分打扰,给够了空间。

盛夏觉得时烨跟网上说的不一样,跟他想象中的不一样,脾气明明没那么差,甚至有点温柔。

他一边胡思乱想,一边在本子上画画,画了两笔,脑子里突然跳出两句歌词,他赶紧翻到新的一面写上,写完后仔细看一遍,只觉得自己的语文确实不太好。他拿笔刷刷画掉了那句话。

这时候耳机被人扯了扯,盛夏皱着眉抬头——

时烨正把一罐可乐放到前台上。放好后,他拉下口罩倾身往前,把取下的那只耳机塞进自己耳朵里听了两句。

只听了两句时烨就听出是什么乐队,他取下耳机道:"我吃过这种药。"这个乐队的名字是个药名。

盛夏慢慢皱起眉:"为什么吃这个药?"

时烨盯着他看了两眼:"没吃过,骗你的。"

"你来找红姐吗?"

"嗯,找她说点事。"时烨点头,顺手把帽子摘了,"主要是想来看看你。"

说完话,他伸手揉了揉盛夏的头发,问:"看见你的消息,说又跟你妈闹不愉快了。怎么不愉快了?也不说原因。"

盛夏被他揉得不好意思,低着头道:"过几天要报志愿了,我说想去外面上大学,她又说就在白城读。"

时烨收回手,想了想,问:"那你想去哪儿上学?"

盛夏看了看他:"北市。"

"想去北方?"

"嗯,我没怎么出过远门,也没坐过飞机,没出过省。"盛夏说,"而且……"后面的话盛夏没说出来,但时烨却猜到了他想说什么。

时烨接了话:"那你考虑好了吗?"

盛夏刚想说话,结果时烨低声道:"没关系,仔细想,慢慢想。"

后来又闲聊了几句,盛夏越来越坐不住,他既盼着谢红快点来,又觉得不来也可以。

"喝啊,给你买的。"时烨指了指那罐可乐,"还要我帮你拉开?"

盛夏赶紧把那罐冰可乐拿下来,拉开后满满喝了一大口。

指了指边上靠着的一把木吉他，盛夏说："你……无聊的话要不要弹会儿吉他？反正干坐着也是等。"

时烨笑着问："想听我弹？"

盛夏小心而真诚地点了下头："嗯，可以吗？"

时烨二话没说，走到舞台边拿吉他。试了试音，准的。

"我才调过。"

时烨站在舞台边上，问盛夏："想听什么？你点，不要钱。"

要钱的话，你的出场费我也给不起啊，盛夏想了想，说："你随便弹，你弹什么都好听。"

不止好听，还好看。时烨只要拿起吉他就有一种气场，像是一种奇异的引力，会吸着你的目光往他身上粘。

时烨弹的是《缠绕》。

这是第一次，时烨站在离他那么近的地方弹吉他，而听众也只有他一个人。

说实话，那瞬间盛夏幸福得有点想哭。听时烨弹琴是视觉和听觉的双重享受。可盛夏还没享受完，谢红就踩着高跟鞋推开了酒吧的门。她远远看到时烨在弹吉他，连忙跑过来："继续继续，别停啊，我也要听宇宙级吉他手弹琴！"

时烨却已经把吉他放边上了："成天损我。"

谢红笑着拍了拍他的肩，去冰箱里拎起两瓶啤酒，和时烨去二楼说事情。

等他们走了，盛夏赶紧拿起那罐可乐贴到脸上给自己降温。他抬头去看时烨的背影，发现对方这时候也转了个身，冲他轻轻笑了一下，看上去非常温柔。

为什么别人会说他是很冷漠很傲慢的吉他手啊，明明就是个很明朗很爱笑的人啊！

盛夏愣在原地，不知道自己看到的时烨是不是幻觉，毕竟这几天发生的一切都太像一个梦了。

和谢红的谈话不太愉快。

因为过去的交情，时烨对谢红这个人很敬重也很感激，毕竟在自己最叛逆落魄的时候，谢红和高策拉过他一把。可今天谢红却一直在逼问他的情况，时烨渐渐不耐烦了。

"我只是说，有想放弃的念头。"时烨道，"并没有说真的撇下他们，你为什么一定要知道我跑出来的原因？"

"因为你很不正常。"谢红皱着眉，"你是最有责任心的人，为什么会说出要放弃乐队、搬来白城这种话？"

时烨笑了笑："难道我现在要靠责任心这种东西玩乐队了？"

"我只是想知道你为什么会有这种念头。"谢红叹了口气，"牛小俊他们联系不到你，每天发一堆朋友圈，我看着都烦。要开演唱会了，沈醉本来和你们的契合度就不高，你还不回去吗？我很担心你。"

听到那个名字，时烨皱了下眉。良久，他叹了口气："曾经听人家说，大多数乐队的结局不是失败，而是解散。你相信这句话吗？"

谢红摇头："我不信你会放弃。"

时烨失笑："在你眼里我这么热血啊？"

谢红摇头，眼里满是担忧。

"你还记得那年冬天吗？那是在你哥们儿陆阳的 live house 里的一场不插电演出。"她突然提起了当年，"虽然是冬天，但场子里很热，你只穿了一件衬衫。唱着唱着，你突然就放下吉他跑出了 live house，观众全跟着你走进了雪里。那天的雪很大，你在雪里唱完了一首歌。"

时烨沉默下来。

谢红接着说："后来我问你冷不冷，你说血是热的，因为你有乐队。你忘了当年说这句话的你吗？"

一秒，两秒，三秒。时烨闭上眼，重重地叹了口气。

"我想留在这里，我不想回去了。"他说，"我发现自己不那么喜欢舞台了，我讨厌聚光灯，也讨厌高策拿我圈钱。我讨厌拍杂志封面，讨厌采访，讨厌被公司逼迫接受自己不认可的队友……我想换种方式生活。这些理由怎么样，你满意吗？"

谢红听完后一愣，随即表情变得有些奇怪："你为什么会有这些想法？"

时烨和她对视一眼："早有了，只不过现在更加坚定了。"

"因为什么？"

对视一眼，时烨挑了挑眉，坦然道："你不会想知道的。"

越想越离谱。谢红偏开头道："你别拿这些说事儿，你不是这么随便的人。"

时烨不满地瞥她一眼："我一点都不随便，我很认真。"

"你……认真的？"

"当然。"

他本来摆弄着手机，捣鼓了会儿后给谢红看了看。

谢红凑近去看——是他新发的一条动态。没有配图，简简单单的一句话："这是一个很适合留下来的地方。"

"红姐，信了吗？"他问。

谢红看完后整个人都石化了，她喃喃道："活见鬼了……"

时烨，这个很少在任何社交媒体上发东西的人突然发这么一条动态，可想而知这条动态绝对是爆炸性的。

时烨笑着站起来："我得走了，下午还要去跟人谈买铺面的事。"

还真买铺面？谢红被刺激得心惊肉跳："你想清楚啊！"

时烨没理会，下楼路过前台的时候小声对盛夏说了句："晚上接我电话。"接着就心情颇好地出了门。

他人是走了，留下谢红一个人凌乱。她知道这件事有点棘手，翻出手机找到那个叫高策的联系人想了很久，犹豫又犹豫，不知道该不该打这个电话。

等她心事重重地下楼，就看见在前台发呆的盛夏，想了想，走过去拍拍他的肩："盛夏！"

盛夏把耳机摘掉："怎么了？"

谢红点开手机，找到时烨的那条动态。

她拿着手机给盛夏看："时烨告诉我，他要留在这里，还当着我面发动态，为了证明真实性。"

盛夏凑近一看，看完人瞬间傻了。谢红心里有事，也没注意到盛夏的反常。

"你带时烨出去玩的这几天，有没有发现……"她措辞了下，"有没有发现什么人和时烨接触得比较频繁？"

盛夏想了想，指着自己道："我？"

"不是，我的意思是说，你有没有发现他和谁走得很近？"

盛夏吓得睁大眼："啊？！"

"这件事比较严重，我怀疑他被人骗了。"谢红表情凝重，"他居然告诉我要留在白城和朋友一起搞音乐，你说离不离谱！"

"……"盛夏渐渐感觉有点不对，"他开玩笑的吧？"

"不是，你不了解时烨，我太清楚他这个人了。"谢红重重叹气，"他要是这么说了，那肯定是特别认真的。"

盛夏听得一愣一愣的，一边点头一边问："这样……不好吗？"

"这样很好，但是这个时间不对啊，他不能留在这里！"谢红一把抓住盛夏的肩膀，"你别帮你偶像瞒着，快告诉我，你有没有什么线索？"

盛夏的表情很是复杂："……我不知道。"

谢红很担心，拉着盛夏絮絮叨叨地说，试图从他嘴里撬出一些蛛丝马迹，但盛夏看上去很不在状态，说到后来甚至跟谢红一起忧愁，不停问谢红："他不会真的不回去了吧？"

谢红点头："我觉得很有可能，他这个人很情绪化。"

"不会吧。"盛夏紧紧皱着眉，"他很爱乐队的啊。"

"他是很爱乐队，但他讨厌沈醉。"谢红重重叹气，"网上传的那些你没看？沈醉是公司塞给他们的，因为公司需要钱，而沈醉后面有资本，你不是粉丝吗，这些都不看的？"

"我以为那些是乱说的。"

"不完全是乱说，至少时烨确实讨厌沈醉。"谢红忧心忡忡，"现在再给他个不回去的理由！老天，我看他估计是有解散乐队的心思。"

短短几分钟，盛夏已经经历了一场剧烈的思想变革。

他茫然地抬起头，问谢红："飞行士……解散？"

谢红悲观地说："是啊，反正我看时烨那样子，是真的不想玩了。"

这话像是往盛夏的胸口插了一刀。

如果乐队真的解散，那自己就是帮凶之一。

后来谢红拉着他交代了半天，说的那些话盛夏一句都没听进去，满脑子都是惶恐。

谢红知道他是乐队粉，跟他讲这些肯定会被打击，但她也顾不上那些了，握着盛夏的手说："我看你跟时烨处得还可以，你也想办法劝劝他，重点是搞清楚他到底是为了什么留下来的！"

"……"盛夏嘴唇抖着，"如果他是经过考虑的，也不行吗？"他这话已经没了什么底气。

谢红却气得拍了下桌子："我才不管那些，他时烨不能在这个时候任性，怎么可以就这么放弃事业！"

放弃事业？时烨？放弃？

谢红拍向桌子的那一巴掌很响，把盛夏吓得一个激灵。几乎是一瞬间，他觉得自己跌进了一个很恐怖的深渊里。

他拿起手机，迅速点开软件，"经常访问"里第一个就是时烨，即使对方很少发布有关个人的东西，但盛夏还是有事没事都会戳进去看一看。

点进去的时候他的手都有些抖。

"这是一个很适合留下来的地方。"

盛夏也不想自恋地多想，但这怎么看都觉得……跟自己关系很大。他表情扭曲地看了半天，愣是没敢点进评论区看一看。

看完后盛夏在心里感叹了一句：时烨，真的是某种意义上的吉他手顶流。只是随便发个奇怪的博文，粉丝们猜来猜去都能把他弄上热搜，他要是真的退出乐队……

有点无法想象。

他忧心忡忡地开始搜索沈醉和时烨的相关新闻，结果确实不太乐观。去年十月，时烨甚至跟他打了一架，在某个现场的后台，时烨似乎是用肖想的鼓棒朝沈醉砸了过去……扔得有点准，反正沈醉的额头破块皮，采访里的沈醉戴了个夸张的礼帽，额头应该是上了妆，但还是遮不住那块刺眼的红痕。

盛夏把那个"时烨沈醉不合实锤"的帖子慢慢看完，心里的不安又加重了一分。心情彻底跌入谷底，他恍恍惚惚地跟谢红道别，回了自己家。

赵婕人在家里，正在院子里浇花，见盛夏魂不守舍地走进来，看了他两眼，问："怎么失魂落魄的？"

盛夏摇摇头，本来想直接上楼窝着，结果赵婕叫住了他，把手里的东西放下，去前台拿了个东西递给他，淡淡道："早上收拾房间，在你的小阁楼找到的。看着不像你的东西，你有这副耳机吗？"

当然不是他的，他买不起这么贵的耳机。

盛夏看了赵婕一眼，把耳机接过来："我朋友的，给我吧，我下次给他。"

赵婕似笑非笑地问："哪个朋友？"

"你不认识。"

"你崇拜的那个乐队吉他手，那天来家里吃饭的那个？"

盛夏拿着耳机，回过头去看赵婕。

赵婕平静地直视他，笑着说："长得很帅，比海报上好看很多。"

盛夏看了看她，不知为什么有些心虚。

赵婕淡淡问了句："人走了？"

"啊？"

"我说，人还没走吗？"赵婕的语气轻飘飘的，"只是来玩一玩的吧，毕竟是明星，工作肯定很忙，难不成还留在我们这里过日子吗？"

是啊，难不成还要留下吗？

盛夏有些烦躁地转身上楼："……不知道。"

◄ 03 ►

"海顿唱片公司"官方公告：

致乐迷朋友们：

真心感谢各位粉丝们的支持和关心。但遗憾的是，原定于下月 28 日举行的"银河漫游旅行"演唱会，因乐队成员的身体原因，将延期到两周后进行，为此我们深表遗憾。

请乐迷朋友们妥善安排行程，如有任何相关问题请联系各票务平台，为各位行程带来的不便，我们深感歉意。

乐队成员将在恢复健康后为粉丝们带来更好的演出，希望大家能够谅解和理解。

谢谢大家！

看到那条官博的声明时，盛夏的手机都差点没拿稳。

一夜之间舆论纷飞，歌迷们议论纷纷。

有人说是因为沈醉和时烨关系不和，两人打了一架导致沈醉住院无法上台；也有人说是因为时烨生病了……

那是一个深夜。盛夏忐忑不安地想了很久，还是决定打电话问一问时烨。

"你们的演唱会时间推迟了吗？"

时烨显然很不解为什么盛夏要在大晚上打电话跟自己说这件事，他们两天没联系，结果打来就说这个？

不太理解。

"嗯，出了点状况。怎么了？"

盛夏慢慢问："你还不回去吗？"

"很奇怪，你怎么一直催我走。"时烨叹了口气，"我自己有分寸的。"

"那你为什么不回去？"盛夏问，"演唱会为什么要推迟？"

这个问题，时烨还真不能告诉他原因，他也很头疼。难道要告诉盛夏是因为自己的队员出事了吗？再说了，演唱会延不延期又不是他能决定的。

为什么不回去？回去烦啊，他想等着公司的人把事情处理干净了再回去，不然一见到沈醉又要发火，万一没控制住情绪把人揍挂彩了，没办法上台怎么办？

越想越头疼。时烨叹了口气："你别管这件事，这事和你无关。"

然而就是这句话，成了压倒盛夏心理防线的最后一根稻草。

"要去艺术集市吗？我今天会去那边逛逛。"这是中午吃饭的时候收到的短信，盛夏心不在焉地往前翻了几条：

SY：晚安。

SY：醒了吗？

SY：晚安。

SY：以为你手机没话费了，给你充了一千，但你还是没有理我。

SY：盛夏。

SY：我喝酒了，头很疼。

SY：你怎么了？回我消息。

……

盛夏一条条看完那些短信，麻木又难过地放下手机。明白自己该怎么选择后，他就再也没有回过时烨的消息。

饭桌上赵婕又在大谈特谈报志愿、大学、学医之类的话，他们最近一直在因为这件事吵架闹不愉快。

盛夏心不在焉地听。他很清楚，自己完全没有发表意见的必要，反正无论说什么赵婕都不会同意，听着就可以了。

"其实，每个人都有自己要走的路，找到适合自己的才是对的。"

盛夏夹了一片牛肉吃，有点咸。

赵婕接着说："你看啊，妈妈让你学音乐，只是觉得这个东西可以陶冶情操。可能你是有天赋的，但是那条路不太适合我们，我们家呢，没有那方面的人脉，也不懂那些。况且我们这里是小地方，你要是玩什么音乐，亲戚朋友都会觉得那是不务正业，觉得你不懂事。音乐这个东西啊，我觉得就不适合你做，也不适合当成工作来做，你就当一个爱好，闲下来的时候玩一玩不是很好吗？"

盛夏夹了一片青菜吃，味道有点淡。

她继续说："我说这些你烦，但是你真的不要再跟我讲要去学什么音乐了，我不爱听。你也不要再跟我讲什么要去北市读书，你要去北市找谁？大城市没有你想象中的那么好，那边压力大，生活节奏也快，你不会适应的。妈妈不是不尊重你的想法，但是你的想法啊，不对，不适合你，你要听长辈的，少走弯路。你晓不晓得你那个李阿姨家的小孩？考上 B 大了啊，但是有什么用啊，去学校以后跟不上，现在留级，可能要被退学了，可不可怕？就算你艺考成绩很好有用吗？我觉得没什么用，去了学校说不定也会跟不上，到时候你会自卑的。"

盛夏盛了一碗汤喝。

她又说："谁没有梦想？但人注定是要回归现实的，你看白城那么多有梦想的人，他们拿什么养着梦想？艺术是很烧钱也烧脑袋的东西，要我养着你玩一辈子音乐，你妈我不乐意，我也不想你做一个要我养着的人。人还是要独立，要清醒，要现实，先吃饱肚子再去讲风花雪月的东西。我觉得你应该懂这些了，你年纪也不小了，脑袋里不要只有弹琴唱歌，要考虑自己的未来！"

自己的未来？盛夏一言不发。

赵婕最后说："你看，像你那个很厉害的朋友，人家像你这么大的时候已经成名了，赚了很多钱，这就是人跟人之间不一样的地方。人家呢，有这个命，那是命中注定的，我们呢，就安安心心做普通人，人跟人啊始终是有差距的，以后你就知道了。做平凡人其实也很累，能做好普通人就已经很厉害了。你身体不好，妈妈就希望你做个普通人，不要有那么多烦恼，活得那么累。"

盛夏和她对视着。

赵婕静静看着他，问："妈妈说得对吗？所以别再跟我提想去北市上学了。"

她的目光里看不出什么波澜，但她始终是强势的，毕竟在这段关系里她是妈妈，她是某些道理，是无法否定的。

很奇怪，盛夏突然觉得自己有种被什么掐住喉咙的感觉。每到这种时候他都很讨厌自己是 18 岁。18 岁有什么好，什么都做不了，没办法决定自己的人生，说什么都没底气。

他放下碗，说吃好了，急急忙忙地往外面走，像是怕被什么赶上来的东西抓住一般。

他没地方去，最后居然往艺术集市那边走了。漫无目的地在这个集市逛，在烈日下走，大脑昏昏沉沉。

事实上时烨根本没告诉他在哪儿，但盛夏莫名就能确定时烨在哪里，好像顺着有音乐的地方找就可以了。

找到时烨的时候，他坐在一群年轻人后边，戴着帽子和口罩，看被人群簇拥的大叔弹吉他。

盛夏能感觉到时烨十分喜欢待在白城的生活。他甚至觉得，时烨好像已经忘了他是一个明星吉他手。在白城的这些天，盛夏几乎每天都能看见时烨笑，一点都不像镜头前那个又酷又冷漠的吉他手。

唱的歌好像是民谣，气氛很好，每个人都能哼上几句。有一群编了彩辫的小姑娘正举着啤酒轻轻缓缓地跟唱，打拍子。

即使今天没有戴眼镜，即使隔了一条街，盛夏还是能确定，那个穿了一身黑的人是时烨。

远远地看着，盛夏不知道自己看了他多久，居然看得眼眶都微微发酸。他拿出手机，找到时烨的号码，打过去。

那边接得很快："喂？"

盛夏隔着一条街，眯着眼睛看他。一开始他沉默着，没说话，时烨也没催他，静静地等。

"我有话想跟你说。"

时烨沉默了好几秒。

"我好像知道你要说什么。"他声音低低的，"可不可以等我听完这首歌？我在听别人唱歌。"

盛夏紧紧握着拳："好。"

大概是不想一直沉默，时烨没话找话地说："唱的是民谣。"

盛夏附和道："你应该不太喜欢这种歌。"

"其实也能接受，只是没那么喜欢。"时烨道，"你有听过我指弹吗？"

"嗯，听过。"

盛夏对那个视频印象很深，是飞行士早期的演出，在一个很小的酒吧里。演出过半，肖想和钟正下场喝水，时烨换了把木吉他，问："solo？"

台下瞬间尖叫起来。

靠近舞台的观众给他丢了一支烟，时烨接住后笑了笑，问：“火呢！”才说完又有七八个火机丢了上来。小酒吧的小舞台没那么讲究，那会儿他们还会在台上抽烟、喝啤酒。

时烨抽着烟在那个舞台上弹完了一首《旅馆》，指弹的魅力在那几分钟的演绎里表现得淋漓尽致，那是盛夏第一次知道，原来吉他还能这么弹，怎么一把吉他还能弹出三四把吉他的效果？一个人把节奏鼓点全弹完了，真的很不可思议。

对啊，这么耀眼的人，应该让他回到舞台上。

“你回去吧。”盛夏对着电话说，“你回北市好不好？”

时烨仔细分辨了一下听筒和周围的声音，接着他转过头，看了看四周，疑惑地对着听筒问：“你在我附近吗？”

盛夏心头一震，还没来得及做什么反应，下一秒就听到几米外的一句呼喊：“——盛夏！”

他抬头看时，时烨大步朝他跑了过来。根本来不及转身，时烨已经带着风跑到他面前，紧紧握住了他的手臂。

时烨微微喘着气：“为什么不过来叫我？”

“没有。”盛夏慌张道，“我只是……想让你听完那首歌。”

“你在躲我吗？”时烨问，“不接我电话，三天了。”

“你什么时候走？”盛夏转移了话题，“是最近吗？”

时烨皱起眉：“你为什么一直在催我走？”

很神奇，有些人只是皱眉都会给人压迫感。

盛夏微微挣开了时烨的手臂，他退后一步，强装镇定道：“因为你的演唱会延期了，我很担心。”

时烨眯起眼睛看他：“我的演唱会延期，你操什么心？”

盛夏捏着手机，不知道哪儿来的勇气，抬起头大声问他：“你还记得你是飞行士的吉他手吗？”

时烨十分诧异：“什么？”

“我只是不明白，你为什么一直不回去。”盛夏退后了一步，“你们下个月就要开演唱会了，时烨老师，演唱会延期，是因为你吗？”

“盛夏！”时烨难以置信地吼了句，“你觉得是因为我的原因才导致演唱会延期？”

"那你为什么还不回去？"盛夏问他，"为什么？！"

时烨定定看了他几秒。

"你听好。"他一字一句道，"我什么时候回去，想不想回去，都不是你可以决定的。你不应该关心这件事，我也没有必要告诉你我不回去的原因。"

时烨说话的时候微微低头，靠近了一些，这时候盛夏才闻到时烨身上有股酒味。

大白天喝酒？他皱了皱眉："你喝酒了吗？"

时烨没回答他。

盛夏突然觉得有点疲惫，徒劳地劝了一句："你少喝一点酒，你总是头疼，以后也要少喝酒。"

时烨静静站了会儿，突兀又直接地问他："你现在告诉我，我要不要留下来？"

盛夏猛地握住拳，喉咙紧了紧。

"我只想知道你什么时候回去。"

时烨走近了一步："我问你什么没听到？"

盛夏退后了一步，有些抗拒地偏开了头，他甚至不知道该给时烨什么反应。

时烨静静看着他："现在，回答我。"

随着时间流逝，盛夏能感觉到时烨是真的生气了。他身上那种十分锋利的压迫感愈发明显，让人十分窒息。

"你可能不知道，我的脾气其实特别差。我在节目上砸过话筒，在后台把主唱的鼻梁打断过，在舞台上砸过吉他，朝冲我丢东西的歌迷竖过中指。"时烨语速越来越快，"可是我们认识以来，我对你大声说过一句话吗，盛夏？"

暖色阳光的衬托下，时烨的眼睛黑得发亮，盛夏和他对视了几秒就直接败下阵来。他侧开脸，小声道："没有。"

那瞬间盛夏的脑海里涌现出很多回忆——教堂、水果罐头、学校、公车、大雨……

盛夏有些恍惚，记不清了。他只记得跟时烨在一起的时候，每天都很开心，没有那么多复杂的心思。因为觉得那是一个很孤单的人，而自己则本能地想靠近他，用友情焐热他。

盛夏急急忙忙地从口袋里掏出了两张纸，递过去："这是你送我的生日礼物，我拿着没有用，你拿走吧。这里还有一首歌，是我送给你的……"

他顿了下，最后说："你回去吧，对不起。"

时烨没有接过那张纸。他死死盯着盛夏，一字一顿地问他："你再说一遍！"

那一刹那盛夏根本不敢回答，他吓得手一直抖，但还是固执地把手里的东西塞进时烨的口袋里。

时烨像是彻底失去了耐心，他一把抓住盛夏的衣领，也就是那一刻盛夏才看到，时烨的眼眶红了，愤怒又悲伤。

"对不起。"

下一秒时烨狠狠甩开了盛夏的手，红着眼对他说："滚！"

▎◁ 04 ▷

时烨买不到晚上的机票，但不想待下去，只好选择坐火车。随便买的票，去哪儿的都没仔细看，只想快点离开这个地方。

候车的时候，时烨认真地看着铁轨。

他开始想象一些恐怖画面，想着自己躺在上面等火车经过的时候会是什么感觉。粉身碎骨很疼吗？有点好奇，到底痛不痛？

他掏出手机，找到卡里的那个联系人，开始编辑信息。一开始打了一大段话，写了删，删了写，觉得说什么都很奇怪。

最后他打了个电话过去，没有人接。

很焦躁，时烨看着夜空发了会儿呆。

其实是赌气才收拾东西离开的，以为对方会来追，事实是没有。

越来越烦。时烨盯着那个手机，慢慢打出一行字："其实有很多解决办法的。"

短信无法撤回，很烦。时烨心烦意乱，还是不甘心，又发了两条消息过去：

"我在火车站等你，等到十点。"

"十点我会走。"

开始下雨了，很大的雨。这个地方的天气好奇怪啊，天晴还是下雨都这么突然，就像自己的脾气和心情。

等到火车来吧，时烨想着，反正还很早。即使他这辈子最讨厌的就是等，等红灯，等飞机，等电话，等短信……等广告播完。

为什么要等？时烨也不明白自己为什么要等，他焦躁地在回想这些天发生的一切，感觉自己很不理智。

难道想留下来就是不理智？他不知道。但这些天他过得很开心，很平静。那是一种微妙又治愈的感觉。

十分钟，二十分钟，三十分钟，一个小时，两个小时。

那期间时烨已经开始考虑最糟糕的情况了，只要盛夏把他们的聊天记录发出去，他大概会连续上好几天的头条新闻。

可……现在这些还重要吗？时烨悲哀地想着。

算了，就肆意过这么一次，栽了也要认，没什么好说的。

时烨错过了一班车，他多等了一个小时，买了下一趟的班次，近乎绝望地等，等，等……等到后来，他开始麻木。

上车前，时烨拔出了那张白城的电话卡折断，随意丢进垃圾桶里，拿着票走进了车站。

盛夏回家后直接去了他的小阁楼，弹了整整一天的琴。中午和晚上赵婕来叫他吃饭，才发现他把门反锁了，无论怎么敲门都不理，打电话给他也关机。

这个情况对赵婕而言也算常见，从前盛夏就经常在里面弹琴很久忘记吃饭，但这一次……时间有点太久了。

他不吃东西，什么都不做，就坐在钢琴前弹了一天。赵婕也不太懂他弹的都是什么，只觉得听起来累得慌，节奏太快了，没有平常那么悦耳。

等到了晚上才实在是忍不住了，拿了备用钥匙开门进去，赵婕怕这孩子在里面把自己饿晕过去。

盛夏目光空洞地看着空气，手指飞速在琴键上移动着，弹的是平均律。动作更像是肌肉记忆，没有什么感情的机械运动而已，赵婕走近一些，才发现盛夏在哭。

她皱了皱眉，不由分说地上前阻止他的动作："儿子，够了。"

很久以后盛夏才抬头看了看她，目光十分茫然无措。

赵婕叹了口气，问他："不饿吗？都坐一天了。"

盛夏麻木地摇摇头。

"吃饭。"赵婕拉着他站起来，"下楼，先吃饭。"

她带着盛夏下楼，进厨房看了看，决定给他做碗面。

她煮面的时候盛夏就在旁边呆呆盯着看，一言不发，看上去像个木偶。母子两人都没有说话，一个捞面放调料，另一个就坐在桌子前发呆。

等开始吃了他们还是没有说话。一片纯然的静，有什么东西在酝酿着，快要发酵，变得不可逆转。

那期间盛夏绞尽脑汁地想啊想，他甚至开始代入别人去想，赵婕这么厉害的人，如果是她遇到这种事，她会怎么办？

其实对时烨说完那些话以后他就后悔了，没有人告诉他这样的选择是不是对的，他无人诉说，茫然间甚至有一种想对赵婕倾诉的冲动。

赵婕突然问："怎么好几天没看见你那个朋友了？就那个很有名的吉他手。"

盛夏心中一痛，眼泪差点掉了下来。他连忙低下头："不知道，走了吧。"

赵婕的表情瞬间变得很轻松，她若有所思地点头："嗯，是该走了。"

又静了会儿。

"妈妈给你买的生日礼物放在你柜子旁边了，你拆开看了吗？"是赵婕托人给他带的小提琴。

盛夏心不在焉回了一句："嗯。"

"试过没有，音色好不好？"

"还行。"

"还行就好。"赵婕想起另外一件事，"今天你们学校的杨老师打电话来问你艺体提前批的事情，我帮你拒了。"

盛夏心头一跳，直接打断了她："为什么拒绝？我想去那个学校。"说出口的时候他自己也吓了一跳。

赵婕仔细看了看盛夏："算了，我们先不说这个，你吃完再说。"

"妈，"盛夏之前哭过，眼角还红着，"我想去北市。"

赵婕声音平稳："我说了，吃完再说。"

"妈！"他重复了第二次，但换了说法，"我要去北市上大学！"

赵婕眉头一拧，音量瞬间拔高："我说了，吃饭，你听不到吗？！"

盛夏也把筷子放下："我不会去学医的，我要学音乐。我明天就打电话给杨老师，告诉他我会报那个学校。"

赵婕语气不变地打断他："这事没商量，你先吃吧。"

盛夏摇头，语气带着恳求："填志愿我一个人去，你别管我了行吗？妈，我求你别管我了……"

赵婕又重复了一次："先吃饭。"

盛夏气得把筷子往地上一摔，崩溃地把脸埋到了胳膊里。换作平时他大概是没有勇气做这些出格的举动，可今天发生的一切都让他对自己的生活感到十分无望，他也十分反感赵婕的武断。

"如果真的要我在这里上大学，那我就不读了。"他说，"你去读吧，我不想去自己不喜欢的学校，我要去北市。"

"你答应过我的。"赵婕说，"我们留在这里学医。"

盛夏红着眼睛摇头："我想去北市。"

"北市有什么值得你去的？"赵婕冷着脸，"盛夏，你什么都不懂，别傻乎乎地给人骗了，我不说破，是给你面子，你不要不知好歹。"

"我懂的！"盛夏大喊，"你不要把我当傻子当小孩，我长大了，我什么都知道！"

人一旦被压抑久了，反抗起来总是会令人吃惊，想来也很心酸，这居然是他长这么大，第一次和赵婕吵架红脸。

"你知道？你知道什么？"赵婕吃惊地尖声反问，"你什么身份，时烨什么身份？你有什么？你拿什么和别人平等地做朋友，你告诉我，你回答我！"

盛夏固执地摇头："我可以读最好的音乐学院，我不是要找他，我只是想去北市。"

"如果你去北市是要去找他，我告诉你盛夏，不可能，我不可能让你去犯傻。"赵婕冷着眼看他，"你还要不要这个家了？"

盛夏喃喃道："找他，我还可以找他、找飞行士吗？"

赵婕死死盯着他："盛夏，你想清楚自己在做什么。"

盛夏红着眼摇头："我以前什么都听你的，这次就让我自己决定吧。"

赵婕猛地拍了下桌子："盛夏，你不可以这么自私。我养你到18岁，哪里亏待过你吗？！你说你长大了，成年了，那我请你想一想，你现在对我说这些是不是很没良心！我们的家庭只有你和我，你要走，要去北市，你有没有考虑过我的感受？你最近到底是怎么了，年纪越大越不听话！"

盛夏情绪激动地吼回去："我不听话！我过得不开心，我是想让你开心，可你根本就不了解我！你只会做你的生意，你什么都不知道！"

赵婕气得胸口起伏不定,直接起身甩了一记响亮的巴掌。

盛夏被那巴掌打蒙了。

赵婕从来不打他,上一次盛夏被打,还是在他爸爸的葬礼上。那天盛夏不想在亲戚面前哭,板着个脸,因为有点害怕,更不想在别人面前哭。就是那天,赵婕哭着打了他一巴掌,打完以后又抱着他一直哄,说"妈妈爱你,妈妈对不起你"。

那天以后,赵婕就再也没有打过他,再也没有。

他们母子间的关系看上去和平又稳定,但盛夏知道自己心里积攒了多少不满和不甘。

打完那一巴掌后,赵婕推着发蒙的盛夏,把他带到了客厅左侧的一个房间里。那个房间什么都没有,只有一个蒲团,小桌上放着一个牌位。

"你跪下!"赵婕厉声喝道,"你看着你爸说,说你不要这个家了,什么都不要了。你说,说了你想去哪里我都不管你,说啊!你说!"

盛夏把上身俯到地面上,他睁着眼,看着自己的眼泪往下砸,砸出两团水渍。

赵婕指着小桌上的那个牌位说:"你有脸跟你爸说这些话吗?"

盛夏像是崩溃了,跪在蒲团上痛苦地对着那个骨灰盒吼道:"爸,是我不好,请你原谅我……对不起。"

话音刚落,赵婕冲过来,再次干净利落地甩了他一巴掌。

"你疯了。"她声音抖着,"你是不是疯了?!"

"你打我有什么用。"盛夏麻木地看着她。

赵婕红着眼深呼吸。

她缓了很久才慢慢道:"盛夏,年纪小难免会走一些弯路,我明白的。你年纪轻,从小学音乐,难免崇拜跟艺术有关的东西、会崇拜搞艺术的人很正常,可你想想,你的打算现实吗?"

盛夏没办法反驳她。

他跪着,在蒲团上摇头。

赵婕一直在说,但之后盛夏就什么都听不到了。这一晚发生了太多事,而他没有时间去消化,去思考……

可他到底还有几分18岁才有的意气和叛逆。

半夜的时候他悄悄跑了出去,也就是那个时候他才看到了时烨的短信。

他打电话给时烨，显示对方已关机。

半夜的古城根本没有出租，盛夏拦了一辆过路的货车，请对方把自己送到城区。等到了城区，他又打了车去火车站。

失去是一种状态，这是盛夏在车上切身感受到的一件事。状态，意思是正在发生、无法挽回、明明知道是无法阻止的事，但还是想试试最后的可能性……就算可能只是不切实际的幻想。

他跑出来的时候甚至没有戴眼镜。他很着急，浑身脏兮兮乱糟糟地在火车站里乱跑，去找一个背着吉他的男人，一边哭一边找。

车站里有保卫把他拦了下来。车站里人来人往，周围全是嘈杂喧闹的声音，盛夏突然就崩溃了，抱着头蹲下放声大哭起来。

他在火车站待了整整一晚上。

那天晚上一直在下大雨，是盛夏从没见过的暴雨。老天下雨并不会在意你的心情如何，他浑浑噩噩地看着外面的雨越下越大，心说还不如买一张票现在就去北市算了，去找时烨吧，什么都不管了。

可是北市太远了，他身上的钱不够，还没带身份证，哪儿也去不了。

"你不来，我会忘记白城的一切。"

是啊，对于时烨来说，遇见和忘记都是不需要成本的事情，他是那么耀眼的人，在舞台上光芒万丈，有那么多人崇拜他，不差自己一个。

"你算什么，因为你傻吗？"

话难听，但道理似乎没错。差距一目了然，他本来也不该拖着一颗太阳下坠，偶像就该站在台上。

况且错过就是错过，不会再重来了。

回去的时候是中午。

那天的白城下了雨。他搭公交回去，是和时烨一起坐过的那趟二路车。路上他一直在哭，被赵婕打过的半边脸很疼，跪了半晚上的膝盖也很疼，最疼的是心口，像被抽空了一样，什么都没有剩下。

他淋着雨回家，浑浑噩噩。在雨里走的时候，盛夏漠然地脱掉脚下的鞋子，有些神经质地把鞋子丢到垃圾桶里，又继续往家的方向走。

心里又怕又难过，委屈又痛苦，他长到 18 岁，只做过这件出格的事情——想追逐自己偶像的脚步。

要怎么做才能靠近，才配站在偶像的身边？需要付出什么才能赶上他？

人生还能有别的可能性吗？不留在白城，不学医，去做自己想做的事，去追逐自己想追逐的人，他的人生还有这种可能性吗？

下雨好烦，为什么偏偏是今天，偏偏是此刻，又是他这么失魂落魄的时候，还是说天也在伤心？

赵婕从昨晚就开始找他，这会儿在家里急得团团转，等看到淋得浑身湿透的儿子走回来的时候，她的喉头一紧，攒了一肚子的大道理一时间却什么都说不出来了。

盛夏哭得眼睛发红，此刻他只觉得大脑昏昏沉沉的，浑身又冷又热。

他茫然四顾，在雨里渐渐找不到自己的位置、自己的存在。他明白，有些事情错过了就是错过了，时烨走了，往后的人生中他们大概不再会有交集。就像这场雨，下过了，太阳出来，水汽一蒸干，这铺天盖地的雨和眼泪都会消失在空间里，再不会有影踪。

恍惚中他看到了赵婕，看到了自己压抑茫然的青春，看到了懵懂听话的自己。他听见自己的心里像是打了一声闷雷，轰隆隆一声巨响——过往没有起伏的人生被狠狠撕开，整个世界都扭曲了起来。

赵婕张了张口，轻声问他："去哪儿了啊？"

盛夏的眼睛红得像是下一秒就会滴出血来，他觉得自己好像出现了幻觉，看见了好几个赵婕，视线里的重影摇摇晃晃的，看得人都站不稳。

"他走了。"盛夏喃喃道，"妈，他再也不会回来了。"

赵婕看得眼眶一红，还没来得及做什么，盛夏就身子一歪，昏昏沉沉地晕了过去。

SUMMER

00:23 ——○—————— 04:20

第九章

争吵

⊮ 01 ⊯

时烨从白城离开以后，盛夏生了一场大病。

他是早产儿，身体本来就不太好，不知道是因为那场雨，还是因为别的刺激，他浑浑噩噩地在医院躺了很久，烧得反反复复，几乎没有醒的时候。一睁开眼睛，他看到赵婕就是一句："妈，你让我去北市吧。"

赵婕不回答，盛夏听不到回答，又浑浑噩噩地哭。

后来烧退了，盛夏开始上吐下泻，前胸后背都长出大片的疹子来，极为可怖。他自己病得没意识，手上脚上被抓得乱七八糟，全是血印子，那几天差点要了他的命。

赵婕带着他又是看中医又是看西医，打针吃药针灸什么的都试了个遍，就差请个神婆来跳大神给他驱邪了。

后来呢，后来……他总是躺着，病着，也开始懒得跟赵婕说话。

赵婕每天不厌其烦地守着他，在床边喊他："盛夏，盛夏——"

"盛夏——"

"你跟妈妈说句话吧。"

"盛夏。"

"盛夏，妈妈给你填了北市的学校。"

"盛夏——"

盛夏恍惚间听到北市两个字在脑海里转，他想睁眼，但眼皮抬不起来，太沉了。他张了张嘴，皱着眉虚弱地喊了一声："妈，别叫了，好烦。"

病床边上的牛小俊和时烨齐齐一愣。

牛小俊一脸担心："这都叫妈了，别是烧傻了，万一出了什么事怎么跟他家里交代啊！"

叽叽喳喳吵死人，心情很不爽的时烨扭头瞪了他一眼。

"你还好意思瞪我！"牛小俊目光带着责备。

时烨拧着眉："都说了他是洗了澡着凉。"

盛夏醉得不省人事，时烨无奈，只好扶着他去洗了个澡。因为吃过药，那会儿时烨整个人都不太清醒，自己就又累又困地睡了过去，谁知道盛夏发烧了。

要不是牛小俊过来把他叫醒，他都不知道什么时候才会发现盛夏不对劲，来医院才知道是高烧。

牛小俊瞟了几眼盛夏胳膊上的伤痕……

"我说，你该不会真动手了吧？"牛小俊指着盛夏的手臂问，"怎么回事儿啊？"

时烨闭眼叹了口气。

醒来后看到盛夏被伤成这样他十分懊恼，意识到自己那会儿是发病了，没轻没重的，把人伤得有点惨。

时烨烦躁道："我没怎么他。"

"时烨你记住，你是躁郁症患者，不清醒的时候很可能会伤害别人，而且……"

时烨暴躁地说："我说，以后你来我家也提前说一声好吧？把我家钥匙还我！"

"你家钥匙我必须有一把，万一你出了什么事怎么办？而且我没给你打电话吗，当时要不是时间到了该去跟人家监制见面我找你干吗？"牛小俊一脸无语。

本来还想辩解几句，但感觉没有必要跟他说这些，时烨没再说话。

"既然你俩交情匪浅我就先跟你打个招呼，公司已经签下他了，以后你们就在一起工作，他的工作也是我先带着，现在你们俩都归我管了。"

时烨是真蒙了下："怎么就签了，不是说他只是来做乐助的吗？"

"你也真信啊，怎么说人家都是圈里挺有名气的歌手，还给你做乐助？"

牛小俊瞥他一眼，"策哥前几天亲自跟他走的合同，如果你不要他的话就重点捧他。"

时烨问："签他花了多少？"

牛小俊凑近说了个数，又小声感慨道："我都觉得策哥这事儿办得不地道，也太抠了。"

确实有点少，时烨的脸更臭了。

"签他之前不能先跟我说一声？"

"为什么要跟你说？"牛小俊一脸莫名其妙，"公司签人培养碍你事儿了？"

时烨十分烦躁，也说不清自己在别扭什么。

感觉这两人只要凑到一起就别别扭扭，奇奇怪怪，牛小俊也懒得再说。

看了看时间，牛小俊催促道："你是不是该走了？昨天就改时间了，难得出来重新工作，别老是把时间拖来拖去的，让人家觉得你摆谱。"

时烨犹豫了下，指了指床上的盛夏："他……"

牛小俊摆摆手："知道的，我守着，放心去吧。"

时烨走了没几分钟，盛夏又开始说胡话。牛小俊听了半天，好像来来回回就是那几句，听不太清内容。

陪床也没事做，除了玩手机就是玩手机，没一会儿牛小俊就开始打瞌睡。在边上那张床上靠了会儿，他醒的时候就看到盛夏已经坐起来了，正皱着眉拿着手机看。

牛小俊咳了咳，问："饿不饿，我去给你买点吃的？"

"不饿。"盛夏的声音有点哑，"时烨老师呢？"

"工作去了。"牛小俊站起来，"量一次体温，我去叫护士。"

护士过来帮盛夏量体温，烧退了些，但还要再挂两瓶水，牛小俊一边打哈欠一边在心里感慨自己为什么要成天跑医院。

之前沈醉在的时候他就三天两头跑，后来时烨生病了也是跟着三天两头跑，现在又来一个！

以后可热闹了。

见盛夏一直皱着眉神游天外的样子，牛小俊问了问："哪儿不舒服吗？"

很久以后盛夏才摇摇头："没有，就是……之前做了个梦，有点难过。"

"什么梦？"

"噩梦。"盛夏低下头静了会儿。

"小俊哥，你有没有看到我的项链？中间有一个黑色的拨片，有点旧，是不是你帮我收起来了？"

"什么项链？"牛小俊疑惑，"来的时候我就没看到你脖子上有东西啊。"

盛夏苦着脸点头："好吧，我再问问时烨老师。"

这个盛夏，给人的第一印象就是不善交际，十分腼腆，总是一种心不在焉的样子，像是活在自己的世界里。熟一点才会发现他性格其实不错，除了老是走神，其他时候还是挺开朗的。

牛小俊倒是很理解，他见过太多性格古怪孤僻的音乐人，还带过时烨这种脾气暴躁的腕儿，盛夏这种，算是比较好带的类型了。

凑近他一些，牛小俊开始八卦："你跟时烨怎么回事？"

盛夏回看他："什么怎么回事？"

"你们闹什么矛盾，如实告诉我。"牛小俊说，"好歹跟我通个气，怎么说你们俩以后都归我管，我得知道你们是什么情况。"

作为经纪人，他必须搞清楚这两人发生了什么事。

盛夏思索了下，不确定地道："我跟他……我也不知道，他怎么说的啊？"

"他说没什么。"

盛夏的表情淡淡的："他说没什么就没什么。"

牛小俊叹了口气："他睡不好的时候很容易暴躁，之前还在家里砸吉他，吓人得很，我们也不敢管他。"

时烨的各种恶劣事迹在公司已经是令人闻风丧胆的程度了，砸吉他还是小的，他还砸过公司的大门、很贵的话筒、高策办公室的门、沈醉的车……

讲完生活上的事情，牛小俊也闲不下来，开始跟盛夏聊后续工作上的安排。下半年会有一个挺不错的音乐类综艺，还有几个音乐比赛可以参加。虽然盛夏无论是在做歌手还是制作上都很有经验，但作为艺人露面的话，一定要选择一个合适的方向。

牛小俊问了盛夏的意愿，得到的回答却是一句："我喜欢乐队。"

这话听起来宽泛，但联想一下高策的用意和时烨的态度，指向性也太强了，意思不就是冲着飞行士来的嘛。

牛小俊思考了下，委婉地说："这件事的最终决定权在时烨，在海顿，老板都做不了他的主。"

盛夏点头："我知道是他决定，无所谓的，我可以等。小俊哥，我来北市学音乐，四年都没有选择出道都是因为飞行士，如果确定他不要我的话，你再怎么安排都可以。参加节目或者给别人写歌，这些都可以，怎么安排我都可以。"

说完，他有些虚弱地补了一句："要在确认他不接受我的情况下，我会跟他确认的。"

这话说得……完全是孤注一掷的感觉。

"你就没有考虑过自己出道吗？飞行士的情况有点复杂，先不说时烨想不想要你吧，我的意思是……你很年轻，也会有更多更好的选择，我希望你好好考虑一下，尤其你们现在这个关系……其实你单独出道是最合适的。"

"我之前就一直都是一个人。"盛夏道，"小俊哥，其实一个人很孤单的，我一直很想有自己的乐队，有相互理解的伙伴和队友。"

"那以前没想过自己组一个乐队吗？你的声音和外形条件都很好，应该很好找队友的。"

"我高中的时候就有很多人找过我了。"盛夏说，"但感觉都不对。一个乐队应该是有那种联结感的，所以我在等飞行士，我觉得我和飞行士、和时烨老师有那种联结感。"

"……"牛小俊噎了下，"你就这么崇拜他吗？"

盛夏看着牛小俊，轻轻笑了笑。

"是啊。"他说，"我现在做的所有事都是为了见他准备的，对我的人生而言，和他并肩就是我的梦想。"

牛小俊失笑："你就是年轻，觉得偶像万岁才会讲这种话，以后就知道了，人生是你自己的，别把话讲得这么满。一个人是不可能完全为了另一个人付出那么多的，以后会有很多变数。"

"为什么不可能？"盛夏反问他，"他是我的梦想，我只是在追赶他而已。"

这句话换作别人说，牛小俊大概会觉得幼稚可笑，但奇怪的是从盛夏嘴里说出来，他居然觉得自己有点势利眼，因为盛夏的目光非常真挚。

牛小俊没再开口了。

时间很晚了，在盛夏的坚持下，牛小俊还是回了家，把盛夏一个人留在医院里。

外面在下雨，淅淅沥沥的，听得他很难过。他给时烨打了两个电话，人家理都不理他。

盛夏知道时烨一直在生自己的气，现在脾气又很差，他都有点不清楚该怎么去靠近一个总是易怒的人了。

第二天的活动还是打针，盛夏浑身都很不舒服，躺在床上都觉得难受，感觉什么姿势都不对。他原本以为时烨会来看看他，内心期待了很久，但时烨一直没有来。他鼓起勇气发过去的每一条消息都被无视了，电话也始终是无人接听的状态。

他拿着手机绞尽脑汁地想了半天，最后发过去一条："小俊哥问我们以前是不是有什么过节，我要怎么说？"

盛夏看了好几遍，惴惴不安地等回复。但一直到他出院时烨都没有出现过，也没有回过他一条消息。

◄ 02 ►

时烨最近很忙。

白天一整天基本都在录音室里，他工作的时候基本不会看手机。而每次收工下班，他又总是会多出很多莫名其妙的饭局，有的是安排的局，有的是不得不去的局……这天也是，一出录音室就被拉去了饭店。

坐边上的是关系还不错的一个女制作，叫安菲，头发剪得比时烨还短，特帅一姑娘。她做东西挺干净利索的，性格也和时烨挺合得来，算是圈里跟他关系挺好的人。两人有段日子没见面，聊着聊着就多喝了些。

发现时烨老是去看手机，安菲问了句："看什么呢？"

时烨把手机放到一边，说："看一些不知道怎么回的消息。"

安菲笑了笑："你还有不知道怎么回的人呢？"

时烨耸肩："是啊。"

时烨不知道自己是怎么了，好像是在气自己怎么会把人家伤到需要住院，又有点气盛夏居然用那么低的价格把自己卖给了公司。

时烨心里很矛盾，不知道现在应该以一种什么身份看待盛夏。

快十二点了大家才散。他今天没开车，安菲叫了个代驾，他就坐安菲的车回。等到了时烨家的门口，安菲看他有点疲惫，就让代驾等一等，自己下车送他一段。

两人走了几步，又点了支烟，开始聊下半年一起给一位叫周白焰的艺人做专辑的事情。抽完烟，安菲说时间差不多了，她还要去找朋友。

时烨目送她上车后才转身，几步走到家门口。暗沉沉的夜色里，有个身影正立在那儿。

一开始，时烨还以为自己又出现了幻觉。

这个人为什么大半夜的跑自己家门口等着？

视线里的盛夏慢慢走了过来。

时烨感觉自己迷迷糊糊的，看着面前的盛夏，好半天才确定他不是幻觉。

半晌，他很不自在问了句："有事？"

盛夏静静看了他一会儿。

他住院三天，时烨一个电话没给他打，也没去看过他一眼。今天他出院以后家都没回，一直在时烨家楼下等，结果等了半天，等到的却是时烨和另一个人一起走回来。

他们还一起抽烟，一起说话，聊了很久，看上去很熟悉的样子。

时烨看他还是有些虚弱，皱着眉头开始赶人："刚好就不要出来乱跑，回去。"

盛夏低着头问："你为什么不接我电话？"

时烨犹豫了下，含糊着答："忙。"

"你……"盛夏问得很艰难，"你是不是不想见我？我好几天没看到你。"

时烨沉默了下，继续别扭道："忙。"他答得心虚，也有点敷衍。

盛夏的脸色越来越难看，过了好半天才勉强说了句："我有事找你。"

时烨注意到他手腕上的青紫还没完全消下去，不由得十分懊恼。

"有事也等你好了再说，你先回家。"时烨很焦躁，"你先回去好好休息，好吗？"

盛夏上前一把攥住时烨的衣服："我找你真的有事。"

"什么事？"

"你让我去你家里看看。"盛夏说，"你让我去看一下就行。"

"……"时烨倒吸一口凉气，"你还要来是吗？"

"不是，我找东西，我的项链丢了。"盛夏和时烨对视着，"我觉得应该在你家里。"

时烨定定看了他两秒，说："没在。"

"你让我进去找一下，医院里我找过了，没有，应该就在你家里。"

"说了不在。"

盛夏急了："你至少让我找一下吧。"

时烨开始不耐烦："你先回家吧。"

盛夏沉默了，幽怨地看着他："是你拿走了对吗？"

"你来就想跟我说这个？"

人还没完全好，急吼吼地就跑过来找自己要一条破项链？

盛夏一着急，音量就不自觉提高了一些："反正你把我的东西还我，那个……"

"那怎么就成你的了？明明是我的东西。"时烨打断他，"弦是从我的琴上取下来的，拨片是我用了扔观众堆里面的，怎么就成你的了，是你把我的东西偷走了。"

盛夏被说得有点蒙："明明是你不要，我才拿……"

"拿了就是你的？你怎么知道我不要了？"时烨开始强词夺理地胡扯，"本来就是我的东西，我又没说要送给你，现在我把东西拿回来，天经地义，你懂不懂？"

"……"盛夏显然是被这套歪理说得有点蒙，"你怎么这样！"

"我哪样，我本来就这样。"时烨偏开身子，"我的东西我说了算。"

盛夏只觉得自己又气又委屈，半晌才有些泄气地说："好，你说了算。"

盯着他手腕上的红印子，时烨走了下神。"你跟高策签了合同。"他静静道，"是吗？"

盛夏皱了皱眉："合同是之前就签了的。"

"你知不知道他签你的价格很离谱？"

"知道。"

"你就这么随便吗？"时烨十分烦躁，"随随便便就用一个离谱的价格把自己卖了。"

盛夏难以置信道："你觉得我随便？"

时烨沉默了。他其实也搞不懂自己在别扭什么，或许是憋着一口四年前的气吧。但确实是有点生气，气盛夏，更气自己。

盛夏看着他："那我做这些是为什么，你以为我想这么随便吗？"说着说着又来了句，"你不会让我当主唱对吧？"

这个问题有点难回答，时烨不知道该怎么跟他讲，索性掏出钥匙来开门。

没想到身后的盛夏一把拉住他，低声下气地求了他一句："先别走，我们说清楚。"

时烨叹了口气："别这样。"

"那你把我的项链还我。"

"跟以前有关的任何东西我都不想看见，你不要留着那种东西。"

这句话说完，时烨发现盛夏的手松了松，但很快又紧紧拉住了他。时烨烦躁地把他推开："我让你回去！"

盛夏被他推得一愣，语气十分委屈："那你还我东西，那是我的！你讨厌我可以，把我的东西还我就行了。"

"我说了。"时烨一字一顿道，"那，是，我，的，东，西，不是你的。"

盛夏气得大喊："明明就是我的！"

"我的。"

"我的！"

"……"

到底为什么要在自家门口跟他像小学生一样扯这些？

时烨按了按眉心，觉得很疲惫："你觉得我很闲，有空跟你在这里扯皮是吗？"

"那你到底是什么意思？"盛夏像是一下子崩溃了，"讨厌我你就直说，我不会再来烦你。"

这都说的什么乱七八糟的，简直是莫名其妙。

不明所以的时烨也火了，他一把甩开盛夏的手："你当年赶走我的时候不是头都没回吗，你现在凭什么来要求我，你以为你是谁？"

空气静了片刻。

"好，我明白了。"盛夏揉了揉眼睛，"那把项链还给我吧，我以后不会烦你的，我保证。"

时烨看了他很久，才轻飘飘丢下一句重磅炸弹："我丢掉了。"

盛夏一怔，眼睛瞬间变红，几乎不敢相信时烨会这么狠心。他气得有点神志不清，居然有勇气抬腿踢了时烨一脚。

那一脚把时烨踢得十分震惊，等晃过神来的时候，盛夏已经离开了。

温冬扶了扶眼镜，问："这几天过得怎么样？"

时烨问："哪方面？"

温冬是他的心理医生，一个又高又瘦、气质十分冷的女人。

之前在国外，时烨也长期看过两个心理医生，一个是看上去很慈祥的奶奶，另一个是不苟言笑的老教授。这个温医生很年轻，不爱笑，但目光温柔。

时烨觉得跟她聊天很舒服。

"心情、生活、做的梦……一切都可以跟我聊。"温冬说，"每次开始前，我想先了解你最近的状况，这样我们才能解决问题。"

时烨点头，反问她：" 你觉得我有什么问题吗？"

温冬挑眉：" 你觉得你没有问题？"

" 不知道。我的意思是，我不清楚。" 时烨说，" 或许是因为习惯跟不良情绪相处，我已经觉得自己没什么问题了。"

温冬觉得有意思，接着问：" 习惯了？"

" 嗯，习惯。" 时烨点头，" 虽然你的记录册上写着我有很多毛病，什么失眠、幻听、特发性震颤、焦躁、易怒……听起来糟糕透顶了，但我发现如果用对抗的情绪去面对，效果很差，还不如和它们和谐相处。"

温冬的目光中透露着赞许：" 你很聪明。"

" 不是聪明，是放弃抵抗了。" 时烨说，" 总觉得我的生活已经与这些负能量无法分割，不如试着去接受现实。"

他此刻看上去十分清醒，十分冷静。

温冬又问：" 你还没回答我，这几天过得怎么样。不知道从何说起的话，那就……说说最近食欲怎么样。"

" 很一般，不太想主动吃东西，只是觉得自己应该吃。"

" 有喝酒吗？"

时烨摇头：" 很想喝，但忍住了。"

" 心情怎么样？"

" 我和朋友吵架了，而且他以后可能也会离开我，这让人沮丧。"

温冬挑眉：" 你是害怕他离开你吗？"

顿了顿，时烨点头。

" 怕他被我吓跑吧。" 时烨说，" 不知道是不是生病的缘故，我现在变得很反常，曾经……我也不是这样的。"

" 对于你们的关系，你没有安全感吗？"

时烨点头：" 对于亲近的人，我现在很难付出信任。"

" 你有想过是什么导致的吗？"

什么导致的……

" 不知道。" 时烨说，" 我也想知道自己为什么会这样，这让我很困扰。"

" 那……" 温冬想了想，" 关于你的朋友……你想聊聊对方吗？"

他的神情变得有些茫然。

" 我不知道怎么形容他。" 时烨说，" 我……不知道。"

温冬鼓励道："随便聊聊，聊你想到的就可以。"

时烨思考了很久，才小心地开启了这个话题。

"他……总结一下就是简单吧。性格算是开朗的、招人喜欢的类型，很单纯，像小孩子一样。"他说，"他弹琴的样子很好看，在音乐上，他懂一种我能听懂的语言。他对我来说很特别，是他让我觉得自己是真实存在的。"

温冬问："你为什么否定自己的存在？"

"父母离婚后，我父亲在国外和另一个人结婚了。"时烨语气平静，"知道这件事的时候我16岁，听到很多风言风语，家里人也很不能接受，虽然我母亲向我解释过我父亲没有做对不起她的事……但这一度让我觉得非常自卑。"

他看起来很矛盾，温冬一边记录，一边想着。

她其实是第一次给很有名的摇滚乐手做心理治疗，本以为会是一个很难沟通的艺术家，但事实上时烨非常配合自己的治疗，几乎是有问必答。

温冬想了想，随即站了起来。她穿了一件浅蓝色的薄线衫，蓝色，是让时烨有好感的颜色。

他盯着温冬从边上拉过一张空椅子，放到了自己的面前，接着又调整了房间里的灯光颜色……灯变暗了一些。

"时烨。"她说，"我们现在来做个练习好吗？我们做一个投射。请想象，现在这张椅子上，坐着的是你的父亲。"

时烨慢慢地收紧了双手。

温冬静静站在一旁，观察他，审视他。

他低声开口："我已经忘了他的脸。"

温冬说："那请想象你记忆中对方的模样，想象他的样子，他甚至可以没有脸，请想象他就在你的面前，此刻，正看着你。"

时烨一言不发地盯着那张椅子，表情变得有些痛苦，到后来甚至有些扭曲，有些狰狞。他很不自然地摸了摸鼻子，又扭头，看上去很焦虑。

温冬抱着手，静静道："现在和他对话，说说你想说的，什么都可以，我们做一次自我暴露。我们的目的是说出你真正的需要，说出真正面对面的时候，你不敢对那个人说的话。"

时间过去了很久，这个密闭的小房间里安安静静，一点声音都没有。

温冬很耐心地等着，她看到时烨出汗了。

"可以暂停吗？"时烨说，"我有点不舒服。"

温冬点头，给他递了一杯水："没关系，慢慢来，自我暴露是一个漫长的过程，你愿意尝试我已经很高兴了，下一次一定会更好的。"

时烨重重喘了几口气，忍住想要蹲下来抱住胸口呼吸的想法，有些抱歉地对温冬道："不然我再试一次？"

温冬欣然答允："你想重新和你父亲'对话'吗？"

时烨摇头："不，我想和另一个人对话。"

"是谁？"

时烨低着头："他叫盛夏。"

良久，温冬轻轻笑了笑，她说："请开始吧。"

◀ 03 ▶

时烨的自我暴露让温冬对他有了彻底的改观。她从没想过时烨会说这么多话，整个过程坦诚又流畅，像是把自己整个剖开来给人看一般。

那张空椅子变成了一个情绪的出口，她听着听着，不知不觉就与他共情了。

这个看起来冷漠的男人此刻像是变成了一个小孩子，用一种近乎委屈的神情面对自己的脆弱。

他的描述拼凑出了一个对温冬而言很难得的故事。热烈，纯真，这是温冬为他想到的形容词，和世间大多数人的初次交心一样明媚又赤诚，可糟糕的是，这段过去伤害了他。

讲完后，时烨久久不能回神，他看上去很累，后背已经湿透。温冬给他递了一杯水，他说："全说出来的感觉像是在给身体清理垃圾。"

温冬等他喝完那杯水，才笑着说："时烨，根据这段时间的接触，我大致判断，你的分裂情感性障碍挺严重的。你自己有发现吗？在聊到比较感性的话题时，你的表述缺失，肢体和言语相较往日十分反常，逃避行为显著，混合躁郁现象明显。今天你能平静地看着这张椅子说这么多，我很惊讶也很欣慰，辛苦了。"

时烨低着头不说话，不知道在想什么。

温冬看了看自己的记录册，斟酌片刻，问："你聊他的时候态度很矛盾。"

时烨点头："这也是我跟自己的矛盾。"

"能具体聊聊吗？"

"不知道，我不知道怎么说。"时烨努力措辞着，"我过去也问过自己，但答案不确定，这种感觉很像写歌创作、弹吉他。创作给过我很美好的感受，但有些时候也会让我痛苦。我现在的处境是除了弹琴和唱歌都做不了别的事情，所以我对自己的职业心情很复杂，对那个人也是这种心情。"

温冬问："所以，那是一种无可奈何的感觉？"

时烨想了想，点头："对，无可奈何。但要我自己形容的话，那种感觉是……找到了他，认识了他，然后重新认识了我自己。"

温冬喃喃重复道："找到他，认识他，重新认识了自己。你的表述总是又抽象又贴切。"

"因为我要经常写歌。你知道吗，写歌其实不能把意思写得那么准确，要用一种感觉写。"时烨说，"所以我无法告诉你为什么，那就是一种感觉。"

温冬和他对视着："事实上，如果把我们说的这些话告诉对方，你们的关系会缓和一些。"

时烨想都不想就摇头："不可能。"

温冬叹了口气："你再想一想，真的没有想过把这些话告诉对方吗？"

时烨还是想都不想就摇头："我并不想缓和跟他的关系。"

"为什么？"

时烨闭了闭眼："他伤害过我，和我的父母一样，放弃过我。"

"但据你的描述，对方一直在对你示好。你的态度很矛盾，内心很认可对方，但行为上表示的意思是抗拒的。"

沉默了会儿，时烨才皱着眉道："对啊，我也不明白这是为什么。"

温冬用笔点着记录册，说："我给你讲个故事吧。

"我从前看过一个案例。国外有一个 30 岁的女士詹妮，她没办法认知红色，你指着红色给她看，她会告诉你那是灰色。经过对她催眠，挖掘她的记忆之后，医生发现了一件发生在她童年的事情。

"有一年圣诞节，她的妈妈准备了两双圣诞袜给詹妮和詹妮的妹妹，一双绿的，一双红的。红色的那双詹妮非常喜欢，是时下最新的款式和最好的料子，那年她的成绩也比妹妹好，她以为妈妈肯定会把红色的那双奖励给自己。结果，那双红色的袜子最后给了她妹妹。詹妮拿到的是绿色的，一款样式老土的绿袜子。

"年少时期得不到的红色袜子让詹妮内心恐惧那种红——得不到，所以选择回避。她不会哭不会闹，因为知道自己是姐姐，要把好的让给妹妹。

可伤心是无法避免的，她压抑着那种情绪，久而久之，就变成了创伤。

"通过研究证明，我们发现这件发生在詹妮童年的小事，是最终导致她看不见红色的真正原因。当时我们告诉她的时候，她本人也吃了一惊，因为詹妮自己都快忘了那件事。"

温冬看着时烨，缓缓道："时烨，我明白你很难承认自己有缺陷，但即使你回避、强迫自己忘了，那种缺失也会以别的方式对你、对你的生活造成别的影响，而你根本无法察觉，因为你的心理机制在保护你。"

时烨皱着眉："我不明白这个故事和我有什么关系。"

"当然有关系。"温冬说，"在你的意识里，自己是一个总在失去的人，你也不相信自己能得到什么。父母离开你，队友离世，工作不顺利，身体机能变差……你的生活一团乱麻，你也不再相信自己能得到美好的东西，于是总是在否定和回避，比如你现在总是在推开自己在乎的人。"

她顿了一下："我认为，你是在害怕再次被放弃。"

时烨没有对温冬的评价做出反馈，他沉默了很久。

温冬适时换了话题："时烨，你是不是不太会控制情绪？"

时烨笑了笑："有些时候我都不怎么控制自己，我指的是意愿层面……我不会去主动控制。愤怒、难过、不满、喜悦，无论是负面还是正面的，起伏有多大，我都很少去自我控制。很年轻的时候我就意识到这个问题了，但我需要我的情绪。我的工作是写歌、唱歌、弹吉他，我知道我的工作需要浓烈的感情，即使有些时候，那些情绪会反噬我，可我需要它们，它们是我灵感的养分。"

他补充了一句："我很奇怪对吧？"

温冬反问他："你喜欢这样的自己吗？"

时烨皱了皱眉，随即才说："我没办法。"

温冬沉默了。

"你是怕，对吗？"她问，"你怕伤害他。"

良久，时烨轻轻点头。

温冬叹了口气："我给你的建议是，在情绪冲到这里的时候——"她指了指自己的额头，"你停下来想一想，问一问自己，你到底想要什么，别说气话，真实一点地说出自己的需要，对自己诚实一些，你会轻松很多。"

时烨皱着眉，像是在思考。

温冬笑了笑："太过敏感、防备对你而言是一种累赘。时烨，你需要学会真心以待。"

　　几天后，时烨接待了一个在国外认识的吉他手安德烈，他随乐队来这里演出，一下飞机就兴致勃勃地给时烨打电话，说要喝他以前说的那种二锅头。

　　酒最后是在公司里喝的，时烨还要跟乐队录音，索性直接让他来他们的排练室了。安德烈健谈，盘腿坐在沙发上滔滔不绝地说话，一会儿讲他和时烨是怎么遇见的，一会儿讲他在机场看见的美女，说话的时候还顺手帮时烨做完了一段混音。

　　几人相谈甚欢，打算和安德烈的乐队成员见个面，大家一起再约一次饭。

　　牛小俊知道这个安排后很不高兴时烨又要去喝酒，一直在碎碎念喝酒伤身云云。

　　一行人往外走着，肖想指着一个方向问："那边录音室今天是谁在啊？我刚刚出来上厕所时好像看见林华了。"

　　牛小俊点头："是林华啊。盛夏最近在录歌，林华亲自把关，天天来盯着呢。"

　　时烨闻言不自觉皱了皱眉。

　　"早听说是林华带着他的。"钟正点头，"真不错，有林华带着走，能少走很多弯路。"

　　肖想哇一声："怪不得啊，前几天我们排练的时候盛夏都说有事情。哎牛小俊，他是不是要去参加那个音乐比赛了？"

　　牛小俊点头："大概率会。"

　　时烨已经抬步朝那边走过去，直接推开了录音室的门。

　　牛小俊也不知道他干吗随便进别人的录音室，怕他进去闹什么幺蛾子，赶紧和钟正、肖想跟了进去，想着就当是跟林华打个招呼。

　　但进去一看，林华也没空理他们。

　　好像是歌曲的哪个部分出了问题，林华人在棚里，正皱着眉严肃地跟盛夏讲着什么。

　　他们商量了蛮久，最后似乎是盛夏说服了林华。他坐到话筒前，说："那我先清唱一遍，林华老师你听听效果。"

　　这人管谁都叫老师吗？感觉自己有点不开心，时烨退到了角落里。

　　他不是第一次听盛夏唱歌，但在录音棚里，这么一把好嗓子的清唱还是着实让时烨恍惚了一会儿。

　　这首歌不好唱，音域跨度大，情绪起起伏伏的，很难把握，但盛夏处理得十分好。

　　时烨低声问边上的牛小俊："他要出专辑？"

　　牛小俊摇头："是给一部小制作的电影唱主题曲，很多歌手不接，盛夏自愿帮他们唱的。"

　　时烨看着林华的背影，有些不解地问："林华为什么这么看重他？就一个主题曲还要跑过来盯着。"

　　牛小俊看了看周围，压低声音凑近时烨道："我告诉你，林华想把盛夏挖走，这两天一直在联系策哥。"说完他伸出手比了个数字，"大方得不行，这个数。"

　　时烨的脸色瞬间变了变。

　　后面钟正和肖想待不住了，牛小俊也有事要走，时烨便一个人留了下来。

　　盛夏是出来休息喝水的时候看见他的。但和时烨预想中的反应不一样，盛夏看到自己，只是礼貌地点了个头打过招呼就走进去跟林华说话了，没再看他一眼。

　　结束后时烨终于逮到了机会，他走到盛夏背后，轻轻碰了下对方的肩膀。结果盛夏头都不回，一边拧瓶盖一边轻声问他："时烨老师，你有什么事吗？"

　　没什么起伏的语气，很客气，很礼貌。

　　时烨觉得不爽，问他："你用后背跟我说话啊？"

　　盛夏似乎还做了会儿心理准备，过了很久才不情不愿地转过身。"有事吗？"他的语气更客气了一些。

　　时烨的目光一刻不停地打量着盛夏。这个年纪，骨架也基本定型了，他比以前长高了些，头发和眼睛似乎更黑了。也有些东西在悄悄发生变化，四年过去，都会发脾气了。他是没见过盛夏跟自己发脾气的，因为这人一直温吞吞的。

　　也就是这个时候，时烨才不得不接受一个现实——盛夏已经长大了，他现在是很有名气的歌手和制作人，并不需要仰仗自己才能在这一行混下去，甚至，有很多人会想要把他挖走。

　　盛夏见时烨不说话，又被他看得很不好意思，低着头小声说了句："没事的话，我要回去了。"

　　"你怎么回去？"

"坐地铁。"

时烨直接抓过他的书包："顺路，坐我的车走。"

和上次不同，这次盛夏坐得十分拘束，都不敢拿本子出来画画了，也不敢乱动乱看，老老实实抱着自己的书包，直视前方放空自己，也不知道在想什么。

时烨先开口了："你是不是想去参加那个音乐比赛？就是自制的那个。"

盛夏点头："嗯。"

时烨一边打方向盘一边说："我不建议你去。"

盛夏扭头看他："为什么？"

"你很缺钱吗？去那种节目干什么，浪费时间。"

盛夏瞥了他一眼："还有别的原因不建议我参加吗？"

"……"时烨被噎了下，"因为我可能要去那个音乐比赛当导师，我不想你去当选手，免得我们碰见对方尴尬。"

盛夏原本期待的表情瞬间消失了。

时烨继续说："现在这个阶段你只要好好创作写歌就可以了，参加那种节目是浪费时间。"

浪费时间？

那时间要用来干什么才不浪费？

盛夏听完又开始神游天外了。等时烨说完过了好一会儿，他才小心地问了一句："你为什么送我回家？"

时烨答得十分自然："顺路。"

盛夏发现自己真的搞不懂时烨在想什么。

找他，他对你爱理不理；不找他，他也是这种臭脸，还时不时就来让你不自在。

盛夏死死捏着包，突然就生出了浓烈的反抗情绪："我答应了小俊哥就不会反悔，小俊哥说了，我不仅会参加那个比赛，过段时间他还会帮我留意几个综艺，那几个节目都是……"

时烨挑着眉打断他："你信不信，我不想你去就不会有人敢让你参加，节目组不敢得罪我。"

……

"你为什么要这样？"盛夏的情绪有点激动，"我做什么事情都要经过你的允许吗，你为什么要管我？"

盛夏的性格温柔，极少用这种音量说话。时烨诧异地皱起眉："好好说话，吼什么？"

"那你有好好说话吗？"盛夏的脸都急红了，"我就是要去参加那些节目，反正你也不想理我，你还那么讨厌我，那你别来管我！"

这会儿车刚好开到了地方，盛夏立刻下车把车门一甩，扬长而去。

还在驾驶座上的时烨被盛夏那几句话吼得半天没回过神来，他在车里想了十多分钟都没想通，到底是谁给了盛夏胆子，敢冲自己大声说话。

凭什么管他？时烨开始认真思考这个问题。

思考过后，他给高策打了个电话，接着就直接奔回公司跟高策谈判。

高策一开始还跟他摆谱，含含糊糊地嘲讽他："你不是讨厌人家吗，现在亲自来跟我买人，没必要啊。"

时烨懒得跟他废话，直接丢了张卡过去："林华给你多少，我给双倍。"

高策震惊道："你到底买他干吗？"

"你别管。"

买个歌手对他们而言也不是什么大事儿，更何况以高策跟他的关系，也就是左手转右手的事。

事情落实后，时烨心情大好地去参加跟安德烈约好的酒局，快乐地把自己喝高了。

酒局解散后快十二点了，时烨叫了个代驾，本来说的是自己家地址，但不知道怎么，最后改了主意，让代驾小哥开去了盛夏家。

下车的时候心不在焉，时烨还撞到边上的一辆豪车，磕到了膝盖。

疼都没让脑袋清醒一点，时烨觉得自己应该是有点神志不清……对，神志不清才能做出这种事来。

干吗来找他？时烨自问自答道：我有病。

他在脑子里回想了一遍温冬对自己说的那堆话才按下门铃。

门铃按了很久都没人开门，久到时烨想去找点什么东西来砸门的时候，才有人过来开了门。

盛夏一脸睡眼惺忪，还穿着格子睡衣，看到时烨一愣："时烨老师，你怎么来了？"

时烨老师，时烨老师。时烨老师不知道怎么就想起了今天在录音室的时候，盛夏似乎喊每个工作人员都是叫老师。

他僵着脸问："你管谁都叫老师？"

盛夏闻到他这一身的酒气，皱着鼻子问："你怎么又喝酒了？"

"想喝就喝。"

自从上次不欢而散，盛夏对时烨就有些防备，尤其这大晚上的还醉醺醺地跑过来，谁知道时烨会不会突然发病。但也不能一直在门口讲话，他只好把人让了进来。

尽管心里别别扭扭的，但盛夏还是去给时烨倒了一杯水，递过去的时候，手腕被捏住了。

时烨又问了一遍那个问题："你叫谁都叫老师吗？"语气十分不善。

盛夏本来心里就不痛快，闻言就不轻不重地顶了句："不可以？"

时烨："你觉得这样跟我说话很好玩？"

盛夏学着他那天的语气道："我哪样？我本来就这样。"

"……"

时烨强迫自己深呼吸,先不要发火。他问："你是不是想去林华的公司？"

盛夏低着头，看不出有什么情绪："我还在考虑。"

时烨很诧异："你还真想走？"

"你想我留下？"

时烨想了想，皱着眉说："我希望你考虑清楚。"

"你不是很讨厌我吗？"盛夏语气悲哀，"要我留下来做什么？"

……两人沉默了会儿。

盛夏闭眼叹了口气："总觉得你是在报复我。"他低着头说，"时烨老师，我们摊开了说吧。我知道四年前的事情你很生气，当时是我的错，我的问题比较多，我不会为自己辩解什么，来找你也是想试试有没有机会挽回，但那天才发现你好像不需要我这个朋友了。"

时烨大惊，那天？什么东西？他在说什么？时烨实在是很莫名其妙："你到底在说什么？"

"我躺在医院，你都没有去看过我。而你居然有心情在外面玩得很晚，才跟别人有说有笑地走回家吗，我都看见了。"

时烨回忆了下那天发生的事情，突然恍然大悟了。

"我猜你看见的那位是丰云音乐的安菲？我没有玩，我在跟她聊工作，你应该听说过她。"

盛夏："啊？她啊！"

时烨深感无奈："你以后还是老老实实戴眼镜出门吧，别丢人了。"

居然就为这件事自己闹别扭快一个星期，简直离谱。

盛夏愣了片刻，盯着时烨看了一会儿后，脸慢慢红了。

气氛瞬间变得十分尴尬。

盛夏越想越难为情，尴尬地揉了下眼睛，假模假样道："时烨老师，你还不回去吗？我就不留你了吧，困了，想睡觉。"

"你睡这么早干什么？"

盛夏能感觉到时烨一直盯着他，他想装得有底气一点，就学时烨的语气，说："我想几点睡就几点睡。"

有点好笑，时烨忍了下。

别太过敏感和防备，面对自己诚实一些，真心以待——时烨回忆了一遍温冬的话，似乎也不是很难。

时烨碰了碰他肩膀："说话的时候能不能看着我？"

盛夏飞速抬头瞅了时烨一眼，看完后立刻把头转过去，闷闷道："把我的项链还来之前，我不想跟你说话。"

时烨挑眉："那你刚刚跟我说那堆话是谁说的？"

等看到盛夏恼羞成怒的表情，时烨又想起了什么，他清了清嗓子，换了个语气说："我那天不太清醒，伤了你，对不起。"随即又补充道，"以后如果我再那样，你尽量别待在我身边，我病发的时候没办法控制自己，我怕你受伤。"

盛夏沉默了。他一点都不怕时烨失控的样子，反而感觉很心疼。

"没关系，你不要道歉。"盛夏轻轻道，"我知道你当时不太舒服。"

接着，时烨从包里翻出了什么东西，递了过去。

盛夏狐疑地接过来，打开一看，更加疑惑了："你随身带我的签约合同干什么？"

"我跟高策花钱把你买了下来，这个合同已经不作数了。"时烨淡淡道，"现在你不是海顿的艺人，是我的艺人。"

"……"

盛夏手一抖，表情变得十分精彩。

时烨撑着下巴看他："我现在是你老板，我让你干吗你就得干吗。"

盛夏突然变得十分手足无措，答了句："哦。"

"项链，我不会还给你，以前的东西……你别留着。"时烨一边说一边从包里掏东西出来，放到桌上，"我给你新的。"

盛夏看了看桌上的东西——是一个黑色的拨片，半新不旧，还有一根随意折了下、看上去很新的琴弦，像是才拆下来的。

项链丢了之后他一直很低落难过，委屈得要死，这会儿旧的去了，新的也来了，他感觉之前所有的别扭和不爽全都烟消云散了，简直想原地打个滚再蹦上几下。

时烨看他整个人傻在原地，心满意足地把杯子里的水喝完，心情颇好地起身离开。

等时烨走后盛夏还是有点不敢相信刚刚发生的那一切，他愣在原地站了好几分钟，思考人生。

时烨会不会只是喝醉了才这样？明天会不会又变成那个很冷漠的时烨？

盛夏发了很久的呆，总感觉这一切都太不真实。

时烨把他买下来了，花自己的钱把他买下来了？是因为不想让自己去林华老师的公司？再推理一下，就是说……不想让自己离开？所以其实时烨也没有那么讨厌自己？

带着那种雀跃又兴奋的心情，盛夏一转之前闹别扭的心情，开始疯狂地给时烨发消息——

盛夏：你到家了告诉我好吗？

盛夏：你是不是喝了酒才来找我说这些的，没喝醉吧？

盛夏：其实我也没生气，就是觉得你把我的东西拿走了很委屈，而且你总是不理我，好像很讨厌我。

盛夏：我们算是和好了吗？

盛夏：你是打车回去的吗？

盛夏：你在路上了吗？

发了一堆过去，盛夏都觉得自己有点啰唆，怪不得时烨不爱回他。

而且时烨似乎不喜欢发消息，有事都是直接打电话或者发语音。盛夏思考了会儿，觉得今晚自己大概不会被回复了。

结果令人出乎意料的是，这次时烨回得很快。

SY：你愿意做飞行士的主唱吗？

盛夏眼皮抖了下，吓得直接从床上翻了起来。

短短的一行字而已，他却看了好多遍，慎重地回复过去。

盛夏：那是我的梦想，我当然愿意。

　　他不知道时烨问那句话是什么意思，但隐隐有种很奇怪的感觉，心跳呼吸居然都开始微微发抖。

　　很久以后，时烨才给了他回复。

　　SY：知道了。快睡吧，晚安。

第十章

新主唱

◄ 01 ►

那个晚上，在找完盛夏以后，喝醉后十分兴奋的时烨还做了另外一件事。

他跟钟正和肖想打了个群语音电话，就像他们以往谈事情一样，十分效率地进行了一番沟通——

时烨：我想要一个主唱。

钟正接了句：是我想的那个人吗？

肖想：我觉得盛夏可以。

时烨：你们觉得合适吗？

钟正：感觉没有哪里不合适。

肖想：我觉得他唱歌很真诚。端架子的见太多了，他这种反而少见。

钟正：可是他愿意做我们的主唱吗？

肖想：时烨？

时烨：我问过他了，他说愿意。

肖想：那就可以，我没意见。

时烨：那就我们几个定了吧，我不想再让公司安排了，我们要先下手为强，决定自己的命运。

肖想：早就该这么想了，我听说好几个公司都在挖盛夏。

　　钟正：反正他跟我们不会有磨合的问题，他脾气好，以前还是我们的粉丝，简直量身定做，把人搞过来当牛做马，一点问题都没有。

　　肖想：不听话时烨就教训他。

　　时烨：……

　　时烨：那就定了？

　　肖想：你怎么这么急？

　　时烨：不是急，只是我想先斩后奏一下，先把这事给落实了。而且今天刚好是我们以前成立乐队的日子，都忘了？

　　群语音沉默了几秒。

　　钟正：就我们三个决定是不是有点草率？要不要等两位酒醒了……

　　时烨：你们是否还记得，咱们仨当年组乐队的时候，也是因为喝了酒才……

　　肖想：是啊，三瓶老白干！有些事情不冲动还真干不成。

　　时烨：没有意见的话，我公开了。

　　钟正：好。

　　肖想：好。

　　一件看似很重要的事，他们只沟通了不到五分钟，就直接决定了乐队未来的命运。

　　挂断语音后时烨心满意足地点开软件，编辑了一条博文，点击了发送。

　　那条博文的正文内容是："给大家介绍一下飞行士的新主唱 @Galileo-S，他叫盛夏。"

　　钟正和肖想刷到时烨的这条动态后，打着哈欠点了转发，接着就把手机一关，跟没事人似的睡觉去了。

　　深夜，因为时烨发的这条博文，"飞行士主唱"这个关键词已经荣登话题榜。

　　这是罕见的情况，大半夜的公布新主唱，公司从没跟外界通过气，而且消息居然还是时烨本人亲自发布的，实在是百年难得一见。

　　决定这件事的只有时烨、钟正和肖想，当事人盛夏并不知情，还在自己家里呼呼大睡。公司老板、经纪人全都不知情，公司的工作人员都是半夜三更被电话叫醒通知这件事的时候，才反应过来：什么？飞行士加入了一个主唱？谁？

　　歌迷不明所以，公司不明所以，看到热搜的路人也很不明所以，都不知道怎么突然冒出来一个 Galileo-S……

网上迅速掀起了一波扒皮热潮，那个在网上从没露过脸、神秘感十足的 Galileo-S 吊足了网友们的胃口。

而此时，在家里睡觉的盛夏还并不知道自己已经悄然完成了梦想，成了飞行士的主唱。

早晨睡醒后，时烨单独把肖想和钟正喊出来吃早餐，主要是为了总结一下他们昨晚决定的那件事。

到了早餐店，时烨坐在一个不起眼的角落，吃了个包子后肖想和钟正才姗姗来迟。

钟正是后到的，肖想跷着二郎腿吃包子，老神在在地笑："又是您老最后到，这么喜欢付钱啊？"

钟正没好气地说："绝了，你们起这么早，也太不摇滚了！哎我说肖想，谁这么吃炒肝啊？谁拿勺子吃啊，你个假北方大妞！"

肖想一脸无语，拿勺子翻着碗里的东西："看好了看好了，拿勺子吃怎么了？我说你个南方人装什么装，这都什么年代了，能不能跟着新时代的步伐与时俱进？"

"行了，"时烨听不下去了，他看了下时间，"赶紧吃，吃了说正事。"

"没多大事儿啊！"钟正笑着道，"我怎么觉得公司还挺淡定的，估计策哥也习惯了我们这样吧。"

时烨："就是粉丝沸腾了。"

钟正叹了口气："早沸晚沸都得沸，早点说也好。"

"其实我观察了下，不待见我们的那群人主要是老沈的粉丝。"肖想说，"说我们无情无义，老沈才走就找新主唱。我也是无语了，之前沈醉计划单飞、去年一整年都没跟咱们活动，等出了事儿还……"

听上去粉丝确实骂得有理有据，毕竟沈醉离世半年都不到，飞行士就立刻换新主唱，曝出来的时机太差了，这简直是把乐队变成了舆论中心，无论是喜欢沈醉的还是骂过沈醉的，这会儿都要来蹚一蹚浑水说一句乐队真是没有心。

但真正了解飞行士的粉丝都知道，沈醉和乐队的关系本来就十分微妙，加入一年后他就没怎么跟乐队一起活动过，一直在往艺人的方向发展。有很多歌迷都戏称沈醉是乐队里的隐形人，真正的乐队粉其实都非常讨厌沈醉。

反正就是一团乱麻。

时烨淡淡道："人走了就不要抱怨了，以后也别提。"

钟正拧着眉道："其实这个问题不用太纠结吧，沈醉在的时候我们就在找主唱啊，沈醉不也知道？找到一个合适的就官宣一下有问题吗？"

"反正祝福的很少。"肖想笑着说，"因为盛夏之前也没露过脸，不是上节目的那种歌手，一直把自己藏得很好，严格意义上讲，他是网红出身，很多人都觉得他跟我们不搭。"

钟正一直笑着："一点都不担心，可能是我们乐队经历过太多离谱的事情了，我反而觉得这事没什么。"

肖想点头："我也觉得无所谓，我们时爷还是拎得清的。"

乐队成立迄今，他们三个人对彼此有一种超乎想象的信任，钟正和肖想心里明白，对时烨而言乐队非常重要，他不会感情用事。

时烨突然觉得有点感动："反正……你们知道我选他不是因为我跟他的关系好就行。"

他们仨都十分乐观，表示愿意同舟共济，一同接受部分粉丝的指责。聊过之后时烨彻底放下心来，至少乐队内部是一致对外的，心里舒服了很多。

话题已经渐渐从工作变成了晚上去哪里找酒喝，进入了闲谈模式。

等他们吃得差不多了盛夏才到，时烨是故意让他到晚一点的。

盛夏到的时候，看得出来他出门时很匆忙，头发都乱了。他急急地走过来，一边看时间一边问："你们吃完了吗，我迟到了吗？"

他醒来以后就很不在状态，被网上的消息轰炸得很蒙。

"没迟到。"时烨指了指自己边上的位置，"坐，我们等你吃完一起去公司。"

盛夏狐疑地坐下，别别扭扭地在三个人的注视下开始吃包子。吃了会儿实在是觉得被这么看着很难受，他小心地问了句："那个……网上说的是真的吗？"

盛夏看见那条官宣消息的时候还以为自己没睡醒，他做事情一向节奏慢，有点跟不上这三人的雷厉风行。

时烨温声问："你觉得像假的？"

盛夏不太确定地看了他一眼："因为你昨晚喝酒了，我不知道是不是你喝醉了才……"

"喝醉了？"时烨一脸茫然地去看肖想和钟正，"谁喝醉了，你喝了吗，还是你？"

钟正看向盛夏："你怎么这个表情啊，时烨没跟你通过气吗？"

那条短信算吗？盛夏点了点头，又不太确定地摇了摇头。

时烨淡定看向他："昨晚我是不是跟你说，我把你买下来了，以后我让你做什么都得听我的？"

盛夏点头。

时烨："我有没有问过你想不想当飞行士的主唱？"

盛夏继续点头。

时烨看了钟正和肖想一眼，示意自己没有强迫别人。

"好了，你进入一下状态。"肖想凑过来拍了拍盛夏的肩膀，"现在拿出你的手机，转发那条博文，别搞得好像我们仨发着玩儿似的。"

盛夏赶紧掏手机出来："公司那边怎么好像还不知道，小俊哥昨晚给我打了好多电话。"

"确实不知道啊，但是他们的意见不重要。"肖想笑眯眯地说，"我们说了算，只要我们认可你就行了。"

在身边三个人期待的注视下，盛夏手指颤抖地按下了转发键。

大概是因为这三个人看上去都太淡定太随意，他总感觉这一切不太真实。他还捧着手机感动得眼泪汪汪，在心里纪念自己梦想成真的这一刻，而身边吃饱喝足开始犯困的三个人则十分无聊，肖想已经打着哈欠开始催他："还吃不吃？不吃咱们赶紧去公司了，愣着干吗啊！"

盛夏看着手里的包子："马上吃完。"

最后他们还是懒得等他，把包子打包了让盛夏在路上吃。

上车后时烨对他说："你可以继续吃早餐。"

盛夏提着那袋包子纠结万分，想吃，但不好意思吃，最后还是选择了不吃，把袋子紧紧地绑好，不让味道透出来。

时烨奇怪地问了句："不吃吗？"

"饱了。"

时烨点点头，也没再说什么。

盛夏想了半天才试探着问了一句："可不可以告诉我，为什么选我做主唱？"

时烨淡淡道："都把你买下来了，难道买来当摆设吗？"

盛夏点头："也是哦。"

时烨又加了一句："主要原因是以后公司一定会再给我安排一个队友，我不喜欢被他们安排。"

公司里忙得团团转，就因为昨晚时烨他们突然官宣新主唱，媒体快把公司的电话打爆了，时烨路过的每一个人都是小跑的，他刚出电梯没走两步就碰上了正在打电话的牛小俊。

对方看见他连忙迎上来，把他逮到高策办公室门口，捂住听筒小声交代了一句："所有老板都在，进去领罚吧。让你们自作主张，我们可受罪了，策哥铁定骂死你！"

时烨一脸无所谓地说："谁尿谁孙子。"

他推门走进去，钟正和肖想已经在里面了。大概都不爱听老板说话，一个玩指甲一个玩手机，看上去很心不在焉。

公司倒是没怎么责难他们，本来之前就考虑过盛夏，而因为从前把沈醉塞给乐队这件事，高策一直对他们有亏欠，更何况一开始高策就在考虑让盛夏过来，时烨他们先斩后奏也只不过是让他们有点措手不及。

质疑没办法避免，无论这个乐队的主唱是谁网友都有的说，那都是历史遗留问题。

老板们东拉西扯聊了半天，也只是交代他们要怎么应对舆论，现在热度压不下去，索性乘这股东风把火烧得旺一些。由于盛夏之前从没露过脸，高策提出了几个方案，想给这个神秘的新主唱找一个最吸金也最吸睛的出场方式。

时烨听得挺不高兴的，皱着眉打断道："营销可以，但不要拿捧沈醉那套安到盛夏身上，没意思。"

高策瞥他一眼："请你不要这么敏感，盛夏本来就是成名的歌手，不需要什么营销，我们只是在设计他的定位。"

时烨耸了耸肩："我只是不太信任你而已。"

高策宽慰他一句："专业的事你就交给我们专业的人来做好吗？你们只要好好磨合、写歌、好好演出就 OK 了，别的事情让我们来……欸，没人通知盛夏吗？我还有事要跟他交代。"

时烨摇头："不知道去哪儿了，你打他电话呗。"

又聊了会儿，乐队所有人都越来越困，他们作息本来就很不健康，今天还起了个大早，非常想赶紧结束这个无聊的会议然后回家去睡大觉，但老板不让走，只能坐下来硬着头皮听。

教育为主，感化为辅，高策把他们仨自作主张的事情当着高层的面大肆批评了一番，做个样子，接着就开始象征性地讲后续处理方案……没什么新意的流程。

时烨打瞌睡的时候门响了，高策说了句"进"，接着盛夏就提着一袋冷包子走了进来。

"给我带的包子吗？"高策笑眯眯地跟盛夏打招呼，"来，坐，我们商量点事儿。"

盛夏跟高策谈事的时候全程心不在焉，说一句回头看时烨一眼。

高策虽然有点无奈，但还是硬着头皮交代："反正现在情况就这样，你呢配合公司拍个封面什么的，先不要在任何社交平台上乱说话。"

好不容易拖拖拉拉说完了，刚走出门两步，时烨的衣摆被扯了扯。

他扭头，盛夏低声对他说："你……过来一下好吗？"

时烨皱眉问："干什么？"

"我有话跟你说。"

众目睽睽下，钟正看着时烨被人揪着衣摆拖走，觉得这一幕还挺喜感的。

等被盛夏拉到一个没人的录音室里，时烨双手一插兜，把表情调整成冷漠脸——又装了起来。

"什么事？"他问。

"虽然不知道你为什么会愿意让我做你的主唱，"盛夏笑了笑，"但我心里清楚，我不仅不配当你的乐助，去你的乐队也是高攀，但是我会很努力让你认可我的。"

时烨摇头，客观道："你是很优秀的歌手，没有高攀乐队。不止我，钟正和肖想也很喜欢你的声音，我们都觉得你很合适。"

盛夏双手抱包，点了下头："谢谢。但即使变成了队友，我也还是会继续崇拜你的，和以前一样，你永远都会是我的梦想。"

说完，盛夏从包里摸了个东西出来，递到时烨面前。

时烨看着自己手里的这个水果罐头，蒙了好几秒，大脑一片空白。

原来盛夏都记得。

时烨已经没办法做出什么反应了。他入神地看着盛夏打开那个水果罐头，透明的罐子，还是橘子的。

感觉想说什么，但发现自己说不出口，只能木木地接过那个水果罐头，接过盛夏手里的小勺，开始慢慢地吃。

时烨突然觉得自己有点开心。

他没变，跟自己讲话的语气还是像 18 岁那样，天真又爽朗。

有点恍惚，时烨突然想到自己写过的那些词，好多字句真像是为这一刻量身定制的。就是这种时候他最想写歌，脑子里全都是。

盛夏靠近一点看他："时烨老师，你变成蓝色了。"

时烨笑了笑，几口把那个水果罐头吃干净了，又觉得这个罐子可以洗干净，拿来装什么东西，是很值得收藏的。

"想要你做主唱，是直觉而已。"时烨说，"我已经很久没有过那种感觉了。很多年前我遇到肖想和钟正的时候有过这种感觉，这一次是你，我一直相信自己的直觉。"

"你不怕吗？"盛夏问道，"不怕我拖你们后腿？"

时烨摇摇头。

乐队和组合不一样，需要几个人有相同的气场和默契。盛夏跟他们排练的这段时间里所有人都感觉很舒服，那种合拍感太难得了。钟正和肖想是他曾经找到过有那种默契的人，这么多年过去，他才终于遇到了第三个想要一起组乐队的人。

或许四年前就有这个想法了吧。

"你不会拖乐队的后腿，你是我们都认可的人。"时烨说，"所以希望你别辜负我、钟正和肖想的信任。"

"嗯。"盛夏轻声道，"请相信我一次，不会让你失望的。"

◄ 02 ►

时烨怕吵，从前其实很少去接代言和广告，但只要他想接，随便放个风声出去，时间基本都会排得满满当当。他有一种很独特的影响力，一般的吉他手完全做不到。

今天拍的是一个公益广告，人挺多的，业内众多名人都有参与。

时烨换完衣服后在边上戴着耳机听歌，有一个背着琴包的年轻人走过来，很热情地叫了他一句："时烨老师，好久不见！"

时烨把耳机摘下来，思索了一下才叫出对方的名字："欧阳羽，你也来拍这个广告？"

欧阳羽有些不好意思地摇头："我怎么可能够格拍这种广告，只是在这边录音，看见您就过来打个招呼！"

欧阳羽是以前他在一个音乐比赛里当评委时点拨过的选手，因为实力不错，长相也十分亮眼，所以时烨才对他有点印象。他拿了那个比赛的亚军，但后来的发展比冠军好太多了。不过时烨在节目结束后就没见过他，乍一看差点没认出来。

不知道为什么，见到他的欧阳羽激动得脸都有点红。

"我听说了，你们的新主唱是Galileo-S，盛夏。"欧阳羽一脸向往，"其实看到的时候一点都不意外，我们私下都猜你们应该接触很久了，你们的风格很像。盛夏真的好厉害啊，那么年轻就得了很多奖。"

时烨虚伪地客气了句："一般一般。"

没讲多久，牛小俊已经走过来让时烨进去录音，时烨只能抱歉地对欧阳羽笑了笑，起身离开。

走了两步，时烨突然自言自语道："牛小俊，我觉得我不是给粉丝走后门，以后你们不准这么说我。"

"小声点。"牛小俊看了看周围，"什么走不走后门的，突然说这个。"

"就是……我发现我从头到尾都没有把盛夏当成我的粉丝。"时烨一脸恍然大悟的表情，"别的小男生面对面跟我说'时烨老师，我超崇拜你'之类的话，我只有欣慰的感觉。但是如果是盛夏跟我说这句话，我会觉得，我需要他的崇拜。"

牛小俊无语了片刻："所以呢？"

"我只是想感叹一下。"时烨把电吉他背好，一边试音一边继续发表感慨，"我觉得我只是找到了他，认出了他，进而更加了解我自己，而他本来就应该属于我的乐队。"

"我怀疑你喝酒了。"牛小俊推着他进录音棚，"好了，进去吧。"

广告拍完，已经快到晚上了。吃过饭以后时烨还要马不停蹄地赶回录音室，这次是要加急录一个乐队的宣传视频，还是乐队的官方宣传视频，向所有人介绍新主唱。

公司显然很重视这次拍摄，走进去的时候时烨就看出来了，整个团队都十分专业。高策正在和编导说着什么，见时烨过来，指了指桌子上的琴道："你用的吉他我给你拿来了。"

时烨走过去打开琴包，检查了一下吉他的状态。这是时烨录音的时候最

喜欢用的一把电吉他，全球限量不超过十把，声音颗粒感很足，又透又扎实。

重点是这把黑金吉他漂亮极了，时烨抱着它爱不释手地看了好久，等观赏够了才走过去看队友在干吗——肖想坐在鼓后边打消消乐，钟正站在边上和工作人员说话，盛夏坐在键盘前托着脸发呆。

其实这时候盛夏还有点搞不清楚状态，不明白怎么一天之内就变成了飞行士的主唱。他本来就天然呆慢半拍，现在还在消化这件事，适应自己的新身份。

因为是第一次露脸，盛夏被好好打扮了一番，化了点妆、弄了头发，还穿了一件后摆很长的外套。没必要吧，时烨递了个眼神给牛小俊，表示盛夏这一身有点夸张。

牛小俊摊手："但是很好看啊，你不觉得吗？这是肖想给他搭的好吧，有问题你去找肖想说去。"

……行吧。

时烨抱着吉他看了他一会儿才走过去问："发什么呆？"

盛夏有点不好意思地说："我还在'缓冲'，发生得太快了，还有点不敢相信。"

时烨笑了笑，问他："我们要唱什么？"

盛夏说："老板说唱《缠绕》。"

他话音刚落，手就直接搭上键盘，起了这首歌的前奏，一边弹一边对时烨说："我对飞行士的所有歌都很熟，不用担心我出错。"

音乐声一响，边上还在发呆玩手机的钟正和肖想连忙回过神来，以为已经开始了，条件反射地跟上了盛夏的节奏，搞得时烨也只能开始拨弦加入大家，权当排练一遍。

盛夏已经闭着眼开始唱了，声音出来的时候，整个录音室的人都愣了愣。

乐队还在专注地进行着这次演唱，摄影机则悄悄开始记录这一刻。

盛夏的声音质感很干净，非常通透，最难得的是，真诚。这是时烨记忆里那个充满了感染力的声音……

"快乐缠绕追随，心动难辨真伪。"

"我想这一切无所谓，也不在乎明天是否完美。"

"只要你对我这一刻纯粹。"

时烨站在他左侧，不知为什么，忽然觉得自己等待这一刻已经等了很久。

那像是一种神奇的化学反应，乐器的声音碰撞在一起，组合出最默契的乐曲。这或许是组过乐队的人心里才会有的一种感受——找到他，认出他，也重新认识自己。

这场《缠绕》的现场最后被做成了新主唱露脸的宣传片，之后乐队又录了几次，但大家看过之后，都觉得第一次稍有瑕疵的演出最自然。

一周后，官方发布宣传海报和视频，把新主唱盛夏正式送进了大众的视线里。

◄ 03 ►

"飞行士铁律：主唱永远颜好。"

"声音像翻版时烨。"

"楼上有没有听过盛夏Galileo-S这个号的歌啊？他本来就这个声线。"

"网上没几个明白人，还说盛夏能去飞行士是祖上烧高香。我真是笑掉大牙。你们也不看看人家之前的键盘实录，明明是下乡扶贫，就一群快入土的飞行士粉丝还在自我感觉良好。"

"时烨那么久没出来整活，怎么还是那副又酷又欠揍的腔调……"

"新主唱声音真的神似时烨。"

"吸沈醉血的白眼狼乐队。"

……

时烨看完这张牛小俊发给自己的评论截图，打了个哈欠，接着点开牛小俊的语音："时爷，现在舆论大概就是这个样子了。不过那群乐评人倒是罕见地没怎么挑刺，盛夏还挺有排面，大家都很给面子。"

Galileo-S这个身份的盛夏，其实是很受现下音乐市场欢迎的类型，声线、技术，再加上一个"掉马"后曝光的长相，业内人要怎么挑毛病？

更何况时烨现在完全不在乎别人怎么评价了，爱咋说咋说。

时烨回了条语音过去："别去买通稿，顺其自然，让大家慢慢接受。"

牛小俊回了个OK的表情包。

时烨把手机一收，惆怅地叹了口气。自从上个月喝醉酒发官宣把盛夏变成自己的主唱后，时烨变得十分忙碌，连轴转地忙碌，时至今日，他已经外出工作一个月了。

最花时间的是音乐比赛的拍摄，就是盛夏原本也许会参加的那个。时烨其实很讨厌做什么导师，搞不懂为什么节目组这么喜欢请他，喜欢他说话难听吗？

盛夏最近也挺忙的，倒不是有什么通告，他是忙着跟肖想和钟正混在一起写歌。

时烨跑出去挣钱的这段时间，乐队群里十分热闹，这群人，每天借着写歌创作找灵感的由头跑出去吃喝玩乐，整个北市都快给他们玩遍了。时烨人在节目组都郁郁寡欢，他们倒好，今天吃烧烤明天游泳后天喝小酒，怎么看怎么不爽。

但比较欣慰的是，时烨发现盛夏跟肖想和钟正特别合得来。肖想吧，虽然外表看上去非常"御姐"，但内心就是个很"中二"的人，特别喜欢看热血动漫。时烨其实不太懂为什么她跟盛夏会有共同话题，或许是因为心态都很年轻吧。钟正嘛，本来就很喜欢吃喝玩乐，跟谁都能聊得来，这俩活宝凑一块那可不有得聊了。

在机场停车场等了半天，时烨才等到来接自己的车，刚把行李放好，手机就响了响，是乐队群的消息。他们在约去排练室，盛夏正好回复了一句：我已经坐上车了，半个小时就到！

本来打算回家睡一觉的时烨连忙对司机道："送我回公司。"

这个点很堵，时烨都在车上睡了会儿才到，他这种睡眠状况在外面不可能睡得熟，就是昏昏沉沉地打盹儿而已，醒来以后头还会很疼。

按着太阳穴下车，等到了排练室时烨才发现，自己居然还比他们先到……

他不在，这群人就开始不守时了，毫无时间观念，无组织无纪律。

时烨坐下后自己生了会儿闷气，但坐着坐着又十分无聊，只能出门去乐器房拿了自己的吉他过来，刚准备弹，门开了。

盛夏头上还戴着降噪耳机，手上提着两个大袋子，时烨眯起眼睛一看，袋子里好像是零食和汽水。

真好，自己不在，他们居然还在排练室开 party。

盛夏的反应也是真的慢，关好门才看到时烨。表情是一点点变化的，先是震惊，然后是欣喜，克制了一两秒后开始有点不好意思……这大概就叫喜怒哀乐全写在脸上。

他语气上扬道："你回来了！"

时烨："你们不是约的三点排练吗，现在都三点半了，我不在，全员迟到？"

盛夏眉头一抖，实在是没想到时烨见到自己的第一句话居然会提这件事。

"我错了，我交罚款！"

"你要加倍交。"时烨瞥他一眼，"就是你带起了迟到的歪风邪气。"

顿了下，盛夏看时烨不像真生气，才凑过去笑嘻嘻地问了句："不是说明天才到吗？"

时烨按着琴弦，慢悠悠拨了两下。"骗你的。"他说，"早点回来，突击检查一下。"

盛夏睁大眼看他："有什么要检查的！"

时烨看了看他，不作声。这时候门又被推开了，肖想嚼着口香糖走进来，看见时烨之后吹了个口哨，没过两分钟，钟正也到了。

调设备的时候，盛夏凑了过来："时烨老师，想请你帮个忙！"

这人好像不喜欢叫自己哥，成天老师老师地叫。

"不要客气。"时烨面上还跟他装着，"要我做什么？"

盛夏把他拉到设备前："想让你听听看我写给人家的主题曲，还想让你帮我录一段吉他。"

"你们不是都录棚了，我还给你录什么吉他？"

"录棚那个是插曲，这首才是主题曲。"说着他把自己打的谱掏了出来，递给时烨，"其实我基本做完了，你先听听怎么样吧。歌名是《宽吻》。"

宽吻？时烨还在诧异的时候，盛夏已经按下了播放键。

钟正和肖想也吃着零食凑了过来。

钢琴代替了人声，前奏有几声嘈杂的哨音，是海豚的叫声。

时烨有段时间一直在夜里反复听海豚的声音，因为有个心理医生说这个声音可以缓解他的情绪问题，建议他有空听听。

随后是一段十分干净的吉他前奏接上了——这把吉他音色真好，时烨想着。一直穿插其中的海豚叫声渐渐急促，间奏被推高上去，合成器的音效像一个黑洞。那是一种瑰丽，绚烂，暗潮涌动的力量，时烨居然有种头晕目眩的感觉。

在边上吃零食的肖想早就被吸引了过来，她用脚打着拍子，问："盛夏，宽吻是什么？"

时烨看着吉他的分谱，淡淡答了句："一种海豚的名字。"

钟正吃着薯片问："这个电影跟海豚有关？"

　　盛夏点头："其中一个主角是海豚训练师。"说完他顿了一下，悄悄看了时烨一眼，小声补了一句，"电影里训练的海豚就是宽吻海豚，我觉得这个名字很好听。"

　　肖想觉得编曲有点意思，挺感兴趣的，问道："要不直接乐队来录这首歌吧，省得盛夏一个人做麻烦，我们一起做。"

　　盛夏惶恐道："想姐，乐队来做这首歌的话，片方那边预算肯定不够，他们是小制作电影。"

　　成名的歌手和乐队对接这类歌曲都会有一些顾虑，之前这部电影找过了很多歌手，很多人都拒绝了，找来找去才联系到了盛夏。而且片方估计也请不起飞行士。

　　肖想抓了个奇怪的重点："怎么了，这片子的歌我们乐队不能接吗？"

　　钟正兴奋地接茬："我们乐队本来就不走寻常路，我们来唱啊！"

　　"……"盛夏下意识去看时烨，"可以吗？但是他们的预算……"

　　肖想一巴掌拍到时烨背上："行不行？"

　　时烨放下那张谱，点头："可以，我们来做，我让牛小俊去沟通一下，预算不用考虑了。"

　　盛夏十分激动，连忙拿手机联系电影那边的负责人，告诉他们这个好消息。

　　钟正和肖想都被这首歌激起了兴趣，拉着盛夏叽叽喳喳地讨论了大半天，问盛夏电影讲的是什么。

　　"电影讲的是……"盛夏想了想，"一个青春故事吧。"

　　电影叫《池底生活》。

　　"主角叫高嘉延，是个很聪明但十分孤僻的男生。"

　　盛夏说的时候，时烨已经记下了这首的吉他谱。他把吉他调试好，开始试弹第一遍。见盛夏停下来盯着自己看："你接着讲，我就练练手。"

　　时烨弹出一个击勾弦，接着是推弦和泛音，他随意弹的这段就够别人练断手了。

　　盛夏一边看着他手的动作，一边继续说："高嘉延家旁边有一个海洋馆，被叫家长的第二天，他逃课了，在里面看了一整天的鱼。等到晚上，他不想回家，打算躲在海洋馆里睡一晚，结果就遇到了海洋馆里的海豚训练师，李然。"

　　"有点俗哦。"肖想评价了一句，"然后呢，在海洋馆里谈上恋爱了？"

　　盛夏摇头："并没有，只是陪伴了彼此一段时间而已。李然给了高嘉延安慰和鼓励，教会了高嘉延游泳，和海豚玩耍……就是陪伴彼此而已。我读原著小说的时候其实觉得，他们只不过是在彼此都很孤单的时候找到了对方，因为最后也只有高嘉延陷了进去……"

　　肖想又问："然后呢？"

　　盛夏静了静，说："然后夏天结束了，他们也就分开了。"

　　时烨低头笑了笑，问："是在夏天遇见的吗？"

　　肖想在一旁轻声念着歌词：

　　"你没听过我的名字，但我见过你的样子。

　　"想开始，但没有恰当方式。

　　"表演开始，观众席上没有我的位置。

　　"表演开始，我看见你给宽吻穿上裙子。"

　　……

　　盛夏说："对啊，青春故事，好像都喜欢发生在夏天。"

　　时烨已经弹完了那段吉他 riff（即兴重复段），他指着那张歌词问："你写的词？"

　　"嗯，写得不太好。"盛夏有点不好意思，"我在回家的公车上写的，上车开始写，下车就写完了……歌词没什么意义，只是想描述当时的感觉而已。"

　　肖想拿着歌词看了半天，猛地抬头说："不会啊，写得还可以。"

　　钟正也点头："确实挺好的，你别束缚自己的想法，想到什么就写什么。"

　　时烨笑了笑，放下吉他，说："你们先聊，我出去抽烟。"

　　他静静走了出去，把排练室留给他们。

　　时烨其实是一个非常安静的人，话很少，大部分时候都在发呆、听歌，微微皱着眉沉默。你也不知道他到底在想什么，高兴还是不高兴。而且他又总是面无表情地一个人待在角落里，搞得大家都很怕去打扰他。

　　盛夏站起来，对肖想和钟正说："我去陪他抽烟。"

◄ 04 ►

　　"少抽点吧。"

　　时烨转过头，面上没什么表情，只是看了盛夏一眼。接着他转过头去，继续抽。

腰被戳了下，时烨皱着眉低头看，盛夏递了一根棒棒糖过来，小声说："吃糖！"

时烨失笑："几岁了？"

"22岁，我天天吃。"盛夏把包装拆开，递到他嘴边，"少抽点好吗，吃糖。"

时烨看了他两秒，接过了糖，烟还是没掐："我现在没必要保护嗓子，保护手就可以了。"

"但是要保护身体。"

啰唆。

时烨把烟掐了，无奈地道："你什么都要管吗？"

"不是管你，是关心你。"盛夏笑着说，"还要谢谢你，愿意帮那个电影做歌。"

时烨摇头："只是感觉你们都想做，我也不想泼你们冷水。"

"那个电影确实挺不错的，故事简单，但感情很真挚。"盛夏说，"上映以后我们一起看吧？"

"去哪里看？"时烨把那颗糖塞进嘴里，"我们去电影院不方便吧。"

"那就买DVD，去你家看。"盛夏说，"最好是下雨天吧！虽然我现在讨厌下雨，但感觉下雨天窝在家里看电影还不错。"

"去我家看？"时烨失笑，"我家是随便去的？"

就几句话的工夫，盛夏发现时烨已经迅速把那根棒棒糖嚼着吃干净了。他没忍住吐槽了一句："吃药嚼着吃，吃硬糖也嚼着吃。"

时烨淡淡答了句："习惯了。"

他们在落地窗前站了会儿，说些很没营养的话题。过了会儿，时烨告诉盛夏自己要去洗手，本以为他会回排练室，结果这人屁颠屁颠地又跟了上来。

时烨有点无奈："你干吗？我去厕所。"

盛夏一本正经道："我也去。"

时烨只能被他跟着去了厕所。

洗完手时烨站在镜子前思考了一会儿，用纸巾慢条斯理地擦手。思考完毕后他把纸一丢，拉着盛夏去隔壁的乐器房。

盛夏慌了几秒，一脸疑惑看他："你干吗？"

时烨把声音压得很低说："想听你唱那首《宽吻》。"

"……在这里？"盛夏还有点迷糊，"现在？"

"对。"时烨笑着说，"难道不是我们一起创作的吗，为什么不能唱给我听？"

害怕被外面的人听到，盛夏只能轻声浅唱起来：

"你没听过我的名字，但我见过你的样子。"

"想开始，但没有恰当方式。"

"表演开始，观众席上没有我的位置。"

"表演开始，我看见你给宽吻穿上裙子。"

……

带着一点点鼻音的声音，盛夏的声音慵懒又性感。好听是好听，但是怎么感觉这人有点心不在焉……

时烨敲了敲他的脑袋："好好唱，不要偷懒。"

盛夏不太自在地偏了下头："我不好意思。"

"演出的时候我没看你不好意思啊，录音室里一堆人你唱破音了也没见你不好意思啊。"时烨掐了他一下，"唱给偶像听你就害羞？"

打打闹闹了会儿，时烨莫名惆怅起来，低声说了句："我一直想不明白。"

"什么？"

"想不明白你为什么会让我继续过我原本想逃避的生活。"时烨慢慢道，"虽然知道不怪你，但偶尔会想不通。"

盛夏皱了皱眉，去看时烨的眼睛。

这是重逢以后时烨一直避开谈及的话题，其实盛夏有想过要好好解释，但总是找不到合适的机会。

好吧，现在机会来了。

他小声道："当时是因为……时间不合适吧。"

时烨叹了口气："有时候觉得自己很软弱。"他说，"因为想起从前会很生气，但又没办法对你真的生气。"

"对不起。"盛夏认真道歉，"你可以记仇，但可以听我解释一下四年前发生了什么吗？"

时烨点头："可以，你开始编吧，说什么我都信。"

盛夏无奈："都是真的。"

"嗯。"时烨点头，"讲吧，我在听。"

四年前……

"或许是我自恋，但当时我很怕你因为我不回北市，影响到演唱会和事业，这是主因。"盛夏说，"另外一个原因是我的家庭。我是个没什么主见的人，在认识你之前，我的人生由我妈选择。我当时的想法是，先把你劝回北市以后再去找你，上北市的大学，但事实上这在我的家庭里是不可能的。你走的那一晚，我跟我妈妈吵了一架，因为她看出来我想去找你，也因为我说要去北市上学。"

时烨的脸色慢慢变了。

"然后……那一晚我挺惨的。就记得好像一直在哭，也跪了很久，后来半夜跑出来才看到你给我发的短信。我去火车站找你，在那儿待了一晚上，很想什么都不管跑去找你，但我没有钱买一张去北市的票，你的电话也打不通……"

时烨皱着眉看他，消化盛夏说的话。

"第二天我回家了，但不小心淋了雨，病了一场，有一点点严重吧，把我妈吓坏了。"盛夏把这部分一句话带过，"她大概怕我想不开吧，最后还是让我填了北市的学校。"

"北市的冬天好冷。"盛夏说的时候还是笑着的，"太冷了，我一点都不喜欢这里，空气也不好，吃的也不好吃，我不喜欢这里。我其实后悔过好多次，很想回去，可每次想一下，我就听飞行士的歌，听上几次，然后告诉自己，我要变得厉害一点，我会变成很厉害的人，比你还厉害，想一想就坚持下来了。

"有粉丝喜欢我了，说我唱歌好听，说我厉害，很多人要签我，我觉得自己可以了才来找你的。"盛夏眨了下眼，"也没给你丢脸吧？"

时烨连忙摇头："没有，你很厉害，真的。"

"所以，我现在可以告诉你了，我长大了，对你的崇拜也变多了。还有，我想和飞行士一起努力，我会认真做你的主唱的。"

盛夏觉得自己还不错，没结巴，说话也算条理清晰。

时烨愣了很久，手心紧张冒汗，最后居然问了一个似乎没什么意义的问题："为什么一直不来找我？"

盛夏想了想。

找过，想过很多理由去见时烨，但每一次他都被淹没在人群里，被飞行士的粉丝挤来挤去。他只能在台下，在手机和电脑里看飞行士的活动。

离得很远，又很近，中间隔的差距太多了，盛夏用了四年，才勉强能够资格站在他的身边。

他争分夺秒地想要让自己闪耀，怕时间来不及，只能努力一点，再努力一点。

为什么？因为赵婕当年说得对，至少要再厉害一点，至少等势均力敌再相遇。

我想圆一个梦，而你是圆心，反正无论如何，我都要追上你。

隔间里明明没有风，但不知道有什么吹进了心里，盛夏切实感觉了一种明朗，像是卸下了什么，一身轻松，浑身舒畅。

他笑了笑，说："我告诉风了，风没有告诉你吗？"

第十一章

第一次演出

04:20

00:23

◄ 01 ►

盛夏第一次外出演出，已经是很长一段时间以后了。

时烨一直都忙得脚不沾地，他参加了一个国内分量很重的竞技比赛，节目组花重金请了他做音乐总监，时烨需要参与整个节目歌曲的编曲和制作，盯着选手的排练和现场。

和盛夏每次见面都是在排练室，火急火燎地弹琴唱歌打鼓，大家都在，时烨也没机会跟盛夏私下聊天。

两个人沉迷工作，各忙各的，直到时烨的档期终于空闲下来，乐队决定去参加几场音乐节。

这个音乐节是"海顿MUSIC"多年前推出过最成功的独立音乐演出IP，办了很久一直很红火。飞行士其实已经算是当下国内的顶流摇滚乐队，按理来说其实大可不必去一个鱼龙混杂的音乐节，但时烨思来想去，决定还是让乐队忆苦思甜一下。更何况盛夏都没唱过音乐节，必须给孩子一个机会去见见世面。

等盛夏他们到了青市之后，时烨人还在外地，说要第二天才到。

辗转奔波到了酒店，盛夏和乐队其他人一起去吃了顿饭。期间肖想接了个电话，说要带盛夏去一个聚会，有很多乐队和独立音乐人都在那边玩。

盛夏本来想早点回去睡觉，但肖想说那个 live house 比较特别，能去的都是圈子里的人，老板还是时烨的好兄弟，盛夏这才心动了。

钟正有点感冒，便自己打车回酒店睡觉。

live house 叫"SHOKE"，店里店外的装潢都很有品位，很复古。他们到的时候一个乐队正在台上唱硬摇，节奏还不错，台下都有人开起了"火车"。

盛夏被肖想揽着往里面走，叫了一堆哥哥姐姐，对方大多数都是玩乐队的，很多明天都要上台，肖想跟他说，酒吧老板就是个吉他手，是时烨的老相识。

盛夏被一堆花臂大哥和红唇美女包围着，那些人看到他的反应出奇一致，都是先凑近了看他两眼，然后男的拍他肩膀，女的要和他一起自拍。

音乐不错，气氛很好，盛夏被同行拉着喝了几杯啤酒，肖想玩得开，举着啤酒到处逛，没一会儿就不见踪影。

盛夏索性找了个舞台边上的位置缩着。他今天戴了隐形，眼前清晰的时间过长，酒吧里的彩灯一直晃，他有点头晕。

发了下呆，接着手机震了下，盛夏点开看，时烨给他发了条语音。他没带耳机，离舞台又近，点开听也什么都听不到。盛夏想了想，站起来走到酒吧门口点开听，时烨说的是：你在哪儿？

还是那种冷冷淡淡的语气。

盛夏老老实实地回过去：我跟肖想姐来 live house 了，你休息了吗？可不可以打电话呀？

盛夏：今天头疼了吗？有没有记得按时吃药啊？

接下来的五分钟都没有新消息。盛夏傻站着，又发了个卖萌的表情包过去，时烨这才回了过来。

SY：肖想带你去哪儿了？

盛夏：live house 的名字好像叫 SHOKE，肖想姐说老板是你朋友。

SY：她带你去那儿干吗？

SY：你不要喝太多酒。

听完这两条语音，盛夏还在想怎么回复的时候肖想找来了，把他揽进酒吧里，说了句别乱跑不然走丢了时烨要找自己麻烦。但说完就找朋友去了。

这会儿台上唱歌的是个漂亮妹子，他听过这个叫绿裙子乐队的歌，主唱叫 Lily，算是挺有名的一个老牌乐队了。

下一秒，不妙的事情就来了。

台上唱歌的漂亮姐姐眼尖看到了他，举着话筒靠过来说："欸！大家看，看我发现什么了！"

盛夏被Lily盯了会儿，忽然有种很不好的预感。果然，Lily下一句就是："时爷的主唱，Galileo-S！"

眼神全都飞过来了。

最近盛夏确实很有名，新闻一出，只要是圈内的就没人不认识这张脸。毕竟摇滚圈这一挂的美少年少，大家长得都奇形怪状，像时烨那类的酷哥型男已经是万里挑一了，现在又来个长得人畜无害的盛夏，实在没法让人不印象深刻。

Lily笑着看向他，目光带着挑衅："我还没听过新主唱唱现场，飞行士现在飞到天上去了，几百年没唱过live house了吧，今天让我们开开眼？"

不知道在哪个人堆里的肖想突然往台上吼了一句："周莉莉！有病啊你，我上来给你唱！"

台下一片哄笑，Lily也笑："这头一次进门，哪有在下面坐着听的道理，拜码头你懂不懂！"

肖想扯着嗓子吼回去："别搞人家，唱你的！"

Lily不为所动，她已经走到了盛夏边上，微带着挑衅地说："上来玩玩？可别看不起我们这小舞台，以前时烨可是经常在这里唱。"

盛夏和Lily对视了一眼。不唱估计不行了，这酒吧里都是有些年头的老乐队和独立音乐人，不然就是些圈内人，虽然不存在拜码头这么一说，但是这种场合，确实该露个脸，不唱是真的太不给同行面子。

他本来就喝得有点热，心想这气氛唱了也无可厚非，盛夏笑了下，在起哄声里直接往前两步跳上了舞台。

Lily把话筒递给他："唱你们乐队的歌还是？"

"唱你们的吧，你们的那首《软波》。"盛夏笑了下，"我听过。"

Lily有点惊讶，但随即就笑了下，转身跟身后的人说了声，下台拿起啤酒看向盛夏。

盛夏上了台，做的第一件事是跟边上的人要了瓶水把手洗干净，然后把隐形眼镜取了。他没磨叽，拿起话筒，等鼓点一起就大大方方开了嗓。

时烨走进酒吧的时候，看到的就是盛夏抓着话筒在台上唱歌的样子。

《软波》，绿裙子最有名的一首歌。

这首歌不降调挺难唱好的，但盛夏唱 Lily 的女声原 key 居然丝毫不费力，尤其是中间那个转音带气声的唱法，非常好听。

他有一种独一无二的台风。

这首歌很适合他来唱，至少把那种迷离的氛围给唱出来了。时烨从不停摇晃的脑袋和手臂里看过去，看到的是一个在发光的人。

时烨就站在人群里，听完了那一首歌。盛夏唱完后，下面的人还不放过他，要他再唱一首。

盛夏有点为难，心想适可而止就好，但又不知道怎么开口拒绝，只能拿着话筒尴尬地站着。他看不清台下的人，只听得到他们说："再来，再来！"

接着，盛夏模糊的视线里出现了一个熟悉的人影。那人戴着棒球帽，刚走近舞台就被人群包围住，有人吹了声响亮的口哨，大声喊："时爷！我爱你！"

场下一片欢呼，都在喊时烨的名字，整个酒吧乱七八糟地喊啊叫啊笑啊闹啊，一下子炸了。

盛夏想凑过去看，他刚走到舞台边上，就在一片起哄声里被那个熟悉的人一把抓住了手腕。

下面的人群欢呼的时候，盛夏还在心里小小地自卑又自豪了那么一会儿——自己的偶像时烨走到哪里都吃得开，这句话确实不假。这里没人不认识他，似乎无论在哪种场合里他都是被簇拥的那个。

地下乐队很少能真正走向主流音乐市场，飞行士就是从这种地方走出去成为佼佼者的凤毛麟角。

时烨大声对盛夏说："下来，把舞台还给人家。"

Lily 在旁边笑着起哄："不行，再来一首。"

时烨无奈地看向她："周莉莉，给我个面子！"

Lily 已经顺势把话筒塞进了时烨手里："今天不给！他不准走，你也别走，上台再来一首！"

时烨笑着跟这个老朋友开玩笑："再闹我砸店了！"

他在一片好友的叫骂声里把盛夏拉下台，顷刻间就有一群人涌上来，大多都是曾经的熟人，过去见过的面孔。盛夏发现有人在拿手机拍时烨，只好默默退开了几步。

后来推杯换盏地躲酒也没什么用，时烨太久没出现在这种地方了，被从前相熟的人拉着不停敬酒，他就拉着盛夏一个个地介绍。

这家酒吧的老板叫陆阳，也是时烨的朋友，他走过来，瞥了时烨一眼："为什么一出现就威胁说要砸我的店？"

时烨笑了下，不答反问："花还好吗？"

陆阳点头："你种的都还好呢，可以带你们的小朋友上去看看。"

盛夏等了很久都没找到机会跟时烨说话，因为一直是这个来敬酒，那个来敬酒，时烨推来推去都是那几句话："不行，身体条件不允许我喝了。盛夏……也不行，他酒精过敏。"

跟时烨年纪差不多的一吉他手笑他："这不行那不行，一晚上都是不行。时烨，你到底行不行？"

时烨问："你来说，我喝酒行不行？"

盛夏小声说："非常行！"

时烨说："只是不想跟他们喝，这群人喝酒不要命，我喜欢一个人喝酒。"

盛夏点头赞许了时烨的想法，又说："时烨老师，刚刚听 Lily 说，你在这里唱过歌。"

"是啊。"时烨点头，"这 live house 是陆阳开的，我以前还经常在这里喝酒。有一年冬天我在这里喝高了，在台上唱着唱着居然丢下吉他跑出去了……你看过吗？网上好像有那个视频。"

盛夏冲他眨眨眼："我看过，你在大雪里清唱完一首《记忆零散》，观众全跟了出来，你们一起合唱完的。"

时烨叹气："大概我的所有黑历史你都看过了。以前太喜欢喝酒了，每次一演出就收不住。"

其实时烨早期的那些演出视频盛夏全都看过，以前的时烨。演出十分随性，有时候会唱到一半给观众念两首现代诗，有时候会坐到舞台上跟观众一起抽烟……

"哪里是黑历史，很酷好吗！"盛夏说，"不清醒的你也很帅。"

他们随意地聊着天，看喝得半醉的陆阳在旁边拉着他的贝斯手跟人家絮絮叨叨地追忆往昔，执手相看泪眼。

盛夏觉得奇怪，问："他们怎么了？"

时烨说："他乐队的贝斯手不干了，要回老家结婚，陆阳已经拉着人家喝了半个月的酒了。"

盛夏了然地点头："那换我也会很难过。"

"其实对乐队来说，聚散离合很正常。之前我去国外那几年钟正和肖想也去别的乐队帮过忙，我们每个人都做好了随时告别的准备。"

盛夏笑了笑，说："反正我不会离开。"

两人坐在一起，看周围喧闹的人群。

"好喜欢来 live house，"盛夏小声对他说，"时烨老师，我们也是在 live house 遇见的。"

时烨点头："我们要感谢谢红。"

台上唱完一首歌，安静了片刻，Lily 突然拿着话筒在台上说："谢谢我们的老朋友时烨赏光。我们的吉他手说，为了表示大家对时爷的喜爱，我们一定要唱一首飞行士的《缠绕》！"

人群开始欢呼。

坐在角落里的时烨抬起面前的酒杯，遥遥对着舞台上的 Lily 举了下。

话音落罢，一阵紧凑的鼓点响起，台下瞬间炸了。

Lily 唱出第一句歌词，等发现合唱的声音已经盖过音乐后，她笑着把话筒递向台下。

那感觉太美妙了，略显拥挤的 live house 里此刻装满了那首《缠绕》，似乎每个人都跟着鼓点蹦了起来，盛夏实在是没忍住，激动地跟着旁边的那个小姐姐站起来，一起跟着大家唱——

"我想这一切无所谓，"

"也不在乎明天是否完美，"

"只要你对我这一刻纯粹。"

……

这大概就是飞行士吧，无论在怎样的舞台上唱他们的歌都会有这样的感染力。在盛夏的眼里，这首歌的词曲完美得像艺术品，就当他是有滤镜吧！

下一秒时烨一把拉住了蹦得很开心的盛夏，带着他往外走。

"时烨老师！"盛夏有点不想走，"我想听完这首歌。"

"但我想单独跟你说会儿话。"时烨笑着在他耳边说，"去天台听吧，那里也能听到，带你去看看陆阳种的玫瑰花。"

盛夏被时烨扯着上了二楼。灯光暗，盛夏看不清脚下，上台阶的时候时烨一直拉着他的手腕才把他带上去了。再上一层，三楼是个阳台。

楼下还是那首《缠绕》的声音，此刻 Lily 正在唱那句：

"我确信这是爱的春水，"

"我知道这一切无所谓，"

"只要你，对我这一秒纯粹。"

哇，盛夏在心里感叹了一句，歌词写得真好。

他突然想起什么，笑着说："时烨老师，感觉大家看到你的时候都好兴奋，像是在看村里唯一一个考上大学的人回村一样，都好高兴。"

时烨笑了下："那你高兴吗？"

"高兴。"

"喝酒，还在台上那样唱歌，"时烨佯装生气，"你就跟着肖想皮，瞎闹是吧？"

盛夏眨了下眼睛："我成年了，可以喝酒。"

时烨笑了下，刚要说话，结果就听到有人上了这扇木门对面的厕所，动静还挺大。

一开始他们都没在意，时烨把手机手电筒打开，照了照前方："带你去看看花。"

盛夏这才知道天台居然还有一个温室花房。

楼下的音乐声简直可以说是连绵不绝，在空旷的地方听楼下的音乐，再配上面前的花朵，盛夏突然就觉得心情很澎湃，感觉到音乐的浪漫。

时烨带着他走进去看，沿着脚边的玫瑰找了一下，指着只有两个花骨朵的一盆说："这个是我种下的。"

他们就这么并肩蹲在那盆玫瑰面前看。

时烨说："陆阳以前有个女朋友，叫钟玫，前几年出车祸走了。当时我陪了他一段时间，觉着他天天喝酒也不是个办法，然后我就去买了些玫瑰花苗来让他种，给他找点事情做，自己也种了一盆。"

时烨的那盆玫瑰长得很健康，有两个花骨朵，半开不开的。盛夏摸了下那株玫瑰的叶子，想着开花的时候一定很好看。

"昨天……挂你电话了。"时烨说，"你有没有不高兴？"

其实昨天盛夏打电话来的时候他不太舒服，因为录节目录到很晚，拍摄不知道为什么总是出问题，回去以后他累得浑身不舒服，一进酒店的房间头就开始疼了。好巧不巧盛夏又打电话过来。一开始时烨接了那通电话，但由于实在太难受，接通十多秒以后就赶紧挂掉了，又急急忙忙地找药吃。

"没有啊，"盛夏摇了下头，"我不会想太多哦，你那么忙。"

时烨失笑："你这样搞得我都不想解释了。"

盛夏转头看向时烨："你这几天头疼没有？昨晚是不是不舒服才没接我电话？"

……好吧，这都猜得出来。时烨想了想，诚实地点头："是有点不舒服。"

盛夏立刻不满道："难受还不接电话！"

"怕吓到你。"

"不会的。"盛夏正色道，"下次难受也要说，不要一个人扛着，万一出了什么事怎么办？"

时烨看着他认真的样子，不由得想笑，但还是说了句："好。"

盛夏看着花发了下呆，转过去看时烨，笑着道："时烨老师，你变成蓝色了。"

时烨看着他，很慢地答了一句："嗯。"

❚◀ 02 ▶❚

时烨和盛夏下来的时候，酒吧里换了个唱民谣的乐队。盛夏感慨道："时烨老师，这首歌好好听哦。"

时烨笑了下，把盛夏带到一个人不多的角落。

"现在唱歌的这支乐队好像已经成立有十三年了，打鼓的那个很厉害，公认的。"时烨的声音有些懒散，"唱歌的那个，刘寒，离婚了，自己带着儿子，做过批发，开过店，开过乐器行，都黄了。我认识的搞乐队的人似乎做生意都不太顺利，生活也不顺利。"

盛夏静了下，才说："但是他们唱歌很好听，我会记得他们。"

"可是他们老了，已经不能那么满怀热忱地去做音乐了。"时烨叹了口气，"三十岁是个坎，迈过去以后就不是少年了。人不年轻了以后激情热情都会慢慢消减，还会变得懦弱、踌躇。"

盛夏摇了下头："不会的，音乐不会老，摇滚也不会老。时烨老师，梅大哥六十多了还去运动会上弹吉他呢。"

"这世界上有几个他那样的人呢，又有几个乐队能成为传奇。"时烨说，"说到底我们都是普通人，谁又会为了一个虚无缥缈的东西付出所有。"

"我会。"盛夏说。

时烨睁了下眼，他笑了下，又重新阖上眼："你是笨蛋，你不算。"

"太聪明的好像也没有过得很开心。"盛夏笑了下，"世界需要笨蛋，世界需要乐队。"

不知为何，时烨觉得有些累，居然开始犯困了。

盛夏在时烨沉默的间隙里感觉到一种奇怪的共鸣，他看到了时烨的情绪。过了会儿，他才慢悠悠地开口："时烨老师，你不要在听歌的时候难过。"

时烨笑了下："确实有点难过。"他的声音低了一点，选择承认，"我讨厌跟老朋友见面，总觉得很难过，但我又没空整天为别人难过，我需要过好我自己的生活，明明我自己的生活也一团糟。我离这里远了，我走得远了，我被包围，我被簇拥，我虚荣又自负，我都看不清自己是谁了。"

盛夏认真地说："没有哦，我看得出来，还得很清楚。你就是累了，时烨老师。"

"确实累了。"时烨吐了口气出来。

这会儿走了不少人，剩下的都有些玩累了，就坐在位子上安静地跟朋友聊天，live house 里氛围懒洋洋的。

或许是坐飞机有些疲倦，时烨这会儿很想睡觉。

盛夏在歌声里问他："时烨老师，你累了吗？"

时烨点头。

"挺累的。"他叹了口气，"现在总是很容易疲惫，明明年轻的时候也不这样……年轻真好。那时候自我感觉良好，觉得世界都是我的，说白了就是个愣头青，做什么事情都只是凭着冲动、热血，很少去考虑后果。"

我现在找不到那个时烨了，他想着。突然说这些，时烨也想听盛夏的反应和回答："那个时候我写了好多歌，写了好多现在写不出来的歌。怪的是，等我适应了市场，适应了万人演出，适应了灯光和镜头以后，我再也写不出来那些情绪了，我失去了那个生机盎然的年纪。"

这种感觉在看到盛夏的时候达到了顶峰。对方的青春年少，衬得他有些苍老。

盛夏扯了扯时烨的胳膊，说："时烨老师，歌唱完了，我们回去吧。"

时烨没动。

盛夏又说："我给你买水果罐头，我们走吧。"

他再去拉时烨，这次才拉动了。

出了门，时烨说打车回去，盛夏说还是走一走吧，找了半天他们才找到一家便利店。盛夏走进去买水果罐头，时烨在外面等他，结果付钱的时候有两个小姑娘像是认出了盛夏，很是兴奋，直呼真人比视频里帅多了。

盛夏就这样迷迷糊糊地跟她们合了照。

出来的时候盛夏还感觉有点蒙，他问时烨："难道我以后出门也要跟你一样戴帽子和口罩了？"

时烨点头："你现在是飞行士的主唱，以后肯定需要。"说完他笑了笑，"也别太紧张，我们毕竟不是什么偶像团体，歌迷的喜欢不会很夸张。不想被打扰就跟我一样，出门把自己的脸遮严实点。"

盛夏茫然地点头，还是觉得有点别扭。

时烨看他心不在焉的，问了句："不喜欢被人认出来？"

盛夏摇头："也不是吧……"

"那就是还没有做好出道的准备？"

盛夏想了想，说："我就是想起来一开始做直播的时候，其实那时候我很迷茫。后来有人找我合作，想签我，跟我说我会红的，我会有很多钱，我会怎样怎样……但到现在我还是觉得有钱有名是离我好遥远的一件事，也不知道自己会有一个怎样的结局，我的上限又在哪里。

"我最后会变成一个消失在网络里的翻唱艺人，还是变成明星，我该走一条怎样的路？没人告诉我，我自己也没有概念。好像我对很多事情都没有标准，也没有很明确的方向，我认识的世界和人都很矛盾。现在我很少去想那些了，我之前做的一切，就只是想让你看到我，想跟你站在一起而已。"

时烨说："我看到了，你现在很厉害，你长大了，以后肯定会比我厉害。"

盛夏微微叹了口气："其实一开始做 up 主和主播的时候，我很害怕去面对陌生人，还要去应对那么多的评价，有段时间我都不敢看我视频下的评论。但现在我很希望有更多人喜欢我，因为我对人生有野心了。"

时烨重复说："野心？"

难得的词。

盛夏点头："嗯，我发现一种奇怪的延续感，就像你对我而言，人和人之间能突然那么接近，就靠那种奇怪的延续感。这种延续拉着我，绳子的另一头是你。我不去想得失和好坏，我也不知道我的未来，我现在所经历的一切都没有经验可以借鉴，我的野心就是像你一样厉害。你在旁边，我就不怎么害怕了。"

时烨抱着他的水果罐头，终于听出来盛夏是在拐着弯哄自己开心，他笑着摇头："真是受不了你。你每天说一堆奇奇怪怪的话，又变着法来夸我，年轻人都这样追星的吗？"

盛夏哦了声："好吧，那我以后不说了。"

时烨侧头，瞥了他一眼："不行，撤回你上一句话。"

盛夏笑了下："撤回撤回。"

时烨感觉现在的自己好像变年轻了一点，大概是因为盛夏在笑。

我本来也不老嘛，他心想，我还没到 30 岁。

本来觉得又累又困，但不知道是喜欢跟盛夏说话还是怎么，散了会儿步后时烨觉得自己越来越精神。盛夏看上去也很精神，大概是喝过酒有点兴奋，走得很轻快，都快蹦起来了。

那一刻时烨的心里突然充满了很多复杂的情感，很难说清，像是隐隐抓住了生命里很重要的东西。

◄ 03 ►

紧锣密鼓的现场排练后，要上台了。

音乐节那天非常非常热，后台准备区，肖想正在想方设法地给盛夏"打扮"。

牛小俊和高策则坐在时烨面前，面无表情地看着他。

盛夏的第一次演出，高策和牛小俊都很紧张，尤其是高策，把工作全推了飞过来盯全程，结果演出还没开始，现场的一切就已经让他吐血三升。

最后肖想还是让盛夏换了件小高领，但坏就坏在今天气温高，尤其热，没一会儿盛夏就热得不停流汗。

时烨的眼神也没往盛夏那边放，他皱着眉，自顾自玩吉他上的摇把。

周身嘈杂，乱哄哄的。时烨突然说了一句："很久没来音乐节了。"

高策怔了下，随着时烨的目光往周边看。他们身边都是在准备的工作人员和乐队，有熟面孔经过会停留一下，和时烨笑着尬聊两句，互相说一说加油。也是这时候高策才发现，来到这里后时烨的眼神变得温和了一些，他大概更喜欢这种环境。

确实很久没有来过音乐节了，时烨成名后就很少来，乐队忙着办演唱会，忙着参加活动，发专辑，拍 MV，做采访，做这个做那个。

高策闷了下，才问："没问题吧？"

时烨正对着那边朝他吹口哨的一个吉他手点头，闻言回道："要我等下闭着眼睛弹吉他给你看看？"

牛小俊插了句："知道您老没问题，但盛夏真的可以吗？是你拍板说排练没问题我们才接了这次演出的啊！"

时烨笑了下："你去问他，别问我。"

高策和牛小俊不说话了。他们刚问了盛夏有没有问题，结果对方只是冷淡地说了句："先不要跟我说话哦，我唱歌之前不喜欢讲话，你们会让我焦虑。"

这还能说什么。

经纪人和老板急得不停喝水搓手上厕所，倒是乐队的几个人开开心心地聊着待会儿的演出细节，以及演出完要去哪里吃烧烤。

上台前高策还是担心盛夏不戴眼镜会出状况，和牛小俊合力劝了半天，才让盛夏把隐形戴上，毕竟是第一次上台，万一出问题怎么办。

盛夏本来就被热得很不舒服，耳边还有两个人一直在说个没完，他皱着眉开始翻自己的包，打算拿耳机堵住噪音。

时烨这才看不下去了。

"他不爱戴就不戴，你们差不多得了。"时烨皱眉，又转而问盛夏，"在台上你大概离我四米远，看得清我吗？"

盛夏点头。

时烨把脸转向牛小俊，说："行了吧？他看得清，不会有问题。"

上台前，乐队几个人就站位的问题有了一点争执。

或许大多乐队都是主唱站 C 位，站在最显眼的那个位置，但飞行士自成立起，一直都是时烨站 C 位，即使是沈醉当主唱的那段时间也是这样，无论大大小小的演出，飞行士的吉他手永远站中间。结果今天时烨告诉盛夏："你站中间。"

"……"盛夏和他对视了一眼，"我觉得这样很不好。"

钟正疑惑地问了句："怎么不好了？"

盛夏皱着眉说："以前沈醉也是站边上唱的，我为什么就要站中间啊？"

"以后你都需要站在中间，我们三个围着你。"时烨给他比画了一下各自的站位，"如果很紧张就扭头看看，我们都在你身边。"

盛夏还是皱着脸："可我不想抢你的位置。"

时烨失笑着说："我的位置你也抢不走啊，你的吉他弹得那么烂。让你站就站，服从安排。"

大屏幕上出现"飞行士"三个字后，全场居然默契地静了下来，尤其是盛夏上场的时候。

能来这个音乐节的不可能不认识飞行士，可这是新主唱第一次正式登台，乐队情况又很复杂，所以现场反应……有点尴尬。

盛夏被热得自带腮红，他上台的时候其实也有点别扭，因为不太乐意站在中间，而且实在是太热了。

他走到键盘前，调好话筒，静静地看着面前的一片模糊。

时烨以为盛夏会直接回头示意他们开始，结果他居然说了开场白，语调还是慢慢的："你们好。"

台下的观众依旧沉寂着。

高策站在台下，双手紧紧捏着，胸口起起伏伏，心脏狂跳，十分紧张。

这大概是史上最为安静的摇滚乐队开场，台上的所有人都觉得有点尴尬，唯一不觉得尴尬的可能只有盛夏。

"怎么不说话？"盛夏笑了笑，"你们可以说话的，来听歌，别这么拘束嘛。"

这话一出台下才有了点声音。盛夏很放松，他相貌生得好，又一直浅浅地笑着，给人的印象很好。

时烨发现盛夏这人确实挺讨人喜欢，自带一种亲切感，只要一笑就会让人心生好感。

"那我再说一遍吧，你们好！"盛夏提高音量道，"你们此刻在我眼里是五彩斑斓的。夏天太好了，下面就唱一首跟夏天有关的歌吧！"

说完他笑了下，抬起食指轻轻敲了下话筒，转过了身，等着前奏。

高策看着屏幕里盛夏的脸，一下子怔住了。刚刚盛夏做的，是时烨以前开唱前的小动作。

观众群也有些骚动，但很快就被响起来的鼓点和吉他声掩盖住了。

下一秒大屏幕上出现了歌曲信息——《银河里》，飞行士。

"银河里"三个字出现的那一刻，台下顿时一片哗然。

这是时烨写过后基本不拿出来唱的歌。《夏至时》那张 EP 是时烨写的组合曲，他自己也说过，《银河里》是开始，《极星》是告别，这是他不愿意触碰的两首歌，据说还有版权关系。

现在……居然唱了？

舞台变暗，灯光打出一片星星点点的银河，盛夏站在光芒中央。

他打了个响指，抬起了头，脑中的画面随着时光穿梭……

十年。

盛夏的视线是模糊的，恍惚间他看到的仿佛是自己崇拜时烨的这十年。

梦想成真是一种怎样的体验？那些一个人练琴、对着镜子唱歌的日夜，枯燥乏味的那些岁月，时烨变成了一个目标，一个精神方向，一个壮丽的愿望。

观众开始呼喊。

唱出声的那一刻盛夏几乎忘了自己谁、他在哪儿。他看不清面前摇晃的手臂，看不清一切，他只听得到时烨吉他的声音。

他能听得出来，这是时烨，站在他右边——时烨一定是微微侧着身子，眼睛放空地盯着前方，像往常一样，漫不经心地让你打量。他能想象得到肖想打鼓的姿势，她手臂绷紧时的弧线，还能想象得到钟正冲着台下笑的脸。

"我睡在风中，望你眼睛，像飘进银河里。"

"我化入海中，听你声音，我看到银河里。"

现场版时烨给这首歌加了一段原版没有的 riff，垫在底下的贝斯像是在起舞一般，灵动又悦耳。

旋律柔美又澎湃，主唱的声音像浪一样，推着人的情绪往上爬——

"请给我一口你嘴里的氧气，让我吻着你尽情呼吸。"

"靠近我，直到能看清你透明的身躯。"

"让我以为可以拥有你，Hey honey, i'm sinking in the sea of your city."

"Hey summer, can you love me？"

时烨有些惊讶地看着看着台下越来越躁动的观众，他分神去看盛夏，抽空看了一眼身后的肖想和钟正，他们在彼此眼里看到相同的讶异。

"夏天最热的那个夜里，银河分泌爱情。"

"你落进我双眼的那一刻，世界命令我抱你。"

"心动催促我吻你，还能不能再现一次，点亮夏至的银河里。"

"我站在银河里，有些神志不清。"

"我站在银河里，渐渐昏迷不醒。"

他唱得那样恳切，像是把台下的每个人都当作了自己的全世界。高策看到盛夏微红的眼眶，看到他握着话筒微微颤抖的手，他唱得很真诚，那是听到的人都会觉得动容的声音。

忽略声音的话，盛夏现在唱歌的各种小动作都让他觉得很熟悉，似曾相识，太似曾相识了……

声音颗粒感刚好，很有特色和辨识度，但他一上台，举手投足间的小动作怎么这么像以前的时烨？

台下的人像是忘了那些偏见和不解，等一段急促的鼓点砰砰砰地响起后，人群瞬间沸腾起来，场子一下子被点燃了。

"我能看见你，变成一只奇异美丽的鱼，"

"你游来游去，在我眼睛里，"

"你飞来飞去，在浩瀚宇宙里。"

"我放弃说服自己，我能看见你，我只看见你，"

"我早已忘了我自己，让我站在无尽的银河里，把你抱紧。"

"Hey summer, Can you kiss me？"

听完第一首后高策和牛小俊完全傻了。

高策感叹道："台风真好。"

牛小俊笑了笑："我问过盛夏，他之前上学的时候要去酒吧打工挣钱，唱过不少现场，这一块还是很有经验的。"

效果好到出乎意料，担忧范围里的状况根本就没有出现。不仅是高策震惊，台上的时烨和肖想其实也很震惊。排练的时候盛夏状态确实好，但现场比排练好了不止一倍，简直是"王炸"。他完全沉浸在了现场里，而一个好的主唱的情绪，往往能带动整个乐队的演出力度，盛夏轻描淡写地融入了乐队里，他开始掌控节奏。

"下面，第二首。"盛夏微微喘着气，"《极星》！"

他话音刚落，时烨已经在旁边笑着起了前奏。

观众们已经完全傻眼了，平时打死都不唱的歌，今天居然来了个全套。

飞行士的粉丝已经完全丧失了理智，冲着台上疯狂尖叫起来。

盛夏闭着眼，很投入地唱着——

"If I lose myself in a world of doubt."

（如果我在这个疑窦重重的世界，失去我自己。）

"And l wonder what's mine."

（我想知道什么属于我。）

"There's no doubt that when you kiss me the star sighs."

（但毫无疑问，当你吻我，星星也会叹息。）

高策在台下听得头皮发麻，他失神地看着盛夏："老天啊……"

这绝对是一场效果极佳的演出，盛夏的现场能力已经完全超出了高策的预期，这版现场比时烨的录音室版情绪更浓烈一些。他的声音又稳又轻盈，在开阔的露天现场蔓延开来，有种空灵又摄人心魄的感觉。

到后来时烨开始走神，他想起了盛夏对自己说的——我找到了我们的联系，我会延续你。

我会延续你。

中间的大屏幕开始播放这首歌的词，还有穿插的时烨的脸、盛夏弹着键盘的手，灯光闪烁——银河飘在舞台上。

唱到后来盛夏有点想哭。

舞台太美好了，这是全世界最自由的地方，有几千人齐声高喊着你在唱的歌，盯着你跟着唱，他们还叫时烨的名字，叫自己的名字，跟着跳，跟着喊，跟着灯光流泪，跟着歌词流泪，跟着按琴键的动作喊。摇滚多直接，多直白，它就是要让你哭让你笑，让你失控让你沸腾让你跟着尖叫。

他摘下话筒，沿着舞台开始唱。

有人高声喊："跳水（音乐节的歌手从舞台上向歌迷中纵身一跃，让台下的歌迷接住他）——跳水——跳水——"

肖想一边砰砰砰打着鼓，她看着盛夏走到舞台边上，探出来的手不停地喊他跳水跳水，演出效果超出想象导致她甚至忘了和音。

然后肖想就眼睁睁看着盛夏一边唱一边转身，笑着往后一躺——人群托着盛夏，他还在唱，台下全是尖叫。

一首，两首，三首，四首……弹出最后的一个滑音后，时烨的眼眶已经有些湿润了。他没想过自己会这么享受给另外一个人伴奏，他看向钟正和肖想，那一眼里是沉甸甸的感慨和欣喜。

唱到最后，灯光都熄灭了，全场只有中间的大屏幕还亮着，画面里缓缓出现了飞行士乐队的标志。

那是一个孤单的小人，他有一双滑稽的翅膀，动作很像超人，他在飞。

时烨握着吉他的手越来越紧，他看着追光里的盛夏，在心跳声里，他忽而明白了什么。

可以的，我们可以这样唱到死，只为了此刻。

我的双手为你造梦，你飞进我的世界，世界在这一刻为你流汗，为你呐喊，你是盛夏，你就是夏日，你是最热的那个夏天。

盛夏微微喘着气，他满身是汗，对着台下的观众最后说："谢谢大家。"

"鼓手，肖想。"

"贝斯，钟正。"

"吉他，时烨。"

"我叫盛夏。"他鞠了个躬，擦了一把额角的汗，"谢谢大家，我们是飞行士。"

肖想紧紧捏着鼓棒，笑着低声骂了一句："靠。"

下台后时烨一刻不停地拉着盛夏匆匆跑掉。

时烨很急，他大概都不知道自己着急想和盛夏说什么。才谢了场，所有人就看到盛夏被拽着从后台离开。

在回去的车里乐队所有人都心跳急促，还在大口喘气，似乎还没走出刚刚的那个舞台，还在音乐里失去自我。

生活，生活是什么？

我们的生活就是一首歌，是被咬在齿间的词，台上吞吐的都是我们的人生。我们在起伏，飘飘荡荡。我们不在台上的时候都是胆小鬼，我们活在世界的反面，讨厌整齐，讨厌规律，我们都是疯子，我们唱歌弹琴打鼓把日常撞得叮叮当当响，吵得听不到世俗的嘲笑。

我们需要这种出口。

◄ 04 ►

演出非常成功。没过多久，音乐节的票价已经因为飞行士被炒得越来越离谱，他们每到一个地方演出都会被围堵得水泄不通。

盛夏近距离感受到了飞行士的人气，尤其是时烨的人气。即使这个男人已经不再是主唱，只是站在角落里弹吉他，全场都会高呼他的名字，简直具有恐怖的舞台统治力。

除了时烨，盛夏也迅速变成了话题中心。

露脸前他就已经是很有名的神秘唱作人，露脸之后的形象又丝毫没让歌迷失望，甚至还有非常讨人喜欢的性格，不火都说不过去了。现场又完全挑不出毛病来，重点是，他脾气够好，总是温温柔柔地跟歌迷说话，看上去毫无攻击性，非常"吸粉"！

但他红起来的速度还是让乐队和公司十分吃惊，等走完音乐节以后，时烨已经可以完全确定，自己确实没有选错主唱。

海顿成立以来，真正捧红过的乐队就一个飞行士，在那以后公司推出过很多乐队，都没有成功过。即使飞行士换过三次主唱，甚至还停滞过几年，但他们重组后还能有这样的影响力，真的是迄今为止罕见的特例。

回来半个月，乐队几乎天天都在跑通告。

这天他们的车路过市中心，时烨在旁边打电话，盛夏在后边拆时烨送他的麦克风，是一组麦克风，白色定制款，上面刻有盛夏的名字。

"啊！"盛夏拆开盒子后眼睛一亮，"太好看了！"

他拿着那只麦爱不释手地看了好久，突然就很想拍个视频炫耀一番，拍了下时烨的手臂："时烨老师，来，你帮我拍个 vlog。"

时烨刚好把电话挂了，接过盛夏的手机调整到拍摄模式，等着盛夏说开始就拍。

盛夏才拍完一个矿泉水的代言广告，脸上妆还没卸，就是抓好的头发有点乱了。刘海有几束吹了下来，但看上去显得很柔和。

"头发还不剪？"时烨看了看他的头发，觉得有点长，"该剪了。"

盛夏摇头："造型师哥哥让我留长一点再去找他，他说要给我剪个狼尾。粉丝也说让我把头发留长，应该会好看！"

"哦。"时烨淡淡道，"粉丝还说想看你穿裙子呢，你怎么不穿？"

"……"盛夏沉默了两秒，"我们开始拍吧。"

时烨按下了拍摄键。

画面里的盛夏把附赠的那支车载麦连好，先是轻轻哼唱了几句试麦，发现这支麦的音色非常好，表情一下子变得十分惊喜。

"Hi，我是盛夏。"盛夏对着摄像头打了个招呼，"很久没有上传视频了，有看到大家在催，以后可能会时不时发几个 vlog，都会露脸的。今天想隆重介绍一下我收到的礼物，大家看！很漂亮是吗，这是……"

盛夏顿了下，瞟了正举着手机的时烨一眼："这是家人送我的礼物，我非常开心，所以现在很想唱一首《所有纪念日》。"

那是钟正几年前在跟一个女模特谈恋爱时写的一首非常甜的歌，时烨写的曲，盛夏每次听这首歌都会觉得心情很好。

他晃了晃手里的白色麦克风，开始慢慢唱起来。

密闭的空间，盛夏的声音像是自带混响。

之后有很长一段时间飞行士都很忙。

新主唱盛夏的名字开始被拿出来不停讨论，他的声音、长相、过往的经历都被拿出来反复评判审视。大家纷纷开始认同一件事，飞行士已经进入了一个新的阶段，因为他的到来。

"盛夏是成熟的音乐人。"高策接受采访的时候说，"这一点是毋庸置疑的。他的加入是一个新的开始，用时烨的话说，是一种新的延续。他很有想法，过往也参与过不少的唱片制作，我相信这些在网上已经有足够多的讨论了，就不再说了。他会给我们带来什么我也不清楚，但我知道那一定是新鲜的、进步的东西。"

随之而来的是越来越多的工作，所有人都忙得脚不沾地。

牛小俊给乐队接了一个音乐节目，两个小时的录制，主持人一直拉着盛夏问东问西。网友和观众喜欢他，这其实也是时烨预料之中的事。生活里的盛夏比较迷糊心不在焉，和他演出时的反差有点大，这种反差让他的关注度很高，节目效果也很好。

那天的主持人恰好还是时烨比较讨厌的一个话很多的男人，问的问题在时烨听来都很刺耳。

比如："盛夏为什么会选择加入飞行士呢？没有想过单独出道吗？"

主持人问完，盛夏一开始没反应，他侧着头在玩沙发边上的一盆绿植，中间还打了一个哈欠。时烨和肖想把他夹在中间，两人齐齐掐了他的腿一把。

主持人耐心地看着盛夏，等他回答。

"对不起。"盛夏揉了下眼睛，"可以重复一下问题吗？我刚没听清。"

主持人只好又问了一遍。

盛夏听完皱了皱眉："为什么加入……"他侧头看了看时烨，"因为他选了我。"

主持人露出一个惊讶的目光："时烨选的你？"

"嗯。"盛夏点头，"也因为我喜欢乐队。我喜欢小正哥的贝斯，喜欢想姐打的鼓，他们在我眼里都是最棒的乐手。"

主持人哈哈笑："你是不是漏掉了吉他手？"

"时烨老师吗？"盛夏想了想，"在我眼里他很完美。"

之后主持人拉着他一直聊，盛夏越来越困，没忍住又打了个哈欠。时烨瞟了盛夏一眼，用玩笑的口吻问主持人："这是个人专访还是乐队采访啊。"

虽然他的本意是开个玩笑，但主持人只觉得时烨的语气非常不满，便没再揪着盛夏一直问，和乐队其他几个人聊了起来。

"主唱不像是刚刚加入，倒像是一直就在这个乐队，时烨怎么看这件事？"主持人笑了下，"其实现在网上的猜测很多，不过我最想听时烨的看法。"

时烨面上不动，心里已经把这个主持人给骂了一轮。

最近网上又开始猜测，说什么沈醉还在的时候盛夏其实就已经在跟乐队接触了，乐队其他人都想把沈醉给挤下去然后让盛夏上位。

"合适的话总会找到对方吧。"时烨答得还算客气。

主持人失笑："哎哟，这乐队怎么被你一说，找队员跟找朋友差不多了。"

"差不多，对我来说是一样的感情。"时烨面色不变，"几个性格不同的人在一起组乐队要磨合的地方很多，那应该是一种超越友情的感情吧。"

主持人也跟着笑："这说法浪漫啊，确实和队员在一起就和最好的朋友差不多了，有点波折有点摩擦也很正常，但无论如何都是关系亲密的伙伴。"

他们聊的时候盛夏早就神游天外了，撑着脑袋低着头发呆，只觉得自己越来越困，完全没心情去在意周围的人在聊什么。

"对了，所以乐队准备了新专辑以后会再开一次巡演吗，或者拓展国外市场？"主持人笑眯眯地问，"大家都很期待新专辑，尤其是新主唱参与制作以后，很想知道会不会再来一次巡演。我记得飞行士上一次巡演是四年前了吧？"

"巡演的话现在还不知道。"时烨说，"也许会有别的计划，一切都还是未知数。"

"但我们听到风声，说你们已经有了巡演的计划……"主持人不依不饶，"时烨能透露一下乐队之后的计划吗？"

"我们还是会先专注作品。"时烨的回答依旧模棱两可的，"巡演之类的计划我也不好说，我们……还有一些其他想做的事。"

主持人顿时来了兴趣："聊聊？想做的事？"

"没什么好聊的，就是做乐队该做的事情。"时烨难得笑了下，"在思考怎么突破自己，我们都是。我们开始有了一种奇怪的责任感，想传达一些什么给大众，给所有喜欢我们的人。"

这话说得主持人的表情慢慢认真起来："责任？"

"对。"时烨想了下，"其实我们是一群相似的人，都在寻找什么，但以前好像没用对方式。最近我遇到了一件事，遇到了一个朋友，教会了我一些事情……"

时烨说到一半，顺手用手肘轻轻撞了下正在旁边发呆走神的盛夏。

"对方让我有了一些改变，也对我自己产生了影响。"时烨看旁边的盛夏睁开眼睛了才继续说，"如果说我以前的作品，传达的核心是破坏和怀疑，那现在和以后的我，大概会多一些信任和美好。这有点像重建我自己的一个过程。我想往前走，乐队也是。"

等录制结束后盛夏已经困得有些意识模糊了。最近工作强度大，还要不停唱歌弹琴、和别人说话，他本来就是个生物钟非常规律的人，一到晚上录节目就会犯困。

上车以后，盛夏一裹上毯子就迫不及待地开始打盹。时烨和众人道完别也准备上车了，结果旁边的牛小俊凉凉地说了一句："时爷，以后适可而止哦，别在镜头前说太多。"

时烨哦了声，也没太在意："我们走了。"

牛小俊皱了下眉，欲言又止。

时烨拉车门的时候牛小俊还是没忍住把人喊住了："时爷，你是不是有什么事瞒着我？"

"没有啊。"

"别瞒着我。"

准备上车的时烨顿了下，把车门重新合上了。

最近牛小俊确实感觉到了一些什么，好像有什么不太对劲。这段时间有很多综艺和活动甚至是品牌都来找飞行士合作，时烨全都否决了，他说不希望在这个时期再让乐队的话题度上升了，否则"反噬"得会很快，而且他还帮盛夏推掉了很多不错的商业合作。

听了时烨今天说的话，牛小俊隐隐觉得有什么他没办法把握的事情会发生。可仔细想了下，牛小俊觉得以时烨的性格，无论做出什么惊世骇俗的事情都有可能。

时烨盯着面前的车沉默了很久，他一直没有回头看牛小俊。

最后说了句："盛夏很困，我们回家了，明天再说。"

时烨本来打算把盛夏送回家里，但车开到盛夏家楼下，转头一看，这人已经睡得忘乎所以，口水都快流下来了。

他盯着盛夏看了会儿，叹了口气。

时烨一直很想让盛夏搬来一起住，这样工作上会比较方便。

他弹了下盛夏的耳朵，看盛夏挣扎地睁开眼睛，再望向自己。

下车后他按惯例陪着盛夏上楼，然后盛夏掏钥匙，结果发现找不到钥匙了，随后疯狂地找。

时烨瞥他一眼，语气轻飘飘的："出门带钥匙这么简单的事都记不得？"

盛夏一脸迷惑，还在不停地翻自己的书包："难道我没带出来……不可能啊！我今天出门前还确认过了，我肯定带了！"

"找不到就算了，明天再说。"时烨已经转身去按电梯了，"去我家睡。"

上车以后盛夏还在纠结懊恼自己的钥匙去了哪里，甚至掏出手机发消息把乐队的所有人都问了个遍——"大家有没有看到我的钥匙？上面有一个小龙猫玩偶，有人看到吗！重金求钥匙！"

询问无果后他开始在时烨车上不停找钥匙。

时烨被他的一通操作搞得很是焦躁："你到底走不走？"

盛夏抱着自己的包，有点不解："啊？"

"钥匙不见了，大不了改天换个新锁呗。"时烨没看他。

盛夏顿了下，他看了时烨一会儿，才把包拉上，慢悠悠说："算了，不找了，我去你那里凑合一晚。"

到家已经凌晨了。

盛夏从鞋柜里拿出自己的拖鞋穿上，把包放下，先是熟门熟路地去倒了杯水喝。

"时烨老师，"盛夏叫了他一声，"你为什么不搬去公寓住啊？离公司也近一点。"

时烨把他们的衣服挂好，慢悠悠地说："感觉没这边住得舒服。"

"房子有点老了。"盛夏说，"你喜欢住老房子吗？"

"也不是喜欢住吧，就是习惯了。"时烨说，"我家里人也没留什么给我，只有这套房子……过几年可能就要拆了。我就等着这房子没了，哪天它没了那我以前的记忆也没了，我想等到它寿终正寝被迫拆掉的那一天。反正是一个人住，我也没那么讲究。"

盛夏听到了关键词，似乎明白了什么。

他哦了声，又问："你一个人住会不会害怕啊？"

时烨笑了笑："不会。"

"哦。"盛夏又道，"那会不会冷啊？"

"现在还算夏天吧。"

"哦。"盛夏笑了笑，"那我可以搬来住吗？"

时烨收拾东西的动作一顿，抬头看了看他。

盛夏见时烨不说话，就开始自说自话："我跟小正哥学做饭已经有一点成果了，但是现在只会做简单一点的菜，不过我能帮你做点家务！我的东西也不多，就一个小角落放下琴和设备就行了，我不会添麻烦的。"

见时烨还是没说话，盛夏声音小了点："我可以搬过来吗？"

"我脾气可不好，"时烨轻轻笑了下，"要想好。"

"我都见识过了，没问题。"盛夏说。

本以为会睡得不错，但其实那一晚时烨睡得不好。他梦到了妈妈、爸爸，和小时候的那个家。

从别人的口吻中时烨已经得知过，时俊峰其实是个挺有魅力的男人。

他和时烨的妈妈在一个胡同里长大的，时烨常听他妈说："你爸爸啊，成绩特别好，但他和那种好学生又不太一样。他好像什么都不在乎，也很少有什么牵挂，对谁都很若即若离的，总是一副明天就会离开你的样子。

"但是大家又都喜欢这样的他，觉得他很酷，很迷人。大概每个人的生命里都会遇到这样一个人吧，你会觉得他特别好，但你不能靠近，靠近后就破灭了。他似乎就只能活在你的记忆里。

"可我知道，你爸爸是真心喜欢过我的。"梦里的妈妈睁眼看着时烨，"我是肯定的。我们有过感情，他需要我，我知道。他一直都是个不太确定的人，他需要一个岛，我就是他的岛。"

时烨梦到了那些岁月。

在这个房子里，他妈妈高丽穿着裙子唱歌，皮肤雪白，还没有皱纹。他爸刚下班，进门的时候提着一袋黄澄澄的橘子，看到妻子在收音机前哼着歌转圈，他就站在门外听，没有打扰。

时烨看见自己变成了一团黑漆漆的雾。

他被卷入了面前晕黄色、类似老旧电影一样的场景里，从他妈妈复古的裙摆下飘过，在桌上的玻璃罐子上转一圈，绕过柜子上的钢笔，冲着门口飞，最后匍匐在爸爸的脚下。

梦里父母的样子失真了，在时烨眼里他们像是两个演员，就那样看着对方，说着自己的台词，眼里似乎有情意，又似乎没有。

他们轻描淡写地在歌声里道别。

时烨看到那团夹在他们中间的黑雾滴出了浓稠的水，黏稠的一团黑色，滴滴答答地把地板打湿，没过时俊峰的黑色皮鞋、高丽的红色细高跟。

是谁哭了？为什么是黑色的眼泪？

时烨看到那团黑雾扭曲，又平静，扭曲，又平静，不停地榨出黑色的液体。

梦里爸爸的眼神空空落落的，他说："你不想我见小烨，那我以后就不见了。"

高丽按了下一首，这次播的是 *Goodbye My Love*，歌声里像有一把糖，唱再见的时候居然也这么甜。

时烨看到那团黑雾没过了高丽的小腿，时俊峰的腰，没过收音机的声音，把场景吞没。

时烨看到自己变成了黑色的碎片。

视线里爸爸走出了这个房子，没有回头。

在黑色彻底淹没一切之前，时烨听到高丽失控了，她对着空空如也的房子说："再见。"

高丽的回音悠远，"再见——""再见——"，每一声都带着悲戚打过来，盘旋飞舞，在大脑里割据，像是不祥的钟声。

惊醒的时候时烨满身大汗，心跳如雷。

外面的雨声很大。

他急促地喘着气，条件反射地下床找药吃，结果看到了盛夏。

时烨舒了口气。

他在这个房子里做过很多诡异的梦，失眠过很多次。他在这个房子里弹吉他、写歌、哭、想念和恨一个离开自己的人。

看着眼前的盛夏，时烨恍然间有种错觉，他感觉自己似乎原谅了一些什么。

也不能说是原谅，而是一种无能为力的释然。薄情寡义也好，深情难诉也罢……算了吧，亏欠彼此一辈子或许真的能成为一种联系吧。

盛夏第一句话问他的是："哥，睡不着吗？我陪你说话？"

时烨没说话。

盛夏看上去很困，但还是揉着眼睛说："你要喝水吗？"

时烨还是看着他。

盛夏静了下，才小声说："不舒服吗？"

时烨一直不说话，英俊的眉眼像是带着雾气，朦朦胧胧的。

盛夏开始担心："头疼吗？"

时烨盯着盛夏，半晌才很轻地点了下头。

盛夏有点着急："我去帮你拿药，还是在那个抽屉里是吗？"

但时烨扯着他的手臂把盛夏扯了回来，把头埋进他的肩膀里："就这样待一会儿就好。"

盛夏一愣，瞌睡都醒了大半。这个平日里看上去很冷漠坚强的人，此刻给人的感觉有些脆弱。

盛夏犹豫了很久，才轻轻地摸了摸时烨的头发，感觉很像是一只疲惫的狮子在你面前低下了头，让你抚摸它的鬃毛。

"为什么网友总是说你脾气很差啊？"盛夏像是在自言自语，"我觉得你脾气其实挺好的。"

时烨懒懒答了句："只是偶尔有耐心而已。"

"哦。"盛夏笑了笑，"你不要这么否定自己好不好，大家都说你现在脾气变得蛮好的。"

"你哪儿看出来了？"

"那次音乐节啊。"盛夏语气上扬，"最后那一场不是有歌迷冲到看台边上想拉你的腿吗？小正哥跟我说，如果换作以前，说不准你会把他踹下去。"

时烨慢悠悠地哦了一声："但没想到，那天我居然还把自己的拨片甩给了他，是吧？"

"是啊！"盛夏的声音一直笑着，"你现在脾气好得不得了。"

时烨仔细一想，感觉自己确实改变了很多。现在不会像以前一样动不动就发火，说话做事都温和了很多。

他们靠在一起聊了会儿天，聊着聊着，盛夏突然想起来："我居然忘了，时烨老师,那个电影已经上映了!"

时烨还没反应过来,问:"什么电影?"

"我们唱主题曲的那个啊,《池底生活》。"盛夏说,"网上也蛮火的……"

因为飞行士唱了主题曲和插曲,所以从一定程度上讲,也算是给片子做了很多宣传。歌曲发行以后的评价十分不错,牛小俊还说明年估计有望拿奖。

盛夏拿着手机捣鼓了半天,提议道:"时烨老师,不然我们来看看这个电影吧?反正也睡不着,刚好外面在下雨,太适合看电影了。"

感觉盛夏对"下雨天窝在家里看电影"这件事有一种执念,本来想去写会儿歌的时烨犹豫了半刻,最终还是选择满足盛夏的愿望。

到客厅把投影弄好后,时烨去找了两张毯子。雨天窝在沙发上看电影确实会给人一种很奇妙的温情感,舒服得令人昏昏欲睡。

电影开头是一个长镜头。

一个少年独自站着,他无聊地踢着墙角。镜头移进教室里,黑板上写的是季风和洋流,台下的学生精神不振,窗外是烈日,远处有蝉的声音。

盛夏小声对时烨说:"我猜他在学校里应该人缘不太好吧。"

确实人缘有点差,电影至少用了半个小时在讲这个高嘉延在学校的人缘有多不好。和老师搞不来,和同学合不来,性格孤僻,不喜欢大学男生喜欢的任何活动——打篮球、打台球、打游戏,他全都不喜欢,觉得那些活动会把自己搞得臭烘烘的,他只喜欢安安静静地待在座位上看书。

没人乐意跟他玩,除了他的前桌。

是一个叫余昊的男生,拥有跟高嘉延简直南辕北辙的性格,开朗大方,还有点中二。他和余昊的友谊一开始也只是建立在借作业给对方抄这种事情上。

可他们的友谊并没有维持多久,这段友情以余昊的冷漠相待而结束,两人慢慢疏远。

盛夏缩在沙发的一角,长长地叹了口气。

时烨:"叹什么气?"

"有一点点同感吧。"盛夏感慨道,"我上初中的时候还没变声,说话的声音很细,有点像女生,个子也不高,我也像这个高嘉延一样,人缘不太好,男生都不喜欢跟我玩。"

时烨安慰着说："都过去了。"

"嗯，过去了。"盛夏点头。

电影里的高嘉延，因为跟余昊闹掰了，生活变得一团糟。他又变成了一个人，开始讨厌学校，不再对身边的人有期待。

他越来越沉默了。夏日斑驳流转的光影里，只有他的表情格外灰暗。

渐渐地，班上开始有人孤立他，说他是变态，说他是败类。他开始被排挤，上厕所会被锁在厕所里，走在走廊上时会被人突然泼水……

余昊不在欺负他的那些人之中，只是在那些人欺负他的时候默默地从边上走开。

独自养育他的妈妈来了学校，当着老师和同学的面狠狠打了他一顿，让他跟老师和同学道歉。

看到那个情节的时候盛夏把脸埋进了胳膊里。

时烨轻轻拍着他的背，听影片里的那个高嘉延声嘶力竭地对着办公室吼："对不起！对不起！我对不起你们！够了吗？够了吗！"

配乐变得混沌、迷乱，充满了愤怒，不停闪烁的蒙太奇镜头组合在一起，看得时烨有点头晕。

浑身是伤的高嘉延第二天偏离了上学的路线，他坐上了一辆公交车，随意下了一站，漫无目的地走，最后走进了一家很老的海洋馆。

他选了一个人最少的角落看鱼。这个电影的所有镜头都非常漂亮精致，尤其是在主角进入到海洋馆之后，馆里暗暗的蓝光和展缸里缓缓游动的鱼变成了表达高嘉延心境的最好布景。

他那一整天都在这个海洋馆里慢悠悠地乱走，无处可去。

海洋馆快关门了，他不想走。高嘉延躲进了海洋馆里的厕所，拿出书包里的面包开始吃。他不想回家，他打算在这里待到天亮。

等到夜深了他悄悄走出去，像个发现新世界的人一般在海洋馆里乱走，他把这里当成了一个乐园。他跟遇到的所有生物打招呼，说晚安。他跟遇到的鱼聊天，聊讨厌的学校，聊讨厌的老师和同学……他神经质地在这个海洋馆里来回奔跑着，像是把这里当成了自己的秘密基地。

他跑着跑着，突然撞到了一个人——李然，这个故事的另一个主角。

李然被他撞倒在地，讶异地问："你是谁？"

高嘉延茫然又惊恐地回头。他们四目相视，望着对方。

高嘉延静静道："我不知道我是谁。"

放在这里是异常奇妙的一句台词。他不知道自己是谁，该去哪儿，该做什么。

这几秒的镜头太美了。

大概文艺电影里人物的行为方式都不太符合逻辑。李然带着高嘉延去见了自己驯养的那只海豚，介绍道："它的名字叫水。"

"水？"

"对，水。"

李然有一张异常温柔的脸，引导着高嘉延的手去摸海豚的头，让海豚吻高嘉延的手。

发现高嘉延愣住后，李然一把将对方拉进了水池里，笑着说："以后晚上你来这里，跟我一起和水玩吧。"

随着镜头拉远，盛夏的歌声也缓缓响起——

"你没听过我的名字，"

"但我见过你的样子。"

"想开始但没有恰当方式。"

"表演开始，观众席上没有我的位置。"

"表演开始，我看见你给宽吻穿上裙子。"

……

水里的镜头摇摇晃晃的，波光潋滟，很美。

盛夏看着看着，又往沙发里缩了缩，突然说了一句："时烨老师，我有点不想看了。"

怎么才听到自己唱的主题曲就不看了，时烨侧头看他："困了？"

盛夏摇头："因为我看过原著的书，我知道是什么结局，不忍心看了。"

时烨沉默了一会儿。

电影里的李然和高嘉延在水池里游来游去，裸露的手臂碰在一起，亲密无间。

"结局很重要？"时烨静静道，"你看高嘉延现在不是笑得很开心吗，欺负他的人也受到了惩罚，不要想那么多，故事而已。"

盛夏声音闷闷的："这个世界上肯定有很多不开心的孩子。"

"嗯。"时烨点头，"所以你要珍惜自己是盛夏，要好好爱惜自己，珍惜每一天的生活。"

窗外的雨还在下，似乎越来越大了。盛夏好像是真的不太想面对那个不算完美的结局，一直把头埋在胳膊里，也不说话。反而是时烨看得很认真，一直专注地盯着故事的发展。

又看了会儿，时烨察觉到盛夏应该是困了，此刻正处于半梦半醒的状态，呼吸都均匀了。

盛夏小声地嘟囔了句："我想去看看……"

时烨一怔，在思索盛夏是在说梦话还是什么，结果对方又来了句——

"海豚。"他说。

含含糊糊的声音。

侧头再看，时烨发现盛夏已经闭上了眼睛，似乎进入了某个美好的梦里。

◄ 06 ►

第二天醒了以后，已经一点多了。时烨揉了下额头，睡得有点头疼，不知道是睡得太多还是睡得不够。他坐下来缓了下才抬眼看，沙发上还有盛夏的衣服和包，但没有看到人。

正打算出去找找，结果就看到桌上摊开的本子。

本来时烨是想帮盛夏合上的，但随眼一扫，他看到空白处写了："晴，蓝色，热。梦到玻璃房子、狗、机器人、腐烂的橘子和北极星。"

List:

①给妈妈寄糕点。

②晚上七点直播。

③回复邮件。

④买新的白衬衫。

⑤去医院。

※ 偷看的人会变成猪！除了时烨老师。

下面是一串乱七八糟的音符。

时烨看完默默笑了一分钟，他想了下，拿起旁边的笔在下面写了两句：

List:

⑥下次记得叫时烨老师起床。

⑦下次要做个好梦。

他走进客房，看到盛夏就穿着背心和短裤盘腿坐在床上戴着耳机，拿着纸和笔在写歌。

走近了盛夏还是没反应，等时烨洗漱完过来挨着他坐下了，盛夏还是没跟他说话，眼睛依旧盯着纸张，入神地写。

时烨没打扰他，准备等盛夏写完以后再一起出门吃饭。在工作方面他们很默契，做事的时候都不会打扰彼此。

今天难得休息一天，天气热，时烨想了下，打算带盛夏去吃冷面，吃完他们再一起去医院。

手机玩着玩着，时烨打开了软件转发一个好朋友的巡演宣传，之后打算退出来了，但他又看到下面有个飞行士的关联视频。

时烨觉得自己也是手贱，偏要点进去看。不知道是谁做的视频，组合起来的内容全都是他和盛夏同框的画面，有接受采访的，有在台上的，但却不是大家想象中的友好剪辑。

第一个片段他还挺眼熟。那天他们去了一个商演，因为盛夏又一次突然"跳水"，观众还久久不愿意把盛夏从台下传回来，时烨越看越闹心，索性扭过脸郁闷地弹吉他。等好不容易把人传到舞台边上了，盛夏没站稳，当时离他很近的时烨，由于气急攻心就没去拉盛夏。

喜欢"跳水"？那你"跳"个够，我是不会拉你的。没想到这个片段成了别人眼中"时烨、盛夏关系不和"的实锤。

时烨真的很讨厌盛夏唱到激动就一言不合"跳水"，太危险了，他跟盛夏说过很多次这个问题，可盛夏就是不听，还说什么情绪到了就是很想跟歌迷友好互动一下。

万一观众没接住他会是什么后果呢？

视频第二个片段是盛夏给粉丝签名的时候。那天有一堆男男女女挤上来和盛夏握手合影，还总是试图和盛夏拥抱，时烨在边上等了二十分钟，是真的忍无可忍了，结果那个傻子还乐呵呵地积极和粉丝社交。

当时时烨在边上很不爽，一直黑着脸，就走过去很不耐烦地催了他一句："差不多了，走了，没签过名吗？"

这又成了别人眼中"时烨、盛夏关系不和，并且嫉妒盛夏人气"的实锤。

时烨在镜头面前一贯是黑着张脸，他的气场又尖锐，看不惯他的人不在少数。这段视频剪出了他最不耐烦的表情，剪得太神奇了，怎么看都像是他是在欺负盛夏。

只要盛夏出去做活动，他们就会被迫"关系不和"。

看着这条博文的标题"飞行士时烨疑似再次欺压队员，历史重演"，时烨很想说一句，你们有事吗？

点开评论区，果然一片惨不忍睹——

"@A：时烨够冷酷的啊，看看他那个眼神，一个乐队的都不愿意拉 S 一把，他有事吗？"

"@B：我没话说了，我都能想象到时烨在乐队是怎么欺负人的了。逼死一个不够，还要来？公司管管行吗？逼我们报警是吗？@ 海顿音乐"

"@C：其实我不想出声的，但对不起，盛夏和时烨不是一个级别，时烨红的时候盛夏才几岁？是真的觉得老飞行士粉都不上网的吗，再澄清一次，沈醉的自杀跟时烨无关，造谣的人没安好心。"

"@D：评论区都什么魔鬼言论？"

"@E：我说大家的反应是不是太大了？这个有点恶意剪辑了吧，时烨的脾气本来就这样，这明显就是跟队员关系好才会这样啊，都什么被害妄想症的解读？"

"@F：真的很烦两边粉丝搞对立，吵来吵去的有意思吗？"

"@G：又开始了，骂时烨，你们算老几！"

……

这些言论和说法都有点超出想象。时烨深吸一口气，一边退出来一边喃喃自语："是你们太无聊整出这种东西，还是我太无聊要去看这种东西……"

边上的盛夏听到后抬头："怎么了？"

时烨看了他一眼，说："有点惊讶。"

"怎么了？"

时烨叹了口气："歌迷说我们在台上的互动很不友好，说我欺负你。"

这件事盛夏倒是早有耳闻。其实他心中万分迷惑为什么歌迷都会这么想，即使自己每次发 vlog 之类的各种暗示跟时烨的关系不错，但大多数的歌迷还是觉得时烨在欺负他。

盛夏叹了口气，情绪开始变得沮丧。他倒是想在台上和时烨多互动，但知道自己只要走到时烨边上，一定会紧张影响发挥，所以每次演出他都很谨慎，尽量控制自己不要往时烨那边靠。

"那天的音乐节，你记得吗？我忘词的那次。"

时烨想了想："我还以为你是故意让观众接唱的？"

"没有，我确实忘词了。"盛夏说，"因为你走过来了，还靠在我的话筒旁边唱了一句。"

"没唱。"时烨说，"我就是哼了一句。"

盛夏睁大眼睛："我还以为你是想来跟我合唱，人都傻了。"

时烨看着他笑："我说我本来是这么想的，你信吗？"

"……"盛夏不好意思了，"反正就是因为你这样我才走神的，我忘了要唱下去。人果然在偶像面前就没办法控制自己，我很惭愧，我好不专业。"

时烨不讲话了。

盛夏越讲越委屈："你走回去的时候我特别难过。"

时烨转移了话题："那上台的时候你是想让我经常来跟你互动，还是不要？"

盛夏又开始纠结："要……算了不要吧……不不不，我要！"

时烨嗯一声，用打商量的语气说："那你下次别'跳水'，我可以走过去跟你互动，你可以搂我肩膀。"

盛夏往时烨那儿挪了挪，很是小心地说："嗯嗯！以后争取不跳！"他看时烨提起"跳水"时脸色不好，又加了句，"你别因为这个生气。"

"不是因为别的，是因为'跳水'不安全，我告诉过你了。"时烨的语气很一本正经，"你看我跳水吗？"

盛夏答得飞快："你唱《披星戴月》的时候'跳'过，还有一次在……"

"……"时烨语塞两秒，"你和我的情况不一样。"

"我不'跳'了，不'跳'了。"盛夏把声音放软了一些，"别生气啦，我错了。"

时烨无奈地瞥他一眼，开始慭笑："我没生气，你继续写吧。"

盛夏点头，手里的笔却停了下来。犹豫了下才对时烨说："我起来的时候用了下你的电脑做了一段混音。"

时烨点头："不是跟你说了吗，以后工作室就是我们两个人的，里面的东西你都可以用，不用特地跟我说。"

盛夏点头："我是想说，用你电脑的时候，无意发现桌面上有很多个做完的 demo……我实在是很好奇所以就听了一下下。"

时烨淡定地点头："所以？"

"所以之前乐队没出新专辑是为什么啊？"盛夏很不解，"明明你一直在写歌，为什么……"

为什么要把写好的东西藏起来，让别人骂你江郎才尽。

曾经的时烨是真的红透半边天，乐队的专辑销量能直接甩别人一大截，他在哪里，哪里就是焦点，到今天也找不出第二个像他这么耀眼的乐队明星。

可之后他就义无反顾地离开乐队去了国外休息，像突然消失了一般，没再发过任何作品。

盛夏曾经还自责过，觉得时烨的沉寂有自己的原因，可现在看来，他并没有失去创作能力。他似乎是主动放弃了往上爬的机会，把自己藏了起来，把自己的才华也藏了起来。

"就是不想发而已。"时烨口吻平淡，"没什么特别的原因。"

盛夏皱着眉："你好好跟我说。"

对视了几秒，时烨说："好吧，是因为找不到我喜欢的嗓子来唱。而且这些大部分都是生病的时候写的歌，我不太喜欢，觉得负能量太多了。它们是我发泄后的残渣，不算是健康的东西。"

其实如果时烨不提，盛夏偶尔会忘记时烨还在生病这件事。盛夏能感觉到，时烨现在就算是难受也会忍着不让别人看到，有时候还挺刻意的。原来，他的出口是创作。

盛夏想了想："这些歌要我帮你做出来吗？不发太可惜了，都是很好的作品，真的可以考虑一下。"

"哪里好了？"时烨敲了下他的脑袋，"明明都很灰暗很压抑，太'丧'了。"

"我相信无论是哪种情绪，都会有人共鸣。"盛夏坚持道，"人也不可能一直都很快乐啊，偶尔听一听'丧系'的歌也可以嘛。我相信每一首歌都有属于它的听众，你要给这些歌一个被大家听到的机会。"

说得挺有道理，但时烨总觉得那些歌是属于自己内心非常私密的一部分情绪，他没办法公之于众，有些甚至自己都不想再听一遍。

时烨摇头："那些歌里我的个人风格太明显了，不太适合拿给乐队唱。留着吧，等以后我能面对那些情绪以后，再看看怎么做出来。那些歌不能作为你当主唱以后的第一张正式专辑中的歌，很不合适。"

盛夏转了几圈笔，钢笔在转到第四圈的时候掉到了本子上。

"那我有一个想法你愿意听听吗？"盛夏道，"我们可以做一张概念专辑，一起做吧？"

时烨皱眉："概念专辑？"

"就是做一个概念，七首歌，红橙黄绿青蓝紫，专辑名字就叫 Color。"盛夏从包里掏了个夹子出来，翻出来几张纸，"大概的结构我都安排好了，分部的话还要听听你们的想法，词我写过一些，但不太满意，看你们有没有兴趣。如果做的话，词的部分要请你帮忙了。"

"主题呢？"时烨单刀直入地问，"有点随意。"

盛夏的语调一直很平缓："不用有什么固定的主题，是更宽泛一些的东西……像是我现在弹的这首红，可以热烈可以残酷，我写的时候也是渐进的。"

说着说着，盛夏觉得光说不练没什么意思，索性坐到钢琴前，说："听听感觉？我直接弹了啊。"

看到盛夏熟门熟路地打开琴盖开始演奏后，时烨呆了会儿。

他看盛夏弹钢琴的时候总会想起那个 18 岁的盛夏。但和从前不一样，盛夏已经没那么青涩了。现在的盛夏自信，笃定，游刃有余里又有一些散漫。他像是嵌在音符里面一样，你会觉得这个人本来就该坐在那里，和钢琴是一体的。

一个尖锐的 C2 音响起来。

他收回手，满意地吐出一口气。盛夏看时烨的表情奇怪，心里没底，小声问："你是不是不太喜欢我的风格？"

时烨摇头："没有，我觉得很好听。"

盛夏这才有了点自信："我个人觉得风格可以做得丰富一些，内容没有必要局限，毕竟色彩就是形容词。就写一种感觉吧，或者每首歌有一个颜色的小故事也可以。"

还挺有意思的。

"还是要有个主题，一一对应最好。"时烨接过盛夏的笔开始写，"红就写热烈——残酷——死亡，三个阶段，用个起伏大的结构。

"比如这样，橙写活力，青春最好——"时烨的眼睛盯着纸，"然而我没有活力这种东西，这部分我帮不上忙，我来写词的话可能会写一些描述橙子多好吃的句子。"

很快他们就一言一语地讨论了起来，最后打断他们创作状态的是肚子抗议的声音——饿了。

两人相视一笑，默契地放下笔，时烨说："带你去吃饭。"

换好衣服的盛夏在客厅收拾自己的包，等把桌子上的本子拿起来，他随意扫了眼就看到了时烨写的那两行字。

时烨的字比他的好看很多。

盛夏笑了笑，扯了下旁边的时烨。

时烨扭头："干什么？"

盛夏没说话，他低头在本子上写了一行字，写完才递过去。

时烨接过来，看到上面写着："我其实有梦到你，不过是梦到你以前在白城走掉的时候。因为是不开心的梦，我才没写在本子上。"

时烨看完，抬头看向盛夏，他们对视了片刻，时烨本来想直接说话，结果盛夏轻轻对他摇了下头，指了指手里的本子，又眨了眨眼睛，一脸跃跃欲试。

时烨意会。他拿起笔，把本子摊在腿上，在那行字下面开始写字。

两个人开始用这种方式交流。

时烨："梦到什么了？"

盛夏："梦到你走的那天。"

时烨："具体一点。"

盛夏："我那天大半夜跑出去，跟我妈妈大吵一架，想着破罐子破摔算了。我在火车站等了你一晚上，抱着侥幸心理等你。就因为这个，我现在特别讨厌下雨，只要下雨我就难过，我现在都对下雨有点敏感了。"

时烨接过来看完，写："那以后下雨天我们就不工作不出门，在家里看电影，我允许你下雨天吃炸鸡。"

盛夏很喜欢吃炸鸡等一系列年轻人喜欢吃的小零食，可他又是那种容易上火的体质，动不动就口腔溃疡舌头起泡，还尤其不自觉，总是悄悄藏零食，时烨只能凶巴巴地管着他不让吃。

盛夏看着本子想了想，写："你当时肯定气得想掐死我吧，觉得我挺现实的吧。"

时烨："是有点。"

写完那句话，时烨又加了一句："那天，我其实多等了你一个小时。"

盛夏："可能那个时候时机真的不对吧。"

时烨："不要提了。"

盛夏："好。"

盛夏看着那行字笑了下，继续在下面写："时烨老师，我们要不要重新认识一次，把以前都忘了，就当现在是第一次见面。"

时烨看完没忍住挑起眉看了盛夏一眼。

时烨："那从什么环节开始？"

盛夏："从你叫什么名字开始。"

时烨瞥了他一眼，他看到一个期待的、亮晶晶的眼神，只能摇摇头妥协，继续写——

"我是时烨。"

是这样吧，从我叫什么开始，从你叫什么开始。

"我叫盛夏，你好啊。"

他们盘腿坐在沙发上，写着写着就开始看着对方忍笑。时烨知道这很幼稚，但盛夏看上去很开心。

盛夏："现在认识了，那我们今天能一起出去玩吗？今天天气很好，适合弹琴，唱歌，外出。"

看着满满一页的"谈话"，还有最后那个画得歪歪捏捏的笑脸，时烨没忍住笑了下。

他在那个笑脸旁边画了一个更大一号的、更好看的笑脸。

最后他把本子合上，说："行了，明天再陪你玩这个无聊游戏，我们先去医院，看完后帮你搬家。以后你要跟暴躁的中年男人当室友了，开心吗？"

盛夏笑得十分真诚："开心！太开心了，这么开心我好想吃个全家桶庆祝一下！"

"今天没下雨。"时烨瞥他一眼，"不要痴心妄想。"

第十二章

谢红

Bitter
Sweet
Symphony

▮ 01 ▮

　　小半个月前时烨发现盛夏的形迹非常可疑，每次活动完总是鬼鬼祟祟地匆匆离开，问他他也是语焉不详的。因为这件事时烨还气了一阵子，但怎么问盛夏就是不说，搞得时烨还很是不安地猜测过这人是不是干什么坏事了。结果某天跟了他一次，时烨发现盛夏来的是医院，看的人时烨还认识——谢红。

　　挺意外，时烨没有想过自己再次和谢红见面居然会是在医院，而且对方还病得那么重。

　　医生拿着几张单子跟谢红讲了很久，病床边上谢红的哥哥也在，众人表情都很严肃，时烨和盛夏不好进去，只能在门外站着等。

　　"我们真的不告诉高策哥吗？"盛夏把头探进去看医生给谢红交代注意事项，满脸担心，"听说红姐跟策哥是……"

　　"她和高策的事情很复杂，咱们管不了。"时烨往里面看了眼，"她为了不让高策知道都让你瞒着我了，应该是认真的。等我再跟她聊聊，我们再说。"

　　在门外听了会儿医生说话，时烨和盛夏的脸色都越来越难看。难以置信病情在这段时间内居然恶化得这么快……

等医生走了，谢红的哥哥跟着出去，他们才进去。

病床上躺着的谢红状态很差，她戴着一顶帽子，皮肤干黄，整个人都是一副油尽灯枯的样子。

谢红瞥见时烨，笑了下："我的天老爷，都说了不想看见你，又来了，烦不烦。"她的样子憔悴，但目光依旧明亮，炯炯有神。

乳腺癌，她已经在南方熬了两个月，没办法才转来北市的医院，按照刚刚听到的说法，现在也就是熬一天是一天。

之前工作太忙，时烨见缝插针地和盛夏来看了谢红几次，好几次她都是在化疗，等能探视了，谢红也没什么力气应付他们，笑骂几句就说要休息。

时烨的情绪不太对劲，他定定看了谢红一会儿，闭了闭眼："红姐，我跟策哥说一声吧。"

如果已经到了这一步，那见一面又何妨。

谢红看上去倒是很轻松，比哭丧着脸的盛夏和时烨都要轻松。

"我都说了啊，你们谁告诉高策就是跟我过不去，下辈子我都恨你。"谢红瞥了时烨一眼，"我说了，和他老死不相往来。"

时烨叹了口气。

盛夏一直看着谢红，余光注意到时烨转身了，才慢悠悠地把手里拿着的小口袋递给谢红："按你说的，买的那家的。"

一袋驴打滚。

谢红接过来，看着盛夏笑了下，说："待会儿吃，还有呢？"

盛夏又悄悄看了眼时烨，才从口袋里掏了烟和火机出来。

时烨像是背后长了眼睛，沉声道："不要给她。"

谢红哈哈地笑起来："时烨啊，你好不懂事，我都是要死的人了，还差这么一根两根吗？"

最后时烨和盛夏只能把她扶起来架到窗户边上，看谢红对着外面开始变黄的银杏吞云吐雾。

"缘分这事儿真是说不清楚。"谢红拿烟的手很稳，但说话却有点飘，"要是早知道……四年前我可能都不会给你打那通电话。以后……挺难的吧。"

时烨本来想回答，结果盛夏先插了一句："人活着都很难，大家都在迎难而上。"谢红听完哈哈笑了下。

谢红抽着烟打量他们，突然说："你俩能不能站起来，并肩站一下。

好好站，我想看看你们俩并肩站在舞台上的样子。"

盛夏还有点不明所以，时烨却已经拉着他站了起来，揽住他的肩膀。

谢红定定看了看他俩，笑着点了点头："看你们这样真好……唉，可惜以后看不到了。"

时烨脸色一变，他忍了很久才很是丧气地道："你就拖到这个时候才……要是我那天没跟来，你是不是打算都不告诉我们？"

谢红扭头看了时烨一眼，笑了。

"是没打算说。你拉着脸干吗？生老病死很正常。"

时烨摇头："怎么会这么突然……"

"也不突然，挺久了。小半年前开始就觉得胸上有肿块，不舒服，但那时候跟一乐队在跑巡演，就没及时看。"谢红说了个乐队名字，"那会儿太忙了。"

时烨静了下。他知道谢红在跟一个巡演，那个巡演在圈内算是小有名气，毕竟以前没有人做过。

巡演的名字很简单，叫"万水千山"。

最要命的是那个团队定了一个很长的周期，他们打算跑遍全国所有的贫困县市，一站一站地演出，在地图上跑一次马拉松，一直演到头发白了，等乐队走不动了，再停止。

第一次听到这个巡演时烨就觉得是很不现实的一件事。他们要去的是贫困地区，演出的乐队就那么几个，不温不火的，票价压得非常低，几乎是在免费做演出了。

那个团队也透露过，按照他们的进度，如果要走完那么多地方，需要花很多年的时间才能结束这场有些乌托邦的演出。

所有圈内人看到这个计划的第一反应都是四个字——天方夜谭。

巡演需要很多时间、精力和钱，谁都会因为热情被磨灭而疲惫，更何况人心是最容易变的，今天会跟着你走，明天就能跟着钱走。很多地方交通不便，在路上花费的资金就是一个大难题，更别说什么场地、设施的问题。

"一提那个巡演我就想说你，"时烨冷着脸，"人都去白城了，说好的养老呢？放着好好的日子不过偏要去做那个吃力不讨好的巡演，身体也不要了。"

他都说不清自己在气什么，就是觉得憋屈，难受。

"一见面就要说这件事，你累不累，能不能照顾下病人的心情？"谢红把烟捻了，"你也别这么看我，好像觉得我是疯子。你是第一天认识我吗？"

时烨盯着她："你是不是因为这个巡演才生病的？"

谢红失笑："人总会生病的啊，都是命。"

时烨忍不住冲她大声吼道："红姐！"

"时烨——"谢红朝着压了压手，"小声点，别这么激动，冷静点。"

盛夏也被时烨吓到了，赶紧走过去拍拍他的肩膀劝道："不要朝红姐吼啊，她在生病。"

"对啊，都病成这样了，要不是我发现你不对劲，她可能永远都不会告诉我们。"时烨眼眶都有些红，他转过头去看谢红，"你为什么不告诉我们？"

"告诉你们什么用？"谢红看上去还是蛮轻松的样子，"你又不会治病。"

"你没想过策哥吗？！"时烨看上去非常失态，"我们都以为你在好好生活，在过安逸舒适的日子，你为什么会……"

谢红叹了口气："我确实在过很安逸舒适的日子啊，你怎么知道我过得不开心？"

"去跟那种巡演是过安逸舒适的日子？"时烨说，"我不明白……我不明白你在想什么。"

谢红像是还想抽一支烟，但她突然咳嗽了几声，脸都咳得有点红，只好把那支抽出来的烟塞了回去。

"这个巡演的发起人是赵遥，冰原乐队的吉他手，你认识吧？"

时烨皱起眉："赵遥？"

"对，就是你知道的那个赵遥。"

那也是当年很有名的一个人物了，比时烨的年纪大一些，是个家庭条件特别好的阔公子。赵遥的吉他弹得也不错，就是性格太急躁了，时烨跟他也仅仅是说过几句话，没什么深交。

时烨想了想："好像这些年都没听过他的消息了，听说他爱人好像出了什么事。"

谢红点头："原本赵遥是该待在北市过他的舒坦日子的，但他婚后第二年，老婆生孩子的时候难产了，就留下了个女儿。赵遥一下子接受不了，他老婆还是他的青梅竹马啊，是一起长大的情谊。他为了给自己疗伤，带着孩子跑去了黔城，不知道怎么就去乡下当起音乐老师了。"

时烨皱着眉："然后呢？"

　　"接下来的故事你可能会觉得有点戏剧化。"谢红笑了笑，"赵遥在乡下支教的第五年，他爸去世了，他回北市分到了一大笔遗产。然后，那笔钱就成了这个巡演的启动基金，赵遥自己也带着女儿踏上了这条路。

　　"这个巡演的初衷很简单，仅仅是为了把音乐的种子撒到更多地方而已。赵遥在乡下待了五年，大概是有了一些我们不懂的感触吧，所以他才把地点都定在比较贫困的地方。我跟他见面的时候曾问过他，为什么要办这个巡演，他说了一堆很有'鸡汤'味的话……哈哈，我都觉得不像赵遥了，但我是被他最后那句话打动的。"

　　时烨已经听得呆住了："什么话？"

　　"他说，会把生命的余热献给现场音乐。"谢红笑着说，"也会带着对他妻子的想念走过万水千山。"

　　盛夏喃喃说了句："好浪漫。"

　　"还不仅是浪漫。"谢红的眼睛发亮，"我一开始去了几站，其实也只是想给赵遥捧个场，没想过要去找寻什么。可这个巡演带给我的感受太不同寻常了，那和你们开演唱会、去音乐节、唱 live house 都是完全不同的一种体验。

　　"我们去的那些地方是真的很穷，听众甚至分不清吉他和贝斯，不知道摇滚乐队，他们甚至可能都听不懂我们在唱什么，但他们是我见过的最认真、最专注、最简单的听众。"

　　"没意义的。"时烨毫不留情地泼她冷水，"观众审美跟不上，你们那是在做无用功。"

　　谢红睁大眼睛看他："正是因为他们不了解，我们带去的新鲜才显得格外有意义啊！时烨，老实说，我并不是为了这趟巡演而参加巡演，我只是爱在这趟路上的感觉。唉……我知道我讲得不好，你大概只有去过那些地方才能感受到吧。我认为一个成功的音乐人一定要有一种慈悲心，这是我在路上感受到的一种真实。音乐带给我们的是什么？音乐本身又有什么意义？我觉得自己在路上才找到了意义。"

　　她的每句话都让时烨觉得很崩溃，他能感觉到谢红已经完全不一样了。四年前她会对时烨说以事业为重这种话，但现在的她似乎已经不在乎那些浮华的东西了，她在追求自己想要追求的事物，并且为了那件事油尽灯枯。

　　"我只知道你病了，"时烨的声音有点沙哑，"生病的情况下，能不能多考虑下自己？"

"我做这些就是在为了我自己考虑。钱不钱名不名的，我都看不上，你也别跟我扯意义，我比你懂。"谢红看着时烨，"时烨，你别说了，我是被迫认栽，而不是主动认输，下辈子要是有记忆，我还做这个。而且你也别把我的病怪在巡演头上，难道养尊处优的人就不会生病了？"

时烨很疲惫："红姐……"

谢红突然喊了他一声："小烨。"

时烨听到这个称呼一怔，他嘴唇动了下，埋下了头。

他们激情争论的时候盛夏没敢说话。等空气静了会儿，他看了看面前的两个人，走过去握住了时烨的手，另一只手握住了谢红的。

时烨的手烫，谢红的手冷。

"我是理想主义者，这辈子就是拿来做梦的。"谢红笑得轻松，但眼角有泪，"不要难过，我一点都不亏。"

和谢红的谈话不欢而散。

时烨觉得自己是落荒而逃的，他拉着盛夏出门，甚至忘记了礼貌，没有道别。

他们走过医院的长廊，两个人都罕见地沉默着。有人经过他们，面带病容，神色木然，打量人的目光也是淡淡的、疲惫的。这里的气氛无端就压抑得让人喘不过气，没有人在笑。

时烨紧紧捏着盛夏的胳膊，走得越来越快。

他们看到一个穿着病号服的小女孩。那小孩的眼眶深凹下去，很瘦，剃着光头，但眉眼很漂亮，就是不知道得了什么病。

那一刻挺奇怪的，盛夏就和她对视着。其实彼此的目光里什么也没有，但他莫名从她的眼中感受到了一种……类似呼救的东西。

空茫茫的。

经过的时候盛夏听到她突然张嘴喊了一声："哥哥。"

盛夏猛地顿住了，也拉住了前面的时烨。包里有薄荷糖，盛夏本来想掏出来递给她，但还没递，就有护士跑过来把她抱了起来，说："媛媛啊，你怎么跑出来了？"

他继续被时烨拉着走，那个小女孩就靠在护士的肩上，一双大眼睛盯着盛夏，脸上没有表情，就一直看着他，直到消失在转角。

"希望你快点好。"盛夏坐电梯的时候还在想她，他心道：媛媛，还有红姐。

时烨突然说："我讨厌这里。"

盛夏想了下，说："没人喜欢，但生老病死也没办法。我以前还小的时候就经常生病，经常来医院。小时候懂什么啊，甚至还不知道什么是死，死又代表什么。但记得有一次，跟我一个病房的是个患白血病的男生，比我大，我还没出院的时候，他就已经走掉了。我问我妈他去哪里了，那时候我妈告诉我说，他以后不会难受了。当时我还听不懂，我甚至都不知道白血病是什么概念，还以为跟我一样，打几天针就可以回家了。"

盛夏垂着头。

"医院最不缺这种故事了，这世界应该也不缺。"

时烨侧头去看盛夏。

盛夏抬头看他，语气带着安慰："你不要难过了。"

时烨没说话。

等到了停车场走到车跟前，时烨把车钥匙翻出来，但手有点抖没拿稳，钥匙掉到了地上。盛夏先他一步俯身去捡，还没等时烨反应，站起来就抱住了时烨。

"你别难过，先缓缓。"盛夏少见地说话这么快，"你缓一缓，先不要开车了。"

缓不了。

时烨靠在车门上。

盛夏能感觉到此时的时烨是暴躁的、需要安慰的，手轻轻拍着时烨的背，余光盯着路过的人，

直到看到有人拿起手机的时候盛夏才捏了下时烨的肩膀，好言好语地把人哄进车里。

上车后盛夏看到时烨的眼睛很红，一下子有了好多血丝。

时烨平静了很久。

"没事了。"盛夏声音和缓，小声安慰，"没关系的。"

"晚期了，"时烨闭了闭眼，"我以为还能控制……策哥如果知道我不告诉他，肯定会恨我一辈子。"

盛夏有些疑惑："他们以前在一起过吗？"

时烨叹了口气："不仅在一起过，还一起组过乐队。"

"啊？"盛夏睁大眼，"组过乐队？"

"嗯，乐队叫红牙。"时烨点头，"在那个时代的地下乐队里，他们的乐队是数一数二的，是非常特别的存在。红姐是那一批乐队里打鼓打得最好的女鼓手，肖想都跟她学过几招。"

"鼓手？"盛夏很震惊，"我从没见过红姐打鼓，她居然还组过乐队？"

"你这个年纪不知道很正常，因为他们乐队里真正有名的是高策。"

"啊？"盛夏的脑袋里装满了问号，"我只知道策哥以前是歌手，后来才改行做制作人……"

"因为高策离开乐队单飞了，被一家很有名的唱片公司签走了。"时烨说，"后来发现自己的星途有限，才开始改行做制作，又自己开唱片公司。

"他跟谢红就是这样分开的。在那以后，谢红再没有拿过鼓棒了……大概就是这样吧，也不是什么新鲜的情节，这是很多乐队都发生过的故事。"

"原来是这样。"盛夏皱了皱眉："可……已经过去这么多年了，他们还有感情吗？"

时烨叹了口气："你以为策哥为什么不结婚。虽然我不清楚他们现在对彼此是什么感情，但我相信他们对彼此是特别的，不让策哥知道，我觉得他会很遗憾吧。"

盛夏皱着眉："但是我们不能替红姐做这种决定，还是先……先等等吧。"

时烨失了会儿神。

"我最叛逆的那几年都是红姐在管着我。那时候我没地方去，不想回家，她那会儿一直很照顾我，还一直劝我回去读大学。"时烨慢慢道，"那时候她本来都要跟高策结婚了。我也说不清他们之间的事，原本是灵魂伴侣，到后来却恨上了对方。"

时烨有些焦躁地讲述那一段往事，盛夏静静听着，他能感觉到时烨很难消化这个噩耗，也很难接受死亡这个字眼，像是在逃避什么。

"很奇怪，在我生命里重要的几个节点上，都有谢红。"时烨一脸颓唐，"我最落魄的时候她和高策是我的伯乐，而且如果不是有她，我也不会在白城认识你。"

听时烨说的时候，盛夏从包里掏了一包话梅出来，不由分说地往时烨手里塞了一颗。

"要对重要的人温柔一点。"盛夏轻声数落他,"下次跟我发发脾气就好了,不要跟红姐大声吼,也不要跟她生气了。"

"没气她,我是气我自己。"时烨垂下头,"我尊重她的价值观,也认可她的理想,我也不知道……我可能是在嫉妒她吧,因为我没有机会像她一样走遍万水千山。"

盛夏一脸了然:"我就知道你是羡慕她,最近还一直在查那个巡演的资料和视频看。"

"大概是因为生病的缘故,我现在对每天都是通告的生活感到很疲惫。"时烨叹了口气,"我甚至不确定自己还能撑多久,我很不安。从很久以前开始我就讨厌这种生活了,我连颁奖典礼都不想去。"

他一边说,盛夏一边点头。

"谢红是我遇到过的一盏灯塔,我曾经被她照亮过。我气自己不如她,所以才不平她最后要这样暗淡收场。"

盛夏沉默了一会儿,才说:"你没有不如她,只是各走各的路。"

"对,各走各的路。"时烨轻声重复,"我和她走了一条相反的路。我上节目、出专辑、去音乐节、去颁奖典礼的时候,她在贫困小学里唱歌给小孩子听。仔细想想,我好像除了钱,也没赚到什么,她比我开心多了。"

盛夏叹了口气说:"时烨老师,你其实心里面是认同红姐的,为什么你还要跟她吵架?"

时烨静了下,才说:"不知道。我认可她,但又觉得她把自己搞成这样子很不应该,我好像不是在跟她吵架……倒更像是在跟另外一个我吵架——另外的那个我有谢红的理想,坚持又笃定,而那个不敢去做的我也有一套自己的说法,他们就在我的脑子里天天吵架。"

"看上去是那个有谢红姐理想的你吵赢了,今天谢红姐似乎也吵赢了。"盛夏点着头,"那你有被说服吗?"

说服?

"我早就说服自己了。"时烨摇头,"一开始我知道她在跟这个演出的时候就有过心思,现在这个情况……我都说不清是自己想去做,还是想帮她完成了。"

盛夏看着他,有些不解:"但我看你像在犹豫。"

"乐队现在的情况,我没办法放开手脚无所顾忌地去做。我还做不到,这是我最无力的地方。"

　　盛夏撇嘴："嘴上讲没办法、做不到，私下里你还不是在悄悄咨询别人有关这个项目的事情，小俊哥都快发现了。我看你就是特别想去做这件事，还非要偷偷摸摸的。"

　　"我是想，"时烨音量提高了一些，"但不是我想就能去做，乐队不只有我一个人。"

　　飞行士已经是成名的乐队，在这个节骨眼如果再去做那样的演出，所有的发展都会被限制。

　　"你也知道不是只有你一个人？"盛夏碰了下时烨的胳膊，"你不会在盘算着自己单干吧？该跟大家聊聊的。"

　　"怎么聊？"时烨抬眼看他，"你才来不久，乐队刚有些起色，势头也很好，牛小俊和高策整天拉着我说你是紫微星，能大红大紫，我如果让乐队转型，你怎么发展？"

　　时烨没继续去看盛夏，他转开了头。

　　"肖想和小正也该有他们的人生，我不能因为自己想追寻什么，就把你们的未来也拉进来。我要对乐队负责，也要对你负责。"

　　盛夏听时烨越讲越快，听到后面他就开始笑，是那种很诚恳、发自内心的笑，能看出来他真的很开心。

　　"所以你要问我啊。"盛夏慢悠悠地说，"有些事情还是要学着跟人家商量的嘛，你老是想当然，太帮别人考虑了也不好啊，虽然我很感动。不然你问我试试看，问我愿不愿意，再问一次？"

　　时烨没有问他，自顾自地说："你应该过得好一点。你还很年轻，在最好的年纪里让你去做这个，我真做不出来。"

　　他很茫然，也很不确定。难割舍难权衡的事情太多，顾虑也太多，要是自己一个人，那天大地大去哪里也无所谓，可现在他有那么多难以舍弃的东西和包袱，还担着一个盛夏的未来。

　　都沉甸甸的。

　　除开他们的关系，他们还是工作伙伴，职业和友情都交织在一起，按理说应该分清，但事实上很难，时烨也在逼自己尽量泾渭分明。

　　盛夏没再回时烨的话。

　　他说："下车去街上走一走？去看看人吧，去热闹的地方待会儿。"

他们出了医院停车场，开始漫无目的地走。

他们并肩走在街上，穿过人潮，穿过落叶，穿过喧闹的街道。

走了会儿，盛夏突然说："时烨老师，我们玩个游戏吧，规则是你问我一个问题，我再问你一个问题，换着来，并且对方的回答要诚实。"

时烨现在其实没心情陪他玩无聊小游戏，他被谢红的病弄得心情很差。但盛夏投过来的目光是安抚人心的，大概也是想让他转移下注意力，索性点了点头。

"我先问。"盛夏瞅他一眼，"你是不是觉得跟我玩游戏很无聊？"

"就当打发时间了，陪你幼稚。"时烨说。

"明明你每次都很乐在其中，我哪里幼稚！"

"好，我幼稚。下一个问题，该我了。"时烨横他一眼，"为什么你听到谢红的事情好像不怎么难过？你难过的点好奇怪，昨天看狗救老奶奶的视频还看哭了，去看谢红的时候你倒是无动于衷得很。"

"我有觉得难过，这几天我给红姐写了很多歌。你怎么知道我没哭过？难过不一定要跟你一样发脾气吧。"盛夏表情没变，继续说，"我觉得比起难过，如果能让她在剩下的日子里开心一点，没什么牵挂就更好了。我永远都不会忘记她，我会一直一直想她，在很多时刻都会想起她，直到我也死掉。"

说完他们都沉默了一下。

"我好像一直都是个放不下的人。"时烨自嘲，"搞笑了，你都活得比我明白。"

"我比你想得少，所以比较容易开心。放不下也挺好的，你最好一直别放下。"

盛夏笑了下，接着说："下一个问题了。时烨老师，你会幻想吗？"

时烨一怔："幻想？"

"嗯，幻想。"盛夏点头，"你会幻想吗？"

面前有一辆送外卖的摩托和一辆自行车相撞，两个车主吵起来了，有人在旁边看，他们就从围观的人群身边经过。

时烨尝着嘴里的酸甜，思绪开始发散。

"我当然会幻想，我幻想的时候总觉得自己是个疯子。我的幻想里有一个不真实的世界，那个世界一三五七人们平静，二四六人们疯狂。那个世界没有你的红橙黄绿青蓝紫，只有空茫茫的一片灰，单日的时候人们建造世界，双日的时候人们毁灭世界，反反复复，无休无止。

"每次幻想完我就写歌，写的时候我不属于我自己，我是分裂的、急躁的，只能把自己交出去。我会忘记呼吸忘记一切，只能听见大脑里有一个声音说'时烨，快点，快点写'。"

他顿了下："我以前还会幻想，乐队在沈醉加入之前就遇到你，幻想乐队会怎样，也会幻想……谢红明天就会好，幻想没有这些无可救药的病，幻想我们不会老不会死不会长皱纹，幻想世界和平，没有三六九等，天下大同，幻想……幻想一切，幻想乱七八糟的。"

"很棒哦，理想世界。"盛夏说完又笑了下，"时烨老师，感觉你没变过。你19岁和29岁的时候弹吉他的样子是一样的，还有你说你的幻想的时候，很帅！"

时烨挑了下眉。

后来盛夏说口渴了，时烨就到便利店买了一瓶水，付完钱时烨说："该我问了。你告诉我，在飞行士里，你想要一个怎样的未来？"

时烨把水拧开，盛夏喝了一口水。

"我不知道。"盛夏摇摇头，"我说过了你是我的方向，我是看着你努力的。我不知道我该走向哪里，什么又是意义。但最近去看谢红姐，每次见她，我都觉得自己被改变了一点。她生病了却还在给贫困县的小学生写信，寄CD，我有点羡慕她。你看看她，就算生病，但每天还是很开心，觉得做的事情有意义、有价值。

"我羡慕她自由，不被自己限制。她走遍那些地方，似乎看到了世界真正的样子。"

时烨没有评价，顺手把盛夏往边上拉了拉，避过前面一只拖着主人飞奔而来的哈士奇。

"该你问了。"时烨看盛夏还在回头看狗，把他的脑袋转过来，"别看狗了，看路。"

"哦。"盛夏抿了抿嘴，"时烨老师，如果我明天得病了，病得好重，不能唱歌了怎么办？"

时烨的脚步顿了下。

他突然觉得闷，索性把口罩摘了，也无所谓会不会被认出来。他把嘴里的话梅核吐在纸巾上，仔细包好，丢进垃圾桶，喝水漱口。

走了几步，发现面前的行人没几个看他们，大家都低头刷手机。

"你要是不在了，那我要好好生活。"时烨话说得很快，"帮你把你没写完的歌写完，录完，就算嗓子废了也要替你唱一次巡演。帮你照顾你妈妈，照顾你的那些手办和玩偶，再学你一样拿个本子记录梦和备忘事件，每年烧一次给你看，告诉你我过得不错。要是遇到有趣的人和事，我也要写在本子上告诉你，一点一滴都写，烧了给你看，让你在天上后悔死得那么早。"

听着听着，盛夏的脸黑了。他没往前走了，拉住时烨的衣服叫他："时烨老师——"

时烨转过来看他。

天色暗了，面前的城市忽而变得慵懒起来。路上的人行色匆匆，脸上都写满疲惫。他们戴着耳机，眼睛盯着手机屏幕，把自己和周身的喧闹隔开，走向自己的那个家。

只有他们在街上游荡，漫无目的，无所事事，内心惶惶。

可好像他们和自己也没有什么区别，都很空。这街上的人谁又能回答什么是意义和归宿？没有标准答案的。大家都只不过是在往前走，在不断获得和失去里往前走，直到走不下去为止。

"一辈子太短了，我想做点什么，跟你们一起。"盛夏突然有些难过。

听完时烨沉默了一下。

他最后还是没答这话，只压着声音说："该我问了。我问你，愿意把未来交给我吗？"

时烨的语气前所未有地郑重，他们静静地对视着。

"你去哪里，做什么，我都跟着你，这个以后就不必问了，回答都是一样的。"盛夏说，"你都是我老板了，我当然要跟着你啊。"

像是一种隐隐约约把人淹没的情绪，盛夏看着时烨——时烨静下来时看上去总是很严肃，也很安静。

有那么半晌，他们两个都不约而同地沉默了下来。一种诡异的情绪把盛夏的身体包裹，他知道那不属于自己，那应该是时烨的情绪，但自己居然感受到了。那几秒钟里，盛夏被那情绪里的力量深深震撼，觉得有点吃不消，还有点想哭。

盛夏甚至不知道为什么自己会感受到这些，他只觉得自己很心疼，想把自己身上所有跟快乐有关的能量都掏出来塞给他。

"我可能会去追求一种很虚无缥缈的东西。"时烨说，"我甚至说不清那件事的意义能给我带来什么。我没有把握，我不知道走那条路到底有没有意义，我怕你跟着我会后悔。"

盛夏看着他，认真道："不会的。"

时烨带着盛夏拐进了一个胡同里，边上都是散步的大爷。面前的场景变得窄了些，看到的天也窄了很多。

时烨问："你怕吃苦吗？"

问完，开始补充："如果要去做那件事，你可能会失去被大多数人看到的机会。我们会很穷，赚不了钱，会遇到很多困难，会被质疑，被人家说神经病。但如果不做，继续目前的规划，出专辑上节目，你红了以后会有很多钱，能买好多全家桶和哈士奇，会有很多人喜欢你，听你的歌做梦。"

盛夏在心里重复了一次，做梦。

时烨看上去成熟冷冽，但每到这种时刻，盛夏总会恍惚地觉得，他浑身上下都热烈又冲动，那么迷人，像摇滚本身。

他不会老欸，盛夏心想。

"能跟你一起组乐队，对我而言本来就是做梦，顺便做个别人的梦也挺好的。"

时烨说："你会很穷，我可能也会。"

"这几年我也挺穷的，习惯了，我对物质倒是没什么追求。"盛夏的语气很不以为意，"实在不行……我开直播赚钱？反正都是活着啊，只要是跟你在一起做事情我就觉得很开心了。"

"还不止很穷。"时烨的语气很是认真，"你还不能去更大的舞台了，会失去很多机会，你真的不在乎？"

"几万人听，几百人听，几十人听，我都是一样唱，在舞台上我又看不清下面的人，只看得清离我最近的你们。"

盛夏说完，又说："好了啦，你多问了问题，不能往下问了。"

时烨停下脚步，说："你真的想好了吗？你真正红了之后会有很多你没办法想象的利益在等你，你考虑清楚，不要因为……"

盛夏打断他："时烨老师，我早就想好了。"

时烨点头，说："好。"

好像这一秒真的有一种灵魂共振的感觉，他们是真的有相互理解和体谅，有陪伴，有共鸣，有回应。每次时烨觉得自己快压不住心里升起的一些焦躁时，盛夏总会适时地来扯回他的理智。

旁边的后车灯忽而亮了，盛夏被闪得闭上了眼。

时烨把人拉到一旁，替他遮住那束刺眼的光。

盛夏说："你有时候离我好远，我觉得那个远很安全，像是你幻想的时候，你生气的时候，那个你跟我没关系，很独立自由，很帅，很吸引我。你现在离我近，你的心因为理想而跳，你很烫，你的情绪是深红色的。"

时烨听完，问他："你每次发呆的时候，就在想这些？"

"也不是吧。现在我在想，红色，死亡，疾病，理想，未来，媛媛，飞行士。"盛夏说得很慢，"很多。它们变成了一首歌。这些都会发生，都是未知。我觉得跟你一起迎接这些，很值得我大哭一场，我想你也一样。"

时烨静静听完盛夏惯常的不知所云，释然地笑了下。

"等做完那件事，我带你去把全世界的海豚都看一遍。"

盛夏笑了下："做什么事啊？"

时烨看他笑，感觉心情也明朗了起来。

他握住盛夏的手，郑重道："走遍万水千山。"

◄ 04 ►

谢红的病拖了几个月，那几个月里，时烨和盛夏忙得鸡飞狗跳，三天两头往医院跑，工作也是能推就推。

每次他们去看谢红，她都能提出一堆奇怪的要求，要吃小吃啦，要看诗集啦，有一天居然还试图让时烨买只兔子悄悄带进医院来给她玩，心态好得不像是个癌症病人。

这天的要求是，让时烨他们买一堆指甲油给她，并且要求了一堆很浮夸的颜色。

因为晚上要赶去跟一个节目的总策划见面，商量乐队去做特别演出的事情，盛夏给谢红涂指甲的时候有些心不在焉，一直分神在想要怎么跟那个总策划沟通细节。本来就是人生头一遭干这种事，他涂的动作很笨拙，效果实在"辣眼睛"，只涂了两个指甲就被谢红骂得狗血淋头。

时烨看盛夏一直被说笨，只能忍辱负重亲自上阵，试图堵住谢红的嘴。

谢红看了眼时烨那跟盛夏半斤八两的"作品"，语气讥讽："我说你们两个，弹琴弹吉他倒是利索，怎么涂个指甲油手就抖得跟筛子一样的？"

时烨捧着她的手，无奈又底气不足："所以说为什么一定要涂这个鬼东西，给谁看？"

"老娘自己看着开心不行？"谢红瞪他一眼，"不要废话，赶紧的！中指，涂那个桃红色！"

高策就是在这时候推开的门。

病房里的三人齐齐抬头看向高策，高策则是定定地看着床上的谢红。时烨和盛夏瞬间都有点心虚——不是他们告诉高策的，这段时间两人的内心饱受煎熬，就怕高策以后怪罪他们。现在人来了，谢红肯定会觉得就是他们报的信。

等空气静了几秒，高策自然地走到时烨身边，接过了谢红的手和指甲油，说："我来吧。"

谢红皱眉侧过了脸，没去看面前的人。

等高策小心翼翼地涂完那个桃红色的指甲，时烨和盛夏都没动静，他又说了一句："晚上还有工作，你们早点去，刘洲策划不喜欢等人，这里有我。"

那之后时烨和盛夏再去探病，高策总是在。看上去他和谢红的相处模式挺奇怪，像是两个陌生人共处一室一般，谢红当高策完全不存在，但高策帮她揉腿、擦脸擦手、喂她吃饭的时候也并不拒绝。

他们好像总是不说话，也没有眼神交流，就只是一个默默地照顾着、陪伴着，另一个默默承受着，似乎并不需要别的。

时间就这样磨着过去。痛苦的岁月后来想起，在记忆里存留的形式，应该是漫长的还是短暂的？如果让时烨来告诉你，他应该会说又漫长又短暂。陪着她的时候有时候会想，这种难挨的日子像是没完没了，为什么还不结束？能结束吧？等真的结束了再思量，又不知道是该让谢红痛苦地活着好，还是该痛快地说再见更圆满。

那种心情大概只有陪护过重病亲友的人才能明白。

谢红离开的时候是深秋，她没熬过这个年头。

目睹谢红被病痛困扰的那段日子里，时烨曾经想过很多次，如果那一天来了，他会有什么反应，该怎么面对。他以为自己会很难接受这个结果，但当那天真正来临的时候，时烨预想过所有歇斯底里的情形都没发生。

只是心中有一块什么东西，突然消失了。

消失了，但影子还在，一直停在那里，有冷冽锋利的轮廓，时不时跑出来吓你一跳。

难过，确实难过，但时烨没有力气去像个小孩子一样哭闹了，也是那个瞬间，时烨才恍然有种感觉，自己真的已经不年轻了。

谢红的病拉的战线太长，不仅仅是当事人痛苦，身边陪护的人也被折磨了太久。得知那个消息的时候，大家的心情除了悲痛和意难平，似乎也有释然和尘埃落定。

谢红生病的事情只有很少的人知道，她交代过想走得体面，不想让那么多人可怜自己看笑话。

走的时候，谢红的十根指头上还残留着花花绿绿的指甲油。听她哥哥说，谢红把遗体捐了。她留了一箱书和 CD、磁带给时烨和盛夏，还有一小箱书信，那些信来自全国各地。

他们去她家里帮忙收拾东西的那天，盛夏看着谢红的房间，忍不住说了一句："红姐的东西好少。"

时烨默了下，才道："是啊。"

少得让人觉得，她似乎不想给别人留那么多麻烦，早有预想，随时都在准备离开。

她哥哥谢羽指着床边的一箱东西对时烨说："这就是她留给你的。"

时烨走过去看。最上面的是一本诗集，灰尘挺多，时烨拿起书拍了拍，随手翻开的那一页的开头，是这么写的："我记得你最后那个秋季的模样，你的眼里跳动着晚霞的火焰，黄昏的火苗在你眼睛里纠缠。"

有淡去的铅笔字迹在旁边标注了一段话，是谢红的字迹："但我依然从你的眼里看到了春风化雨、炎夏湿水、皑皑大雪。你的身影静止在这个秋，你的灵魂走过四季，书写永恒和不朽。"

看完后时烨没忍住笑了下，有点没想到谢红也有这么酸不拉几的文青时代。但等笑完，他才觉得自己想哭。

那天下了雨。

从谢红家吊唁出来，时烨和盛夏都穿着黑色正装，但高策却穿了件很旧的衬衫。高策说那是他和谢红准备登记结婚的时候买的衣服，西服外套找不到了，只找到了这件发黄的衬衫。

三个人去了一家叫"昨日重现"的酒吧。

到了门口他们先是撑着伞在门外看了看，盛夏正有些不明所以，高策这才开口说："十年前这里还叫'红色战争'，挺土是吧？是我和谢红一起开的，那会儿时烨把这里当家，人手不够的时候谢红还打发他去调酒呢。"

时烨点头："我还记得，先拍一小把薄荷擦杯口，然后放柠檬，加糖，加一小杯朗姆酒，再挤半个柠檬进去，压三下放碎冰搅拌，最后加一小杯红酒补杯。红色战争的招牌调酒，红姐教我调的。"

高策笑了下："招牌不是酒，是你。谢红那会儿贼得很，看你卖酒有钱赚，价钱一涨再涨。"

"所以后来我就不乐意调了，琴弹了一半老让我去调酒，贼烦。"时烨也笑，"我就跟红姐谈条件，说要我调酒可以，但每调一杯都要给我抽成，赚二十给我十五。"

高策接话："她还不是同意了，就那样还是赚的。"说着摸烟出来，递给时烨和盛夏。

"调酒一晚上赚的甚至比我们跑一趟穴还多。"时烨把盛夏的烟收了不让他抽，自己点了一支，"后来我还是不乐意调酒，红姐气得想剪我的吉他弦。"

他们表情轻松，语气轻松，似乎就是在闲聊扯淡。盛夏从这对话里听出了些什么，也看到了时烨的情绪。他伸出手，轻轻捏了下时烨的肩膀。

吸完烟，他们收了伞，走进了那家酒吧。

高策从钱包里数了七八张红票子递给那个调酒师，指着时烨说："小哥，你让他进去调几杯酒，钱不够我再给。"

调酒师认识时烨，也认识盛夏，是飞行士的粉丝。他连连摆手说不收钱不收钱，把时烨让了进去，就坐在边上看，也没拿手机拍，很有礼貌。

时烨把器材一一找出来准备好，拿了四个空杯子出来，按照之前说过的顺序调了四杯红酒莫吉托，一杯给高策，一杯给盛夏，一杯给自己，另外一杯，给谢红。

高策喝了一口，笑了下，说："不是那个味道了。"

盛夏插了句话："都那么久了，肯定不一样了。"

"是不一样了。"高策点头，他环顾了一圈店内，"这里也变了。那儿，投影屏那里以前就是我们的演出台，盛夏你看，挂了幅画的地方以前有个鱼缸，谢红养死过好多热带鱼。"

"红姐喂鱼总是喂太多，总有鱼死，后来没办法，只能换我喂。"时烨把话接下去，"我也喂得不好，最后就只能换策哥喂。"

高策说：“谢红这个人，自己都不会照顾，一养宠物，就总是喂太多食物。”

盛夏点头：“她在白城也养了猫，名字叫小米辣，养得特别胖。她后来走的时候，送给我妈妈养了。”

“她最喜欢这些猫狗兔子，小鱼小乌龟什么的。”高策笑着摇头，“给宠物取的名字都奇奇怪怪，别说小米辣，她还取过什么老夫子、龟夜叉……”

高策笑完，嘴角一下子拉了下来：“都是十多年前的事了。”

空气沉默了一下，酒吧里在放老歌。

酒喝完了，时烨开始重新调。他调酒的时候，盛夏就撑着头，入神地去看时烨调酒的动作。

高策摇头笑了笑：“就这么崇拜你偶像啊。以前我总觉得飞行士缺点东西，你来后我才觉得你平衡了时烨。”

盛夏又转过去看时烨了，他说：“不是什么平衡吧，我们不过是让飞行士更完整了一些。”

说完，时烨抬着酒过来了，两个人的交谈才停了。

三人碰过杯后，高策转了转杯子，突然问盛夏：“飞行士最开始是怎样的，你知道吗？”

盛夏怔了下。关于飞行士更多的过去他并不了解，他只知道时烨很厉害，肖想很漂亮，钟正是 P 大建筑学的高才生。每个人都很厉害，他们十年前发布第一张专辑就火了。

他摇头：“不知道。”

“不知道也很正常，没几个人知道，时烨也很少跟人提。”高策摇了下头，“那时候时烨还很年轻，我和谢红就在这里开酒吧，很多年轻乐队都在这里演出，现在嘛，都是有头有脸的老乐队了。”

高策说了几个乐队名字，盛夏听得一愣一愣的，都是很老很有地位的乐队，只不过有的销声匿迹了，有的变成了“老大哥”，但全是他记忆里很久远的名字。

“那时候，一个个都特别叛逆。时烨家里不管他，他考上大学以后读了几天就辍学了，真是气死人！钟正嘛，刚刚上大学，迟来的逆反期，一边上学一边跟着时烨闹，缺课太多还差点被退学，真是笑话！肖想家里也不让她出来玩鼓。他们几个凑在一起，天天搞伤痛青春那一套。”

时烨看着盛夏说：“别听策哥瞎说，也没那么非主流。”

高策失笑："你敢说你当年不非主流，弹个吉他还戴个口罩。"

盛夏诧异："戴口罩？"

"嗯。"高策点头，"当时有别的乐手跟他吵吵，说时烨就是靠脸吸粉，完全就不是摇滚人。"

时烨在旁边无奈地笑了下："当时确实很不服气。"

"他们因为外形太出众了，一开始在圈子里很受排挤。"高策笑着说，"特别是时烨，他在哪儿唱都是爆满，我每次看他演出，感觉台下的小姑娘都想嫁给他。"

盛夏笑了笑："也不止是小姑娘，时烨老师的男粉丝也特别多。"

高策喝了口酒，继续开始讲。

"后来我和谢红带着青雷乐队搞了一次巡演，他们也跟着去做了。那是个冬天，因为要跨年，他们说自己都没家，让我带着他们出去。钟正……对，钟正那年的18岁生日，都是咱们在火车上给他过的是吧？"

时烨点头："是，当时我们好像是演到哈市，他好久没吃辣，实在馋了，我和肖想就在中转站那里给他买了两瓶老干妈，那就是小正的18岁生日礼物。

"那会儿虽然穷，但做什么都挺开心的。现在想想，总觉得能坚持下来，真是挺不容易的。"

高策举起一只手指，对盛夏说："那时候一个乐队要做下去有多难，你根本无法想象。所有人都必须再做一份别的职业来养着乐队，养着梦想，养着自尊。"

时烨拿着酒笑，没接话，只喝了口酒。

"飞行士发第一张专辑的时候，我问过时烨。"高策点了支烟，"我问他，如果你永远不会红怎么办？他回答我说，他这辈子只会弹琴写歌了，不会再做别的。我当时觉得很可笑，因为我像他那么大的时候也这么想过，但我失败了，所以我把希望都放在他身上，他比我强。

"我能预料到他们会红。最难得的是他们的形象都那么好，简直是万里挑一的乐队。"高策又喝了口酒，"成名后问题就越来越多。时烨累得浑身都开始出毛病，后来的事儿也总是……"

高策一脸感慨地拍了拍时烨的肩膀，叹息道："辛苦了。"

时烨摇了摇头："你也很辛苦，咱们别说这些。"

盛夏在边上叹了口气，犹豫了会儿，还是问了："策哥，你为什么要跟红姐分开呢？"

高策转着酒杯的动作一顿，似乎有一瞬间的失神。接着他让服务员给自己拿了一瓶威士忌，打开后直接对着瓶口灌了一大口。

"记不清了，好像是有很多原因吧。"高策擦着嘴边的酒渍说，"应该是……我离开乐队的时候我们就有很多矛盾了。

"那时候我离开乐队，去了唱片公司。"高策叹了口气，"大概每个人在某些阶段想追求的东西都不同吧。和谢红在一起的那些岁月是我最快乐的时光，但那个时候的我，更想让她的父母认可我。时烨，你知道谢红家里条件不错吧。她父母其实打心底里看不上我。

"我离开乐队之前其实也没那么差劲吧。可她爸妈跟我说，我只是个不入流的地下歌手、小酒吧老板，他们不想让谢红嫁给我。"

说到动情处，高策的眼眶已经微微红了。

"好，我不入流，我没钱，我没本事。那我就去闯，我去打拼，当歌手唱不红我就去当制作，当制作没前途我就去开公司，我去赚钱，我……"

他有些痛苦地看着面前的那杯酒，声音微微颤抖道："我确实对不起我的乐队，这一点我认。但我没放弃过她，是她没有回头看过我。"

高策开始一言不发地看着那杯留给谢红的酒发呆。

这一晚他们清醒又不清醒，说什么，做什么都不受控制，譬如高策的沉默，和此刻没法掩饰的落寞。

他在想什么？好像也不太重要了。

时烨从吧台里走出来，他本来想拉着盛夏走掉，把空间留给高策，但盛夏扯了扯他的袖子，又指了指舞台，说："时烨老师，我们唱首歌给红姐吧。"

时烨跟店里的吉他手借了把电吉他，酒红色——挺惹眼的颜色。贝斯手和鼓手都认识他们，看着时烨一身正式的黑西装，笑了下，说："您今天怎么穿这个弹吉他？"

时烨答："我们要送别一个朋友。"

而这时候，还留在吧台前的高策从兜里拿出了一封折得很整齐的信——这是谢红留给他的唯一一样东西，她的遗书。

高策又灌了一口酒，才手指颤抖着打开了那封信。

"策哥，展信佳。

"今天天气好吗？希望你今天有一个好心情，也不要因为我的离开难过，更不要因为我喝酒。你以前就总是关节痛，我们还开玩笑说你老了肯定会得痛风，所以，少喝点酒吧。

"下笔之前，感觉自己想对你说的话有一本书那么多，但事实上这封信我写得很吃力，总觉得不知道该说什么好。

"大概是因为你不再是从前的那个高策，我也不再是从前的那个谢红了吧，我们都变了。

"我现在其实觉得当年的你和我都挺傻的，所以今天就在信里对你道歉吧。策哥，很抱歉当年说过的那些话，我现在原谅你了，也希望你能原谅我。

"即使乐队已经解散，但红牙乐队是你、我、秦远川、赵杉永远的回忆，即使后来我们走散了，那段时光也永远是我这辈子最闪耀的岁月，我永远爱你抱着吉他唱歌的样子。"

看到这里，高策整个人像是瞬间崩溃了，他猛地捂住嘴，眼泪夺眶而出。

"其实这几年我过得很幸福。我去过很多地方，看了很多风景，认识了很多有趣的人，也重新认识了自己，在路上找到了一种似乎可以称之为信仰的东西，就像我们当初说要一起组乐队的那种感觉！

"所以，尽管因为生病要早早地离开，但我的心里很宁静，觉得自己的这一生过得很有意义。虽然不能看着我们那个叫'万水千山'的巡演走完是有一点遗憾，但我真的很幸福，请不要为我感到难过。

"得了这个病，我也并没有觉得老天不公，这或许是我应有的结局。

"对了，记得我们热恋的时候我对你说过，你是我遇到的唯一一个想要结婚的男人。即使后来我们走散了，但在未来的这么多年里，我居然再也没有碰到过像你一样的人，运气是不是太差了！哈哈……

"所以作为你的老情人，我想祝福你未来能找到一个你很喜欢的爱人，你一定要好好地生活，珍惜能够呼吸的每一天。

"高策，我衷心地祝你幸福。

"你永远的朋友，谢红。"

与此同时，时烨和盛夏在台上的演出也开始了。他们沟通了下，最后唱的是 *Bitter Sweet Symphony*。

酒吧里没有弦乐，时烨就用吉他在前面垫了一段。他弹得很认真，这身衣服，这个地点，都让他不得不专注地面对此刻。

盛夏进了一段伴奏后配合他。他一字一句地唱，台下有人认出了他们，这里很快就被闻讯而来的粉丝挤满了。

但此刻也没人在乎这些，器乐和歌手把一切都淹没了。

这大概是时烨最疲惫也最澎湃的一次弹奏。他的手有点抖，但在努力让自己把音推上去，把情绪加进去，把动作做得好看些。

一定要好看些，不能出错，他怎么能出错，这是给谢红的送别曲，谁都不能出错。

"Trying to make ends meet, you're a slave to the money then you die."

（为了生活，你做了金钱的奴隶，直到死亡。）

"I'll take you down the only road I've ever been down……"

（我将引导你走向那条路途……）

盛夏的脸在半明半暗的光线里，他也是半明半暗的。

他唱这首歌的时候声音很薄，仔细听会觉得人像在漂浮。看着舞台的时候，会发现他和时烨的表情都那样迷幻——传递出来的声音是遥远又哀伤的，但他们的表情平静又克制，似乎在欢送什么，在眼角含泪，努力带着笑容，欢送什么的逝去。

台下本来有人想录像，但听着听着，大家的表情渐渐从激动狂喜平静了下来，随着音乐变了心境。那声音迫近你，扼住你，席卷你的感官。

有个女孩小声说："我觉得自己像是在葬礼上，但又觉得自己像在婚礼上。"

《甘苦交响曲》没有交响乐，只有在哭泣的吉他声、在出神的歌手，和空气里飘来荡去的哀伤。最后场中静默，声音没了，他们营造出那像天堂一样的幻景也没了。

酒吧还是那个酒吧，一切都没有改变。

他们下台后发现高策已经走了。谢红的那杯酒还留在台上，没有人动过，似乎在等待着一个笑声爽朗的女人出现，把它一饮而尽。

时烨最后看了那杯酒一眼，才拉着盛夏离开了这家酒吧。

他们把那杯酒留在那里，走入了屋外的细雨中。

◄ O 5 ►

回去的时候时烨说不打伞不开车了，走一走。

盛夏想了下，说："你这两天嗓子不舒服不是嘛，一直咳，天气变化容易感冒，还是坐车回去，不要淋雨了。"

都喝了酒，也开不了车。

时烨看他一眼："你最近好啰唆。"

"不是啰唆，是怕你生病。"盛夏这次怎么说都不答应，皱着眉又说了几句，硬是把时烨拉着上了出租车。

盛夏搬过来以后，基本包揽了所有照顾时烨日常起居的琐事，最近谢红的事情把时烨搞得非常易怒暴躁，盛夏每天讲话讲得都比以往多了好几倍。

回到家后，时烨脱掉西装外套，疲惫地叹了口气："最近的工作能推就推一推吧，好累。"

盛夏接过他手里的衣服去挂起来，点头道："嗯，我明天告诉小俊哥。"

"有点饿。"时烨问，"家里有吃的吗？"

"有早上剩的几个烧卖。"盛夏想了想，"我给你煮碗面也行。"

"不用，我把烧卖热了随便吃一点……"

盛夏抢先一步往厨房走："我去。"

看着他走进厨房，时烨发现自己没事做了。自从盛夏住进来以后他就没怎么做过琐事，家务全是盛夏抢着做，像是在把他当病人照顾。

盛夏刚把烧卖蒸上锅，就听到时烨在外面弹钢琴的声音。他愣了会儿，因为时烨弹的居然是十二平均律。

他想起来了，之前聊天的时候时烨说起过，心情非常不好的时候会弹这个来静心。

静静听了会儿，盛夏在心里给时烨的演奏打了个高分，这人怎么钢琴也弹得这么好。

可下一秒时烨却突兀地停了下来，他弹起了另一段旋律，曲调从轻盈优美突然转变，像是从铺满阳光的草地一下子沉底到了幽深的海底，瞬间就变得十分沉重。

时烨在弹那首《红》，Color 里的第一首歌，但时烨把那首歌的前奏完全砍掉，加了沉重的三连音重复弹奏……

声音断了。盛夏悄悄探头看了眼客厅，正好看到眉头紧皱的时烨拿着一把吉他走出来，坐到琴凳上开始弹奏。为了配合刚刚那段钢琴，他反复试弹，想着钢琴和吉他配在一起的效果。

盛夏站在厨房门口看着这一幕——时烨穿正装很好看，再配上他的冷峻的眉眼，看上去简直像是从海报上走下来的人。

没多久时烨像是发现了什么，手上的动作一顿，脸慢慢转向盛夏所在的方向。

盛夏端着烧卖出来的时候，时烨已经把那首《红》的前奏写得差不多了。他收拾着琴台，对盛夏说："我们把你说的那张 Color 做出来吧。"

盛夏想了想，问："你是想把那首《红》写给谢红姐吗？"

时烨失笑："无语，怎么我想干什么你都知道。"

盛夏耸了耸肩："很明显好吧。"

时烨的手有一搭没一搭地拨着琴弦，一边吃着烧卖。

等四个烧卖吃完了，盛夏又给时烨倒了一杯水，转身去收拾屋子。

时烨看着在家里忙里忙外的盛夏，莫名就有些恍惚。如果家里没有另外一个人的话，像今天这种情况，他大概回家后会往沙发上一躺，一晚上就糊弄过去了，也不会有另外一个人穿着拖鞋在自己面前走进走出，找不到东西的时候会叫他好几声，从时烨老师叫到时烨哥……

时烨看着盛夏把脏衣服丢进洗衣机里，突然说："我不想洗澡了，太累了。"

盛夏正在往里面倒洗衣液，头也不回地说："还是洗一下，今天跑了一天还出汗了，明天起来你该嫌弃自己有味道，又要心情不好了。一会儿我帮你放洗澡水。"

熟悉彼此以后，盛夏开始觉得自己对时烨有了一种奇怪的责任感。

放洗澡水的时候，盛夏感觉到时烨很低落，估计是因为谢红吧。

"别想了，好吗？红姐走的时候还是挺开心的，你这样她才会难过。"

时烨摇了摇头："我只是在想，如果有一天我不在了，你们要怎么办。"

盛夏脸色一变："不要说这些。"

"我写过遗书，也跟牛小俊讲过如果自己出意外留下的东西该怎么办，有过大致的安排。"时烨说，"之前在国外的时候，有段时间状态真的特别不好，可能是体质问题，刚开始吃药的时候我很不适应，身体出现过很多副作用，吃不下东西，总是吐，手抖，掉头发……"

说到这里，时烨顿了下，拍了拍盛夏："你先听我讲完，不要哭。"

盛夏还是一直摇头。

"讲这些不是想让你难过，只是想告诉你，我不是一个很健康的人。如果我出了什么意外，我把……"

"够了！"盛夏大声打断他，"你不要跟我讲这种话。"

时烨叹了口气，有些无奈："盛夏。"

盛夏把视线移向另一边，看也不敢看他："不要说这些，求你了。"

今天才送走谢红，盛夏这会儿根本不敢听这种话，时烨一开口就捂住了耳朵，眼眶发红地瞪着他。

时烨只能妥协："好，我不说了。"

一番话下来，两个人都闷闷不乐。时烨是在琢磨着哪天找律师写个遗嘱，盛夏则是在思考怎么才能把时烨照顾得好一点，让他不要成天胡思乱想。

等吹完头发，时烨就在房间里收拾谢红留给他的那箱书。诗集特别多，她好像很喜欢读朦胧诗。整理到最后时烨才发现箱底压了一沓信纸，看上去很新。思考了会儿，在想这是不是不小心放进来的，尔后才反应过来，这大概是谢红特意留给他们的。

谢红走的前一天他们去探视过，那时谢红正在跟隔壁病房的一个小男孩聊天，那小男孩趴在床上写什么东西，像是一篇作文，主题是给未来的自己写一封信。谢红就盯着那个男孩写完那封信，看完后又跟时烨他们说："给你们布置个家庭作业，回去以后要记得写篇作文，给未来的自己，下次来交给我检查。"

只是他们还没写完，谢红还没看，她就走了。

难道是早就知道自己看不到他们的信吗？

时烨叹着气把那沓信纸收好。

收得差不多的时候，时烨听到盛夏在书房喊他，他走过去，看见盛夏戴着耳机坐在地毯上，指着耳机对他说："我在听你唱歌，放得很大声，应该听不到你说话。"

时烨挑了下眉，说："那你喊我来干吗？"

盛夏听不到，理所当然开始答非所问自说自话："有一些话想跟你说。"

时烨无奈地走过去扯他的耳机，盛夏推开他的手说："你听着就行，我只看你的表情就够了。"

时烨只能坐到他面前："说吧。"

"住进来的这段时间，我对你有一些不满意的地方，想跟你讲一讲。"盛夏说，"首先，我发现有时候晚上你睡不着，会跑来这个房间坐着。据我猜测，这个房间里应该有你什么不能告诉我的回忆，你每次心情不好都会来这里待着。"

房间里很静。

听不到是吗？你都听不到，你还要说破我，看透我。

时烨顿了下，才说："《宇宙》就是在这里写的，当时我就坐在你现在的这个位置上。很久以前，那个位置旁边还有一个人，他会环着我，给我讲故事。"

反正你也听不到。

盛夏自顾自地说："我觉得你应该不会想跟我说，但我真的不想看到大晚上你一个人在这里发呆了。如果以后半夜醒了觉得不开心的话，你可以去找我，我陪你说话，不要来这里发呆，不然我会非常愧疚，觉得自己毫无作用，没照顾好你。"

时烨无奈道："我只是不想吵你睡觉。"

这是一次听不到对方话语的交流，似乎就是在自说自话，不在一个频道，可他们都能听到想听到的回答。文字失灵，各说各话，不是交流，更像是两个独立的个体在倾诉自己。

盛夏看了他一下，才说："说话很容易产生误会，好多误会都是说话造成的。下次我们试试这样交流咯，你觉得我说得有道理，就点头。"

时烨坐到他跟前，笑着说："要我当哑巴啊。"

盛夏说："我希望你不要难过了，难过的时候我的肩膀可以借你靠。"

时烨摇头："幼稚。"

盛夏继续说："现在，你在我耳朵里面唱《缠绕》。我以前觉得你嗓子里像是含着冰，现在仔细听，其实是糖！"

时烨戳了他的额头一下："你哪里学来的那么多'彩虹屁'？"

盛夏靠近了一点，说："另外想跟你说，我觉得不开心的第二点。我希望你难受的时候不要回避我，我说过了，我不怕你砸东西，不怕你对我发火。我没有你想象得那么脆弱，我有能力照顾你，我希望可以跟你一起面对困难。"

时烨想了想才点头："这件事是我错了，对不起。"

"还有第三点。"盛夏静静看着他，"我希望你好好对待你的身体，也不要再跟我讲你会出意外之类的话。你就当我年纪小不懂事吧，请你坚持一下，我还不能接受这样的假设。"

时烨微不可闻地叹了口气。

"就当是为了我吧。"盛夏笑了笑,"等该做的事情都做完,你还要带我去看世界各地的海豚,你忘了吗?"

"没忘。"时烨轻轻道,"对不起,我太悲观了。"

顿了下,他又慢慢说:"知道了,都答应你。"

时烨帮他摘下耳机,问:"我现在有没有变成蓝色?"

盛夏认真地点头:"蓝得不得了。"

那是第一次,时烨隐隐觉得自己似乎也拥有了盛夏的那种能力,因为眼前的世界开始被蓝色包围,身体轻盈起来,像是浮在温柔的蓝光里飘荡。

第十三章

Color

◂ 01 ▸

关于想接手那个巡演的事情，时烨想了很久要怎么跟钟正和肖想提，但还没等他想出怎么谈，这两人倒是先约了他。

他们随便找了个地方吃饭，刚吃完时烨就接到了盛夏的电话，问他有没有按时吃饭。

钟正和肖想在旁边面无表情地听完这通事无巨细的电话，用眼神交流了无奈。时烨挂了电话，肖想正好给他递了支烟。

时烨摆手拒绝："我最近在努力戒烟。"

钟正："哟，多了个小跟班后你变成健康人士了？"

时烨耸肩："现在想多活几年。"

天色渐晚，他们权当是饭后消食在附近逛了逛，逛着逛着，头顶一群乌鸦飞了过去。

肖想突然回忆起了往昔，哈哈大笑："以前咱们来这附近喝酒，每次都是钟正被鸟屎砸！笑死我了，没有比钟正更背的人了。"

钟正翻了个白眼："鸟屎运你懂不懂。"

听他们互相损了一通，时烨抬头看了看天空里那群乌鸦，真难得，它们还在。从前总觉得它们有点吓人，因为数量比现在多，飞过天际的时候看上去特别压抑，总会让时烨想起那部关于鸟的恐怖片，就是群鸟攻击人类的那个。他写的《玻璃飞鸟》的灵感来源，就是这群乌鸦。

飞行士就是他们三个在这片地方喝醉了时决定成立的。

时烨抬起头愣神的时候，钟正突然重重拍了下时烨的肩膀。

"记得吧？"钟正说，"你过 18 岁生日那天，红姐给了我们一瓶国外的威士忌，什么牌子你记得吗？"

时烨想了想："没印象了。"

肖想感慨了句："那是我这辈子喝过的最好喝的威士忌。"

那会儿的谢红是真的特别潮，是年轻小孩们都特别羡慕的一个人。每次去她那里吃饭，他们一看到她家里的山水音响，眼睛都挪不开了，要命的是她还有好多限量的黑胶，有特别漂亮的海报……

她对亲近的人也特别大方，什么稀罕玩意说给就给，说送就送，都不带犹豫的。那个时候他们也就是几个半大孩子，对谢红心里都充满了崇拜。毕竟有一个品位好人还大方的姐姐，是一件十分值得炫耀的事。

"红姐真是漂亮。"钟正叹了口气，"我那会儿特想追她。今天就坦白吧……《幻想》里那首《飘飘》就是我想着红姐的样子写的，她是我最佩服的那种女人。"

时烨瞥他一眼："觊觎红姐，大逆不道。"

肖想也瞪着他："恬不知耻！"

"好，我大逆不道，我恬不知耻。"钟正点头，"但红姐在我心里的形象永远是那种……带着金色灰尘的、永恒的形象！我这人大概有滤镜吧，她做什么事儿我都觉得特别高尚，特别棒。"

肖想点头："当时听到她去跟那个巡演的时候我就一点都不意外，感觉就是红姐会做的事儿，一个字，赞。"

"那个巡演本来就特棒。"时烨说了句，"几乎是倒贴钱去做了，跟做慈善一样。"

三人沉默了会儿，忽然，钟正和肖想异口同声道："我们也试试？"

这一左一右整齐的声音让时烨没忍住笑出声来，他抬起手圈住这两人的肩膀："下次就不能直接跟我说？非要绕来绕去，拐弯抹角。"

肖想捶了时烨的肩膀一下："谁敢跟你先提啊，成天拉着个脸给我们看，怕你怕得要死！"

钟正也连连点头附和："好凶啊，飞行士这种独裁专制的乐队，卑微

的隐形贝斯手和只知道打消消乐的废柴鼓手哪有什么发言权！"

钟正这话一出，时烨和肖想齐齐踹了他一脚，钟正灵活地闪开后快步朝着前方跑了几步，一边笑一边回头对他们说："一起吧，走遍万水千山！"

然而，和公司沟通的过程很不顺利。公司能说得上话的人都很不看好这个巡演，包括他们的经纪人，牛小俊。

每次只要聊到这件事，不超过三句话他就要跟时烨掐起来，今天也是。牛小俊和时烨吵完架后背对背地坐着，谁也不搭理谁。

钟正嬉笑着开了个玩笑："哎呀，别急啊。我觉得挺好的嘛，也不会非常穷。你们是不是忘了时爷是拆二代，人家房一卖，还是够我们折腾几年的，山穷水尽了再说嘛。"

肖想也起哄："我的意见是……661 个城市，这不好听，不然咱们再加几个地方，凑个 666 多好，666 巡演，贼顺！"

盛夏笑了下："真的欸！"

他们平时插科打诨是习惯，牛小俊也听习惯了，但这会儿的玩笑话，实在是让牛小俊觉得非常刺耳。

"你们还有心情笑呢？你们还笑得出来，去那种巡演，你们是乐队还是戏班子？"牛小俊重重叹了口气，转过头去看高策，"策哥，你说两句。"

高策玩着自己的钢笔，谁都不看。

没人搭理他，牛小俊沉默了会儿，才对着时烨说："我感觉你应该是疯了。"

时烨面无表情地回了句："我有病，你第一天知道？"

"有病就给我好好治病！"牛小俊梗着脖子吼回去，"别成天异想天开，想些有的没的。"

完全谈不下去，气氛一直僵持着。

牛小俊叹了口气："我给诸位当牛做马也有些年头了，咱们走到今天也不容易，你们辛苦，我们也不轻松。这次乐队重组已经很不容易了，现在一切都在往好的方向发展，我希望诸位能往前看一看，别走回头路！你们还以为自己是地下乐队吗？"

"可是我们都很想做。"钟正道，"我们想再吃一次人生的苦头，不行吗？"

"大哥，你们现在在什么位置，你们自己心里没数吗？"牛小俊气得快喷火了，"那种巡演等以后退休了去搞不行吗？现在是你们的上升期，不能乱来啊！"

"你怎么知道这个巡演不是我们成长进步的契机？"时烨皱着眉说，"我们都觉得这个巡演很有意义，无论成功与否都能让我们有收获。"

"时烨，你真的要少犯病。"牛小俊摇着头评价。

"我不是犯病，我是在对牛弹琴。"时烨直白地损他。

没几句话又要开吵。

"这事情我回头再跟大家讨论一下。"高策打断道，"换个形式做，不一定要弄得那么苦哈哈的，这可以是一个机会。大俊，你也不要太激动。"

牛小俊皱了下眉，他问："策哥，你这话什么意思？"

高策跟他对视了一眼："没什么意思，我会想想办法，你先别这么武断。他们做新专辑也需要时间，这段日子该做什么做什么，你也别这么偏激。"

牛小俊没让步，又问："你是不是答应时爷了？"

高策闭了闭眼，他这次的声音低了点："行了，大俊，你先……"

"你们说清楚，我不想被蒙在鼓里。"牛小俊语速飞快，"策哥，你应该是这个房间里最明事理的人，现在是资本的时代，怎样发展最好，你比我更清楚！"

高策抬起头，这次他看向牛小俊的目光认真了些，他说："我们下次聊这件事，你先回去冷静下。"

"我不需要冷静。"牛小俊语气不耐，高策的态度让他很不安，"我倒是觉得你们都不冷静，只有我清醒，最搞笑的是我没想到你会赞同时爷那种蠢念头！"

时烨厉声打断牛小俊："你不要一口一个蠢蠢蠢，我告诉你牛大……"

"大俊啊——"高策把声音抬高，打断了时烨的话，"我知道这件事情很难理解，我到现在其实也没办法很好消化。"

高策站起来，拍了拍牛小俊的肩，他的语气很沉："我只能告诉你，我那个跑掉的老婆前段时间没了。人是没了，但她还有个愿望留在这儿没带走，我欠她挺多的，欠人得还。这件事有我和时烨的私人感情介入，所以我会尽量争取用一个大家都能接受的方式去处理，好吗？"

牛小俊愣了半天，才有些底气不足地回了一句："我……我只是觉得你们处理事情不能这么情绪化，感情用事，这毕竟是……"

"就算是商人也要讲感情吧。"高策笑了下，"情绪化也没什么不好，乐队如果不情绪化，那你要他们拿什么玩摇滚？时烨没有变，他一直都是这样的，是我们在强求他。"

　　牛小俊看着高策的眼睛，一时间哑口无言，什么都说不出口了。

◄ 0 2 ►

　　后来很长的一段时间里乐队都在准备新专辑，巡演的事情就暂时放了下来，高策承诺了，会给所有人一个满意的结果。

　　谢红的离开对时烨影响很大，那种改变几乎是悄无声息地影响着生活。那段日子的时烨一直处于一种很危险的爆发点，盛夏能感觉到他很急切。时烨总是睡不好，半夜醒过来发呆，有时候会去把盛夏叫醒，有时候不叫，就那么一个人坐一晚上。不叫的时候他会发呆到天光渐明的时分，再轻声把盛夏叫醒。

　　盛夏已经练就了半夜醒好几次去确认时烨有没有睡着的本领。

　　时烨总是做噩梦，梦到谢红、父母、沈醉，梦到血、舞台、医院、雨天。

　　盛夏一周陪时烨去见一次温冬，做一个小时的心理咨询。温冬告诉盛夏，其实不能定义时烨处在一个不好的状态里，他只是憋了很久很久，需要慢慢清理自己，重建自己。那个过程需要多久，谁都说不清。

　　"你可以陪着他，要多带他出去走走。"

　　盛夏听了温冬的话，磨了很久，让时烨带自己去逛他记忆里的北市。他们去了很多地方，有时烨以前常去的服装学院后街的小吃店、钟正学校旁边的电玩室，还有肖想卖过磁带的天桥。

　　盛夏自作主张地买了一个大鱼缸回家，养了很多热带鱼。

　　鱼缸搬回来的那天时烨发了很大的火，盛夏一边小声哄他一边让师傅继续装。后来时烨倒是没再挑过那个鱼缸的刺，非常自觉地定时喂鱼，根本不用提醒。

　　他们接的工作少了很多，盛夏推掉了一个很火的综艺，推掉了一个音乐竞技比赛，推掉了跟高端香水品牌的合作……他推掉了大把露脸赚钱的机会，和时烨待在家里写歌喂鱼，过上了简单平凡的生活。

　　他们写歌的地点都很奇怪。

　　那天盛夏带时烨去他教过钢琴的培训中心楼下，吃据说"好吃得我梦到好多次"的黄金蛋炒饭，时烨试过以后觉得很难吃，只觉得店里的酸梅汤还勉强可以。等吃完了，他们进了培训中心。

他们路过的时候，有个小孩抱着小提琴和他妈妈在走廊里吵架。盛夏和认识的负责人姐姐打了招呼，承诺待会儿会帮她要一个时烨的签名，便带时烨溜进了一间空的钢琴教室。

那位妈妈的声音很尖厉："花了这么多钱让你来学琴，你上课还玩手机！你爸妈挣的钱都不值钱是吧！"

旁边有间教室下课了，年龄不一的学生路过门口。地点是一楼，窗外有很多人，有人抽烟，有人交谈，有人打电话。

时烨看着窗外。他们都没说话，他看窗外，盛夏看他，目光专注，他按了几个琴键，看着时烨弹。

时烨知道盛夏在看自己，他听着盛夏弹出来的音符，笑了下。

他弹的时候时烨就在旁边写词。他们总会碰到这种时刻，在奇怪的地方——盛夏不说话，用弹出来的音符跟他交流，时烨听懂了，有时候用吉他回应他，有时候摊开本子写词回应他。

盛夏弹了一段后，小声说："这一段听上去像不像外面的那个妈妈？她在生气。"

时烨点头，闭眼听，说："像。"

盛夏突然停了下来，他变了个调，蹦出来的旋律变得哀怨朦胧。

"这段是外面那个发呆的女生，"盛夏淡淡打量着窗外，"她有心事。我觉得她有些茫然，她在担心什么？她可能没有带伞，晚上要下雨，有人来接她吗？"

弹完女生的故事，盛夏顿了下，又起了个调。

时烨听了会儿才评价："这段像是漂在海里……有船，有海浪，船上有狮子和老虎。"

"船上有一个男人，还有一条蛇、一个苹果。"盛夏闭上眼睛，"他们在对话，蛇吃苹果，男人和蛇聊天，他们在找海的尽头……"

盛夏侧头看了看时烨，换了个起调，节奏变舒缓了。

"歌词，你想要什么意象？"时烨问。

"彩虹，风，烟火。"盛夏的手还在弹，他笑了笑，开始讲自己脑海里蹦出来的东西，"碎掉的天空，很甜的味道，焦糖，银河，黄金蛋炒饭，醒不来的梦，酒……"

黄昏有一束光影照到钢琴上，这扇门外是别人的生活百态、离合悲欢、吵吵嚷嚷。时烨只听得到盛夏用钢琴表达着自己的内心，看到彩虹，感受到风，看到烟火和碎掉的天空。

时烨下笔写道：

"我知道，我想这很难形容。

"他们说每个人都是岛，我却觉得你是风。

"别这样，放轻松，别被困在银幕中。

"请慢一点，我快追不上你的梦。

……

他写得很快，几乎没经过什么思考就落笔。盛夏认真观摩着，若有所思地看了看，最后指着后边几句笑了："这几句……不像你的风格啊。"

时烨的手顿了顿，有些不确定地看了他一眼："是不是不太好？"

盛夏笑着弹出一串音符："我觉得还好，看了心情蛮好的。"

时烨看看歌词，又看看盛夏，皱着眉问："你不要嬉皮笑脸的，好好说，不太好吗？"

盛夏伸出小指比着道："是有那么……一点点点点不像你的风格。"

"……"时烨看了他两眼，无奈地敲了下他的脑袋，"笑话我？"

"哪里敢啊！"盛夏笑得眼睛都眯了起来。

最后在那间没人的钢琴教室里，时烨写完了 Color 里的那首《蓝》的歌词。

这张 Color 做了整整一年。乐队四个人基本停下了所有的工作，只要有机会就聚在一起讨论想法，成天在录音室泡着。

时烨对于这张专辑前所未有地重视，几乎是每个环节都要亲自把关，光是备忘录都记了厚厚两大本。

那天是庆功宴，大家相约着去了那家叫昨日重现的酒吧。高策把这家酒吧买了下来，和圈里一个非常有名的贝斯手一起运作。

今天约的都是跟这张专辑有关的工作人员。天气冷，高策索性在店里面支了炉子让大家吃涮羊肉，等吃完再收拾了换上酒，要所有人一定尽兴而归。

因为时烨不能喝太多酒，于是被灌的人就变成了盛夏。喝到后来时烨也不让他喝了，两人躲去酒吧外边清醒了会儿。

他俩想直接偷溜回家的时候钟正骂骂咧咧地找了过来，搂着他们重新回到战场。

桌上的人在玩扑克牌，盛夏抱着果汁喝了两口，发现时烨、钟正、肖想似乎都有点心不在焉的，总是抬头去看舞台的位置。

过了会儿，时烨突然说："你们想不想听我唱歌？"

众人大惊："？"

肖想扭头去看钟正："你打我一下，我好像喝大了，出现了幻觉，听到时烨说他要唱歌。"

钟正摇头："我好像也有同款幻觉。"

时烨笑了笑："我只是想起以前在这儿唱歌的时候，有点怀念，想唱一首。"

钟正立刻起立鼓掌："去——去！"

时烨扯了扯衬衫领口，站起来去借了把吉他，盛夏则贴心地给他搬来了话筒，自动坐到了键盘前等着给他伴奏。台下的肖想吹了声口哨，拿出手机来准备开始录，大声朝台上吼了句："时爷，你今天帅炸了！"

确实很帅。时烨穿衬衫太好看了，尤其是他穿衬衫，抱着琴，坐在舞台的灯光下时。

台上的时烨用食指碰了碰话筒，说："Hello！"

live house 瞬间安静下来，目光全放到台上。

"这张专辑做得挺曲折，大家都辛苦了，我挺难搞的，谢谢大家体谅，总算解脱了。马上新专辑会发布，对我而言，这是一张很有纪念意义的专辑。"

时烨慢慢拨着弦，目光怀念地打量这个舞台。

"我第一次在这里唱歌时还不到 20 岁。"他声音低低的，"十多年了，已经十多年了，真是难以置信。"

说完后他换了个表情，重新调整了下状态，对着在台下录自己的肖想和钟正说："你俩愣着干吗？快上来！"

肖想和钟正只好放下手机，小跑着跳上舞台，找到自己的位置，等着时烨起调。

一切准备就绪。

时烨用食指轻轻敲了两下话筒，慢慢说："这首歌叫《红》，我写给谢红，也写给自己的过去。我很久没唱歌了，或许会很难听，希望大家体谅一下。"

他闭上眼，开始疲惫地回想起那些已经在记忆里变得模糊的岁月——太远了，那是永远回不去的时光，谢红的笑容定格在往昔的那些画面里，她永远地留在了自己的记忆深处。

唱出第一个字的时候，全场都静默了下来。灯光师默默地走到了控制台前，为时烨点亮了一盏只属于他的聚光灯。

他的声音已经完全变了，不再那么尖锐、锋利，沙沙的，有种历经千帆的味道，深沉又温柔。人每个阶段的声线都不同，他的声音如今已经完全蜕变，有了少年时没有的那种力量。

盛夏静静地看着他，他听着，感受着时烨声音里那些璀璨的岁月。

台下的高策在吉他弦乐中刷新出乐队的官方公告：

"【作品八号】飞行士·Color.7+1 数位专辑：@ 海顿音乐 @SA 音乐 @WW 音乐。"

专辑封面是一团明艳的彩色，有些像被打翻的调色盘，中间有一只伸出来的手，挣扎地向上探索着，手心里是乐队的标识，那个孤单的，有一双滑稽翅膀的小人。

"飞行士·Color：

"I 飞行士

"I 作品八号

"01. 红

"02. 橙

"03. 黄

"04. 绿

"05. 青

"06. 蓝

"07. 紫

"08. 媛媛（特别版）

"完整歌词：网页链接……"

点开宣传视频，手机里响起了时烨的念白——

"这是很多人的故事，是一段完整的记忆。飞行士想以七个颜色，描述出不同生命的色彩和记忆。

"世界需要色彩。色彩是情绪，情绪是人生。

"飞行士还在太空航行，梦依旧挂在银河周边。

"七彩世界，斑斓人生。

"这张专辑，献给每个拥有不凡想象的你我。"

齐璐又看了一次手机短信框里的那个地址,重新确认了一遍,感觉好像不对,她在想有没有找错地方。

她不是北市人,也不太熟这一片的路,和摄像开着车找了会儿,又停车找人问了问路才找到地方。但到了地方她还是不太确定,这一片的门牌号都被雪盖住了,看不清。

没办法,齐璐只能打了个电话,第一遍先是没人接,准备打第二遍的时候她跟边上的摄像老秦嘟囔了一句:"出师不利啊,打不通。"

老秦点了根烟,笑了下:"那就等着吧。要不是做的是飞行士,老板也不会让你来,不都说时烨脾气差吗。"

齐璐撇了撇嘴:"难道我来他就会不发脾气吗?"

"哈哈,对付这种难搞的腕儿你有经验嘛。"老秦宽慰道,"大不了待会儿多跟盛夏聊,时烨那边的问题先放一放。"

"盛夏……"齐璐还是有点担心,"盛夏每次接受采访也是看时烨的脸色啊。我记得之前XX音乐电台那个节目,那个主持问了盛夏一个什么问题,是他的理想型还是什么的,时烨咳嗽了声盛夏连话都不敢讲了。"

"队霸嘛,全世界都知道了。"老秦笑着抖烟灰,"队内欺凌第一人。"

"别这么说我偶像。"齐璐拍他一掌,"时烨不是那种人。"

"不过你怎么喜欢时烨啊?"老秦奇怪,"我认识的那帮女生都喜欢钟正,喜欢那种热情温柔型的,时烨……感觉又冷又闷。"

齐璐摇摇头:"我也不知道,哈哈哈,可能我喜欢话少的吧,钟正话太多了。"

电话打了三遍才打通。齐璐还没开口,就听到一个低沉的男声从听筒里传来:"把围巾戴上再出去。"

声音听上去有点远。齐璐熟悉这个低音炮,粉过飞行士的都知道这个辨识度极高的声音,是时烨的。

齐璐愣了愣,然后他听到电话里另一个声线更清亮些的男声应了声好,接着对听筒说:"你好?"

齐璐连忙自我介绍:"你好你好,请问是盛夏老师吗?我是齐璐。"

"欸?你是要拍纪录片的那个导演吗?"电话那边的盛夏笑了下,"不好意思,我刚刚在洗菜,没听到电话。你是已经到了吗?"

"对,已经到胡同外边了,我们下车找了下门牌号,但雪有点大,就……"

"你车牌号多少?我正好要出去,我过来接你们吧。"

齐璐连忙把车牌号报过去。等电话挂了,她看了看车窗外的雪,心里有点奇怪。这是飞行士成立这么多年来,时烨第一次同意给乐队拍片子,而且他还破天荒地同意了制作方去他家里取材。

齐璐心想,如果不是因为要为之后的巡演做准备,时烨肯定不会同意吧。而且奇怪的是,虽然她知道今天乐队的所有人都会来,但听盛夏讲话的这个语气,怎么感觉像是……住在时烨家里?

她发了会儿呆,等老秦抽完了烟,车窗被一个穿着白色羽绒服的男人叩响了。

盛夏戴着一条蓝色的围巾,手上还拎着一袋垃圾。他的头发已经及肩了,有一半随意扎了下,看上去很随意。

齐璐对这个知名乐队主唱的第一印象是,皮肤真的很好,脸好小。

"你们先在车里等我一下吧,我去那边丢下垃圾。"盛夏示意了下手上的袋子,"雪大,在车里等我。"

齐璐和老秦只能目送着盛夏关上车门,在雪里踏出一串脚印,把垃圾扔了。等他慢悠悠地走回来,带着他们拐进胡同深处,又让他们等一下,说自己要去小卖部买东西。

老秦看了看面前的大门,感叹了句:"这地段……真有钱。"

齐璐看着盛夏提着一个水果罐头走回来的身影,说了句:"人家祖上就有钱,爸妈都是高知好吧,而且怎么说也是时烨,住这儿怎么了。"

盛夏哈着气小跑过来,抖了抖帽子上的雪,笑着说:"走吧。"

齐璐立刻反应过来,示意老秦把机器打开,又对盛夏说:"其实从见面就可以开始拍了,剪辑方便点,有头有尾嘛。而且这次主要讲的是真实,所以……时烨老师那边会不会不太方便?需要先打个招呼吗?"

盛夏一直笑着:"没关系,我跟他说过了,你们拍吧。但是时烨老师刚刚起床,他有点起床气,可能会有点……你们不要介意,等吃过饭他就好了。"

齐璐被他笑得迷迷糊糊地点头。

老秦双手稳住机器,把镜头给到盛夏的脸。

感觉盛夏确实挺好说话,齐璐放松了些,随意问:"欸,您现在还叫他老师吗?"

镜头往下移，在那个水果罐头上停了停，盛夏说："是啊，你们不也这么叫他吗？他生气的时候我会喊他哥，平时就喊老师。美女编导，你直接叫我名字就可以，不要那么客气。"

齐璐点头，指了指盛夏的围巾，笑着问："今天是星期六所以戴蓝色围巾？传闻是真的！"

盛夏一边把门推开，一边把裤子往上拉，摄像机照了照他的蓝色毛线袜，他说："不止是围巾，袜子也是。"

进行以后，盛夏把罐头放到桌子上，又问："你们吃饭没？没吃正好一起吃饭吧，待会儿肖想和钟正也要过来，我买了很多菜。"

齐璐本来想说不麻烦了，但饿了一早上的老秦已经在摄像机后面疯狂点头，盛夏笑了下："你们先随便坐一下，我去喊时烨老师。"

他走到一个房间面前敲了下门，声音轻了些："时烨老师，视觉音乐的工作人员过来了，我先做饭，你出来下。"

齐璐隐隐感觉有什么不对，盛夏的语气实在是太过熟稔。短暂思考过后，示意老秦把镜头转过去，拍墙上挂着的照片。

叫门没反应，盛夏回头看了看客厅里装作没看他的两个人，想了下，拧开门走进去后又关上了门。

齐璐的心里咯噔一下。

网上关于两人不合的说法其实并不少，她也不是喜欢八卦这些东西的人，但现在怎么看，这都不像是关系不和的样子吧？

等盛夏出来以后，他对着齐璐笑了下，面色自然："我先做饭，你们先跟时烨老师聊。"

等他进了厨房，房间里又走出来一个非常高的男人。时烨穿了件黑色毛衣，头发有点乱，一看就是刚从床上起来，眼神很慵懒，打量人的目光还是齐璐熟悉的那种——带着淡淡的不屑。

她不自觉坐直了身子。

时烨洗漱完才走到他们面前随意坐下，看上去还是没怎么睡醒的样子。他坐了会儿，皱着眉看了厨房一眼，没说话，又打了个哈欠。

齐璐和老秦对视一眼，做好心理准备才开口道："时烨老师，我是齐璐，这次视觉音乐做你们纪录片的编导，这是跟拍秦丰。"

时烨看了她一眼，还是没说话，只点了下头，目光又移到厨房那边去了。

在气氛渐渐僵持中，盛夏突然抬着托盘出现，给齐璐和老秦递了两杯热茶："普洱，我老家种的茶，尝尝看。"

他把另一个黑色的马克杯给了时烨，但什么都没说。

时烨喝了一口，皱眉说："我也想喝茶，为什么不给我茶？"

盛夏小声说："起来先喝一杯水。"

时烨这才不情不愿地开始喝那杯温水。

看对方没再继续要求，盛夏返回厨房后端了盘糕点出来，对齐璐说："来尝尝我做的桂花糕。"

齐璐眼皮一抖，看着盘子里精致的糕点，陷入沉思中。她实在是有点意外，盛夏在网上就是个大迷糊的形象，怎么今天一见面，这么勤快，居然还会做糕点。

等盛夏再次回到厨房，时烨指着那盘糕点对他们说："他做饭还可以，但是做甜品毫无天赋，如果要吃的话，做好心理准备。"

齐璐尴尬地笑了笑："不会吧。"

老秦在边上惊叹道："盛夏居然喜欢做吃的吗？"

时烨点头："他说做饭的过程很治愈，可能觉得做着好玩吧。"

齐璐带着好奇的心理，拿起一块糕点尝了口——好吧，确实不太好吃，桂花糕怎么会这么咸啊！

没关系，好歹自己也是吃过飞行士主唱做的糕点的人了，难吃算什么！齐璐满足地想着，一口气把那块糕点吃完了。

下一秒盛夏又拿着一盘水果从厨房出来，满怀期待地问他们："味道还行吗，我做的糕点？"

"好吃。"说完时烨看了齐璐一眼，表情自然地说，"对吧？还不赖。"

"……"齐璐，"对，非常好吃。"

盛夏心满意足地回厨房忙活去了。

齐璐看时烨吃了点东西以后，好像眉头舒展了些。

"要我换件衣服吗？"时烨淡淡问道，"你们要拍什么内容，需要去我们的录音室吗？"

"不用。"齐璐连忙摆手，"是一个类似生活访谈的纪录片，想对歌迷展示一下你们的生活常态，您随意一点就好。"

"生活常态……"时烨轻声重复，"所以是要拍我们一整天都在做什么吗？"

"没这么夸张。"齐璐失笑，"就是拍下你们不工作的时候都在干什么，拍真实的你们。"

时烨像是有些不解："歌迷会想看这些吗？"

齐璐点头："当然会！"毕竟她就是飞行士的粉丝，她就很好奇他们不工作的时候在干吗。

时烨好奇："是歌迷说的？"

齐璐失笑："您相信我吧，歌迷肯定会想看的。"毕竟她自己就是飞行士的头号粉丝。

第一次听飞行士的歌她刚上大学，飞行士是那时候的一个流行符号，身边所有的同龄人都在听他们的歌。印象最深的一次是上大学的时候跟男朋友在外面散步，他们一人一只耳机，听的是《银河里》，时烨正好唱到"世界命令我抱你，心动催促我吻你"，就唱这一句的时候，她和初恋接吻了，那是她的初吻。

飞行士是她整个青春的记忆，她抄过满满一本的歌词，但她不会告诉时烨这些。

齐璐看了看时烨，心道，他好像清减了些。人其实还可以，还算好说话，没传闻里那么冷漠，至少礼数都做到了。

真人更瘦一点，用帅来形容他有些俗，齐璐心想，应该是英俊，他的气质就只能说是英俊。即使是刚刚起床，看上去有些慵懒，但还是十分夺人眼球的那种英俊。

"带你们看看吧，随意点。"时烨站了起来，"来，去看看我的工作室。"

进房以后齐璐和老秦都有些眼花缭乱。这间房间里全是吉他，齐璐对乐器不算太熟，但也知道这些琴肯定价值不菲。地上铺着白色地毯，边上有个两层的键盘架，地上全是效果器和杂七杂八的设备，俨然就是个小的录音棚了。

时烨随意指了下地上，说："昨天才到的效果器，来拍拍这个，这套做的是那种很复古的音色，这东西特贵，快拍，别拍我。你们随意看看，我去喂下鱼。"

说完他转身就出去了，留下齐璐和老秦对着满屋子的乐器面面相觑。

等看了会儿，齐璐示意老秦拍时烨的吉他。

出去的时候时烨已经喂完了鱼，客厅里没人。齐璐走了几步，看到时烨靠在厨房门口，正抱着手跟在做饭的盛夏说话。

从齐璐的位置看过去，时烨在笑。

时烨在镜头面前其实很少笑，无论是在舞台上、采访里、MV 里，还是颁奖典礼上，时烨最好的表情就是面无表情。就算笑也是冷笑、讥笑、嗤笑、嘲讽的笑、不屑的笑，像这种生活化地对着一个人笑得眼睛里都是光的样子，齐璐还是第一次看到。

她发了会儿呆，门突然被敲响了。时烨听到了，盛夏也擦着手从厨房里走出来。齐璐跟时烨对视了一眼，彼此的目光里似乎传递了一些心照不宣的东西。

钟正和肖想进门以后气氛好了很多。

盛夏笑着抱怨钟正："说了家里有很多菜，你还买那么多，吃不完冰箱都放不下。"

"吃不完你和时爷明天吃剩菜。"肖想从袋子里掏了瓶香槟出来，"今天整点洋气的。"

盛夏叹了口气："时烨老师又不吃剩菜……"

钟正和盛夏进厨房做饭去了，时烨和肖想聊了两句，他随手打开了电视机，放的是动画片。

齐璐猝不及防被"萌"到，笑了下，对时烨说："您还看这个？"

肖想喊了声："上次来吃饭你就放这个给我们看，半个月了还没看烦？"

时烨面不改色地看着电视里的动漫人物，说："你们的主唱喜欢看，我有什么办法。"

肖想摇了摇头，坐过来拉着齐璐说："别和这群幼稚男人聊天了，来，跟我聊。有什么要问的？"

"其实也不用问什么，这次的纪录片就是要展现真实，能看到乐队比较真实的一面就挺好的。"齐璐笑了下，"我没想到你们的生活状态这么随和，我还以为摇滚乐队的生活都……"

"都很颓废，一进家全是烟头和酒瓶，烟雾缭绕，乱糟糟的？"肖想把话接下去，她一直笑着，"不至于哈，时爷可能想，但现在没机会喽。"

齐璐哪敢接这话，只能硬着头皮接着问："其实这次我也有任务，想跟你们聊聊 Color 这张专辑的一些幕后制作。我挺好奇的，时烨老师就是在之前的工作室里完成创作的吗？"

"完成创作……倒也不是。"时烨说，"我们写歌挺随意的。真正磨合啊录音什么的还是要录音棚，前期都只是想法，我们都是凑在一起吵着吵着把歌弄出来的。"

"还有……"齐璐笑了下，"另外有件事想代替乐迷们问问。因为Color 这张专辑里一共有七个颜色，主打《红》，大家都很好奇为什么要加一首叫《媛媛》的特别版，网上有很多猜测……"

肖想笑着接话："网上猜测媛媛是时爷的初恋女友，也有猜测是盛夏的神秘未公开女朋友，据说是影视学院大三在读某女子，对吧？"

时烨瞪了肖想一眼。

齐璐只能假笑着附和了句："网上是有很多传闻，所以我们就想代替歌迷问问乐队。"

"媛媛不特指某一个人，媛媛是一个故事。"时烨说，"很多人都觉得在那张专辑里加一首《媛媛》很突兀，包括我们一开始其实也有争议，吵过很多次，但主唱坚持加这个特别版。媛媛是一个很有代表性的故事，其实代表了 Color 本身，也整合了 Color 的所有色彩，听过盛夏的想法以后，我们就都同意了。"

肖想笑了下："其实是我们剪刀石头布决定的，全都输给盛夏了，没办法，盛夏的运气太好了，我们还能怎样！"

当事人盛夏端着一盘凉拌海蜇出来，听到自己的名字，问了句："说我什么？"

肖想："说你的媛媛。"

"啊，媛媛。"他擦了下手，看向齐璐，"媛媛怎么了？"

齐璐连忙道："歌迷都想知道媛媛是谁。"

"其实媛媛不是某个人，媛媛是一个宽泛的指代。起因是……有一次在医院，我遇到一个七八岁的小女生，我听到护士喊她媛媛。她也可能叫方圆的圆，来源的源，公园的园，不过我脑子里蹦出来的就是女字旁的这个媛媛，我觉得这个名字很温柔。

"她生病了，看上去不太舒服，虽然我都没跟她讲过话，但奇怪的是回来以后总是会想起她。因为我小时候身体也不太好，老是住院，可能有点同病相怜吧。"

盛夏顺手剥了个橘子，放到时烨面前，又继续说："媛媛其实是希望的代称，我们希望所有生病的'媛媛'都能快点好。"

等开始吃饭，齐璐让老秦把摄影机关了。

盛夏和钟正一起做了满满一桌子菜，钟正还做了个火锅。齐璐每样都尝了下，感觉还挺好吃的。

挨着时烨的还有一盘挺奇怪的菜，一盘水果罐头。齐璐多看了那边两眼，肖想注意到了，笑着说："美女编导，你也喜欢吃水果罐头啊？"

钟正顺着话使坏："时爷，人家美女编导要吃水果罐头。"

肖想也继续接："时爷，人家齐璐想吃水果罐头。"

齐璐大窘，连连摆手："不不不我不想！"

时烨完全无视面前一群人的起哄，自己吃自己的。盛夏无奈地给齐璐夹了只虾："你多吃点。"话里也没提水果罐头，也没谁敢去夹那盘水果罐头。

饭桌上的气氛很好，齐璐没忍住感慨："你们的关系真好。"

气氛确实很好。平凡不起眼的旧小区里，热腾腾的饭菜，饭桌上聊的也不是多高深难懂的话题，看上去完全不像是摇滚乐队的饭局，似乎就是一次普通的聚餐。

钟正笑着道："认识久了，也谈不上什么关系好不好了，将就着过了嘛，过日子都这样。"

齐璐默了下，才道："其实高总找过我一次，策划你们之后的那个……"她措辞了下，"那个巡演的事情。高总的意思是先看看这次我给你们做纪录片的成片效果，看看你们是否满意我的风格，后续如果合适的话，我们会跟海顿联合策划你们巡演的宣传，并且拍一个和WX音乐联合的大型音乐纪录片，但我不做主创了，可能要……"

"哎呀，吃饭不谈正事了。"盛夏笑了下，"都说了过完年再说不是吗？"

齐璐看了下面无表情吃饭的时烨，只能住嘴了。

一众人在动画片的背景音里吃完饭，香槟也喝完了。肖想点了烟，本来递给了时烨，盛夏先人一步把烟拿了过来，放到桌上，随即对齐璐说："要拍什么可以开始了，来吧。"

齐璐一边指挥老秦拍完鱼缸，又让他拍墙上挂着的巡演照片。钟正指了下墙上的嵌入式书柜给齐璐看："来看看时爷的书。"

镜头拉近，拍了拍那一整面墙的书和CD。有一排全是绘本，齐璐莫名有种直觉，这些应该不是时烨的书。

镜头下移，一排杂七杂八的书。有小说，有诗集，种类很杂。

"平时很喜欢看书吗？"她问时烨。

"还行吧，无聊的时候翻一翻。"时烨说，"我看上去不像爱读书的人吗？"

齐璐连忙摆手，指着一本哲学书说："只是没想到你还会看这种。"

"时烨很喜欢看书的，什么书他都看。"钟正接话，"他以前还写诗，妥妥的文艺青年，写词写得好是有原因的。"

肖想也点头："我们乐队里就属时烨最喜欢看书，他也不爱玩游戏，上网也很少。以前还会跟小正去玩下赛车，不过这两年不怎么去了。"

随便聊了几句，齐璐看见时烨抽出一本地理杂志来，封面上是一只海豚。

她突然想起了什么，问："去年《池底生活》的主题曲《宽吻》入围了最佳原创电影歌曲，在此之前，飞行士好像没有给电影做过原创歌曲吧？"

大家都默契地没回答，等着盛夏主动接茬。他正拿着个橘子在剥，等被时烨撞了下胳膊才慢半拍地问："怎么了？"

时烨无奈道："人家问你那首《宽吻》。"

"哦，《宽吻》。"盛夏把橘子递给时烨，"我写的词曲，怎么了？"

齐璐问道："想知道为什么会想给这部电影写歌呢？"

盛夏："因为片方找了我啊，而且我也挺喜欢那部电影的，你看过那个电影吗？"

齐璐点头："看过一些，总觉得是一部很残酷的电影。"

"残酷里面也有温暖啊。"盛夏笑了笑，"片子拍得挺好的。"

这时候钟正突然指了下墙上的一张照片，说："时爷，这张照片你找出来了？齐璐你来看这个，这是……十二年前吧？我们在一个公社演出的照片。"

镜头移过去，照到那三个年轻的面庞上。

钟正看了眼镜头，说："我们是愚人节成立的，你看这张照片——就是这天，我们在酒吧喝酒，都喝大了。"

齐璐觉得盛夏说得没错，吃过饭以后时烨确实心情好了很多。她又趁势连忙问了几个问题，时烨都耐着性子回答了，见老秦抬着摄影机到处拍，他也没说什么，只说不要进卧室拍。

"欸，时爷，之前让大俊买的效果器到了没？"

"到了，昨晚试了下，很不错。"时烨喝了口水，"试试？"

说着一群人就簇拥着进了工作室，几个人熟门熟路地找到自己要的东西。齐璐和老秦两人连忙跟上。

盛夏指着自己的琴，对着齐璐笑了下："给你介绍，这是我的琴，它叫伽利略。"

　　时烨把效果器插好，说了句："今天这顿结束了，咱们就各回各家过年了。"他转了个背，抱着吉他，面对镜头，慢慢靠近。

　　那一幕挺漂亮的。

　　其实时烨只穿了简单的线衫和拖鞋，但姿态表情看上去却像是站在万人舞台上一般从容。

　　等时烨拨出了第一个吉他音，问盛夏："你的今天是什么颜色？"

　　盛夏笑了笑："蓝色。"

　　时烨点了下头："那唱蓝色吧。"

　　走到一个合适的位置，时烨才对着镜头很淡地笑了一下。

　　齐璐那一刻想的是，时烨真的为镜头而生。就算只弹吉他，他也永远会是这个乐队的中心，有的人好像天生就在那个中心。

　　"今天的雪很大，也快过年了。"可能是喝了点酒的原因，时烨的声音少见的有些冰雪初霁的暖意。

　　他看着镜头，依旧是他那标志性的漫不经心的眼神，但仔细看，似乎能从那种漫不经心里看到一些马上就要爆炸的能量。在这个大雪的冬天里，在这个普通的房间里，他静静地站着。

　　时烨最后说："祝大家平安幸福，过年要开心。夏天到来的时候，我们再见面。"

　　画面到这里就告一段落了，短片最后剪辑出来有 16 分钟，这是纪录片的先行版。

　　他们最后唱的那首《媛媛》放在正片里作为独家惊喜，会在新年的时候作为特别版，和完整的纪录片一起播出。

　　最后那个短片里出现了一片茫茫的雪，画面一转，变成了飞行士 Color 那张专辑的封面，彩色跳跃在白雪上时，齐璐的画外音响了起来——

　　"我从没想过，飞行士这个如此传奇的乐队，居然有这样温暖简单的生活状态。他们住在普通的小区里，自己做饭，照顾花草，同样会和你我一样抱怨生活的琐事。

　　"在新年即将到来的这一天，我有幸在时烨的家里，听到了一次他和盛夏的现场演唱。大家都知道，时烨早在五年前，就再也没有在荧幕面前唱过歌了。

　　"从前我听他的声音，总觉得他就像乐队队标里的那个小人一样，是一个孤单的飞行者，茫然又孤勇地飘浮在外太空里。我们或许没办法完全接收到来自天才乐手的脑电波，也永远无法理解音乐天才丰富的内心世界，但我想音乐带给我们的那种共鸣是相同的，也能够打动所有有着同样心境的你我。

　　"时隔五年，我重新听到时烨再次开嗓，惊讶地发现，时烨的声音从过往的锐利冷硬，变得平和且温柔，这或许是时间的力量？从这支纪录片里，大家能看出他已经成长到了另外一个阶段。作为乐队的领导者，他谈到，他在过去的作品里一直在关注自我和探寻负面情绪，想解决的是自己和世界的矛盾，但他现在更愿意关注的是如何在自己心中建立新的东西。他说，他在学着用音乐来治疗自己，这其实算是一种自我疗愈，也是他在修补自己时的意外收获。

　　"时烨告诉我，回归简单平静的生活状态以后，他在日常里，在和自己不断和解的过程中找到了平衡。过好自己的生活，努力把生活扭转成自己喜欢的样子，这是时烨的愿望。

　　"在 *Color* 这张专辑里，大家能看出飞行士用丰富的幻想去结合自己生活中的那种奇思，时烨说，这得益于盛夏的加入，因为主唱有一个很奇妙的脑袋。这个说法很有意思，我当时觉得很可爱。我想或许音乐本身就和这张专辑一样，是五颜六色的吧，只不过像我这样的人无法用旋律描述出来，而飞行士能够做到这件事。对自己的感受忠诚，这就是这张专辑能够大获成功最重要的原因。

　　"我很高兴时隔多年再一次看到了他们的成长。在夏天到来时，飞行士将会以全新的面貌，和大家见面。

　　"最后以时烨的这段自白作为结尾吧。"

　　画面里响起了时烨的声音——

　　"生病的这几年里，我常常感受不到真实。

　　"有时候自己也很奇怪，为什么总是遇到那么多阻碍和质疑？为什么总是在跟重要的东西告别？为什么会遇到那么多规则和无常……

　　"我总觉得自己活在不真实里。

　　"我想，自己大概只是一个一直在做梦的人。我的每一个梦，都在告诉我怎么去回答世界对我的质询。

　　"那些梦，那些不真实和幻想是我创作的初衷。

"在我的梦里，我不会对无常和规则认输。

"我不想输，我会一直做梦。

"我会赢。"

Dancing
Stars

第十四章

回家过年

⊮ 01 ⊯

等把人都送走以后，盛夏收拾了下屋子。本来晚上时烨要做心理咨询，但温医生的孩子生病了，下一次咨询只能是年后了。他洗碗的时候分了下神，想着晚上是待在家里还是出门逛逛，冷不丁就听到时烨在背后幽幽喊了他一声："——盛夏。"

盛夏回头，看到时烨拿着两个橘子，问他说："你还要洗多久？"

"两分钟。"盛夏看了眼时烨手上的橘子，"你等我一下，橘子放着我来剥吧，你不要自己动手。"

时烨没答，就靠在边上看盛夏慢条斯理地洗碗，也不催。

"忘了跟你说一个事，我昨晚才知道的。"时烨道，"有一个节目想唱《极星》，来跟我要授权，你想给吗？"

盛夏奇怪地扭头看他："你是在问我的意见？"

时烨点头："你来乐队之前我从没给过授权，两年前有电影想买去当插曲我拒绝了，乐队演出我也没让沈醉唱过，这是你的东西，应该你来决定。"

"什么你的我的，我写的歌你都可以用。"他满不在意地重新低下头洗碗，"你决定就可以了，以后这种事不用问我。"

时烨就知道会是这个答案，但还是给盛夏讲了下是什么节目，谁想来唱这首歌。问不问是盛夏的事，说不说是他的事，这是原则问题。

盛夏认真听完，点了下头："听上去还不错。"

"嗯，节目还可以，都是专业歌手，舞台也很专业。"时烨说，"因为知道我不给《夏至时》这张 EP 的授权，那个歌手还给我发了好长一封邮件讲述了自己的改编想法……应该真的很想唱吧。"

盛夏失笑道："这么真诚？那就给人家吧。"

碗还没洗完，盛夏的电话响了。时烨捏着橘子走过去拿起手机，本来要接，但看到来电人又犹豫了。

"你妈。"时烨对着盛夏说了句，"接吗？"

盛夏顿了下，又头也不回地答："你接就好啦。"

时烨盯着手机默了好几秒，正准备接起来，结果电话挂断了。他还没松口气，下一秒赵婕直接打了个视频电话过来。

时烨心头一慌，手上的橘子都吓掉了，他低头去捡，大拇指一抖，一不留神就按了接听。

等画面清晰了，屏幕里出现了赵婕的脸。她应该是坐在院子里，背后是暖色的阳光，背景音有点吵，快过年了古城里的人还是很多。

赵婕看到电话那边的时烨，眉头一下子就皱了起来。

时烨捏着手机越来越紧张，结果赵婕开口的第一句说的是："小时，北市现在那么冷，你怎么就穿一件衣服？"

时烨松了口气，虽然现在关系不错，但他还是有点怕赵婕。时烨努力挤了个笑出来，说："阿姨，我不冷。"

"怎么会不冷？我看天气预报那边应该在下雪啊。"赵婕皱起眉，"上次你们不是说家里暖气坏掉了吗，现在修好了没？"

"我们昨天才从外省回来，还没找人来修。"

赵婕眉头一皱："那你怎么还穿这么少？盛夏呢？他没让你多穿衣服吗？这样要感冒的。"

时烨只能快步走回房间里穿衣服，一边单手套着衣服，一边对赵婕说："家里不是很冷，门窗都关着。"

"你这样不行的。"赵婕眉头一皱，开始说教，"不要觉得还年轻身体好就不注意这些，也不要追求好看就穿得少，身体最重要了，不然你以后到了我这个年纪……"

就这样，时烨抬着手机听赵婕念叨了十多分钟。

　　盛夏走了过来，听着扩音里赵婕的声音，默默笑了下，也不来解围，就剥着橘子在旁边看热闹。反正平时时烨也不听，赵婕讲的时候时烨才会老老实实地答应。

　　等例行念叨结束了，赵婕又问："你最近睡得怎么样？带过去的中药喝了有效吗？还剩多少？"

　　时烨点头："最近睡得好多了，有用的。药好像还剩……"他看了盛夏一眼，盛夏在旁边答了句："还有两包。"

　　赵婕在那边点了下头，又叮嘱了几句让时烨好好吃饭睡觉云云，时烨全程绷着脸，笑得非常僵硬。

　　活到 30 岁了突然来个长辈管教，他还不适应这么柔软的语境，适应了大半年都还是有些生疏。

　　"还有三四天过年，你们也要给我个准信啊，不回来的话我就跟朋友去国外玩了。"赵婕又问，"你爸妈怎么说？"

　　时烨默了下，才说："和以前一样，就给我寄了明信片，之前就收到了。他们有自己的家庭，不会管我的。"

　　"那还是回来算了，白城天气好一点。"赵婕叹了口气，也没往那个话题延伸了，"工作处理完了，不忙的话就回来，我们三个过年。"

　　时烨没说回，也没说不回，只说："我们要回的话一定提前说。"

　　"买票的话就快点，就三四天了。"赵婕交代了一句，"还是回来吧，这边暖和。"

　　赵婕全程跟时烨拉着家常，问完这个问那个，丝毫没有要时烨把手机递给盛夏的意思。等要挂电话了她才跟盛夏不咸不淡地聊了几句，平淡普通，十分客气，要是不知情的人在场，或许会以为时烨才是亲儿子。

　　赵婕对他们态度的转折点是在去年的中秋。

　　那次她到北市来和朋友谈生意，并没有提前告诉盛夏。她杀到公司的时候猝不及防，时烨他们毫无准备，和盛夏手忙脚乱地带着赵婕吃了顿饭。

　　因为当时盛夏跑来北市上学这件事，他们母子俩互相赌气，拉锯了四年的时间。那四年里盛夏也叛逆，不肯用赵婕的钱，学费都是自己挣的，硬是四年都没回家，逼着自己好好学习好好努力……盛夏有时候还挺感谢自己赌的那口气，如果不是当初的固执和坚持，或许自己也走不了这么远。

　　时间往往能磨平一些执念，赵婕也在慢慢接受一些没办法逆转的事实的过程中，选择了对现实和亲情妥协。

她想开了很多，与其让盛夏待在自己的身边一辈子，还不如让他去做自己想做的，毕竟要是再来一次四年都不回家，她是真的受不了。

那次和时烨的见面，赵婕心情十分复杂，她不知道怎么跟时烨交流。

意外的是时烨很坦诚，没等赵婕开口就先表了态。他就像一个普通的晚辈一样，姿态也摆得很低，赵婕问什么答什么，乖得不得了。

赵婕看他这样才放松下来，主动问起了时烨以前的生活经历，想多了解他一些。等知道时烨从16岁开始就是自己一个人生活后，赵婕愣了下，很诧异地询问缘由。被问到的时烨表情有点不自然，但还是别别扭扭地把自己一塌糊涂的家庭状况说了。

后来赵婕被时烨那对不负责任的爸妈气得不轻，出了饭店都还在愤愤不平，走之前硬是给时烨塞了五千块钱让他去买双鞋子。时烨那天穿了一双做旧马丁靴，赵婕觉得不太好看。

从那天以后时烨就变成了赵婕的第二个儿子。

因为过去她跟盛夏隐隐有了些说不出来的嫌隙，时烨现在老有种感觉，自己是沟通这对母子的桥梁，赵婕每次都是打电话来先关心他一通然后再问一问盛夏的情况。

挂了电话，时烨还没缓过来。他看着盛夏的手机，长长呼了口气，小声说了句："回去过年的话，我会被阿姨念死吧。"

每次跟赵婕打电话，对时烨来说都是一种痛并快乐的精神折磨。

盛夏把剥好的橘子放到时烨手心里："她现在不念我，成天惦记着念你了，感谢你帮我转移了火力。"

时烨瞥他一眼："总觉得你还在跟你妈若有若无地置气呢。那是你妈，不是领导，你就不能跟她多说几句？"

其实盛夏也不知道自己在跟赵婕别扭什么。

"置气？不算吧。"盛夏想了想，"以前跟她闹，也不仅仅是因为我来北市，还有过去的一些事情。我就是怕她还像以前一样管着我，压得我喘不过气来。"

离开白城，去追逐时烨的脚步是最主要的原因，但仔细想，似乎也是因为厌倦被管束的人生。

时烨微不可闻地叹了口气，他其实很羡慕盛夏有这么个妈。

"有人管不好吗？"

盛夏没犹豫地说："我觉得不好。"

他们一个没人管，一个被管怕了，谁也无法理解谁。

"不管好不好，你妈对你都不错，现在不也随你自由了吗？"时烨说，"以后她打电话来别太敷衍行吗，我听着都难受。"

盛夏心不在焉地说："我没有敷衍啊，就是不知道该说什么。"

时烨瞥他一眼："下次跟你妈说话再吊儿郎当的，那以后你怎么跟你妈说话，我就怎么跟你说话。"

盛夏郁闷了半天，显然不太乐意，但最后还是小声应了句："知道了。"

时烨想了想，突然说："不然你还是自己回去过年吧，阿姨也想你。刚好我就趁新年去一趟国外，去看个演出。"

盛夏听完皱了下眉："我一个人回去你觉得我能安心过年吗？我妈也肯定要骂我。"

"你就说我有工作。"时烨拍了下他的头，"明天我们去买点阿姨喜欢吃的，我再买两瓶好点的红酒，到时候你带回去，好好陪阿姨过个年吧。"

半天盛夏才慢悠悠地说了句："不要。"

赵婕其实早在一个月之前就旁敲侧击地问过他们好多次要不要回去过年，每一次时烨都顾左右而言他，不然就是语焉不详说要忙工作。他们工作基本都在一块，盛夏心里清楚得很，时烨哪有什么工作，过年那阵根本就没有事。

他和时烨默不作声地对视了很久。半晌还是时烨先败下阵来，他叹了口气，说："跟你回去感觉很奇怪。"

"哪里奇怪？"

哪里都奇怪，因为那终究不是自己的家人，不是自己的母亲。

时烨回避了下盛夏的眼神："不知道，但就是不想去。你妈妈对我越好，我就越不安，每一次我都会想起……"

时烨说话的时候，盛夏感觉挨着他的手在微微发抖。盛夏被吓得一下子直起身子，去拉他的手："哥，你别说了，我们不回去，我不说了。"

时烨看上去很镇定："没事，很久都没抖了，可能是今天有点冷才……你不要怕。"

确实很久没有出现过这个症状了。温医生告诉他这是吃药的副作用之一，也有心理因素，让时烨不要太紧张。他倒是不怎么紧张，就是盛夏每次都非常紧张。

盛夏努力让表情自然些，轻声说："我不怕。没事的，我们不回去了。你想跟我说哪些就说，不想说就算了。"

"说吧，"时烨对他笑了下，"温医生跟我说，她不在的时候多跟你聊。你不要每次等我自己说。"

他顿了下，又补了一句："你多问问我。只要你问，我都会说。"

◄ 02 ►

盛夏把鞋脱了，跪坐到时烨跟前，说话前他仔细观察了一下时烨的表情。

好像有这样一类人，无论你离他多近，多贴近他的生活，都还是会觉得他在某些时刻离你那么远。他复杂又矛盾，有时候能够理解，有时候又隐进一团雾里，让你看不清。

他好像有时候很需要你，但又能很快从那种状态里面抽离出来，似乎下一秒就会推开你，可是你仔细看他的眼睛，又觉得不是的。他似乎就是个在等着你先靠近的孤单旅人，要等你先伸出手，他才会给你回应。

像脾气古怪的猫科动物。

"但是我不是温医生，可能做得不太好。"盛夏语气很轻，"我只能尽量把生活里的你照顾好，别的……我会很害怕帮倒忙。"

"也没有真的要你给我做咨询，就普通聊一聊也可以。"时烨想了下，"偶尔我也会想跟你讲一讲的，你别害怕啊，这个问题不用对我这么小心翼翼，跟你说说没关系的。"

盛夏看时烨不是开玩笑，才问："那……温医生平时都是怎么跟你聊天的？会聊很多过去的事情，还是有什么方法之类的？有什么流程吗？"

"没有什么固定的流程。"时烨想了下，"但是她每次都会先跟我问好，再问我觉得心情怎么样。要说什么方法……应该有？最近我们在用的那个好像叫'快速暴露疗法'吧。就是她会跟我反复模拟那种我不太喜欢的场景和对话，目的是让我'耐受'。"

盛夏眼眶一酸，条件反射地想说以后不要做了，但忍了下，还是笑着说："我就不跟你模拟了，我们聊点开心的。今天没有医生和病人，你休息一天。"

时烨沉默了下，过了很久，才偏着头，漫不经心地问："你会觉得我生病了吗？"

盛夏握着时烨的手，感觉时烨的手还在微微发颤："人都会生病，就算是生病也没什么大不了的。"

时烨静静看了他一会儿，起身到衣柜里拿了两条领带出来，说："我还是有话想说，但今天没有温医生，就跟你讲。我们还是把眼睛都蒙住，不然看着你，有些话我讲不出来。"

盛夏说好。

他们就盘腿坐着，用领带蒙住了眼睛。等系好了，时烨说："我们试试看那种陌生人的语境，不是医生和病人，不是队友，不是朋友，就把对方当作旅途里遇到的一个邻座，聊聊天，下车了，就不会记得对方的那种吧。"

陌生人。

盛夏的嘴唇抖了抖。领带绑得很紧，他什么都看不到，等在黑暗里不安地给自己做了很久的心理建设，他才开口问："陌生人，你觉得今天过得开心吗？"

"一般般吧，谈不上很开心。家里来了不熟悉的人，有点吵，当时有点心烦。"时烨语气很平常，"后来吃了饭，牛肉很好吃。还吃了橘子，橘子很甜，就开心了一点。吃橘子的时候我在想以后要写一首歌，就跟冬天的橘子有关，一定要写出那种凉凉的，但是很甜的感觉。"

"你还会写歌，很厉害啊。"盛夏也慢慢进入了状态，陪他玩这个游戏，"那你觉得你朋友有把你照顾好吗？"

"有吧，他挺努力的，一开始做事情也笨手笨脚的，后来做多了就好很多。"时烨的声音很轻，"我看他成长挺有成就感。一开始他只会煮汤，现在会炒我喜欢吃的牛肉了，还会做很复杂的菜。不过我一般不会夸他，我好像不太会夸人，只会说明天还想吃。"

"那你朋友肯定很愿意做这些。"盛夏的声音听上去像是在笑，"这样听上去蛮好的，但是为什么我觉得，你的声音听上去很难过？你有什么不开心的事吗？"

"不是什么不开心。我比较奇怪，好像总是这样，会在别人觉得很温馨幸福的时候开始悲观。"时烨的声音低了些，"陌生人，其实我经常会胡思乱想。"

盛夏顿了下："可以告诉我想什么吗？"

"比较乱吧，可能还有一点恐怖。"时烨说完这句话，突然伸出手，把蒙着自己眼睛的领带拉了下来，去看盛夏的表情。

"有时候明明我朋友在对我笑，我却在他的脸上看到另一个在哭的残影。有时候我会变得又暴躁又难受，因为我没有真实感，最可怕的是我永远不会满足，我想找出一个方法让我朋友以我为中心。

"因为他很好，很单纯，很乖，我就有一种错觉，好像我对他做什么，他都会原谅我。我不停试探他的底线，让他做很多他不擅长的事，对他发脾气，甚至无意中伤到过他，他从来没有生气过，我很沮丧，也因为这个，我常常对我自己感到困扰。

"我有时候觉得自己很变态，我怕他觉得我很恐怖。"时烨口吻平淡，仔细观察着盛夏脸上的表情，"我觉得这种想法很不健康，而且我本身就不是个健康的人，和他对比起来我们是两个极，我总怕吓到他，这让我非常困扰。"

时烨看到盛夏居然笑了一下。他有点搞不懂，为什么听到这些盛夏要笑，他总是搞不懂盛夏在想什么，这一点也时常让时烨觉得烦。

"这个没有必要困扰吧，陌生人。"盛夏说，"你应该对他诚实一些。"

包容一个人就是要包容他好和不好的地方，时烨在心里重复了一次这句话。

他慢慢道："我有时候不敢诚实，因为对方太诚实了。他的秘密不像秘密，他像一张纸，而我不是，我会愧疚这个。"

"那大概对方是觉得，因为是你，他知道你不会对他做不好的事情，所以很信任你吧。"盛夏摸了下自己的耳朵，"陌生人，我突然很羡慕你朋友欸，我觉得你很在乎他，才总会有这些想法吧。"

"也不是什么在乎不在乎吧。"

"那是什么？"

时烨看盛夏全神贯注竖着耳朵听的样子，笑了下："要说别的我也说不清楚了。可能我平时不太容易开心，但是跟他待在一起我会开心。"

"真的哦？那也很好。"盛夏听完就笑了下，很灿烂的一个笑容，"那很好啊，你朋友肯定是希望你也开心啊。"

时烨看着盛夏笑，说："对的，他在想尽办法让我觉得好一点，可我似乎还是陷在一个自我怀疑的怪圈里。就像最近，要过年了，我其实很想跟他回家，和普通人一样过年，可是我担心自己做得不好，因为快十多年了我都处在一个没有家的状态里，没有家人一起过年，我既不想让他和他的妈妈可怜我，又觉得自己不接受人家的好意很糟糕。我很为难，我害怕他们给我的东西太多太好了，我会变得不像我自己，会哭会软弱……我不能软弱，这让我很困扰。陌生人，如果是你的话，你会怎么办？"

盛夏脸上的笑没了，时烨看到他眉头一点点地皱起来。半晌盛夏才问："陌生人，你为什么觉得自己不可以软弱，不可以哭？"

时烨怔了下，才答："就是不可以。"

"我觉得你难过，想哭，或者是累了的时候，都应该告诉你朋友，他又不会笑你。"盛夏的语气挺正经，"你可以哭的啊，又没有谁规定你不可以哭，我觉得你可以学着去依赖你朋友。"

时烨抬起了左手想去触碰什么。其实很少有人知道他是左撇子，因为很小的时候时烨跟自己较劲，硬是逼着自己习惯用右手，所以其实他左右手都能写字和弹琴，只不过有的时候下意识伸出来的，还是左手，比如现在。

"陌生人，我昨晚做了个梦。"时烨把手放下来，"我昨晚梦到我的另一个朋友，他已经去世了。我梦到他跟我吵架，我梦到他的身体一点点地腐化。他变成了烟和灰，那些烟和灰又变成了血，漫过我的鞋子。还有他的声音，他说，你为什么不救救我？他一直在哭，你觉得是我的错吗？其实我有拉过他，但是我没有拉稳。"

他又加了一句："其实我有错吧……"

即使知道对方看不到，盛夏还是摇了摇头："你没有错，你有拉过他，你不能干涉太多别人的人生，你该做的都做了。"

"他会原谅我吗？"

"肯定会的。"盛夏的声音穿过时烨的思绪，轻得像一片叶子，"你一直想，才会打扰你的那个朋友。"

"这样啊，会打扰他，有道理。"时烨点了下头，"那我就偶尔想一想吧，希望他不要总是跳出来找我。"

时烨说完，又问："陌生人，我是不是很聒噪，说了很多自己的事情，你很烦吧？"

"怎么会烦，我觉得你的故事很精彩，像一本书。"盛夏的声音轻快了些，他又开始笑了，"陌生人，我还有个小建议。今年冬天真的很冷，你要不要考虑和你的朋友去南方过年？其实过年挺无聊的，就是闲着走亲戚，和家里人做饭，看电视。我觉得你朋友肯定也想跟你一起在暖和点的地方过年。"

"那我考虑下吧，谢谢你，陌生人。"时烨笑了下，"谢谢你听我说话。"

"不谢，我还要感谢你跟我说这些，我喜欢听别人的故事。"

下飞机的时候，盛夏对时烨说："头晕晕的，好像每次快晚上的时候我都看不太清东西。"

时烨盯着他一步步走下悬梯，问："近视是什么感觉？"

"就是模模糊糊的，远处的东西只有一个残影，近处的东西都很美好，看不清细节嘛，所以看什么都觉得好看。"盛夏说，"不太真实的感觉，有些晕乎乎的。我其实挺喜欢这种感觉，很安全。"

"看不清也挺好的。"时烨说，"我看见了好玩的东西可以讲给你听，你听我讲就可以了。"

盛夏点了下头。下飞机以后他就非常开心，还说："时烨老师，你有没有觉得白城的空气都是甜的，闻起来很舒服？"

时烨说："是你想家了吧。"

赵婕在机场外面等他们。她今天穿了一件暗红色的外套，盘了头发，看上去很精神。

开车回去的路上盛夏说困，让时烨去坐副驾驶。路上赵婕看到有人卖烟花，下车买了满满一大袋放进后备箱。看到有人卖橙子，她看着好，又拉着时烨下去挑了一袋。

后座里的盛夏一上车就戴着耳机开始打游戏，打了一会儿就睡着了，时烨给他盖了件衣服。

一开始赵婕和时烨面对面其实还是有些放不开，等发现时烨有些紧张小心的时候她觉得不能让时烨多想，说话动作就都随意了些，试着用跟盛夏相处的模式去应对时烨。

她发现相处起来时烨倒是比盛夏好沟通多了。他会看人眼色，开口前就把事情做了，虽然看起来好像难接近，但从很多细节都能看出来人挺细心。

她一路观察时烨，对比起来又是唏嘘怎么盛夏就这么迟钝，又是感慨，家里人不怎么带的小孩好像确实要比同龄人懂事稳妥很多，会对别人的情绪更敏感一些。

但其实时烨也只会对长辈如此，对别人他一向是爱答不理、冷冷淡淡。身边一直没有亲人，他在试着重新进入这种关系，那种感觉像一直在外流浪很久的古怪野猫，被带回家后，小心翼翼地观察新家。

到家以后赵婕把盛夏的钥匙给了时烨："怎么睡都行，他的两个房间都收拾好了，别的客房也可以，看你。饿不饿？我有留吃的给你们。"

时烨说不是很饿，赵婕点了下头，看着趴在一旁睡得人事不省的盛夏只觉得头疼，只能说了句："那先把他背上去吧，怎么七八点就这么困了。"

赵婕在场，时烨懒得说他，只能背着人走。

时烨笑了下："他昨晚没睡好，坐飞机的时候又一路很兴奋拉着我说话，应该累了。"

"你们收拾洗漱下，再看看能不能把他叫醒吧。按规矩是要守岁的，你们收拾下就下来，一起看会儿电视。"赵婕摸了下盛夏的脑袋，"实在叫不醒就休息吧，明天早点起来。"

时烨应了，在赵婕的注视下把人背上楼。经过那段窄小的木楼梯的时候他不小心碰到脑袋，赵婕小声在下面提醒："哎呀，小心头上，脑袋低点。"

这句话着实让时烨有种恍如隔世的感觉。盛夏还在他背上深深浅浅地呼吸，睡得不舒服的时候动了一下，似乎真累了。

时烨把盛夏背回了他的房间，等把人放下，时烨静静看了眼周围的摆设，发现这里没怎么变过。

床头的琴，柜子上的唱片机，抽屉里的磁带，也都还在。

打量了一会儿，时烨帮盛夏把长外套脱掉，准备到楼顶的阁楼上看看。走了两步盛夏醒了，迷迷糊糊地说："到家了啊。"

时烨一边开门一边应："嗯，冷不冷？"

"不冷。"盛夏揉了下眼睛，"但是有点饿。"

"下去吃饭吗？阿姨说留了饭。"

"等下再说。"盛夏从床上坐起来，他笑了下，"哥，其实一开始在车上我是装睡的，想让你跟妈妈多说点话。"

时烨横他一眼："然后？"

"然后听了下就真的睡着了。"盛夏坐在床沿晃着腿，心情很好，"哥，你还挺会跟长辈聊天的嘛，我小看你了。"

两人走到阁楼的房间里，在盛夏打着哈欠醒瞌睡的间隙，时烨从兜里掏出了一张折得整整齐齐的海报，盛夏就看着时烨把那张 Color 的海报展平，在工作台上找出胶带，把那张专辑海报贴到了墙上的空白处。

盛夏顺着 Color 看过去，往前的几张海报都很旧了，一张比一张旧。

那都是他追逐时烨的纪念品。

时烨看着前几张海报里自己的脸，说："我当时看你墙上贴的这些海报，第一反应是惊呆了。"

"我当时没有想那么多，见到你的时候都觉得自己在做梦。然后就什么都忘了。"

时烨靠近他一些，笑得很淡："哦，这么崇拜我？"

"是啊。"盛夏点头，"时烨老师，我有没有跟你说过，那时候我存钱买了好几个 MP3，我那会儿真的很神经，会用其中一个单独放你的某首歌。"

说着他站起来，到抽屉里翻出一个黑色的 MP3，献宝似的递给时烨看："时烨老师你看！我以前就专门用这个听你的《飞》，还有这个红的，我用这个听《宇宙》，这个蓝的我拿来听那张《喧哗》。"

"很合格很有钱的粉丝。"时烨评价了句，"虽然感觉有点傻。"

说着话，时烨下意识走到了那架钢琴前，打开琴盖随便弹了几下，笑着说："该调音了。"

"唉，我有跟我妈说定期让人来调，她估计没放在心上。"

盛夏也走过去试了下音准，弹了几个音眉头就皱了起来。大概是从小弹钢琴，对音准有种莫名的强迫症，他看了看时烨："我先调下音？"

没想到回来以后做的第一件事，居然是给自己的钢琴调音。

时烨笑了笑："你会调？"

盛夏正从小柜子里翻出调音要用的东西，闻言挑眉说："我一直用自己的耳朵调音，都不需要电子测的。"

语气挺自豪。时烨上前帮他搭手："以前认识的调音师告诉我，其实有时候用电子调也是必要的，很多参数更准确。但大多人喜欢用人耳调，因为琴本来就是人弹的东西，电子只能听得出准不准确，但听不出悦不悦耳。"

盛夏按着调律扳手，正试好一个三度，他扭头对时烨笑了笑："对啊，尤其是自己用的琴我基本都自己来调，有时候我更相信自己的耳朵。"

"但我以前写歌有时候还是更喜欢用没调过的琴。"时烨帮他转了下固定扳手，"音不准的琴偶尔会给人一些惊喜。来，你随便弹一首。"

盛夏意外地看了他一眼，抬手弹了一段……音跑得厉害，但音不准带来的变调确实奇异的好听，有种和原版完全不一样的感觉。

他们玩得挺开心，好半天都没把这台琴调完。盛夏觉得这种玩法很新奇，脑袋里面冒出很多想法，兴致勃勃地拉着时烨讨论。

看见这俩人一回来就鼓捣这架钢琴，端着盘水果出现在门口的赵婕无奈道："你们俩一年到头都在弹琴弹吉他还不腻啊？一回家就跑这儿来！"

她把手里那盘剥好的橙子塞进时烨手里，让他拿着吃，走过去戳了盛夏的脑袋一下："回来能不能让时烨休息一下，放假就好好放松，就知道弹琴弹琴！"

盛夏解释道："我的钢琴音不准了，我们在调！"

"非要今天调啊？下来吃点东西再说。"赵婕嫌弃地看着那台钢琴，"整天就知道弹琴弹琴，真是搞不明白你们这些做音乐的。"

琴还没调完，他们就被赵婕赶到楼下吃夜宵。毕竟是年夜饭，她准备了很多吃的，饭菜都在灶上温着。

赵婕一边捞饺子一边对时烨说："小时啊，你饺子爱吃什么馅儿？我今天只包了羊肉的。"

盛夏答了句，"饺子他不太挑，但不爱吃韭菜馅的。"

时烨赶紧解释："其实我都可以吃，我不挑食。"

赵婕点头："没事儿，我记住了，有什么不爱吃的提前告诉我。"

饭还没吃上两口，她突然想起了什么，急急忙忙地站起来从冰箱里边拿出一个玻璃罐子来，献宝似的让他俩来看。

"我做的水果罐头！小时，盛夏说你爱吃这个，前几天我没事儿的时候做了点。盛夏小时候爱生病，我老做这个哄他吃药，没想到你也爱吃啊。"

时烨还有点不好意思："也不是爱吃……"

赵婕理所当然道："哎，你们小孩儿爱吃这些也正常，做这个不麻烦，多吃点。"

三十岁的"小孩儿"时烨被盛夏戏谑的目光看得耳朵都红了。

玻璃罐子里的糖水泡着樱桃、橘子和荔枝，几种色彩搭配在一起还挺好看，赵婕倒了两碗出来给他们，笑着说多吃点，吃完了再给他们装。

碗放到自己跟前的那一刻时烨突然就有种感觉，赵婕是真的把他当自家小孩儿了。

时烨已经很多年没吃过长辈做的饭了，他总觉得长辈做的饭带着一种说不出的风味，你在外面吃不出那种味道，那是一种厚重的感觉，你吃的时候会有种安定感，心里很踏实。

赵婕看着时烨碗里的饺子，语气凝重地说了句："我好久没包饺子了，好像包得有点难看，你将就吃，味道应该还可以吧？"

其实他们这边过年的时候压根不吃饺子，赵婕平时就很少包这玩意，这顿饺子就是为了时烨包的。

"我觉得包得很好看啊。"时烨连忙夸了起来，"味道也很好，我在那边都买不到好吃的羊肉饺子。"

盛夏也附和了句："妈，你做面食很有天赋嘛。"

赵婕果然很开心："是吧？我今天送了隔壁李阿姨一些让他们尝，他们说味道好我才敢煮给你们吃的。"

明明只有三个人的年夜饭，但赵婕心里非常满足。盛夏有好几年没回家过年，她几乎每年都是孤孤单单的一个人，就算会去走亲访友，可心里说到底还是空落落的。今年这两人肯回家陪她吃个饭，她心里是非常高兴的。

时烨专心地埋头吃饭，时不时跟赵婕说两句话，盛夏已经拿出手机开始打小游戏了，气氛很放松。赵婕把电视声音调小了些，突然拍了拍时烨的肩，问了句："要不要喝点酒？"

时烨正咬着一块排骨，闻言一愣，下意识去看了盛夏一眼，意思是问自己能不能喝。

赵婕挑起眉："你看他做什么，想喝我就去倒一点。"

时烨放下碗："可以是可以，就是……"

"他不能喝太多，医生也说尽量少喝。"盛夏解释。

赵婕点点头："我泡了梅子酒，喝过的都说味道特别好，还说给你们尝一尝。"

啊，梅子酒？时烨眼睛一亮。他好久没喝酒了，对盛夏投去了一个"我很想喝"的目光。

盛夏被看得十分无奈，半晌才不情不愿地说了句："那就喝一点点啊。"

赵婕带着时烨去倒酒。储物间里的东西多得让人眼花缭乱，他目不转睛地去看玻璃罐子里那些五颜六色的酒，还有旁边架子上一堆堆的茶饼、干货。

一边往里走，赵婕一边跟他介绍："这个架子上是一些干的菌类和药材，那一包是灵芝，那些是虫草、天麻，过几天炖汤给你们喝。这一排是茶饼，都是特别好的茶，走的时候你带一些回去送朋友。来看看，咱们喝哪种酒。"

停在一排酒面前，时烨沉默了会儿，有些受到震撼地提问："这都是什么酒？"

"这个是野蜂酒，治风湿的，我自己在喝。"赵婕一罐罐地给他介绍，"这个是蛇酒，这些是木瓜酒、青梅酒、杨梅酒、梨花酒……"

太多了，看得人眼花缭乱，而且这些酒的颜色还挺好看的，有种说不出的美感。时烨感叹道："怎么泡了这么多！都可以去卖了。"

"这么好的东西谁舍得拿去卖，都是留给自家人的。"赵婕嗔怪地看了他一眼，"我朋友多，平时亲戚走动得也多，都是招待亲朋好友的。来选吧，要喝哪种？"

时烨心说都想尝一尝。犹豫了半天也没选出来，赵婕像是看出了他的犹豫，笑着问："要不要都试试？在这儿尝尝吧。"

她每样都倒了一点给时烨尝味道，喝来喝去，时烨还是觉得青梅酒最好喝，和赵婕倒了一小壶回去。

赵婕泡的酒格外好喝，入口又甜又绵，跟买的酒完全不一样，时烨没忍住就多喝了几杯。

盛夏看他喝得确实很开心，跟赵婕一言一语聊得又很投缘，简直是最合拍的酒友。盛夏也懒得说什么了，自己拿着手机在旁边玩，在春晚嘈杂的背景音和酒杯相碰的声音里睡了过去。

◄ 04 ►

过年这事儿对时烨来说还是挺新奇的，跟盛夏和他的家人一起过年就更新奇了。

昨晚和赵婕一起守了岁。时烨和盛夏两个因为路上折腾了太久，陪赵婕看了会儿电视没撑过去还是睡着了，中间时烨醒了次，怕盛夏着凉，把人背上了楼。

然而没有睡到自然醒，十点多赵婕就上来敲门，让他们下来包饺子。时烨不会，只能在边上看，听赵婕骂盛夏动作慢。

骂了下赵婕又用同样的语气说时烨："昨天就应该贴春联了，你们两个大忙人大年三十晚上才回来。去贴春联去，东西在柜子下面。"

时烨应了声，转身出去，盛夏拍了下手上的面粉说去看时烨贴，手也不洗就跟着跑了出去。

他们在外面磨蹭了很久。时烨贴得特别慢，因为盛夏一直在他旁边叽叽喳喳地说歪了歪了，不齐不齐，时烨一边翻白眼一边无语，眼神这么差还好意思说歪了歪了，他那眼神才是最"歪"的。

"不行你去做个近视手术吧？"时烨道，"这个手术挺方便的，也不痛。"

主要是盛夏太不喜欢戴眼镜了，这会让他的生活里有诸多不便，时烨偶尔会有一些担心。

盛夏果断摇头："我好不容易才让自己近视，拥有这种你喝醉了才能看得到的马赛克世界，你居然还让我花钱去矫正？！"

时烨："……算我多嘴。"

贴完后时烨才跟盛夏说了句："不瞒你说，这是我第一次贴春联。"

"你比我高，肯定都要你贴了。"盛夏语气轻松，"哥，那你是不是好久没收过压岁钱了？"

"嗯。"

盛夏小声了些，语气有点雀跃："吃饭的时候我妈肯定会给压岁钱，哥，我有预感，你会有个大红包。"

时烨被他的神态搞得居然也有点期待了，虽然是给着玩的东西，他也不缺这几个钱，不过毕竟没收过几次，还是有点兴奋的。

但他话说得还是淡淡的："有就有吧。"

结果吃饭的时候真的有红包，就压在碗下面。时烨还没想好要不要说几句过年好身体健康之类的漂亮话，结果盛夏看到时烨明显比自己厚了两倍的红包先不干了："妈！给压岁钱应该公平公正吧，为什么你给时烨老师的那么多，我的就只有……"

赵婕面色淡然，敲了下碗："吃饭的时候不要大喊大叫。"

盛夏一脸受伤地看着赵婕给时烨夹饺子，又低头看了眼自己的红包，他知道赵婕肯定要偏心，但没想到偏心到这种地步！伤心了一会儿，只能默默把红包收了起来，低头愤愤不平地吃饭。

时烨得意地看了盛夏几眼，两人莫名其妙地因为一个红包攀比了起来。

等吃过饭，家里来了客人。赵婕站起来招待人，本来条件反射想要使唤盛夏去里面拿茶盘和水果，结果盛夏上厕所去了，桌边只有还在喝汤的时烨。

赵婕顿了下，打算自己去的，时烨就已经站了起来，一声不吭地把东西都搬了出来，还顺手给那人抱来的小孩抓了把糖。

时烨毕竟长相气质都摆在那儿，一看就不像普通人，亲戚们都好奇怎么家里来了这么个酷哥，指着人问赵婕："欸三妹啊，店里的客人还是哪家的娃娃？"

赵婕笑着说："我干儿子，人家是很有名的吉他手，得过好多奖，要上电视的。"

时烨不讲话，赵婕看他低着头，表情居然像是有点……不好意思？

亲戚都盯着时烨看，有个年轻点的小男生认出他了，跟家里人解释说："盛夏哥哥跟他在一个乐队，他们好厉害的。"

一屋子的人围着时烨叽叽喳喳地讨论了半天。

赵婕看时烨被盯得有点不自在，就小声支使他去外面喂猫，时烨这才松了口气，拿了点剩饭出去了。

时烨走了，亲戚还在跟赵婕唏嘘："小盛夏有本事啊，现在都当明星了。别的大明星还来给你当干儿子，你有福气啊。"

赵婕被一句句话捧得挺高兴："是，我有福气。"

多个有本事的儿子，好像也确实是福气。

时烨在院子里找了会儿都没找到那只叫小米辣的猫。他拿着一碗剩饭，在冬日的暖阳下站了会儿，阳光很暖，他晒得很舒服，舒服得都有点困了。

他手指动了下，有点想弹吉他。

盛夏就是在那一秒走进视线里的。他单手抱着那只叫小米辣的猫，戴着耳机，另一只手还在拿着手机玩，玩得相当专注，没看见面前的人。

时烨单手插兜看着盛夏走近。猫在蹭盛夏的脖子，他躲了下，脚下一个没注意被路边的扫帚绊了下，差点摔倒，一人一猫都受到了惊吓。

就知道会这样。

时烨站在原地笑了下，盛夏抬头看到他，摘了耳机抱怨："哥，你都不叫我注意这个东西！"说着他踢了下那个扫帚。

时烨恢复了往日的面无表情，说："走路不看路，你怪谁。"

盛夏皱着眉走过来，时烨仔细打量他，发现他的衣品越来越好了。以前穿衣服还有点学生气，现在特别喜欢打扮，大概是有了点偶像包袱，现在十分注意形象。

时烨倒是觉得这是个好的趋势，毕竟如果一个乐队的主唱对美毫无追求的话，那也挺没意思的。

"我妈问我过两天要不要回西郡去看下我外婆。"盛夏道，"还让我问问你想不想去。我外婆现在身体不太好了，不能下床，我跟我妈可能得回去一趟。"

时烨回忆了一下："西郡，是不是以前你说过有风吹麦浪的那个地方？"

盛夏惊讶道："这你都记得！"

时烨耸了耸肩："当然记得，我甚至记得去市里的那趟公交，是2路对吧？"

"嗯，2 路车。"盛夏冲他笑了笑，"但是现在好像没有这趟车了，换了别的线路。"

时烨点头："好吧，还想约你再坐一次的。"

盛夏又问："那你跟我们回去看我外婆吗？一起去嘛，可以看绿色的麦田哦。"

"嗯，去。"时烨说，"你们去哪儿我去哪儿，我来开车。"

时烨说完对小米辣晃了下手里的碗，本来还在亲昵地蹭盛夏的胖橘猫看到吃的迅速逃离温暖的手臂，一跃而下冲到时烨脚下。

看到猫也不要自己的盛夏一脸郁闷："我妈欺负我，猫也欺负我，猫也喜欢长得帅的是吗？！"

时烨看了下猫吃东西，又抬头去看盛夏。盛夏还在看他，但没走过来，就站在他对面，隔着一点距离，带着一点笑。

时烨从兜里摸出一颗糖，朝盛夏伸出手，说："请你吃糖，新年快乐。"

盛夏本来想过来拿那颗草莓味的奶糖，手才伸出去又犹豫了，似乎想到了什么，他调整了下表情，装模作样地用很夸张的语气对时烨说："天哪！你是飞行士的时烨吗！你怎么在这里啊！"

时烨："……"

有被盛夏夸张的表情弄得无语。

时烨把那颗糖收了回来，陪着盛夏演："这里是我家，我怎么不能在这里，你有意见？"

盛夏的语气非常浮夸："时烨老师，我喜欢你好多年了，是你的粉丝，能不能给我一个你的签名啊？"

时烨看着盛夏，似笑非笑地问："喜欢我很多年？那你现场唱一首我的歌。"

盛夏刚要说话，赵婕在屋子里喊了句："快进来吃菠萝蜜！三伯带过来的，特别甜！"

他们的无聊游戏被迫中断，只能进去吃甜得发腻的菠萝蜜。走近那个热闹的桌边时，赵婕拿着热毛巾过来帮时烨擦了下手，时烨的皮肤有点干，她说晚上给他找护手霜擦下。

盛夏在旁边悄悄翻时烨的红包跟自己的对比，表情严肃地数，看着非常好笑。

时烨的目光在屋里转了一圈，打量这个家，赵婕在旁边撸着猫玩，大声跟亲戚说"要打就打一百的"。

在无聊的春晚回放背景音里，在热闹的交谈声里，他觉得自己像是局外人，又像当事者——思绪似乎在边缘游走，但切实体会到了温情。

原来家是这种感觉？

好像很简单，也很复杂，这个家陌生又亲切，很难形容。家曾经是时烨无法抵达的地方，但那里很漂亮。

到不了，但有盛夏和赵婕，就约等于拥有那里了吧？算是另外的家吧，新的，充满温情。

嗯，这样想一下，时烨开心了一些，感觉就这么跟过去的一些事情和解了。他喝了口水，冲淡嘴里的甜腻，侧头对身边的赵婕说："阿姨，真的很甜。"

第十五章

走遍万水千山

Blue

◄ *01* ►

回白城的那几天时烨心情不错。白城这个地方会让他放松很多，他喜欢这个城市。

他和盛夏去了很多以前去过的地方，和以前一样，大街小巷地走。

初二去西郡看过盛夏的外婆后，晚上他们直接开车去泡温泉，回古城的路上去发电风车下吃了顿野餐。天气一直很好，早晚冷，白天出太阳，走几步时烨就会出汗。空气、阳光、风都是清新好闻的，天边的云，远处的山，看上去也和蔼可爱。

晚上他和盛夏开车去海边的一个广场放烟花。

广场上的人很多，飞行士现在很有知名度，怕引起不必要的麻烦，盛夏和时烨只能戴着帽子口罩出门，找人不多的角落玩。

一般只要跟时烨出门，盛夏都不会戴眼镜。周围人太多，时烨腿长步子大走路很快，而盛夏是平时说话做事走路都很慢的人，每次跟时烨出门都只能在后面很费力地追。实在有点累的时候盛夏才会请求一下："时烨老师，你走慢点，等等我啊！"

时烨听到后才会反应过来，停下，耐心地等他赶上来。之后他会放慢脚步，但过了会儿又开始越走越快，盛夏再喊他，时烨就不理了，但走几步会回头看一看盛夏，确认人还在。

盛夏会看着时烨的背影想，这个人，好像就是喜欢走在别人前面，也不会停下来等。只不过那个背影似乎在告诉盛夏：你快点，我在等你赶上来。

放烟火其实挺无聊的，不知道为什么有那么多人来放。当时赵婕把他们赶出来时说："出去遛遛，去海边走一走放下烟火，不要脏兮兮地回来啊，你们衣服贵，都不好洗的。"语气就很像把小孩轰出去玩的长辈，说完她就急匆匆地回去打牌了。

时烨没有经历过这些，他不知道普通家庭的长辈原来是这样和自己孩子相处的——待在家里她要轰你出去玩，出门在外，她又一直让你回来，好奇怪。

盛夏把口罩往下拉了一点，呼吸新鲜空气，时烨点了两根小花火递给他拿着玩，自己又去点了大的烟火。盛夏拿着手里的烟花转圈玩，再看着蹿上天的烟火。

一串串的烟花在天空炸开，砰砰砰，周身喧闹。盛夏觉得自己脑子里也有烟花在炸，撞出好多声音，窜出好多美丽的音乐来——电吉他声、贝斯声、钢琴声、鼓声、口琴声、大提琴声……都是那样美妙的东西，太好听了。这首歌缓缓流动在周身，柔和又平静美好。

"看烟花，挺好看的。"时烨看盛夏手里的烟花烧没了，又点了一支递给他。

"我看不清烟花。"

时烨侧头瞥了他一眼："出门前我在你书包里放了备用的隐形，去拿？"

盛夏摇头。

仔细想想，盛夏发现自己几乎所有重要的第一次都跟时烨有关，时烨除了是他的偶像，还是他人生的引路人。

他学会弹的第一首歌，是时烨的歌；他第一次接触到摇滚，是因为时烨的访谈视频；他第一次抄的歌词，是时烨写的；他第一次直播，是为了让时烨看到……他过往不熟悉的所有生活技能，也是为了照顾时烨才学会的。

时烨看盛夏一边拿着小烟花转圈圈一边看自己，感觉盛夏又在酝酿什么东西。

果然，下一秒盛夏慢悠悠地开口："烟火和天空，很漂亮。"

时烨挑眉："哦？"

盛夏笑着看他："这一刻想写一首歌，我在大脑里已经完成这首歌了，能把这首歌送给你吗？"

时烨先是没回答，他重新点了一支小烟花递给盛夏，漫不经心的眼神和动作里，盛夏仿佛看到了一些感动。

回家以后，他们的衣服倒是没脏，就是被盛夏手里的小烟花烫出了几个洞。赵婕逮着他们骂了一通，痛心地表示过年给他们买的新衣服居然都穿不过三天——原话是："真是令我大开眼界。"

回家以后盛夏急急忙忙地上楼编曲去了，他写歌编曲的时候大脑放空，沉浸在他自己的世界里，时烨一般会留给盛夏空间让他自己创作。他留在楼下帮赵婕打扫卫生，听她抱怨客人在房间里面吃榴莲，臭死了，味道半天不散。

时烨抱着干净的床单，看赵婕手脚麻利地干活："我还以为过年没人会来住了。"

"多的是没有家的人。"赵婕口吻淡淡的，"也有很多不会在家里过年、出来玩的家庭。这年头嘛，大家都没那么古板了。"

时烨刚要接话，牛小俊给他打了个电话，说的是年后的一些工作安排。时烨一手抱着床单，一手接电话，也不避讳赵婕，跟牛小俊讨论修订了之后的行程。

等他打完电话，赵婕突然问了他一句："小时啊，你们工作上是不是有什么难处？"

时烨被问得一愣："怎么这样问？"

赵婕转过头看他，欲言又止地走过来指了指时烨的鬓角说："你这里的白头发越来越多了，上次见面的时候还没这么多。你工作是不是太忙了啊？要好好注意身体的。"

还没被长辈这么关心过，时烨顿时哑了，默了一会才说："没有，我们就是挺忙的，瞎忙，事情多。"

"有难处要跟家里说啊。"赵婕看上去挺担心的，"唉，以前盛夏还会跟我讲讲自己的事情，现在你们忙了，有自己的事业，跟家里也隔得远了，我有时候也不知道该跟你们说什么。担心你们，又帮不上忙。"

时烨突然能理解为什么盛夏是那样纯净自然的人了，白城这个地方，还有这样的家庭，都注定了盛夏会是个温暖的人。

他看着赵婕，居然有了想倾诉的冲动。这是盛夏的母亲，他心底忽而漫上一种唐突的自私和嫉妒，奇怪的占有欲涌了上来，想体会一下如果自己是盛夏，如果自己作为对方的儿子，是一种什么感觉。

"就是……"时烨的表情有些别扭，但还是继续说了，"我打算做个吃力不讨好的事情，公司给我的压力挺大的，我也不知道自己是不是对的。"然后他捡着重点对赵婕说了巡演的事情，尽量让赵婕理解。

听完赵婕拍了拍时烨的肩膀："我以为多大事。没什么的啊，这是好事啊，你活一辈子，总要经历点困难，这事情没有对错，你觉得值得，就去做，别想太多。咱们也不至于吃不上饭，不行就回来啊，总能活下去的，当明星多累啊，我还舍不得你们那么辛苦呢。"

时烨看着赵婕的表情，轻轻吐了口气。想了下，他又试探着对赵婕说："还有就是……我有两个关系不错的朋友已经不在了。我其实挺沮丧的，因为自己状态也很差，这几年工作也不太顺利，所以现在时常很悲观吧。"

赵婕看了他一会儿，轻声笑了下。

"我像你这么大的时候，盛夏爸爸刚不在了。你失去的是朋友，我失去的可是老公啊。"赵婕语气平淡，"那会儿我一个人带盛夏，也觉得人生真是难，很无望。但其实你自己想想，人都是要靠这些事情变得越来越强大的，这是你经历的一部分，你要放过你自己啊，往前看看。人生都是起起伏伏的，总会有好的时候，你要学会放宽心。都是小事情，别跟自己钻牛角尖，这时候人要自私点，为自己多想。"

她语气轻松，一直说都是小事，就像是在说记得回家吃饭一样。笑得也很温暖，有安抚人心的力量。

时烨愣了半天，才喃喃点头。

"我晓得你们搞音乐的都古怪些，盛夏也是从小就奇奇怪怪的。"赵婕笑了下，突然讲起了别的。

"你可能不知道，盛夏看着脾气好，但特别犟，以前就很孤僻，不喜欢跟别人说话。我们说到底就是普通家庭，换成任何一个妈妈，听到自家小孩要千里迢迢跑去北市玩什么音乐，还要追星，一下子肯定不能接受的。小时，你能理解我吗？我就怕你多想，觉得我对你有什么想法。有些事情，你也别怪我，我能接受也不容易。"

时烨点头，听得有些动容："我知道。"

赵婕叹了口气："盛夏跟着你成熟很多，也懂事很多，以前他在家里扫把倒了都不会去扶一下的，现在呢，家务会做了，饭也会做了。以前我特别不放心他一个人在外面，现在就真的感觉，他长大了。"

"其实有时候我还觉得他以前那样单纯点挺好的，没什么烦恼。"时烨点头，"我一直很羡慕他有这样好的家庭，要很用心才能养出这样的孩子。"

赵婕听完这话却说："你也有啊，我今天不是说了吗，我有两个儿子。"

时烨一怔："阿姨……"

赵婕语气郑重道："小时，你家里不管你，以后我管你，你就把这里当你家。咱们算是结个善缘，就算以后……"

时烨听到这里打断了赵婕："不会的，不会。"

赵婕看着时烨，笑了："好。"

那一刻时烨想到的是，之前盛夏对自己说过，他小时候因为身体不好，按照当地风俗，赵婕让他认识很多当地身体硬朗以及"命好"的人当过干爹干妈。当时盛夏说，多几个父母，在本地人眼里，是多一份福气。

时烨突然说了一句："阿姨，我想给你写首歌。"

赵婕扑哧一声笑出来："哎呀，行了，怪不好意思的。"

她说完，把手里东西都放了下来，把时烨带到了里屋盛夏爸爸的牌位前。她指了指地上的蒲团，对时烨说："小时，你要是想认我这个干妈，就来跟盛夏爸爸问个好吧。"

时烨没有犹豫，他走过去，跪了下来，对着盛卫军的牌位和骨灰盒认认真真地磕了三个头。

其实他想对赵婕说，"阿姨，以后我给你养老送终"，但总觉得这种话不必说出口，直接付诸行动更好。所以时烨看着盛卫军的牌位，在心里承诺了一次。

◄ 02 ►

回北市的时候除了被赵婕强行逼着带上了一堆吃的，他们还把谢红留在盛夏家的猫也带走了。

盛夏的头发越来越长，牛小俊和造型团队商量了很久，让盛夏稍微修剪了一下，又染成了浅蓝色。盛夏染头发这件事时烨还不知道，那几天他跟高策去领了个奖。

时烨回来那天盛夏在拍杂志封面，他没跟盛夏说，自己到了地方，有个戴眼镜的男孩在楼下等了他很久，见到人跑过来接时烨的外套，语气很礼貌："时烨老师，我是小俊哥给乐队找的助理，我以前做过乐助的……我叫周维。"

周维简短介绍了一下自己的情况。

牛小俊跟时烨提过这事儿。时烨打量了周维两眼，但没把手上外套给他，只说："他人呢？"

"还在拍。"周维挺怵他这语气，"九楼。"

等到了现场，时烨一走过去，本来各司其职的工作人员纷纷被这个突然闯过来的人吓了一跳，有人小声询问："我们不是只拍盛夏吗？时烨怎么来了？"

被问到的人也奇怪："不知道。"

时烨也感觉到他一到整个拍摄现场的气氛都变得诡异了起来。没办法他和周维只能退到角落里，一边看盛夏，一边聊工作。

周维在旁边小声跟时烨说："时烨老师，你今天没什么工作安排了，巡演发布会正式开始是明天下午两点，你看是让车送你回去还是……"

时烨也不知道听没听到，他盯着盛夏，眉头越皱越紧，对周维道："谁给他染的头发？"

周维愣了下才答："公司的造型团队啊。"

时烨默不作声地看了几眼，又问："你觉得好看吗？"

周维愣了一秒，顺着他的目光看过去才了然："好看啊！昨儿染了之后我给盛夏拍了照片发微博了，粉丝都说好看。"

时烨不说话了。

还在被要求摆着各种姿势的盛夏不知道时烨来了，他没戴眼镜。

早上没吃饱，盛夏这会儿肚子有点饿，一直在分神想午饭要吃什么。摄影师一会儿让他把扣子解开两颗，一会儿让他笑，一会儿让他闭着眼陶醉地弹钢琴……毕竟不习惯拍杂志，盛夏只觉得被折腾得头晕眼花。

中途他没忍住说太饿了想吃点东西，场助走过来递了两块巧克力，盛夏也不好再麻烦工作人员推迟进度，只能几口吃了。

等摄影师说出"辛苦了"几个字，盛夏的身体才全然放松下来。他把身上的牛仔外套脱了，走近一看，才看到电脑前时烨正在跟工作人员选照片。

盛夏看了眼边上的周维，后者连忙小跑到盛夏跟前递了三明治和牛奶过来："先垫垫。"

特别饿的那阵已经过了，盛夏其实都不太想吃东西了，但还是拆开吃了，悄悄挪到时烨边上，趁人不注意的时候戳了下时烨。

时烨没搭理他，就把身上的外套递给了盛夏，跟工作人员说："倚着吉他这张我觉得最好。"

工作人员也觉得那张好看。画面里盛夏的头发散开，淡蓝色及肩的碎发，看上去非常灵动特别。他穿了件白衬衫，手倚着一把木吉他，脖子上挂着条奇怪的项链，中间似乎是一个拨片，除此以外，他身上就没有任何配饰了。本来造型师要给他戴个耳钉，结果发现盛夏连耳洞都没有。时烨估摸着拍这张照片的时候盛夏依旧是在走神，他没笑，整体看上去的气质都是游离不定的，但恰好有种说不清的冷淡风，非常抓人眼球。

摄影师这时候走过来，凑近盛夏问："刚刚我们都在聊你的这条项链，是什么牌子的？特别好看。"

盛夏嘴里还嚼着三明治，闻言含糊不清地说了句："这是吉他弦做的。"

摄影师又凑近了些去看，很惊诧地问："吉他弦？"

盛夏点点头，把嘴里的东西咽下去道："其实吉他弦做手链也特别好看，我之前也做了一个，换着戴，吉他弦还可以拧戒指。"

摄影师和几个工作人员对盛夏的动手能力给予了充分肯定，一群人围着盛夏讨论了很久，说没想到吉他弦这么好看。

等大家说完话散了，盛夏走过去悄悄碰了下时烨的胳膊，小声道："可以走啦。"

出门上车之前遇到几个粉丝在门口堵盛夏，时烨戴着口罩被周维从偏门先护着上了车，隔着车窗看盛夏跟粉丝聊天。他比以前从容很多，一开始还会很害羞，僵着脸，现在已经会开玩笑逗别人了，每次都温温柔柔跟给粉丝签名合影。

时烨和盛夏的粉丝群体有些不太一样，喜欢时烨的好像是男生更多一些，但喜欢盛夏的……基本全是女孩子。

人还不少，没一会儿盛夏的手里就被塞满了东西。接着时烨听到了一句——"如果那谁谁欺负你的话一定要说的啊！我们都站在你这边的！"那个女生的音量巨大，"你平时也别怕他，没什么了不起的，他现在都要过气了！"

周维坐在时烨对面，一脸恐慌，听得大气都不敢出。

时烨："……"

"……"盛夏看了眼旁边的车，心想你们真是棒棒的，积极为我的友情搞破坏，"我讲过很多次了不是吗，我和时烨老师的关系很好，你们这么说是要把我气死吗……"

但大概他生气也不像生气，反正那群女生没半点收敛，脸上都是"我懂的"三个大字。

坐在车里的时烨嗤笑一声，他索性拉下口罩，又拉开车门，隔着几步对盛夏说了一句："上来。"

那群女生看到莫名露了个头又缩回去的时烨，还在搞不清楚状况状态，盛夏已经把手里签好的专辑和笔递还了回去，说了声再见就急急地上车了。

上车后盛夏明显感觉时烨心情不佳。

时烨玩了下手机，把盛夏这几天发给他的小作文看了两遍才觉得心情好了点，等抬头就看到盛夏托着脸看自己。

盛夏的妆还没卸，一头蓝色的头发异常扎眼夺目。时烨看他笑，突然感觉蓝色确实是很温暖的颜色，也没那么怪里怪气的。

"你还来接我，"盛夏很开心，"直接去那边见面就好啦。"

时烨鼻子里嗯了声："我下飞机就来了，你就这反应？"

说完时烨本来还想哔哔两句，结果盛夏靠过来小声问他："我头发好看吗？"

时烨先是没答，对前排说了句："周……维是吗？麻烦你放首歌，开大声点。"

周维很听话，放了首很吵的歌。

"还行，挺好看的。"

盛夏突然有点脸红："我有个东西给你看。"

时烨一顿，看到盛夏掀起衣服，然后他就在盛夏的左腰侧看到了一个文身，是飞行士的队标，中间那个小人的翅膀里面，是一个字母缩写。

盛夏心想，时烨肯定要生气。但是他没料到时烨表情十分复杂地看了盛夏半天，才道："你在我身上装了监控吗？"

盛夏不明所以："啊？"

时烨不答，解开自己衬衫的两颗扣子。等衣服掀开，盛夏在时烨的锁骨下面看到了和自己文的长得差不多的一个文身，但不一样的是，围绕那个小人的是一排花体英文。

这文身是时烨出差处理完工作后去弄的。那晚跟牛小俊打完电话，挂掉之后盛夏发了首 demo 过来。本来时烨还在酒局上，该回去继续寒暄了，但还是在僻静的地方听完了那段旋律。

好听，像个黑洞，还有些致幻。

等听完，盛夏又发过来微信，说："我刚直播完要睡了！你别喝太多，三杯就可以了，回去要是胃疼，去翻行李箱夹层里面那个绿色的小药盒哦。

"这首是我今天早上起来写的，写的是昨晚的梦。昨晚梦到宇宙大爆炸，你跟我站在一艘船上，我们在飞！要是真的会飞就好了，飞到宇宙都碎掉也好。我有感觉摸到星星的光，软软的，等醒了才发现摸的是被子。

"醒来后想了下，感觉这个梦可能是在预示巡演要遇到的困难。看上去好像挺可怕的梦，但是大概因为是跟你一起，我想肯定会很顺利的！

"你早点回去睡，晚安！（月亮）"

一条接一条地发来，大段大段的，很是啰唆很是幼稚，是盛夏的一贯风格。

时烨看了好几遍这大段字，本来打算回过去的，文字打了又删删了又打，想了下，最后还是只发了一句晚安。

时烨走着神回到酒桌上，坐时烨边上的是个很有名的文身师，吃着饭突然指了下时烨无名指那个文身说："时爷，要不要待会儿去我店那儿，给你补个色？"

他静了下，才回："不用。"

那文身师笑着接了一句："你是我见过混过地下但最不爱文身的摇滚人了，浑身上下就一个小文身。"

确实，时烨一直对文身没什么兴趣。小时候是觉得文身太傻了不想文，后来则是他经常上节目，文在明显的地方不好遮，所以一直没动过那念头。

不过……

时烨对那文身师道："有空的话，给我做个我们乐队的那个 logo。"

文那个图案的时候，时烨一直在听盛夏发过来的那首 demo。他躺着，一边感受着刺痛，一边回忆着乐队这些年来经历的事情，有种恍如隔世的感觉。

时烨看着盛夏那个还在发红的文身，他突然笑了下："你好幼稚，学别人文身，非主流。"

盛夏瞥他一眼："你还不是文了？"

"其实文的时候我就有点后悔了。"时烨笑着道，"不过看你跟我这么有默契，感觉也挺好的。"

说完时烨才感觉有点什么不对劲，皱起眉问他："谁带你去文身的？"

盛夏脸僵了僵，尴尬道："你不在的那天我录节目遇到大新了，然后我们约着吃了个饭，然后他带我去了他朋友的文身工作室，然后我看了他朋友的作品有点心动，然后就……"

大新是盛夏的一个朋友，搞说唱的。

时烨闭上眼叹了口气："你离那群朋友远点行不行？"

因为之前去过音乐节，盛夏莫名其妙地认识了很多朋友，玩民谣的，玩说唱的，玩电子的……

盛夏笑着说："你不要对他们有偏见好吧，大新人可好了。"

时烨瞥他一眼："然后他带你去文身？坏朋友。"

"是我自己想文的，大新还一直劝我想清楚呢。"盛夏努力辩解道，"大新不抽烟不喝酒没文身，喜欢喝旺仔牛奶，是我的好兄弟！"

时烨微笑："你再跟他玩一段时间，估计要去跟他们一起搞说唱了吧。"

盛夏："怎么可能啊，我的内心这么摇滚。"

时烨瞥他一眼："看不出来。"

打趣彼此几句后，他们才去吃饭。

是一个会员制的私房餐厅，环境不错，周维昨天就定了位置。

上菜的时候钟正和肖想才来，两人穿着一身骑行服，钟正手里拎着两个头盔，这一身特别酷，两人都是个高腿长的，走过来那一路都有人盯着他们看。

周维赶紧上前去接钟正的头盔和钥匙，坐到钟正边上，有些欲言又止。

"有话你就说。"钟正道，"干吗扭扭捏捏的。"

周维叹着气掏手机出来，翻出一条娱乐新闻："小俊哥让我问问你这是怎么回事。"

钟正凑过去看了看，一开始还没认出来是自己，他仔细看了看，认真回忆了一番才恍然大悟道："这是我堂妹，过来这边玩的，那天吃了饭我送她回酒店。狗仔这也拍！"

他解释了半天，周维了解完情况后开始发短信跟牛小俊报告情况。

钟正一脸不爽，甩着他的摩托车手套对时烨说："我随便送人回个酒店都能被拍，那些狗仔怎么不拍你们？想不通。"

时烨耸肩："不知道，大概粉丝都觉得我跟盛夏水火不容，即使关系好也是装的，狗仔拍这些赚不到钱。"

后来又闲聊了几句，话题主要是最近播出的那个音乐比赛，时烨之前录的节目。

"我看网上都把你跟林华互怼的镜头做成鬼畜视频了。"肖想打趣道，"这到底是节目组安排的，还是你俩真看对方不顺眼？"

钟正看了盛夏两眼，也笑着说："林华好歹算是盛夏的半个老师，你不看僧面看佛面啊。"

时烨摊手道："我说是节目组安排我们呛对方的，你们信吗？"

众人齐齐摇头："不信。"

肖想看热闹不嫌事儿大，笑着问盛夏："来飞行士，你的林华老师没跟你断绝关系啊？"

盛夏笑着道："没有啊，林华老师上周还给我发了个红包，说支持我们巡演。"

盛夏给时烨盛了碗汤放边上凉着，又凑到他边上问："吃完我们要去哪儿吗？"

时烨嘴里有东西的时候不喜欢说话，闻言就撞了下边上钟正的胳膊示意他回答。

钟正提高了点音量对盛夏说："时爷没告诉你吗？待会儿咱们要去寺庙。"

盛夏："寺庙，各位还信佛的吗？"

"不信啊，虽然我们会给香火钱。"肖想道，"就是个习惯，有大的巡演前我们都要去寺庙里面走几圈，图个心静，烧几炷香。"

吃完饭下楼，想随行的周维被他们你一言我一语地劝回家了。

钟正把自己的车钥匙丢给时烨，去跟肖想坐一辆，嘱咐时烨道："开慢点。"

时烨瞥他一眼："要你说？"

盛夏戴头盔的时候特别兴奋："我都没见过你骑这种车！"

时烨见他戴好头盔了才开始启动车子，对他说："我以前倒是经常骑，有段时间还迷过赛车。后来生病，牛小俊就不让我碰这些了，怕我出事儿吧。"

"你确实要小心点。"

时烨笑他："那你还上车后座，不怕我带着你翻车？"

盛夏拉住他的衣服说："你不会的。"

果不其然，那一路时烨骑得十分小心，盛夏能感觉到时烨是因为载着人才开启了特级安全驾驶模式，速度那叫一个慢。

他们慢悠悠地聊了一路，到停车场的时候钟正和肖想已经等老半天了。

下车后时烨默默从兜里掏出口罩来发，草率地武装好一切后才进了寺门。不过进门后他们就散开了，说分开行动一个小时后在门口碰头。时烨就带着盛夏从南到北地逛。

寺里人不算多，只有三三两两的游客。在外面习惯了保持距离，他们一个走在前头，一个走在后头，时烨走两步会回头看一眼确认盛夏没跟丢。一路上他们也不说话，低头想着各自的心事。

但走了会儿却是时烨先顿住了脚步，回头对他说："在这种地方不可以说假话。"

盛夏有些奇怪地点点头："我同意，所以呢？"

"所以我接下来讲的话都是认真的。"

"嗯。"

时烨问："你想什么时候去看海豚？"

盛夏一怔，随即才笑着说："想去也没有时间啊。"

他们站在一堵红墙下，一阵风轻轻吹过，头顶的青枝晃了晃，碎在他们脸上的光斑也晃了晃。

"那以后事情都做完了，我们找个你喜欢的地方，旅游的时候去看你的海豚吧？"

"……"盛夏瞬间石化，"啊？"

时烨轻声说道："时间由你定，到时候我们可以买一条船，出海看。"

乐队纪录片播出后，反响非常好。时烨和盛夏回北市的那天，巡演的正式宣传片播出了，在引起了一段时间的讨论后，正式的概念发布会于今天举行。

第二天是巡演开始的一个介绍座谈会，主要是接待媒体的。

牛小俊在门口接他们，接到以后就马不停蹄地催时烨去换衣服，让盛夏去对流程。倒不是类似明星发布会那么正式，只不过到场的都是些音乐媒体人，不来不行，是个礼数。

高策说的，给所有人一个满意的答复，就是把这种有些乌托邦的巡演模式加以市场化的一个结果。

这次巡演的主题叫"走遍万水千山——世界的 666 个愿望"。

公司最后的决策是用接力的方式完成这次巡演，在全国举办一次规模最大的主题巡演，和文化传播部门联合举办。飞行士作为接力的第一棒，以北市这个心脏为中心，沿着铁路线一路往外扩散，到全国进行巡演。场地会由文化传播部门和公司联合选定，地点可能是露天的，可能在电影院里，可能在青少年文化中心里，可能在某个小的 live house 里……

而比较特别的一点是，为了减少乐队的压力，海顿音乐唱片公司和前发起人赵遥达成了合作，公开招募乐队一同延续之前的"走遍万水千山"巡演，欢迎全国各地不同类型、不同年龄段的乐队报名和飞行士一起进行这场巡演。譬如演到了山城，海顿唱片公司就欢迎当地的本土乐队和飞行士一起进行巡演。

所有行程都是透明公开的，参演乐队可以随时联系公司，无论是成名的还是籍籍无名的乐队，只要联系，把作品发送过来，由专业团队审核后，就有机会跟飞行士一起同台演出。所有演出所得，全部捐给慈善机构。

但其实高策跟他们坦言过："我现在说到底还是个商人，这次的巡演看上去虽然好像无利可图，但我能肯定乐队和公司会收获更多附加价值，如果顺利的话，那些会给你们的未来带来更多的商业价值。我想，这个模式是可行的。"

每间隔一年出去巡演，是公司能做出的最大让步。

时烨同意了。为了向公司妥协，他同意了去一档脱口秀做特约嘉宾，盛夏也接了几个品牌的广告。时烨在逐渐与自己讲和的过程里，也开始慢慢学会对一些现实妥协，学会对现实柔软。

宣传视频引起的反响非常好，圈里圈外各路营销号全在转发，粉丝更是沸腾了，全是惊讶为什么乐队要在势头正好的时候，做出这样一个看着像是玩票性质但细细一想又很有深意的巡演计划。

时烨叮嘱牛小俊给谢红那只叫小米辣的猫在现场留一个座位，并且有专人在旁边照顾。

钟正和肖想已经在后台等了。高策今天还是穿得随随便便的，看上去不像个老ız。牛小俊和主持人说着细节，看到时烨露面了才走过来，开始对流程。

发布会开始后，乐队四个人坐在屏幕旁边，听主持人叽叽喳喳地介绍。

后面在放飞行士的纪录片，盛夏看着画面，又有了一种久违的力量被注满全身的感觉。

时烨本来就不太乐意来，觉得活动很无聊，在台上也坐不住。他面无表情地在口袋里面掏了下，摸到了一包话梅。他也懒得去看台下了，把话梅拆开，在台上悠闲自在地开始吃。

媒体陆陆续续问了一些问题，这种环节时烨、肖想、钟正都十分不耐烦说话，"累活"就全部交给了盛夏。盛夏站在前面一直好脾气地回答问题，后边三人开始分享时烨手里的话梅，看盛夏在聚光灯下慢悠悠说话。

"还不错哈，盛夏挺有观众缘的。"肖想点评了句，"他上综艺肯定很有梗。"

钟正点头："之前他做直播和 up 主的时候就挺厉害的，虽然只是播着玩，但人家搞得挺好的，那时候就学会怎么经营这些了吧。"

时烨嗯了声："以后让他去社交，咱们在后边给他加加油。"

他们在没有聚光灯的地方聊了会儿天，感觉还挺惬意的。结果时烨没轻松多久，主持人就开始喊他名字，说媒体有问题想问问他。

肖想和钟正给了他一个幸灾乐祸的表情。盛夏退了下来，把话筒递给他。时烨只好站起来抱着手走到台中间，等着回答问题。但也不知道是他不耐烦的表情太明显还是怎么，静了半天居然都没人先站起来问。

时烨等得有些不耐。他站得闲散，黑衬衫和黑大衣把他整个人都衬得面色冷峻，浑身都是一股冷淡漠然的味道。

画面比较赏心悦目，盛夏在边上看得心情很好，笑着跟肖想小声说："他今天这身衣服好看吧，我选的！"

肖想回给他一个白眼："他平时不都是一身黑吗，我没看出来哪儿好看。"

盛夏顶着一头蓝毛，还是笑得很开心："黑与黑之间也有很多不同。"

等了半天，一名中年男记者举起了手。时烨示意他发言后，那人站起来问："想问问时烨，你怎么看网上说你们这次巡演是为了作秀？"

时烨挑了挑眉，他重复了一次那个词："作秀？"

说完后时烨思考片刻，在台上踱了几步，抬头回望那个记者，说："你会用自己的健康和未来去作秀吗？"

那记者一愣。

"我这几年其实状态很差，一直在看医生。在准备 Color 的那一年里我做了很多复健，坚持锻炼身体。"时烨说，"如果是你的话，你会拿不太健康的身体去作秀吗？"

所有人都愣了愣，这个回答让那个记者有些手足无措："这……"

"其实我不太在乎你们怎么想。"时烨静静地看着他，"当我们是在作秀也可以吧，我会坚持演到自己不能坚持的那一天，我不想解释更多了，谢谢。"

因为他这番话，现场气氛一下子变得有些奇怪，有些压抑。沉默了半天才有个跟时烨稍微熟悉些的音乐人站了起来，问："时烨，你们这个巡演的意义到底是什么？我们很好奇你们的初衷。"

意义，初衷。

时烨拿着话筒想了下。

"意义。"他说，"意义是延续我内心那些可笑的坚持吧。也可能没有意义，但我想试着去找一找，在路上总能找到些什么。"

"不怕失败吗？"那个音乐人问，"你们的饼画得太理想化了。"

"说实话，不怕。"时烨笑了笑，"你就当我们是在异想天开吧，但我真的一点都不怕，甚至觉得前路一片坦荡，心里无比轻松。"

时烨说完顿了下，接着朝第一排周维边上正看着自己的那只胖橘猫招了下手。

小米辣尤其听时烨的话，它被周维按在座位上憋了半天，见时烨招呼自己，立刻立起肥胖的身躯矫健地冲上了台。

台下一阵沉默，十分讶异从哪里窜了只猫出来。

时烨蹲下，把小米辣抱了起来，撸了两把猫后他眉头舒展了些，拿着话筒不咸不淡地问了句："你来说，我们的巡演会顺利吗？"

没人来得及回应他，因为时烨把话筒凑到了小米辣的嘴边。所有人在这诡异又令人迷惑的气氛中都觉得这举止有些反差萌，毕竟算是个严肃的场合，怎么……

接着他们就听到了那只猫张开嘴，长长地对着话筒"喵"了一声。

时烨对猫赞许地点了点头，最后对着台下一头雾水的众人道："听到了吧？它说了，会。"

◄ 03 ►

"巡演为什么在夏至这天开始？"盛夏看着手机屏幕上方飘过的弹幕，笑了下，"是时烨老师定的时间，跟我没关系。"

弹幕：

"S 是不是忘了他生日是夏至这一天？"

"其实我也愿意夏天去看音乐节，总觉得音乐节就应该在夏天看，夏天多好啊！"

"我觉得盛夏这次的橘色头发好好看！好夏天！"

"盛夏生日快乐！！！"

"我还是更喜欢盛夏的蓝色头发，盲猜下次要染红色了。"

"盛夏以后是不是会很少直播了？"

"能不能让猫出镜一下啊？想小米辣了。"

"哥哥生日快乐！！！"

"盛夏都好久没有开直播唱过歌了。"

"我真的痛哭流涕了，看了下巡演城市，居然有我老家！"

"我也哭！这辈子都没想过会在老家看一场音乐节！我长这么大还没看过现场演出呢，看到票价那么低真的哭了，飞行士真的是亏钱在做吧。"

"这种作秀的演出到底有什么意义？飞行士，我劝你们不要装。"

"建议巡演换个名字：走遍万水千山——普度众生的 666 个瞬间。"

"这种票价居然能看国内顶级摇滚团队的演出……乐队把头像换成收款码吧，有点怕你们吃不上饭了。"

"有点感动。"

"今晚北市场有没有人去看的？搭个伙啊！"

盛夏凑近看了下弹幕，笑着说："以后确实就很少有时间再直播了，但是经纪人和助理会拍一些 vlog 放到网上的，大家多支持吧！"

他还要说话，肖想就过来喊他："车来了，差不多了。"

盛夏哦了声，对手机里的歌迷说："谢谢大家的生日祝福！我去收拾了，北市的朋友晚上见！"

听到道别，弹幕里齐齐刷起了：

"生日快乐！"

"生日快乐！"

"全世界最好的盛夏生日快乐！！！"

盛夏把直播关了，走出门。钟正在装效果器，琴都收好了，搭在门边上。因为要去的一些场地比较简陋，所以所有演出要用的东西，他们都得自己带。

肖想对盛夏说："我问了，后面十场里面有八场的镲片都是付费用的，我得带上，你也看看有什么落下了。"

盛夏被提醒了才想起："那我还得带个两层的键盘架……哎等下，周维！你别碰时烨老师的吉他，我来背就行了。"

周维老是忘记这茬，连忙把琴包好好放下说了句抱歉。其实他就是看时烨的琴太多了，想帮个忙。

乐队里只有时烨是不用自己背琴的，周维一开始对这件事十分震惊，怎么会是盛夏来背琴啊！后来他才知道时烨的手似乎有伤。

反正周维跟了他们以后，他压根就没看到过时烨自己背琴，麻烦的是时烨又不让别人碰自己的吉他，所以还没人敢去帮盛夏的忙。

在周维看来，盛夏这个人也非常神奇，对自己粗枝大叶迷迷糊糊的，但是什么事儿只要扯上飞行士、扯上时烨他就非常敏感，像膝跳反射一样自然地蹦起来了，相处模式很奇怪。

盛夏吧，和他相处多了你会觉得这人很单纯，有时候他又会讲些你听不懂的话，你还会觉得这人怎么有点成熟。周维觉得，大概这种偏向艺术家思维的人，就是这么赤诚又天真。而且他脾气好，人又没什么架子，大家都很喜欢跟他聊天。

如果要总结的话，盛夏这个人就是成熟又天真。

时烨……周维就不形容了，他到现在还是有点怕这位爷。

楼上楼下地搬了四趟盛夏才把时烨的吉他搬完。等上楼找了下人，他就看到时烨站在厨房门口，抱着猫，面前是一脸无奈的牛小俊。

牛小俊还在跟时烨拉扯："我的意思是，猫就不带了。"

时烨漠然地回："不行。"

"很麻烦的。"

"不行。"

牛小俊哭丧着脸："太强人所难了，带着猫去巡演，我就没听说过。"

时烨固执又神经兮兮地说："小米辣是飞行士的一员，必须跟着走。"

牛小俊很是无语："什么时候乐队加入了这只猫大爷？公司同意了吗？"

时烨还是很淡定的样子："我同意就够了。"

盛夏笑了下，走过去摸了下小米辣的脑袋："没事啊，它很乖的，反正是我们来照顾，你们只要在现场看好它就好了。它是吉祥物，会给乐队带来福气的。"

牛小俊和猫对视了一眼，为难道："你们就没考虑过猫猫的感受吗？

万一人家压根没想跟着你们走呢！万一它晕车呢！万一它在路上生病了呢！万一咱们没把它看好跑丢了呢！万一……"

是啊，人和猫的世界都总是有那么多万一，时烨想着。

"它是谢红的猫。"时烨淡淡道，"我想让它代替谢红去看看万水千山。"

……这还能说什么！牛小俊幽怨地瞪了一眼小米辣，只能灰溜溜地去帮忙搬设备了。

为了巡演，公司给他们买了一辆大巴。

前几天，钟正和肖想把时烨和盛夏喊上说要干大事，结果这两人买了一堆喷漆，把那辆车身喷得五颜六色的，还硬是要时烨和盛夏来看他们"行为艺术"。

当时没有参与的时烨在旁边看得心情非常复杂，感觉自己莫不是带了一群傻子。还好盛夏没有去跟那两人一起发疯，他正打算夸盛夏两句，结果这人顶着一头橙色的长毛蹦过去拿起一瓶红色喷漆，朝着时烨招手说："时烨老师！你来托着我一下！"

时烨："你要干什么？"

"我在这里写句话！"盛夏看着时烨，"快点啊！求求你了！哥！"

时烨跟自己做了半分钟心理斗争，在盛夏不断的催促下只能走过去抱起盛夏的腿，把人举高了，看着这个傻子在车窗处喷上了："相信未来，永远幻想！"

钟正在旁边为盛夏鼓起掌，又说："盛夏，帮我写一句：明天会更好！"

肖想也接话："那帮我写一句：让我们和世界再次恋爱！"

盛夏被时烨抱着腿，他怕时烨手酸，本来想说要写你们自己来写，结果时烨接了一句："帮我也写一句。"

盛夏艰难地扭过脸去看时烨，但时烨没让他乱动，只有声音传上来。

"你写——"说着时烨指着一块地方让他喷，"爱音乐，爱摇滚，爱生活。"

钟正、肖想、盛夏："……"

时烨面色淡定道："赶紧给我写。"

这辆被涂鸦得不堪入目的大巴，在今天载着他们启程了。

虽然今天是盛夏的生日，但他们没有时间给盛夏庆祝。今天是巡演的第一站，演出地点在那家换了名字，现在叫"红色战争"的 live house 里。也就是高策买下来的那个，曾经属于他和谢红的那个酒吧。

当时乐队知道这事儿的时候都挺讶异，钟正笑着说："第一站没承想是'红色战争'……策哥真是有心了，和我想到一块去了。"

肖想也点头，但还是说："就是今晚可能有点挤，地方太小了。"

飞行士已经很久没有在如此之小的舞台上演出过了。

时烨倒是觉得这个安排很合适，他说："乐队是从这里开始的，这次也从这里开始。"

等他们到了地方，后台已经有另外两支乐队在等了，盛夏被时烨拉过去打招呼。都是老乐队，一支叫龙马精神，一支叫碎玻璃，这两支乐队都是北市的本土摇滚乐队，在圈里人气不错，也是飞行士从前的朋友，经过公司筛选后，他们是此次北市站的受邀乐队。

看到时烨拉着盛夏过来，一群人先是笑眯眯地让旁边的工作人员帮忙拍照一起合个影，然后一群手上满是文身的中年男人就开始围着盛夏讨论起演出细节。

乐队的所有人都很兴奋——第一站，又是这个特别的地点。

上台前盛夏惯例坐在不起眼的角落里发呆听歌，时烨跟着工作人员装完设备，走过来叫了他一声。

盛夏把耳机摘下来，抬头看时烨。

他上星期染了一头橘色的头发，看上去和夏天很配。

时烨瞅了眼盛夏眼角画上去的那颗痣，说："还有半小时，可以再休息下。"

盛夏看了眼时烨，又迅速低下头，小声说："嗯。"

"你的设备我都检查过了，没什么问题。"时烨继续交代，"待会儿周维是离你最近的，有什么问题你直接看左边，给个眼神他就过来了。"

盛夏继续低着头道："嗯嗯。"

时烨今天穿得非常……特别，黑衬衫扣子全扣上了，袖子挽起来露出小臂，黑裤黑鞋，穿这个弹吉他简直是酷爆了好吗！

盛夏觉得自己还没从晕晕乎乎的状态里出来，甚至上台了，听到欢呼声，尖叫声以后都还没回过神来。

眼前是模糊一片，什么都看不清。肖想打了个节奏，和时烨即兴 solo 了一段，盛夏忍着没往肖想和时烨那边看，酝酿了下，才对着台下打招呼："大家好，我们是飞行士。今天是我们巡演的第一站，北市——"

他觉得站着不太舒服，索性就坐到了舞台边上，看着台下。

观众全站着，整个 live house 水泄不通，很多粉丝都在大声地对盛夏喊生日快乐。

"我们巡演的名字叫'走遍万水千山——世界的 666 个愿望'，今天乐队会完成第一个愿望，看到这么多观众朋友来支持我们，我想这一定是一个好的开始，而且今天也是我的生日。反正今天对我而言很有纪念意义，是我的一个新开始，也是乐队的新开始。然后就是……今天真热，我觉得很适合来听 Live！"

台下欢呼起来。

盛夏抹了下脖颈处的汗水："谢谢，谢谢你们的掌声。"

欢呼声持续了很久，居然还自发地打起了节奏。盛夏几次想说话都没插进去，他握着那支时烨送的白色麦克风，看着观众。

"你们让我想起了很多年前，我听懂第一首摇滚的时候，那一年我才 13 岁。我一发不可收拾地喜欢上了一个乐队、一个声音，那种感觉太奇异了。"他慢慢道，"我想音乐是这世界上最神奇的一种力量吧，摸不到，没有味道，但你我都会因为这种力量动容。

"为了能站在舞台上唱歌给你们听，我做了很多年的梦。"盛夏笑了笑，"谢谢你们喜欢摇滚，喜欢飞行士，谢谢你们来听我们的 Live，现在——"

时烨看到盛夏轻轻敲了下话筒，他拨出了第一个音，弹奏今天的第一首歌——《蓝》。

熟悉盛夏的粉丝就发现他今天的状态非常奇怪，看着软绵绵跟没骨头似的，像是喝大了一样。

这首歌没有键盘的伴奏，他只需要直接唱就可以了。他本来是坐着的，但坐着坐着居然直接躺到了台中央。还好请来的灯光和镜头都挺敬业，摄影连忙奔上台把机器架到了盛夏的头顶上。

粉丝看到的就是大屏幕里盛夏闭着眼、满头汗水地躺倒在舞台上唱歌的脸。他的橘色头发异常扎眼，额头的头发全被汗濡湿了。

时烨手上没停，他一边弹着吉他一边向盛夏靠近。

盛夏听到了，感觉到了时烨的靠近，他睁开了眼，一边吞吐歌词，一边回望时烨。

俯视和仰视的角度。

盛夏走神，开始想，想过去他看时烨在台上唱歌弹吉他，现在居然变成了自己来接替他。

时烨弹着，看着盛夏笑。

汗水蒸干，思绪蒸干。面前摇曳的灯光也是碎碎的，像玻璃折射一样，有好看的光线打在盛夏脸上，橘色头发摇摇晃晃地和舞台相吻。

"我知道，我想这很难形容。"

"他们说每个人都是岛，我却觉得你是风。"

浑身上下都被汗水浸湿了，黏糊糊的，盛夏觉得没力气，非常难受。他盯着站在自己面前的这个吉他手，他黑衣，黑发，黑眸，手指按着和弦，似笑非笑地看着自己。

这不是弹琴吧，盛夏心想。时烨用手指把这些音符送进了他的大脑里，他恍恍惚惚地和那些音符产生颅内共鸣。

"别这样，放轻松，别被困在银幕中。"

"走慢一点，我快要追不上你的梦。"

"我不明白，我快失控，"

"心跳，呼吸，不知所终。"

太热了。盛夏躺着，唱着，在音乐声中失去着自我。

蓝色，这是多温暖的一个颜色。天空和大海都是蓝的，它是悲伤和忧郁的，也是温柔和包容的。在盛夏的眼里，时烨看向自己的时候总会时不时地变成蓝色，那种蓝独一无二，浩瀚又美丽。

盛夏唱得入神了，一边晃着他的橘色头发一边唱——他像是中暑了，又像高烧和溺水。

今天是那么特别，他们开启了飞行士的第一个愿望，他第一次出来巡演，以乐队主唱的身份掌控这个舞台，掌控所有人的情绪。

他有一头艳丽的橘色头发，他有这么多观众，有那么多掌声，身边还有一个出色的吉他手给自己伴奏。他今天 23 岁，他有理想，有未来，有明天，他拥有一切可能性。

吉他音越推越高，鼓点越来越急促的时候盛夏举着话筒唱出最后那个八度，长长的尾调结束后他才浑身脱力地垂下手，半坐着靠到身边时烨的腿上，又对着台下笑了笑。

观众看着盛夏把额头上的汗蹭在时烨的裤脚上，说了句："好累，这首歌太难唱了。"

台下一阵掌声。

钟正看盛夏确实有点累，就走到台前开始跟前排互动。时烨蹲下递了瓶水给盛夏，他们在台上"友好"地聊着，面色都很严肃，只看表情的话，观众估计还以为他们在讨论什么专业技术问题。

时烨打算站起来，结果盛夏扯了下他的袖子，说："我有一个生日愿望。"

钟正还在逗着观众："欸，那个黄头发的妹子！不要以为你躲着我就没看到，你刚刚拿的是'碎玻璃'的专辑哦！刚刚我们表演的时候你就一直拿着'碎玻璃'的专辑晃！盛夏近视看不到，我可是看得清清楚楚哦！"

时烨抱着吉他往下蹲，姿势很别扭不舒服，就催了句："赶紧说。"

场中灯光暗了些，钟正开始跟观众瞎扯淡，背后的大屏幕开始放乐队之前的纪录片和一些官方照片。

时烨听到盛夏说："时烨老师，今天挺有纪念意义，我就想……送个礼物给你。"

时烨愣住了。

他们身后唯一看到全过程的肖想放下鼓棒，立刻掏出手机开始录像。

盛夏明显很紧张，声音有点抖，还有些语无伦次："我的生日愿望就是希望你戴上这个手镯，我们一起走遍万水千山吧，我陪你唱到老，无论十年，二十年，我都会陪着你。

"手镯是……是我拜托朋友帮我定制的，就是用那个……铂金和吉他弦做的，然后款式我让小正哥帮我参谋了一下，他们都说还挺好看的。"盛夏结结巴巴地开始介绍那个手镯，"尺寸我也研究过的，肯定合适。我妈问过你了，可我还没问过。你愿意吗？成为我们的家人……"

前面挡着他们的钟正还在大声逗观众："在这张 Color 里，代表爱情的有《黄》这首歌……我现在鼓励大家，就在此时此刻拿出手机打给你喜欢的人，告诉他们，我在飞行士的现场，下一首要唱《黄》了，在我觉得我爱你，想跟你一起变成黄色的时候快打快打！说我——爱——你——要大声说！我——爱——你——"

场下的观众都嗨了，大声地跟着喊："我爱你！"

钟正还在前面对着话筒说："愿不愿意跟飞行士一起走遍万水千山？"

歌迷整齐划一地喊："愿——意——"

音量太大简直要震破这个不算大的 live house。

盛夏终于找到了时烨的手腕，把那个手镯扣上去之前，他看到时烨拿起了地上的话筒，清清楚楚地说了一句："我愿意。"

那声低音炮一出来，全场瞬间静了一秒，但随即又沸腾起来，大声地冲着台上吼："我愿意——我愿意——我愿意——"

盛夏完全愣住了。

时烨没看观众，只是盯着自己的吉他笑，又重复了一次："我愿意。"

时烨站起来后，漫不经心地用左手拨弄着吉他弦，一直在笑。台下还在大声地喊着："我愿意——我愿意——我愿意——"

突然有一只橘猫跳了上来，它似乎被震耳欲聋的音乐和尖叫吵得有点炸毛了，几步冲到台前，冲着台下不停地喵喵叫。

肖想笑眯眯地收回手机，低声说了句："啧，夏天真好啊！"

End.

信

Straying In Stars

《给未来的自己的一封信》From 23 岁的盛夏

嗨，未来的我，你好啊！

不知道你的今天是什么颜色的？我这里现在是个好天气，我的今天是橙色的，我现在的头发也是橙色的，袜子也是橙色的！

乐队目前在石庄巡演，这也是我第一次来这里！

等这杯卡布奇诺喝完，我写完这封信，时烨老师会过来找我，我们会一起去吃晚饭。我买了一袋橙子，剥好放到保鲜盒里了，尝了一口蛮甜的，时烨老师应该会喜欢吃！还有，我现在正在听歌，坐我对面的一对男女正在吵架，那个女生包上挂了一个很可爱的小猪……

对不起哦，写了好多有的没的，但我想让未来的你看到这封信，能够想起这一天。

不知道这个未来的你是几岁呢？可能是十年后？十年后我们有没有到南方演出了呢，我有没有去看过海豚呢？

十年，这样想一想，似乎是一个很遥远的概念啊。

十年前的我在做什么？十年前我还在上初中，是我刚刚认识飞行士的那一年。听到时烨老师的声音的那一天，是星期三的上午。

记得班上有个男生叫赵添锋（我永远记得你，赵添峰），那天他把我

的本子抢走了，还在班上大声念，同学都在笑我。上课的时候，他还偏要抢妈妈刚给我买的手机去玩贪吃蛇。当时好像还挺生气的，我悄悄跟俸敏说，我放学了要跟他在广场约一架。俸敏告诫我赵添峰那么胖我怎么会打得过他！然后她说听歌算啦，有个乐队出了一首奇怪的歌，怪好听的，她要去广播室给我点歌！

俸敏说完就去了。我没事情做，就去了四楼的器材室。当时觉得很气很气，赵添峰真的很讨厌，下一节的语文课也讨厌，妈妈总是不回家也很讨厌，一切都很不顺利，为什么这么不顺利？！我就在那里发呆。

然后时烨老师的声音就传出来了。我蹲着的角落上面就是一个小音箱，他的声音通过介质传进我的耳朵里。

我听得忘记了我是谁，我在哪里，我看到面前的一切都消失了，我看到黑洞，看到宇宙，看到身体变成一个小小的点。我变得好小好小，快消失了。

然后有老师经过了，发现我躲在里面。我从后门跑出去，跑下三楼，跑到操场……操场上全是那个声音，又近又遥远，那首歌和那个声音推着我在操场上越跑越快，那个声音把我推得飞起来……

老师在后面追我，但他追不上我，周围的人都在看我，我觉得他们看到了我在飞吧，还看到我长出来的翅膀。他们都那么惊讶，他们都在羡慕我，那一刻是我初中的高光时刻。

我想改变是那一刻发生的。

唉，为什么写这些？我是怕未来的你忘掉。我希望未来的你无论是多少岁，都不要忘记那一天。未来的你，我们都要感谢赵添峰，感谢俸敏，感谢我的初中，感谢追着我满学校跑的教导主任。

感谢那一天，感谢妈妈，感谢爸爸，感谢世界，感谢一切，感谢活着，感谢能遇到时烨老师。如果以后得了金曲奖，说获奖感言的话就这样说吧！

未来的你不会忘掉那一天的吧？我写下这个是要告诉未来的你，这个很重要，你要记得你为什么要向他靠近。

为什么？因为他需要很多很多的关心，而现在的我和未来的你，都恰好拥有好多好多对他的关心，为了合理利用资源，你要走到他身边，毫无保留地全部给他。

如果未来的你对那段过去有些记忆模糊，那我希望你在看到这行字的时候再回头去读那段故事，看三遍，看完了再看三遍，牢牢地记住，不要忘掉。

你忘记什么都不能忘记那一天。

未来的你有没有想清楚自己在追寻什么呢？因为昨天高策哥问了我这个问题，我有跟时烨老师讨论。高策哥问我，是不是因为我的偶像时烨老师玩的是摇滚，所以我才唱摇滚？我觉得这是一个很愚蠢的问题，我本来就是因为崇拜时烨老师才开始喜欢唱歌的嘛。

我说当然是啊，大家还笑我说，你怎么一点自我都没有。

未来的你有想通这个问题吗？你可以看一看，23 岁时的我是怎么想的。

我和时烨老师不曾完全一致过。我们的性格不同，走路的速度不同，喜欢吃的东西不同，喜欢看的电影不同，看的书也不同，有好多不同。我们最相似的地方就是对音乐和摇滚的理解是一样的。

我不必说话，只弹琴，他就知道我在想什么。我能看得到他的情绪，我知道他拨出的每一个音符里住着的意义……事物的真谛，我想大概就在他和我之间，在我们的相似和不相似之间。

他给了我人生的可能性，让我看到了更大、更宽广、更辽阔的世界。我和他追寻的或许不是同一个既定的目标，可我们有相同的方向。我没有自我吗？我认为 23 岁的我自我意识还是蛮旺盛的。

我还有好多想做的事情，我的人生也还有好多好多挑战。我要好好锻炼身体，不在巡演行程里生病给大家添麻烦；我要更开朗活泼些，最好是每一天都能把时烨老师逗笑；我要多看一些时烨老师爱看的书，试着丰富一下精神文化生活；我还要学做很多好吃的菜，每次做好都拍下来发给妈妈，让她不要担心我。

我好忙啊，生活这么充实，这么五颜六色的，我想未来的你也是吧？希望未来的你很忙碌，精神富足，像 23 岁的我一样充实。

666 个城市，大概真的要走到很久很久以后才会走完。时烨老师跟我说，人生本来就是在不停地奔波，从这里到那里，经过这个人，又来到那个人身边。我们的未来可能会一直在路上，会经过很多陌生的面孔，23 岁的我认为这是一件很有意思，也不会令人疲倦的事情，未来的你应该也是这样想的吧？

我希望你这样想，如果你有其他想法，请倒回去重读我之前写的，看三遍！

唉，这样想想，我觉得未来的你肯定过得很好，别的不多说了，时烨老师让我过去了，跟你的对话就到这里吧。

等一下，还有一件事。

如果未来的你看这封信的时候，飞行士的人有在你身边，那……23岁的我有一个请求！你肯定会答应的！

拜托你对时烨老师说：谢谢你，我的同谋。

《给未来的自己》From 30 岁的时烨

你好，时烨。

未来的你看到这封信可能会皱眉头，我知道。

这封信是给谢红的作业，但写的是对未来的期盼，就假设你未来真的能看到吧，不然我也不会专门拿一个下午的时间写这个鬼东西。

讲什么，讲我最好的朋友盛夏吗？

我不知道该怎么形容盛夏，也不知道该怎么形容我迄今为止的人生。这些在我脑子里都乱乱的，我还不太懂人生，没什么发言权，毕竟我把我的人生过得乱七八糟的。

但我知道这些是我没办法去逃避的东西。

我没办法逃避很多事，比如我父母的离开，比如谢红和沈醉的死，比如我注定要弹吉他，也比如我遇到飞行士的新主唱盛夏。

组成一个人的亲情、友情、爱情，现在看来，我似乎只有在友情方面是稍微拿得出手些？真是滑稽。

但其实我还是不明白，不仅仅是这些，很多别的事情，我也不懂，想不明白。我不明白为什么我那位再没出现过的父亲明明不爱我，但每年都还要给我打钱寄贺卡。明明不要我，这次离开北市之前他还给我寄来一箱水果罐头，还在罐头箱子里面装了银行卡和信。

奇怪吧？明明不要我，不爱我，不管我，他居然还在信上写：我永远支持你，为你骄傲。

我搞不懂时俊峰，搞不懂高丽，我不明白他们，我想他们也永远不会想明白我。他们只会说：我们支持你，你是我们的骄傲。

未来的你，我希望未来的这个你，已经忘了这些无足轻重的过去。

未来……未来你就变成一个真正的大人了，毕竟我今年已经 30 了。

我想你看到这封信的时候，大概在羡慕现在 30 岁的我？我想会。

但未来的你，我其实也挺羡慕你的。我很想穿越到时间的那一头，穿越进你的身体里，看看未来的那个我过得怎么样。

我们的巡演进行完了吗？小米辣还在吧？盛夏还在不在你的身边？

不知道未来的你会不会觉得我幼稚，但目前 30 岁的我好像只关心这些问题。

那我为什么会担心这些问题，我真的有跟自己和解吗？我把我如今对自己的疑问写下来吧，不知道未来的你有没有解决这些问题。

我害怕死亡和老去，我害怕变故。我不确定未来会不会有更好的东西等着我，所以我每天都在要求自己不要退步，要求自己往前……我想让每件事都往好的方向发展。

有时候我甚至希望一切都停滞吧，至少停在当下就不会有更糟糕的事情了。停在生命里最好的这一刻，这一秒，停在我看起来还不错的这一年，我或许不会再失去了吧。

毕竟我好像一直一直都在失去。

时间是往前的，我会变老，感情或许会变淡，人和事物的发展无法控制。我无法控制这些我珍惜的东西的改变，我可能会失去这一切，真该死。

我的手又抖了，对不起，我缓一下。

希望未来的你不会手抖了，至少盛夏在的时候，一定不要手抖，别让人家担心。

那天盛夏问我，迄今为止我与他的交谈中，我印象最深的是什么？

我想了想，最后还是没有告诉他。但其实迄今为止我印象最深的是他 18 岁那年，盛夏对我说，他听《宇宙》的时候世界好像只剩下我们两个人在对话，那个世界的秩序也是我们的，他找到了一个同谋。

是啊，我是在那一刻觉得他懂我的。

算了，先不说这个了。

我说，未来的你会不会也还是这么矛盾？明明是个幼稚的人，还是被逼着成熟，用那么多拙劣的伎俩假装自己不在乎，不难受，过得很好，若无其事……你怎么这么矛盾？

所以我羡慕盛夏吧。

我总是遇到那么多与世界的矛盾，那些我解决不了的矛盾都变成了我的伤口，我想尽所有办法把那个溃烂的伤口遮住，用骄傲盖住不让人看到，

用吉他的声音转移注意力不让他们看我……

我以为我藏得不错，直到盛夏掀开了盖着伤口的那块布，那块遮羞布。他问我，疼不疼啊？

我时常不懂盛夏在想什么，未来的你有明白一些吗？

他的脸上总会露出我陌生的表情。他会对我觉得难为情的事情微笑，对我不想面对的事情说无所谓，他一直怪怪的，但是又一直很可爱……一直让我有新的灵感，让我相信未来，让我觉得人生没有那么糟糕。

很奇怪，有时候我觉得他像是风，好像下一秒就会变成烟飘走不见。

是我患得患失吗？我觉得不是，当然不是我的问题，怎么可能是我的问题。

有时候一个人太好了会容易让人没有安全感，我时常觉得他这样对我，总有一天会疲惫，会受不了。

我不排除这个可能性，我还是莫名其妙地觉得他会离开我。

我想过的，我想过我要问他，很大声地问，问他到底会不会走，到底什么时候走，要走可以现在就走别让我以后伤心，再问问他到底会不会觉得烦，会的吧？

会吗？

我当然不可能真的去问盛夏。所以我想问问你，问问未来的你，盛夏有没有离开。

如果未来的你已经和盛夏分道扬镳了，那很抱歉让你看到这么多伤心的字眼，把信撕掉，去喝酒吧。

如果你还和他在一起，他还在你身边的话……那么拜托你做一件事。

拜托你走过去抱他一下，然后对盛夏说：谢谢你，我的同谋。

番外二

00:23 ——————○—————— 04:20

梦中梦中

Straying In Stars

　　昨天结束了"银河漫游旅行演唱会"的最后一站，下飞机回到家的时候是凌晨三点钟。

　　打开门以后时烨没有立刻进门，而是在门口捏着钥匙发了快半分钟的呆。耳机里面正在唱——"Pressure, pushing down on me"。

　　时烨盯着面前的黑暗发了会儿呆，等那首歌唱完才进门，开了灯。

　　他有点累，但不想睡。桌子上有家政阿姨帮他收的快递盒，他看了下包装知道是之前买的酒。时烨心想真好，我有事情做了。

　　酒是网上买的，雕梅酒。时烨在那家旗舰店里买了很多次，上一次付款成功的时候客服发来消息说："您在本店的积分已经累满 1000 分，下次购买会送您一张满 200 元减 50 的优惠券，加赠一瓶 158ml 的青梅新口味。"

　　时烨觉得赠送的新口味没有雕梅酒好喝，青梅的味道有点涩，雕梅要甜一些，口感更好。

　　他就坐在沙发上，戴着耳机听歌，一杯接一杯地喝。酒能越喝越热，一个人喝更好，他用好的音乐下酒，把郁闷和不开心都变成酒气蒸发了。酒能麻痹大脑，模糊时间和悲喜。

　　喝完一瓶，时烨开始困。面前那个老式吊钟走了那么多年还没坏，他不敢摘耳机，摘以后就要听时间流逝的声音了。

　　突如其来的疲惫是无所遁形的，他累了，两三下脱了鞋，和着外套平躺到沙发上。但枕到的不是预料中偏硬的沙发。犹豫的同时，一双手抱住了他的头。

时烨睁眼，往上望，他望进一双眼睛里。

开始视野还是有些模糊的，只开了壁灯，落到眼里的光线都晕黄朦胧。时烨喝到头晕目眩的时候也常常会想，近视会不会就是这种感觉？盛夏看到的模糊的世界，就是这样……在眼里摇摇晃晃，似真似假的吗？

不然我怎么会见到他？

可是，怎么会是他？我有那么醉吗？

时烨头有点疼，太阳穴也随着耳朵里急促的鼓点一跳一跳地蹦。吉他怎么弹得乱糟糟的，好乱。

视线上方的盛夏把时烨的耳机摘下来，时烨不敢动，他一动不动地回望视线上方的那张脸。

盛夏的声音听上去有些难过，他问："你怎么又喝酒了啊？"

时烨心想，这个人是真的，还是又是幻觉？

时烨觉得周围很静，怕把人吵走了，所以他声音很轻："我也不想喝，但只有喝醉了我才能见到某些人。"

盛夏似乎很难过，表情看上去像是要哭了。他的声音也很轻："时烨老师，累了就睡吧，我看着你。"

不想睡。但时烨越来越困。他临睡前最后蒙蒙眬眬挣扎着说了一句："我写了一首歌，我想叫这首歌《极星》。"

下一句其实是，我写歌了，你先听听，先别走。

但说完这句话时烨就没了意识——他很快就睡沉了。

梦到什么？

梦到生命变成一个沙漏。像是定时炸弹的倒数时刻，那声音和家里的走钟一样听得时烨头皮发麻，他捂着耳朵站在一片漆黑里面，他不敢睁眼看。可不看又能怎样，时烨捂着耳朵，闭着眼，告诉自己，你别怕，睁眼看。

看到的是数字。

像是一场对生命的诀别和回顾一样，梦里他的生命变成了十个数字的倒计时。十九八七六五四三二……每一秒流逝过的都是人生里绚烂的片刻。

十。时烨看到他在台上接过最佳作词奖的金色奖杯，他说获奖感言的时候有人喊自己的名字，再回首，大屏幕里好像写着——*Summer Time*。

"Summer Time"是什么？时烨还来不及想，他有些记不清，只觉得这个名字不错，可画面很快就转到了下一幕。

九。时烨看到山城那场 Live 的现场。那天下了雨，但观众都不走，撑着伞，穿着雨衣在台下跟着哼唱："让我在无尽的银河里，把你抱紧。"

八。时烨看到时俊峰的背影，那个背影夹在观众里，但却在慢慢远离视线，越来越远。

七。时烨看到一片沙漠。乐队有一支 MV 就是在沙漠里面拍的，那天时烨看到头顶上无尽的繁星，好多，好亮，很像他在盛夏眼里看过的那一片。

摄像机就对着他，拍他凝视夜空的侧脸。时烨觉得他看到的那个"时烨"，似乎是在想念一个人。

六。时烨看到沈醉打开房间的门，他看上去好狼狈，只穿着一条内裤，浑身脏兮兮的，看上去像是喝多了。他房间里还有个女孩儿，正抱着一把价值不菲的吉他往地上砸。沈醉看着他，笑得疯癫又诡异，对时烨说："老大，你来啦。"

五……时烨看到了盛夏。

他看到盛夏没穿鞋子，走在大雨里，好像在哭。

雨好大，把盛夏的身影模糊了，渐渐就看不清了。

四……也是盛夏，可是这次盛夏又在笑，笑着对自己摊开手，说："时烨老师，吃石榴。"

三……还是盛夏，他躺在浴缸里，抱着自己的身体，好像睡着了。

他看上去好累，是谁让他这么累？他在哭吗？他为什么伤心？

二……还是盛夏，这次他在阳光下奔跑，光和影都被他踩在脚下。他怀里抱着一个水果罐头，额头有汗，笑着跑进他的视野中。

一……时烨看到盛夏这次站在大雪里。他捧着一颗血淋淋的东西，但居然在笑，还大声地对自己喊——

对不起，对不起！

时烨在那声音里面发抖。

对不起对不起，他好讨厌这句话，好多人对他说对不起，可是时烨真的一点都不想听这句话。

太吵了。

颁奖典礼的掌声好吵，演唱会的欢呼好吵，经纪人喋喋不休的嘱咐好吵……他不喜欢系领带，但每次颁奖牛小俊都让他系。太紧了，有点喘不过气。

吵，这个世界的声音怎么都那么吵，乱七八糟的。

终于数到一了，数完零以后会是什么？数完以后就会安静了吗？

数字终于变成了零。结束了，声音真的在瞬间戛然而止。大脑似乎收到了什么讯号，没有声音以后他瞬间醒过来，逃出那片黑暗。

"时烨老师？"

画面没了，睁开眼，时烨发现他回到了自己的家。

时烨回头。盛夏穿着一件宽大的 T 恤，从厨房走出来。他正在削苹果，苹果皮没有断，长长地顺着手垂下来。

他一边走一边削皮，嘴角有笑意，对时烨说："你醒啦？我在做早餐，你先吃个苹果好吗？"

时烨刚醒过来，还觉得头晕目眩。盛夏还是像假的，这一幕也像假的。之前的那些画面都没了，好像只是做了场梦似的。

盛夏走过来，把削好的苹果递给时烨，又把皮一圈一圈地合起来给时烨看，说："时烨老师，以前我念书的时候，班上有女生跟我讲过，说削皮不断的话，可以许愿，很灵的。"

时烨看着盛夏手里的苹果，有点不想吃，就推了回去。盛夏干脆坐到他身旁，给时烨倒了水以后，又把苹果递给时烨，让他吃。

"假的，削个苹果苹果皮不断都能许愿，还很灵验，人生有那么容易吗？"时烨嚼着苹果说，"就你会信。"

"管它真假，反正每次我都会许愿。"盛夏笑眯眯的，"今天的愿望是，你……今晚睡个好觉。"

时烨就着盛夏的手吃完一个苹果，他没再开口。因为他有些分不清现在是什么时候，盛夏怎么就出现在自己家里了，他们住一起很久了吗？什么时候的事？

大脑里似乎缺失了什么，乱乱的。不过好像这样也很好，他选择忘掉这些奇怪的感觉，就算盛夏是突然穿越进自己生活里的一个意外也好，时烨选择不说话，不去打扰这个意外。

"我写的歌你听了吗，有没有想改的？"

盛夏拿着苹果核，愣了："你写的歌？"

时烨点头："我做了几轨，感觉不是很满意……但名字想好了，就叫《极星》。"

盛夏脸白了白才恢复正常，勉强勾起嘴角，问："为什么叫'极星'？"

时烨说："极有最高点、尽头的意思，也可以指最远的两端……就像正负极、南北极。你想换歌名也可以，但……"

他没说下去，总觉得说不下去了。

盛夏没再评价什么，他把苹果核丢掉，去拉时烨的胳膊："我等下就听，先吃早饭。"

吃过饭，盛夏说要出门跟一个策划组见面，约的时间是十点。时烨想一起去，盛夏说不用，让时烨好好休息。

走之前盛夏一边翻抽屉一边说："哥，今天的药吃一颗就可以了，剩下的我带出去了，不准多吃了。你再睡一下，等我结束了打电话给你，我们去看电影。"

时烨看着盛夏放在自己手心里的药，有些迷惑地问："这是解酒药吗？"

盛夏脸僵了一瞬，才放缓下来，说："嗯，赶紧吃了吧哥，下次不要喝那么多了，你看你多难受。"

时烨把药吃了以后，抬眼一看，盛夏拿着水壶盯着自己看，眼睛红彤彤的。时烨无端紧张了起来："怎么了？"

"没什么。"盛夏缓缓舒出一口气，把泪意憋回去，"就是不想出门，想待在家里，觉得工作好烦，有点想哭。"

"大清早怎么这样了？"时烨听完笑着揉盛夏的头，"工作重要。你结束了给我打电话，我来接你。"

盛夏似乎真的很不想出门。出门前来来回回转转悠悠地交代了半天，什么冰箱里有什么吃的，干净的外套挂在哪里，喂鱼不要喂太多云云。

时烨还觉得有些头晕，不想听唠叨，只想再回去睡一觉，两三下把盛夏轰出了门。

等盛夏走了，没人念了，时烨又觉得家里安静得过头。他站在鱼缸前看了会儿鱼，才起身准备去上个厕所。结果才走到厕所，门就被拉开了。

时烨目瞪口呆地看着从厕所里走出来的盛夏。

……他不是出去了吗？

盛夏的头发有点乱，看着面前的时烨，睡眼惺忪的："时烨老师，我好了，你上吧。"

时烨没动。

盛夏打了个哈欠，又继续问道："哥，你刚刚在门口跟谁说话啊？有快递吗？"

时烨觉得脑袋快要炸开了，他揉了揉额头，半天才道："你是……谁？"

盛夏一愣，瞌睡都醒了："我……我是盛夏啊！"

时烨一脸茫然，他不说话了。大脑里面像是有千万条电流在乱窜，时烨觉得自己有点站不稳。

盛夏看上去有些担心，他拉着时烨回到房间躺下："你先睡下，别想了。"

时烨只觉得昏昏沉沉。他去闻盛夏的掌心，没有苹果的味道。

他们吃过早餐吗？他是谁？时烨是谁？盛夏是谁？这是假的吗？又是梦吗？

时烨突然意识到了什么："我好像生病了。"

盛夏摇头："你没有，你就是累了，你该睡了。"

"快睡吧哥。"他听到盛夏反反复复地说，"醒了我还在的。"

这句话把困倦的开关按下，时烨终于放松下来，又沉沉睡去。

这次的梦，他来到一个五彩斑斓的世界。

是一片海吧？时烨觉得自己是一条鱼，在海里用鳃呼吸，把咸咸的海水大口吞入腹中，溶解在水里的氧气进入血液里时他才觉得凉。

这片海蓝得很美，他漂着，游着，浮浮沉沉——有鱼群簇拥他，啄着他的身体。但时烨觉得那感觉很糟糕，就算是变成了一条鱼，他也讨厌被这么不依不饶地围绕。一股脑地扑上来，它们是要吃了自己吗？

他晃动身体，不满地甩了甩尾巴。鱼群被他的动作打散开来，没有鱼再上前了。时烨觉得闷，他往上奋力地游，想游到上面，跃出海面看一看。

另一条鱼跟了上来。那鱼好像不怕他，一直跟在他屁股后面，时不时地用鱼尾骚扰他。快探出海面时他终于觉得不耐烦了，回头准备把这条紧跟不舍的鱼给撞开，结果……

醒过来后，一睁眼时烨就看到了盛夏，时烨恍惚有种长途跋涉后走到终点的错觉。

盛夏说："哥，起来吃早餐了，吃完我们看电影吧，今天是蓝色的！我们看《蓝色夏天》好不好？"

时烨没回答。他看着盛夏，突然笑了下。

"我好像做了一个很长很长的梦。"

盛夏："啊？那有梦到我吗？"

"嗯，有，烦得要死，阴魂不散的。"

盛夏还挺开心："对！我就是阴魂不散地纠缠你！"

时烨摸了下他的头发。

现在会不会也是一场梦？下一秒，人又不见了，一切又变了。

他收回了手。

梦中，梦中的梦中，层层叠叠的梦。他好像一直活在眩晕里，一直在梦里看自己，看别人。

"我想吃苹果，给我削吧。"时烨最后笑着说，"别把皮削断，我要许个愿。"

盛夏问他："我可不可以问是什么愿望？"

时烨："你觉得呢？"

盛夏鼓了鼓脸："……哦。"起身准备去削苹果。

等他走到门口，时烨却突然叫住了他："盛夏。"

盛夏回头，他看到时烨对他笑了一下。

时烨轻声说了句："谢谢。"

想了想，他重复了一次："谢谢你。"

盛夏愣了会儿，才一如往常地，对时烨笑了笑。

等盛夏走了，时烨躺了下来，闭上眼睛。有好多细碎的记忆在他的眼皮上跳跃，他感觉那像是一个个闪烁的光点，在提醒自己，该醒了，别睡了，有人在前面等你。

时烨打了个哈欠，准备起床。

穿好衬衫后他看了眼床头的台历，才恍然发觉，今天是立秋。原来睡了一觉醒来，这一年的夏天，就这样悄然结束了。

00:23 ———○——— 04:20

雪夜极星

Straying In Stars

次年一月，飞行士正巡演到很靠北的城市。乐队在天黑的时候抵达酒店，气温已经是零下十多度。

盛夏背着琴跳下大巴，但一下子没站住身体重心不稳，差点仰面摔进雪地里，时烨及时拉了他一把才避免了这场悲剧。

"站稳了。"时烨扶他站好，"看着路，别看雪。"

盛夏吸吸鼻子，伸出一只手去接了几片雪花，盯着看了几秒，又抬起脸去看天空，笑着对身旁的人说："我不喜欢冬天，但很喜欢雪。"

时烨笑着说："之前又不是没看过。"

盛夏说："但好像还没看过这么大的雪！"

这人跟自己说话的时候语气总是上扬的，时烨喜欢听他说话的这种腔调，带着少年人特有的朝气，但音调本身是温柔和缓的，似乎含着水汽。

"你俩干吗呢，快进来拿房卡了！"钟正背着贝斯在门口呼唤他们，"怪冷的，快进来。"

一群人扛着大包小包，进了酒店。前台小哥原本还在打瞌睡，见他们走进来立马不困了，全程微笑服务，不停偷瞄他们几个，眼底有掩饰不住的兴奋，也不知道是不是乐队的粉丝，反正办完入住帮他们把行李提上去后就离开了，没多打扰。

把各自的行李归置好，时烨去卫生间洗了个手，洗到一半听到盛夏在外面叫他的名字。他随便甩了下手上的水走出去，盛夏立在玄关的位置，朝他晃了晃手机，说："想姐在群里说饿了，约我们一起出去吃点东西，还说她有个本地朋友推荐了一家不错的烧烤店。"

之前他们在路上的服务区已经吃过饭了，现在又吃……时烨沉默几秒，本来觉得有点累了想拒绝，转念又想起了什么，笑着问盛夏："你馋烧烤了对吧？"

明明是很容易上火的体质，可盛夏偏偏还特别爱吃烧烤、炸物、甜食，什么上火他爱吃什么……不过他上台的前几天倒是知道收敛一点。

盛夏朝他做了个求饶的手势，恳求道："一起去嘛，我都好久没吃烧烤了。"

时烨跟他商量："去可以，但你只可以吃五串。"

盛夏睁大眼，难以置信道："太少了吧？！"

"五串，一串都不能再多了。"

盛夏揪了揪额前的头发，思考后开始讨价还价："那如果待会儿他们要喝酒你也不准喝！"

时烨想了想，一口应下："行，我一口都不喝。"

出门前盛夏在自己的箱子里翻了半天，掏出一双新袜子来，把鞋一脱开始了他的谜之操作——左边穿了只橙色的袜子，右边穿了只蓝色的袜子。

时烨看得好笑，问他："你今天不是橙色的吗？穿蓝色干什么，打破你的秩序了啊？"

盛夏笑着答他："因为我的今天不太橙，总感觉特别蓝。"

时烨哦一声："怎么，喜欢周六啊？咱们搞乐队的可没有双休。"

盛夏说："周不周六无所谓，就是……感到幸福的时候，我想穿蓝色！"

时烨点头，问他："那不如直接穿一双蓝的袜子，把你橙的那只也换了。"

盛夏立刻摇头："那不行，对周二的橙色还是要有一点尊重的。"

他俩就这么有一搭没一搭地聊了会儿，门响了，钟正他们收拾好来催他们走。一群人风风火火打车去了肖想口中的那家"本地人的深夜食堂"。

到了地方一看，是个有些年头的烧烤摊，快凌晨了食客还络绎不绝，非常热闹。时烨跟着大家掀帘子走进店里，观察了下这家店的情况，扭头跟牛小俊交代说要个有隔间的桌。说完话他侧头一看，边上的盛夏已经没影儿了，抬眼找了找，原来是跟肖想去里边点菜去了，此刻他正微微弯着腰，从冰柜里拿出一串鸡翅膀放进盘子里。

出来的时候冷，盛夏戴了个棕色的毛线帽，有几撮蓝色的头发从帽檐下翘出来，还挺好看。对于他们主唱这隔几个月就要变色的头发时烨已经习以为常了，穿衣打扮方面时烨从不管他，想穿啥穿啥，头发爱怎么弄怎么弄，红橙黄绿青蓝紫色都染一遍也行，盛夏开心就好。

坐下后肖想就拿出手机开始玩消消乐，钟正戴上耳机听朋友发给他的新歌。盛夏一边看看肖想玩游戏一边跟时烨说话，没一会儿，他们点的串都上来了，满满一桌。肖想欢呼着用筷子撬开一瓶啤酒，大笑着让大家开动。

盛夏挑选了半天才精心挑选出今天五串的份额，小心翼翼把那几串香喷喷的烧烤挪到自己的盘子里，拿起一串就迫不及待开吃了。

时烨托着脸在边上看他吃，总觉得盛夏以后要是不唱歌了可以考虑去搞"吃播"，应该能小火一把。他吃东西真的特别香。

肖想叫了时烨一声，说："来，快喝起来啊！"

时烨拿起盛夏的椰奶跟她碰了一下，摇摇头，说："我今天不喝酒。"

钟正在边上笑，说："你怎么越来越听话了？"

时烨耸肩："该听的话还是要听的。"

肖想和钟正齐齐"哦"了一声。

时烨继续淡定道："我是听话了，但有人倒是越来越不听话，昨天还趁我不注意悄悄偷吃薯片。"

被提到的那人听到这话，咬着鸡翅膀为自己澄清："明明是周维吃的，我就在边上跟着吃了一片！"

时烨："吃了一片也是偷吃。"

盛夏有点郁闷："我光明正大地吃，没有偷偷吃！"

肖想和钟正对他俩这种无聊幼稚的拌嘴早就习以为常，在边上看了会儿热闹，没一会儿就开始把酒言欢了。他们喝酒很快，牛小俊在边上看得是直皱眉头，不停提醒他们注意量，虽然明天不用早起，但下午还是要去场地排练一下的，而且还要跟这边的受邀乐队见个面，双方商量一下演出细节。

那一件酒快喝完的时候，肖想和钟正已经划上拳了。时烨看他们那么干划觉得没劲，索性掏出手机找了几个音频包出来让他俩PK音感训练。这游戏对他们来说确实比干划拳有意思多了，在闹哄哄的烧烤店里玩确实挺练耳朵。

　　玩着玩着盛夏就开始申请加入，时烨给他们当裁判，由着他们玩儿。那两个喝到微醺的人一开始还能跟盛夏角逐，到后来就渐渐处于下风，钟正唉声叹气地说时烨放水……

　　牛小俊在旁边默默围观，一边吃东西一边悄悄拿手机录小视频。他手机里全是乐队在各种场合的生活片段，这些视频会在未来变成十分宝贵的记忆。牛小俊的计划是把这些视频变成飞行士巡演纪录片的一部分，这很有纪念意义。

　　一口气赢了五把的盛夏十分得意，想了想，凑过去对时烨提出请求："我再赢一把就就让我吃一串玉米好不？"

　　时烨笑着说："你赢了再说。"

　　他们正玩得兴起，隔壁突然有一个粗犷的声音渐渐盖过了时烨播放的音乐。是个男声，带着些醉意，在乱哄哄的烧烤店里，那人的声音十分响亮地朗诵着一首诗歌。

　　听到这里，时烨突然道："这首诗叫《相信未来》。"他顿了下，"我以前很喜欢这首诗。"

　　牛小俊道："在烧烤店喝大了背现代诗，我以为这种事只有十八九岁的时烨会干。"

　　时烨笑了，说："喜欢诗的人越来越少了。"现在的人大概会觉得喜欢读诗很酸吧。

　　盛夏说："但诗会一直存在的。"

　　时烨看他一眼，低头笑了笑。

　　结账走人的时候，他们刚好碰上隔壁那桌的人一起走出去，两拨人在过道打了个照面。那是一行穿着工作装的中年男人，有几个已经有了啤酒肚，他们勾肩搭背地走到前台老板娘跟前，抢着结账，乐队几个人就乖乖站在这几位大哥后边排队，看得津津有味。

　　看着前面那几个喝得脸红扑扑的大哥，时烨没来由地想着，喜欢诗的人确实越来越少了，但喜欢诗的人依旧存在，诗也会永远存在，诗、诗人、喜欢诗的人散落在这个世界的各个角落里，某些你意想不到的时刻会突然跳出来，跟你相认。

　　隔着几个肩膀看向对方，时烨突然觉得自己领会了一种精神，好的作品或许拥有一种强烈的力量足以照亮一些缝隙。

大哥们结账走了，轮到他们上前，牛小俊拿着手机去算钱，时烨看着那几个大哥的背影，释然地笑了笑。

套好羽绒服，他们一行走出去，外面的雪好像大了些。上车前，时烨突然扯了扯盛夏的袖子，发出邀请："我们在附近随便走走，散个步？"

大晚上的，还下着大雪，去散步？

盛夏想了想，问他："不然还是先回酒店，去酒店附近走？"

时烨说："来的时候我看到一条铁轨，想去走走。"

盛夏点了点头。

乐队剩下的几个人对他俩大雪天还要去外面散步的行为表示摸不着头脑，但看时烨态度坚决，也只能叮嘱他们注意安全，早点回酒店休息。

看着乐队的车走远后，时烨侧头看了看身边的人，两人相视一笑，转身，在大雪纷飞中，开始在这个陌生的城市乱逛。

路过一条热热闹闹的夜市，大雪也无法阻挡人们对吃的热情，小贩们把整条马路弄得红红火火的。

一路看了看，盛夏没找到想吃的东西，突然想到什么，对时烨说："时烨老师，你想不想吃冰棍？"

这么冷还吃冰棍？时烨也没挤兑他，笑着回："我不吃，带你去买就是了。"

盛夏笑着继续邀约："不然我买个棒棒冰，我们一人吃一半？"

时烨摇头："你自己吃不行？给你买两根。"

盛夏轻叹一声："可是棒棒冰这种东西，就是要两个人一起吃才有意思。"

时烨想了想，说："行，一人一半。"

找到一家小店，盛夏在冰柜里翻了半天，最后要了一个葡萄味的棒冰，拆开包装一分为二，让时烨吃头那边，他吃尾巴那边。

雪太大，一边吃一边走路有点难度，他俩就站那小店屋檐下吃棒冰，看不远处的几个小孩儿堆雪人，打雪仗。

吃完棒冰，嘴都冻得有点麻了，盛夏整理了下自己的帽子，对时烨道："继续走吧。"

迎风冒雪走了好一段，问了问路人才找到时烨说的那条铁轨。时间已经有些晚了，夜越深，风雪越大，雪大得糊眼睛，盛夏几乎用围巾把半张脸都包了起来，问身边的人："哥，你不冷吗？"

时烨说："从小就不怕冷，怕热。你冷吗？"

盛夏说："一开始有点冷，走了会儿没那么冷了。"

他们一左一右，在铁轨上慢悠悠走着。时烨想起了什么，慢慢道："我跟你讲过吗？我特别小的时候，有一个寒假被我妈送回姥爷家去了。当时不知道怎么，总觉得她是要把我丢在那儿，不会来接我了。我不想被她丢下，老给她打电话，她安慰我说会来的，会来的，让我安心陪我姥爷，可我一点都不放心……

"我就每天走好久的路，去铁轨边上坐着发呆，等着火车来。小时候是不是看什么都觉得很庞大？我记得那时候我眼里的火车，绿色的，经过身边时轰隆作响，看着火车远远驶来，总觉得上面坐着来接我的妈妈……那时候，火车在我眼里代表的是希望。"

盛夏听得有些难过，悄悄靠近，想做点什么。时烨伸手压了压他的肩，示意自己没关系，语气依旧很无所谓："后来某一天，火车真的把她带来了，原来我妈真的没有丢下我。可事实证明，我高兴得太早了，她还是在未来的某一年离开了我，而且，再也没有回来过。你停下干什么？继续走啊……别这样看我，我不难过，我只是想讲这件事给你听，陈述而已，没有情绪。"

可盛夏的语气很难过："我和乐队都不会离开你的，我们还要一起去很多很多地方。"

时烨笑着说："我知道。"顿了下，"谢谢你。"

静了会儿，盛夏不知想到什么，突然笑了："我居然觉得大晚上冒着雪跟你在铁轨边散步很有意思。"

火车，对自己来说是个很特殊的符号吧，时烨想着，所以想和盛夏一起来铁轨边走一走。童年时的火车，轰隆隆开过身边，还有在白城那年，等盛夏来的时候，他看着铁轨想的那些乱七八糟的恐怖画面……那么多片段，一幕幕在眼前闪过。

盛夏说："你觉不觉得踩雪的声音怪好听的？想录下来拿去做歌。"

时烨捧场道："这次演出完后录，你来踩，我录。"

盛夏嗯了一声，从包里摸出了什么，对时烨说："我把口琴揣出来了，吹给你听好不好？"

时烨顿了顿，说好。他抬头揉了揉脸，感觉雪好像更大了些，确实有点冷。

对于这样的寒冷，时烨置身其中，偶尔会感觉自己是安全的。过去的日子里，他一个人走过了很多个这样的冬夜，冷似乎会延长时间，让记忆变得遥远，让五感六识变得更加敏锐、清晰。

口琴声从身边传过来——盛夏改了几个调，吹的是《极星》。时烨听得有些恍惚，总感觉这调子在空旷的雪夜里显得有些缠绵、温柔。明明是写告别的一首歌，可他吹出来，曲子好像都没那么哀伤了，真神奇。

琴本身没有感情，演奏它的人用了感情才让曲调有温度，这一刻盛夏吹的这首《极星》，居然让时烨在漫天飘扬的大雪中切实感受到了一种温暖。

摇滚不仅仅是破坏和怀疑，也可以是温柔。力量本身无高下之分，只要真诚，就能产生令人动容的力量。

一曲吹完，他们之间静了片刻。

时烨长舒出一口气，看着脚下的铁轨，慢慢道："很温柔。"

盛夏问他："什么温柔？"

时烨说："你吹出来的感觉。"

盛夏笑："可是我觉得你的那个版本也很温柔。"

是吗？时烨没答话，不置可否，他不清楚自己是否可以用"温柔"这个词来形容。印象中，写《极星》的时候，是他生病最严重的一段日子，记忆甚至都有些混乱。

"或许我想告别的时候体面一点，温和一点吧。"时烨说。

盛夏这次没有接话，他跳到铁轨上站定，重新吹起了一段新的旋律，那是一首关于银河的歌。

时烨揉了揉冻得冰凉的手，抬头望，天上看不到星星，又好像漫天都是星星。漫天的雪仿佛变成一颗颗璀璨的星星，纷纷从天上坠落，落入自己的怀抱。

而最亮的那一颗，就在自己身边。

◄ 全文完 ►

图书在版编目（CIP）数据

飞行士 / 静安路 1 号著 . – 武汉：长江出版社，

2023.1

ISBN 978-7-5492-8635-5

Ⅰ . ① 飞… Ⅱ . ① 静… Ⅲ . ① 长篇小说－中国－当代

Ⅳ . ① I247.5

中国版本图书馆 CIP 数据核字 (2022) 第 226621 号

本书经静安路 1 号授权同意，由北京长佩网络科技有限公司委托天津漫
娱图书有限公司正式授权长江出版社，在中国大陆地区独家出版中文简
体版本。未经书面同意，不得以任何形式转载和使用。

飞行士 / 静安路1号 著

出　版	长江出版社			
	（武汉市解放大道1863号　邮政编码：430010）			
选题策划	漫娱图书　巴　旖			
市场发行	长江出版社发行部			
网　址	http://www.cjpress.com.cn			
责任编辑	李剑月			
特约编辑	许斐然			
总 策 划	重塑工作室	**开　本**	645mm×920mm　1／16	
装帧设计	徐昱冉　许　颖	**印　张**	21	
印　刷	恒美印务（广州）有限公司	**字　数**	380千字	
版　次	2023年01月第1版	**书　号**	ISBN 978-7-5492-8635-5	
印　次	2023年02月第1次印刷	**定　价**	49.80元	